Mond

α, δ, λ	siehe Sonne
β	ekliptikale Breite
π	Äquatorialhorizontalparallaxe, Winkelgröße des Äquatorradius der Erde, vom Mond aus gesehen
ρ	Mondabstand, angegeben in 1000 km
h	Kulminationshöhe für 50° nördliche Breite
El	Elongation, Winkelabstand von der Sonne (E östlich, W westlich)

Große Planeten, Kleine Planeten

α, δ	äquatoriale geozentrische	⎫
λ, β	ekliptikale geozentrische	⎬ Koordinaten für J2000.0
l, b	ekliptikale heliozentrische	⎭
LZ	Lichtzeit	
Δ	Entfernung von der Erde in AE	
r	Entfernung von der Sonne in AE	

Bahnelemente von Planeten, Monden, Kometen

a	große Bahnhalbachse in AE
e	numerische Exzentrizität
i	Neigung der Bahnebene gegen die Ekliptik
Ω	Länge des aufsteigenden Knotens
ω	Argument des Perihels
M	mittlere Anomalie
q	Periheldistanz in AE
T	Periheldurchgangszeit
n	mittlere tägliche Bewegung
P	siderische Umlaufzeit
x, y, z	rechtwinklige heliozentrische äquatoriale Koordinaten in AE
$\dot{x}, \dot{y}, \dot{z}$	rechtwinklige heliozentrische äquatoriale Geschwindigkeiten in AE/d

Planetensymbole

☿	Merkur	♂	Mars	⛢	Uranus
♀	Venus	♃	Jupiter	♆	Neptun
♁	Erde	♄	Saturn	♇	Pluto

Ahnerts Kalender für Sternfreunde 1994

Kleines astronomisches Jahrbuch

Herausgegeben von

Gernot Burkhardt und Lutz D. Schmadel
Astronomisches Rechen-Institut, Heidelberg
und
Siegfried Marx
Thüringer Landessternwarte, Tautenburg

Mit 42 zum Teil farbigen Bildern

Johann Ambrosius Barth
Leipzig · Berlin · Heidelberg

Umschlagbild: Schauinsland-Sternwarte der Sternfreunde Breisgau bei Nacht
(1240 m ü. NN, 47°54'52.5" Nord, 7°54'19.9" Ost)
Kamera: PENTACON six; Objektiv: Flektogon 1:4/50, C. Zeiss Jena;
Film: Agfa 1000RS; Filter: UV
(Sternfreunde Breisgau e.V.)

Anschriften der Herausgeber:

Dr. Lutz D. Schmadel
Dr. Gernot Burkhardt
Astronomisches Rechen-Institut
Mönchhofstraße 12–14
69120 Heidelberg

Prof. Dr. Siegfried Marx
Thüringer Landessternwarte
Karl-Schwarzschild-Observatorium
07778 Tautenburg

Gesamtherstellung: Konrad Triltsch, Druck- und Verlagsanstalt GmbH, Würzburg

ISBN 3-335-00364-0

Inhaltsverzeichnis

Vorwort

Mit dieser Ausgabe von »Ahnerts Kalender für Sternfreunde« liegt der 46. Jahrgang des »Kleinen Astronomischen Jahrbuchs« vor, wie es von Paul Ahnert selbst gern bezeichnet wurde. Ahnert hat mit diesem wohl wichtigsten Teil seiner Lebensarbeit unzähligen Sternfreunden, Amateurastronomen, aktiven Beobachtern und auch manchem Fachkollegen ein wertvolles Hilfsmittel an die Hand gegeben, das für viele Leser wohl auch mehr bedeutete als nur eine Datensammlung. Paul Ahnert hat in gut vier Jahrzehnten immenser und oft mühsamer Detailarbeit Maßstäbe gesetzt, die es zu halten gilt.

Der Verlag Johann Ambrosius Barth pflegt weiterhin das Vermächtnis von Paul Ahnert. Er hat uns gebeten, den »Ahnert« für die folgenden Jahre herauszugeben. Wir stellen uns dieser Verpflichtung, indem wir uns bemühen, die Ahnertsche Konzeption zu bewahren. Dazu gehört es natürlich, daß wir den Informationsgehalt des Jahrbuchs erhalten und notwendig werdende Modernisierungen behutsam einführen werden. Unsere Zielgruppe bleibt weiterhin vor allem die wachsende Schar der mit einem kleinen Fernrohr beobachtenden Amateurastronomen.

Zwei wesentliche Neuerungen werden bereits in diesem Jahrgang eingeführt. Der Kern des Jahrbuchs – der Ephemeridenteil – wird nun direkt mit am Astronomischen Rechen-Institut entwickelten Programmen erzeugt und nicht mehr anderen Quellen entnommen. Alle Tabellenwerte werden von in TEX geschriebenen Druckprogrammen ohne jeden manuellen Eingriff verarbeitet, sodaß mögliche Schreib- oder Übertragungsfehler prinzipiell ausgeschlossen sind. Der komplette Kalender ist in einer Datei enthalten, die vollautomatisch den Lichtsatz steuert. Ein früher Erscheinungstermin ist damit sichergestellt.

Wir haben diese Aufgabe sehr kurzfristig übernommen – dieser Kalender ist also "mit einer heißen Nadel gestrickt" worden. Trotzdem sollten uns hinsichtlich der Fehlerfreiheit und des Erscheinungsbildes einige Verbesserungen gelungen sein. Verlag und Herausgeber hoffen auf eine freundliche Aufnahme unserer im Sinne Paul Ahnerts geleisteten Bemühungen.

Im Mai 1993

G. Burkhardt

Astronomisches
Rechen-Institut
Heidelberg

S. Marx

Thüringer
Landessternwarte
Tautenburg

L. D. Schmadel

Astronomisches
Rechen-Institut
Heidelberg

1 Einführende Bemerkungen

1.1 Aufbau und Quellen des Kalenders

Die Einteilung von »Ahnerts Kalender für Sternfreunde« folgt dem bewährten Muster der vergangenen Jahre. Dieses kleine astronomische Jahrbuch ist wieder in vier Bereiche gegliedert, wobei die klassischen Ephemeriden durch einführende Abschnitte, nützliche Tabellen und Zusammenstellungen leicht beobachtbarer Himmelsobjekte ergänzt werden. Dieser Kalender ist nicht als eine Lektüre für Einsteiger in die Amateurastronomie gedacht und kann und will kein Lehrbuch sein. Dafür aber soll er dem beginnenden Sternfreund wie dem bereits arrivierten Amateur all die Daten an die Hand geben, die er zur Vorbereitung und Durchführung seiner Beobachtungen benötigt.

In dieser kurzen Einführung werden die fundamentalen Begriffe "Zeit" und "Koordinaten" behandelt und durch Erläuterungen und Hinweise für die Benutzung des Kalenders ergänzt. Der zweite Teil umfaßt wieder die Phänomene des Sternenhimmels, zu deren Beobachtung praktisch kein Beobachtungsinstrument benötigt wird. Er gibt Auskunft über das Wechselspiel von Mond und Planeten vor dem Hintergrund der Fixsterne.

Das eigentliche Kalendarium ist wieder im dritten Abschnitt untergebracht. Wir haben uns bemüht, eine Vielzahl von Daten vorzulegen, die auch dem rechnenden Sternfreund Materialien für eigene Abschätzungen an die Hand geben. Dabei ist eine Genauigkeit beibehalten worden, die auch für den beobachtenden Amateurastronomen hinreichend ist. Neben den klassischen Koordinatenangaben und physischen Ephemeriden für Sonne, Mond und die großen Planeten nehmen die Hinweise zur Beobachtung von Sternbedeckungen durch den Mond, die Phänomene der vier hellen Jupitersatelliten und etwa der Kleinen Planeten wieder einen breiten Raum ein.

Traditionsgemäß runden im vierten Abschnitt wieder Berichte und Aufsätze aus der aktuellen astronomischen Forschung das gewohnte Erscheinungsbild des »Ahnert« ab.

Im Gegensatz zu früheren Jahrgängen wurden keine Daten mehr aus den großen astronomischen Jahrbüchern oder Mond- und Planetentafeln übernommen. Alle Ephemeriden von Mond, Sonne und den großen Planeten wurden aus am Astronomischen Rechen-Institut entwickelten Programmen gerechnet. Grundlage dafür bilden die "DE200/LE200"-Ephemeriden des "Jet Propulsion Laboratory", Pasadena, die unter Berücksichtigung auch relativistischer Effekte das gegenwärtig exakteste Abbild des Sonnensystems definieren. Die resultierenden Daten sind mittels Einbindung in TeX Druckprogramme vollautomatisch gesetzt worden und sind damit absolut druckfehlerfrei.

Bei der Berechnung der Kalenderdaten sind wir von den Herren J. Meeus, Erps-Kwerps (Sternbedeckungen, Satelliten, Kleine Planeten), J. Jahn, Bodenteich (Kometen) und A. Dill, Leuven (Finsternisse) unterstützt worden. E. Goffin, Hoboken hat die Elemente der Kleinen Planeten beigesteuert. Von Herrn W. Thuillot, Paris erhielten wir Testdaten zur Dynamik der Jupitermonde. Ihnen allen sei herzlich für ihr Engagement gedankt!

Kontinuität in Umfang und Art der Darstellung ist seit Jahrzehnten ein wesentliches Merkmal dieses Kalenders gewesen. Das heißt jedoch nicht, daß Verlag und Herausgeber nicht Anregungen zu sinnvollen Änderungen oder Ergänzungen dankbar aufnehmen werden. Wir werden uns bemühen, an uns herangetragene Anregungen aus dem Benutzerkreis zu realisieren.

1.2 Zeit und Zeitangaben

Die Rotation der Erde legt seit Urzeiten die Basis für unseren Zeitbegriff. Der stetige Ablauf von Tag und Nacht ist geprägt vom scheinbaren Lauf unseres Zentralgestirns. Allerdings ist dieser Lauf der Sonne vielfältigsten Schwankungen unterworfen. Diese haben ihre Ursachen in drei Effekten. Zunächst bewegt sich die Erde nicht in einer Kreisbahn um die Sonne, sondern in einer annähernd elliptischen Bahn, die kontinuierlichen Störungen durch die anderen Planeten unterliegt. Ebenfalls durch die Störungen der Planeten und insbesondere des Mondes ändert sich laufend die Neigung der Erdachse zur Ekliptik. Schließlich überlagert sich noch ein weiterer Effekt, der aus langperiodischen Gezeitenreibungen des inhomogenen Erdkörpers resultiert. Dadurch entstehen geringe, irreguläre Schwankungen der Rotationszeit der Erde.

Die durch eine Sonnenuhr gegebene wahre Sonnenzeit enthält alle drei Effekte ungefiltert, ist also für genaue Zeitmessungen nicht geeignet. Um die Bewegung der Erde um die Sonne im Laufe eines Jahres und die ungleichförmige Bahngeschwindigkeit zu kompensieren, hat man die mittlere Sonnenzeit eingeführt. Hier wird eine fiktive mittlere Sonne angenommen, die sich mit konstanter Geschwindigkeit auf dem Himmelsäquator bewegt. Die mit "Zeitgleichung" bezeichnete Differenz zwischen wahrer und mittlerer Zeit erreicht Mitte Mai +3.8 min und Anfang November +16.4 min, d.h., eine Sonnenuhr ginge entsprechend vor. Minima der Zeitgleichung treten Mitte Februar mit −14.4 min und Ende Juli mit −6.4 min ein. Durch die scheinbare Sonnenbewegung ist ein Sonnentag um $3^{\mathrm{m}}56\overset{\mathrm{s}}{.}555$ länger als ein Sterntag, d.h. die Zeit, die zwischen zwei Kulminationen eines Fixsterns vergeht. Im Jahreslauf entsprechen somit 365 Sonnentagen 366 Sterntage.

Die Weltzeit (UT, Universal Time) ist angebunden an die mittlere Sonnenzeit in Greenwich ($0°$ Länge). Sie ist Grundlage der bürgerlichen Zeitzählung. Per Definition erhält ein Streifen von $15°$ Länge auf der Erde eine gesonderte Zonenzeit, die von der Weltzeit abweicht. Für den Einzugsbereich des Kalenders gilt gesetzlich die Mitteleuropäische Zeit MEZ bzw. – im Sommerhalbjahr – die Mitteleuropäische Sommerzeit $MESZ$. Die drei Zeiten sind durch $UT = MEZ − 1^{\mathrm{h}} = MESZ − 2^{\mathrm{h}}$ miteinander gekoppelt. Wir verwenden bei allen Zeitangaben die MEZ. In Ausnahmefällen wird – gesondert gekennzeichnet – auch UT benutzt.

Genaue Messungen von Körpern des Sonnensystems ergaben, daß die Weltzeit kein absolut gleichförmiges Zeitmaß darstellt. Man führte deshalb die Ephemeridenzeit ET ein, die auf der Dynamik des Planetensystems basiert. Durch unregelmäßige Schwankungen der Erdrotation ergeben sich Differenzen $\Delta T = ET − UT$, deren Verlauf nur empirisch zu bestimmen ist. Der Verlauf dieser Zeitdifferenz ist aus der nachstehenden Tabelle zu ersehen.

Jahr	ET–UT s	Jahr	ET–UT s	Jahr	ET–UT s	Jahr	ET–UT s
1800	+13.7	1860	+ 7.9	1920	+21.2	1980	+50.5
1810	+12.5	1870	+ 1.6	1930	+24.0	1990	+56.9
1820	+12.0	1880	− 5.4	1940	+24.3	1991	+57.6
1830	+ 7.5	1890	− 5.9	1950	+29.1	1992	(+59)
1840	+ 5.7	1900	− 2.7	1960	+33.1	1993	(+59)
1850	+ 7.1	1910	+10.5	1970	+40.2	1994	(+60)

1984 wurde die Ephemeridenzeit durch die Dynamische Zeit TD ersetzt, die auf der ET basiert, deren Gleichförmigkeit jedoch durch Atomuhren definiert wird. Für die Zwecke dieses Kalenders kann man TD und ET gleichsetzen.

Die Koordinaten und physischen Ephemeriden sind für $0^h UT = 1^h MEZ$ gegeben, alle Auf-, Untergangs- und Kulminationszeiten in MEZ. Die Örter beziehen sich auf den Erdmittelpunkt und natürlich nicht auf einen Ort auf der Erdoberfläche. Der entstehende parallaktische Effekt zwischen geozentrischen und topozentrischen Örtern ist – abgesehen vom nahen Erdmond – bei den anderen Körpern des Sonnensystems sehr klein. Aus den geozentrischen Koordinaten (α, δ) lassen sich aber die topozentrischen Werte

$$\alpha' = \alpha + \Delta\alpha \qquad \delta' = \delta + \Delta\delta$$

leicht berechnen. Aus der geographischen Breite φ ergeben sich die geozentrische Breite φ' und der Abstand ρ des Beobachtungsortes vom Erdmittelpunkt zu

$$\tan M = 0.99664719 \tan\varphi$$

$$\rho\sin\varphi' = 0.99664719\sin M + H \sin\varphi/6378140$$

$$\rho\cos\varphi' = \cos M + H \cos\varphi/6378140 \,,$$

wobei H die Höhe des Beobachtungsortes über NN in m ist. Dann wird:

$$\tan\Delta\alpha = \frac{-\rho\cos\varphi'\sin\pi\sin\Theta}{\cos\delta - \rho\cos\varphi'\sin\pi\cos\Theta}$$

$$\tan\delta' = \frac{\sin\delta - \rho\sin\varphi'\sin\pi}{\cos\delta - \rho\cos\varphi'\sin\pi\cos\Theta}\cos\Delta\alpha \,.$$

Ist statt der Parallaxe π nur die Entfernung Δ (in AU) gegeben, so ist

$$\pi = 8^s\!.794/\Delta$$

zu verwenden. Θ ist die Ortssternzeit, die sich aus der Sternzeit in Greenwich Θ_0, der geographischen Länge λ (negativ östlich von Greenwich) und der geozentrischen Rektaszension α ergibt zu: $\Theta = \Theta_0 - \lambda - \alpha$. Es versteht sich von selbst, daß alle benötigten Werte für den gewünschten Zeitpunkt aus den Kalenderdaten zu interpolieren sind.

Die Auf-, Untergangs- und Kulminationszeiten gelten streng nur für den angenommenen Kalenderort (50° nördl. Breite und 15° östl. Länge) und beziehen sich strikt auf das Tabellendatum. Die Kulminationszeiten sind lediglich wegen der Längendifferenz (1° entspricht 4 min) zu korrigieren. Die ermittelte Zeitdifferenz ist für westlich von 15° liegende Orte zur Kalenderzeit zu addieren. Sie ist bei östlich von 15° liegenden Orten zu subtrahieren. Bei der Reduktion der Auf- und Untergangszeiten gehen die geographische Breite φ und die Deklination δ des Gestirns ein. Die nachstehende Umrechnungstafel 1.3 ermöglicht – gegebenenfalls durch Interpolation – diese Aufgabe.

Ein nützliches Instrument zur Berechnung größerer Zeitdifferenzen stellt die Julianische Tageszählung dar (Tafel 1.4), deren Nullpunkt auf den Mittag (12^h) UT gelegt ist.

9

1.3 Reduktion der Auf- und Untergangszeiten

δ	*Breite* 47°	48°	49°	51°	52°	53°	54°	55°
°	m	m	m	m	m	m	m	m
+28	±19	±13	± 6	∓ 7	∓15	∓24	∓33	∓44
+26	±17	±11	± 6	∓ 6	∓13	∓20	∓28	∓37
+24	±15	±10	± 5	∓ 5	∓11	∓18	∓24	∓32
+22	±13	± 9	± 4	∓ 4	∓10	∓15	∓21	∓27
+20	±11	± 8	± 4	∓ 4	∓ 8	∓13	∓18	∓24
+18	±10	± 7	± 3	∓ 3	∓ 7	∓11	∓16	∓21
+16	± 8	± 6	± 3	∓ 3	∓ 6	∓10	∓14	∓18
+14	± 7	± 5	± 2	∓ 2	∓ 5	∓ 8	∓12	∓15
+12	± 6	± 4	± 2	∓ 2	∓ 4	∓ 7	∓10	∓13
+10	± 5	± 3	± 1	∓ 1	∓ 3	∓ 6	∓ 8	∓10
+ 8	± 4	± 2	± 1	∓ 1	∓ 3	∓ 4	∓ 6	∓ 8
+ 6	± 3	± 2	± 1	∓ 1	∓ 2	∓ 3	∓ 5	∓ 6
+ 4	± 2	± 1	0	0	∓ 1	∓ 2	∓ 3	∓ 4
+ 2	± 1	0	0	0	0	∓ 1	∓ 1	∓ 2
0	0	0	0	0	0	0	0	0
− 2	0	0	0	0	0	0	± 1	± 1
− 4	∓ 1	∓ 1	0	0	± 1	± 2	± 2	± 3
− 6	∓ 2	∓ 1	0	± 1	± 2	± 3	± 4	± 5
− 8	∓ 3	∓ 2	∓ 1	± 1	± 2	± 4	± 5	± 7
−10	∓ 4	∓ 3	∓ 1	± 1	± 3	± 5	± 7	± 9
−12	∓ 6	∓ 4	∓ 2	± 2	± 4	± 6	± 9	±11
−14	∓ 7	∓ 4	∓ 2	± 2	± 5	± 8	±11	±14
−16	∓ 8	∓ 5	∓ 2	± 3	± 6	± 9	±13	±16
−18	∓ 9	∓ 6	∓ 3	± 3	± 7	±11	±15	±19
−20	∓11	∓ 7	∓ 3	± 4	± 8	±12	±17	±22

Die oberen Vorzeichen gelten für die Auf-, die unteren für die Untergänge.

1.4 Julianische Tageszählung (JD)

Die folgende Tabelle gibt das Julianische Datum (JD) für den 0. des jeweiligen Monats des Kalenderjahres 0^h UT. Für das JD eines anderen Monatstages ist das Datum des gewünschten Tages zu dem JD des 0. des Monats zu addieren.

Monat		JD	Monat		JD
Jan.	0.0 =	2449352.5	Jul.	0.0 =	2449533.5
Feb.	0.0 =	2449383.5	Aug.	0.0 =	2449564.5
Mrz.	0.0 =	2449411.5	Sep.	0.0 =	2449595.5
Apr.	0.0 =	2449442.5	Okt.	0.0 =	2449625.5
Mai	0.0 =	2449472.5	Nov.	0.0 =	2449656.5
Jun.	0.0 =	2449503.5	Dez.	0.0 =	2449686.5

1.5 Koordinaten und physische Ephemeriden

Alle Positionsangaben in diesem Kalender beziehen sich auf das Referenzsystem J2000.0. Bei den gegebenen geozentrischen Koordinaten α, δ und λ, β handelt es sich um scheinbare Örter. Die ekliptikalen Koordinaten von Sonne und Mond beziehen sich auf das mittlere Äquinoktium und die Ekliptik des Datums. Die geozentrischen, rechtwinkligen Koordinaten der Sonne beziehen sich auf den mittleren Äquator und das Äquinoktium J2000.0. Die Distanzen X, Y, Z, r und Δ verstehen sich in Astronomischen Einheiten (1 AE = 149597870.66 km).

Der Positionswinkel P bei Mond und Planeten wird vom Nordpunkt der Scheibe aus ostwärts, entgegen dem Uhrzeigersinn, gezählt. Positionswinkel laufen generell von $0°$ bis $360°$. Nur bei der Sonne ist es üblich, den Positionswinkel (der Sonnenachse) auf Werte $\leq 90°$ zu begrenzen: Ist die Rotationsachse nach Osten geneigt, so wird der Winkel positiv, andernfalls negativ gezählt. Die Werte der Sonne sind auf $\pm 26°\!.3$ begrenzt mit Extremwerten Anfang April und Mitte Oktober und Nullstellen Anfang Januar und Juli. Diese Definitionen gelten für Beobachtungen mit dem bloßen Auge oder einem Feldstecher. In einem astronomischen (umkehrenden) Fernrohr ist der Nordpunkt der unterste Punkt der Scheibe bei der Kulmination. Der Positionswinkel wird in diesem Falle im Uhrzeigersinn nach rechts (Osten) gezählt.

Unter L und B sind bei der Sonne die heliographischen Längen und Breiten des Mittelpunktes der Sonnenscheibe zu finden. Bei einem positiven Wert von B ist der Nordpol der Sonne der Erde zugewandt. Anfang Juni und Dezember ist die heliographische Breite $0°$. Die Längen nehmen pro Tag um $13°\!.2$ ab. Damit dauert die synodische Umlaufzeit 27.2752 Tage. Bei jedem Nulldurchgang von L beginnt eine neue Sonnenrotation, was am Fuß der Seiten vermerkt ist.

Die selenographischen Längen und Breiten L und B der Erde entsprechen den geozentrischen, selenographischen Koordinaten des scheinbaren Mittelpunktes der Mondscheibe. Dies ist der Punkt der Mondoberfläche, an dem die Erde im Zenit steht. Infolge von Librationseffekten unterliegt der mittlere scheinbare Mittelpunkt der Mondscheibe den Verschiebungen L und B. Der subsolare Punkt auf der Mondoberfläche – also der Punkt, in dem die Sonne im Zenit steht – wird durch seine selenographische Länge $L_\odot$ und Breite $B_\odot$ definiert. Anstelle von $L_\odot$ ist im Kalender die auf einen Winkel zwischen $0°$ und $360°$ reduzierte Co-Länge $C_\odot = 90° - L_\odot$ angegeben. $C_\odot$ ist korreliert mit den Mondphasen: Bei Vollmond ist $C_\odot$ etwa $90°$, bei Neumond etwa $270°$. Der Anteil der von der Sonne beleuchteten Fläche an der Gesamtfläche ist durch k gegeben. Mit der Lichtgrenze Lgr ist die selenographische Länge tabuliert, bei der die Sonne gerade auf- (bei wachsendem k) oder untergeht (bei abnehmendem k).

Bei den Planetenephemeriden sind noch die Elongation El und der Phasenwinkel φ vermerkt. El ist der Winkelabstand des Planeten von der Sonne, der bei den äußeren Planeten alle Werte zwischen $0°$ und $180°$ erreichen kann. Beim Merkur kann die Elongation höchstens $27°$, bei Venus $46°$ betragen. Der Winkel Sonne–Planet–Erde wird als Phase φ bezeichnet, die bei den inneren Planeten alle Werte zwischen $0°$ und $180°$ (Konjunktionen) erreichen kann. Bei den äußeren Planeten nimmt der maximal mögliche Phasenwinkel mit zunehmender Entfernung von der Sonne ab. Der beleuchtete Teil k der

Planetenoberfläche kann bei Merkur und Venus natürlich alle Werte zwischen 0 und 1 erreichen. Schon beim Mars aber kann k nicht kleiner als 0.84 werden. Beim Jupiter ist k nie kleiner als 0.99, so daß hier der Lichtdefekt q in Bogensekunden gerechnet vom unbeleuchteten Rand des Planeten angegeben wird. Die visuellen Helligkeiten m_{vis} hängen primär von den Distanzen Sonne–Planet und Erde–Planet ab. Bei Merkur bis Jupiter sind auch die Phasenwinkel berücksichtigt, beim Saturn außerdem die Stellung des Ringsystems.

Die Größen $B_{\odot}$ und $B_{\oplus}$ beim Jupiter sind die jovizentrischen Breiten von Sonne und Erde, deren Betrag immer unter $4°$ liegt. Die Stellung des Saturnrings ergibt sich aus den tabulierten größten und kleinsten Durchmessern der Außenkante des äußersten Rings. $N_{\odot}$ ist die planetozentrische Breite der Sonne, bezogen auf die Ringebene, $N_{\oplus}$ die Breite der Erde, also die Neigung der Ringebene.

Die IAU benutzt ab 1984 die neue Standardepoche 2000 Jan. 1, 12^{h} TD, entsprechend JD 2451545.0. Diese Epoche wird mit J2000.0 abgekürzt. Das Julianische Jahrhundert umfaßt exakt 36525 Tage. Früher wurden die Positionen auf den Beginn des Besselschen Jahres mit der Länge des tropischen Jahres von 365.2422 Tagen bezogen. Die alte Standardepoche 1950 Jan. 0.9235 (JD 2433282.4235) wurde mit B1950.0 bezeichnet. Auf die komplizierten Unterschiede des neuen und des alten Referenzsystems kann hier nicht eingegangen werden.

Der Sternfreund wird häufig Koordinatenangaben in einem der beiden Systeme B1950.0 bzw. J2000.0 vorfinden. Die Umrechnung ineinander kann in guter Näherung nach den folgenden Formeln geschehen. Mit den Ausgangskoordinaten α_0, δ_0 und den im betrachteten Fall geltenden Konstanten

B1950.0 —> J2000.0	**J2000.0 —> B1950.0**
$a = +0°\!.320233$	$a = -0°\!.320289$
$b = +0°\!.320289$	$b = -0°\!.320233$
$c = +0°\!.278406$	$c = -0°\!.278406$

berechnet man die Hilfsgrößen

$$A = \cos \delta_0 \sin(\alpha_0 + a)$$

$$B = \cos c \cos \delta_0 \cos(\alpha_0 + a) - \sin c \sin \delta_0$$

$$C = \sin c \cos \delta_0 \cos(\alpha_0 + a) + \cos c \sin \delta_0$$

Die umgewandelten Koordinaten α_1, δ_1 ergeben sich dann aus

$$\alpha_1 = \arctan\left(\frac{A}{B}\right) + b \qquad\qquad \delta_1 = \arccos\left(\sqrt{A^2 + B^2}\right),$$

wobei bei α_1 auf den richtigen Quadranten zu achten ist: Für $B < 0$ ist zu α_1 $180°$ zu addieren.

Will man auf die gezeigte Weise Sternpositionen übertragen, dann sind zunächst die Eigenbewegungen (vorzeichenrichtig!) anzubringen. Man erhält dann neue Koordinaten, die sich auf das alte Äquinoktium, jedoch die neue Epoche beziehen. Diese Koordinaten unterwirft man dann der Umwandlung.

2 Beobachtungen mit bloßem Auge

2.1 Planeten

Innere Planeten

Planet	Obere Konjunkt. Datum ʰ	Größte östliche Elongation Datum ʰ	°	Untere Konjunkt. Datum ʰ	Größte westliche Elongation Datum ʰ	°
Merkur	Jan. 3 21	Feb. 4 22	18.3	Feb. 20 9	Mrz. 19 2	27.7
Merkur	Apr. 30 11	Mai 30 8	23.1	Jun. 25 11	Jul. 17 15	20.5
Merkur	Aug. 13 2	Sep. 26 17	26.1	Okt. 21 6	Nov. 6 1	18.9
Merkur	Dez. 14 4	− − −	−	− − −	− − −	−
Venus	Jan. 17 3	Aug. 25 0	46.0	Nov. 3 0	− − −	−

Äußere Planeten

Planet	Stillstand Datum ʰ	Opposition Datum ʰ	Stillstand Datum ʰ	Konjunktion Datum ʰ
Mars	− − −	− − −	− − −	− − −
Jupiter	Feb. 28, 22	Apr. 30, 10	Jul. 2, 17	Nov. 17, 21
Saturn	Jun. 24, 5	Sep. 1, 18	Nov. 9, 22	Feb. 21, 18
Uranus	Mai 1, 2	Jul. 17, 5	Okt. 2, 4	Jan. 12, 18
Neptun	Apr. 25, 10	Jul. 14, 17	Okt. 2, 15	Jan. 11, 9
Pluto	Mrz. 4, 2	Mai 17, 21	Aug. 9, 15	Nov. 20, 14

Begegnung der großen Planeten in Rektaszension

Zeit Datum ʰ	Distanz ° ′		El °	Zeit Datum ʰ	Distanz ° ′		El °
Jan. 1,11	Merkur	0 50 S	Mars	2 W	Feb. 14, 4	Venus	0 02 S	Saturn	7 E
6, 7	Venus	0 18 N	Mars	3 W	15,20	Merkur	5 04 N	Venus	8 E
8, 6	Merkur	2 40 S	Neptun	3 E	17,17	Merkur	5 19 N	Saturn	5 E
9, 3	Merkur	1 37 S	Uranus	4 E	27, 2	Merkur	4 26 N	Mars	14 W
12, 7	Venus	1 24 S	Neptun	1 W	Mrz.14,11	Mars	0 22 N	Saturn	18 W
13,14	Venus	0 22 S	Uranus	1 W	24, 9	Merkur	0 15 S	Saturn	27 W
16, 8	Mars	1 33 S	Neptun	5 W	Apr. 4, 3	Merkur	1 28 S	Mars	23 W
18,14	Mars	0 29 S	Uranus	6 W	Nov.12,19	Merkur	5 26 N	Venus	16 W
Feb. 2, 5	Merkur	1 21 N	Saturn	18 E	28,19	Merkur	0 24 S	Jupiter	9 W

2.2 Mond

Apsiden

Perigäum Datum	h	km	Apogäum Datum	h	km	Perigäum Datum	h	km	Apogäum Datum	h	km
Jan.	6 02	370142	Jan.	19 06	404362	Jul.	18 19	367865	Jul.	31 00	404086
Jan.	31 05	367408	Feb.	16 03	404980	Aug.	13 00	369464	Aug.	27 19	404343
Feb.	27 23	361845	Mrz.	15 18	405892	Sep.	8 15	365148	Sep.	24 13	405245
Mrz.	28 07	357959	Apr.	12 01	406468	Okt.	6 15	360244	Okt.	22 03	406098
Apr.	25 18	356929	Mai	9 03	406423	Nov.	4 01	357240	Nov.	18 06	406347
Mai	24 04	358816	Jun.	5 14	405693	Dez.	2 13	357264	Dez.	15 09	406019
Jun.	21 08	362954	Jul.	3 06	404677	Dez.	31 00	360488			

Vorübergänge des Mondes an Planeten in Rektaszension

N Planet nördlich vom Mond, S Planet südlich vom Mond

Datum	MEZ h m	Planet	Distanz ° ′	Datum	MEZ h m	Planet	Distanz ° ′
Jan. 6	23 13	Jupiter	3 08 N	Jul. 5	5 52	Mars	0 20 N
11	17 39	Mars	4 37 S	7	14 13	Merkur	1 21 S
11	23 08	Venus	4 41 S	12	12 34	Venus	6 52 N
12	13 12	Merkur	6 31 S	16	23 43	Jupiter	2 40 N
15	0 41	Saturn	6 57 S	26	5 20	Saturn	7 04 S
Feb. 3	9 28	Jupiter	2 42 N	Aug. 3	5 27	Mars	2 33 N
9	20 31	Mars	6 02 S	7	0 11	Merkur	6 34 N
11	8 56	Venus	6 51 S	11	0 16	Venus	3 14 N
11	15 10	Saturn	6 51 S	13	8 27	Jupiter	2 06 N
11	23 48	Merkur	2 44 S	22	10 34	Saturn	7 04 S
Mrz. 2	17 09	Jupiter	2 26 N	Sep. 1	3 39	Mars	4 28 N
10	5 15	Merkur	4 41 S	7	10 07	Merkur	3 17 N
11	0 03	Mars	6 32 S	9	1 51	Venus	2 22 S
11	4 38	Saturn	6 52 S	9	20 44	Jupiter	1 25 N
13	17 52	Venus	5 19 S	18	14 05	Saturn	7 10 S
29	23 44	Jupiter	2 26 N	29	23 04	Mars	6 00 N
Apr. 7	16 41	Saturn	6 59 S	Okt. 6	18 41	Merkur	2 45 S
9	2 59	Mars	5 53 S	7	10 59	Venus	6 59 S
9	12 04	Merkur	7 06 S	7	13 00	Jupiter	0 44 N
13	0 24	Venus	1 02 S	15	17 09	Saturn	7 17 S
26	5 53	Jupiter	2 41 N	28	13 43	Mars	7 05 N
Mai 5	3 32	Saturn	7 06 S	Nov. 2	10 40	Merkur	4 14 N
8	4 47	Mars	4 14 S	3	10 41	Venus	4 59 S
11	21 48	Merkur	2 35 N	4	8 33	Jupiter	0 07 N
13	7 28	Venus	3 37 N	11	21 52	Saturn	7 17 S
23	11 36	Jupiter	2 58 N	25	20 48	Mars	7 49 N
Jun. 1	13 25	Saturn	7 09 S	30	14 59	Venus	2 03 N
6	5 38	Mars	2 01 S	Dez. 2	5 32	Jupiter	0 29 S
11	0 46	Merkur	3 14 N	2	13 27	Merkur	1 46 S
12	13 51	Venus	6 48 N	9	6 08	Saturn	7 06 S
19	17 14	Jupiter	2 59 N	23	16 26	Mars	8 30 N
28	22 10	Saturn	7 07 S	29	5 54	Venus	2 53 N
				30	1 27	Jupiter	1 04 S

Mondphasen

Neumond Datum	h	m	Erstes Viertel Datum	h	m	Vollmond Datum	h	m	Letztes Viertel Datum	h	m
									Jan. 5	1	01
Jan. 12	0	10	Jan. 19	21	27	Jan. 27	14	23	Feb. 3	9	06
Feb. 10	15	30	Feb. 18	18	47	Feb. 26	2	15	Mrz. 4	17	53
Mrz. 12	8	05	Mrz. 20	13	14	Mrz. 27	12	10	Apr. 3	3	55
Apr. 11	1	17	Apr. 19	3	34	Apr. 25	20	45	Mai 2	15	32
Mai 10	18	07	Mai 18	13	50	Mai 25	4	39	Jun. 1	5	02
Jun. 9	9	26	Jun. 16	20	56	Jun. 23	12	33	Jun. 30	20	31
Jul. 8	22	37	Jul. 16	2	12	Jul. 22	21	16	Jul. 30	13	40
Aug. 7	9	45	Aug. 14	6	57	Aug. 21	7	47	Aug. 29	7	41
Sep. 5	19	33	Sep. 12	12	34	Sep. 19	21	01	Sep. 28	1	23
Okt. 5	4	55	Okt. 11	20	17	Okt. 19	13	18	Okt. 27	17	44
Nov. 3	14	36	Nov. 10	7	14	Nov. 18	7	57	Nov. 26	8	04
Dez. 3	0	54	Dez. 9	22	06	Dez. 18	3	17	Dez. 25	20	06

2.3 Finsternisse

In diesem Jahre finden zwei Sonnenfinsternisse und zwei Mondfinsternisse statt. Im deutschsprachigen Raum sind nur die Sonnenfinsternis vom 10. Mai und die Mondfinsternis vom 25. Mai teilweise zu beobachten.

Sonnenfinsternisse

Ringförmige Sonnenfinsternis Mai 10:

	Zeit (MEZ)	Geogr. Länge	Geogr. Breite
Beginn der Finsternis	15 12	125.5 W	4.9 N
Beginn der ringförmigen Phase	16 21	145.3 W	13.1 N
Beginn der zentralen Finsternis	16 23	146.1 W	13.6 N
Finsternis im wahren Mittag	18 20	80.9 W	42.4 N
Ende der zentralen Finsternis	19 00	4.2 W	32.3 N
Ende der ringförmigen Phase	20 02	5.0 W	31.8 N
Ende der Finsternis	21 11	25.5 W	23.8 N

Die Sonnenfinsternis ist in Nord- und Mittelamerika, der Nordpolregion, dem Atlantik nördlich des Äquators, in Nordwestafrika sowie in großen Teilen Europas zu sehen. Die Zone der ringförmigen Verfinsterung beginnt bei Sonnenaufgang südöstlich von Hawaii, berührt Mexiko und durchquert dann die USA von Südwest nach Nordost. Die ringförmige Zone endet bei Sonnenuntergang in Marokko.

In Deutschland ist das Ereignis als partielle Finsternis vor Sonnenuntergang zu beobachten. Der Beginn der Finsternis kann überall gesehen werden, das Maximum der partiellen Phase nur im äußersten Osten und Südosten Deutschlands. Das Ende der Finsternis findet für alle Orte in Deutschland nach Sonnenuntergang statt.

Ringförmige Sonnenfinsternis 1994 Mai 10

Ort	Beginn h m	Maximum h m	Ende h m	Größe	P o
Aachen	18 38.3	19 35.3	— —	0.513	238.0
Arkona	18 36.4	19 27.8	— —	0.408	230.2
Augsburg	18 40.7	19 36.6	— —	0.527	239.2
Bamberg	18 39.6	19 34.8	— —	0.501	237.3
Berlin	18 38.0	10 30.6	— —	0.443	233.0
Bremen	18 37.0	19 31.5	— —	0.459	234.0
Cottbus	18 38.5	19 31.1	— —	0.449	233.5
Dortmund	18 38.0	19 34.0	— —	0.493	236.6
Dresden	18 39.0	19 32.3	— —	0.464	234.6
Düsseldorf	18 38.1	19 34.6	— —	0.502	237.2
Erfurt	18 38.8	19 35.4	— —	0.481	235.8
Erlangen	18 39.9	19 35.1	— —	0.505	237.6
Flensburg	18 35.8	19 29.0	— —	0.428	231.6
Frankfurt/M.	18 39.2	19 35.3	— —	0.510	237.9
Frankfurt/O.	18 38.2	19 30.4	— —	0.439	232.8
Freiburg/Br.	18 40.7	19 38.2	— —	0.552	241.0
Göttingen	18 38.3	19 33.2	— —	0.479	235.6
Greifswald	18 36.8	19 28.6	— —	0.418	231.0
Halle	18 38.6	19 32.4	— —	0.467	234.8
Hamburg	18 36.8	19 30.4	— —	0.444	232.9
Hannover	18 37.6	19 32.1	— —	0.465	234.6
Heidelberg	18 39.8	19 36.2	— —	0.523	238.8
Jena	18 39.0	19 33.3	— —	0.480	235.7
Kassel	18 38.4	19 33.6	— —	0.485	236.0
Köln	18 38.3	19 34.9	— —	0.506	237.5
Konstanz	18 41.1	19 38.1	— —	0.550	240.8
Leipzig	18 38.7	19 32.5	— —	0.468	234.9
Lübeck	18 36.7	19 29.8	— —	0.435	232.3
Magdeburg	18 38.1	19 31.8	— —	0.460	234.2
München	18 41.0	— —	— —	—	239.3
Neubrandenburg	18 37.2	19 29.3	— —	0.426	231.6
Nürnberg	18 39.9	19 35.2	— —	0.506	237.7
Passau	18 40.7	— —	— —	—	237.9
Rostock	18 36.7	19 29.1	— —	0.425	231.5
Sonneberg	18 39.3	19 34.0	— —	0.490	236.5
Stralsund	18 36.7	19 28.4	— —	0.416	230.8
Stuttgart	18 40.3	19 36.8	— —	0.530	239.4
Ulm	18 40.7	19 36.9	— —	0.532	239.6
Wiesbaden	18 39.2	19 35.5	— —	0.513	238.1
Wittenberg	18 38.3	19 31.6	— —	0.457	234.1
Worms	18 39.6	19 36.1	— —	0.521	238.7
Graz	18 41.7	— —	— —	—	239.1
Innsbruck	18 41.6	— —	— —	—	240.4
Klagenfurt	18 42.1	— —	— —	—	240.2
Wien	18 40.9	— —	— —	—	237.3
Basel	18 41.0	19 38.8	— —	0.562	241.6
Bern	18 41.5	19 39.6	— —	0.574	242.5
Zürich	18 41.3	19 38.7	— —	0.559	241.5

Totale Sonnenfinsternis November 3:

	Zeit (MEZ)	Geogr. Länge	Geogr. Breite
Beginn der Finsternis	12 05	80.6 W	0.7 S
Beginn der totalen Phase	13 02	96.6 W	7.7 S
Beginn der zentralen Finsternis	13 03	96.9 W	7.9 S
Finsternis im wahren Mittag	14 47	30.9 W	36.5 S
Ende der zentralen Finsternis	16 15	46.7 W	32.0 S
Ende der totalen Phase	16 17	46.5 O	31.9 S
Ende der Finsternis	17 13	29.8 O	24.9 S

Die Finsternis ist in Zentral- und Mittelamerika, dem südlichen Atlantik, Südafrika und Teilen der Antarktis zu sehen.

Mondfinsternisse

Partielle Mondfinsternis Mai 25:

	Zeit (MEZ)
Eintritt in den Halbschatten	$2^h 20^m$
Eintritt in den Kernschatten	$3^h 38^m$
Maximum der Finsternis	$4^h 30^m$
Austritt aus dem Kernschatten	$5^h 23^m$
Austritt aus dem Halbschatten	$6^h 41^m$

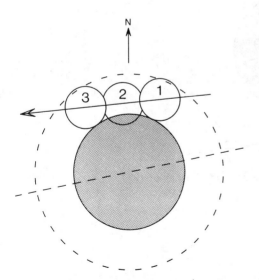

Abb. 1 Partielle Mondfinsternis vom 25. Mai 1994. (1) Eintritt in den Kernschatten; (2) Maximum der Finsternis; (3) Austritt aus dem Kernschatten

Die Größe der partiellen Verfinsterung zur Mitte der Finsternis beträgt 0.243. Während der Eintritt des Mondes in den Kernschatten noch überall in Deutschland gerade wahrgenommen werden kann, verschlechtern sich dann die Sichtbedingungen von West nach Ost. Nur in Südwestdeutschland kann unter günstigen Bedingungen kurz vor Monduntergang noch das Maximum der Finsternis verfolgt werden.

Halbschattenfinsternis des Mondes November 18:

	Zeit (MEZ)
Eintritt in den Halbschatten	$5^h\ 29^m$
Maximum der Finsternis	$7^h\ 44^m$
Austritt aus dem Halbschatten	$9^h\ 00^m$

Die maximale Größe der Finsternis im Halbschatten beträgt 0.882. Die Erscheinung wird nur im Westen und Nordwesten Deutschlands mit Mühe vor dem Monduntergang beobachtbar sein.

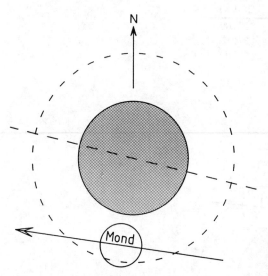

Abb. 2   Halbschattenfinsternis vom 18. November 1994.

2.4 Der Fixsternhimmel

Das Aussehen des Fixsternhimmels wird durch die Bewegung der Erde um die Sonne bestimmt und wiederholt sich im Jahresrhythmus. Die Eigenbewegungen der Sterne sind so gering, daß sie erst nach mehreren 10000 Jahren einen merkbaren Einfluß auf das Aussehen des Fixsternhimmels haben.

Die Wintermonate bieten durch die Länge der Nächte und den frühen Sonnenuntergang gute Beobachtungsmöglichkeiten. Am Winterhimmel findet man auch einige der eindrucksvollsten Sternbilder mit sehr hellen Einzelsternen. In den frühen Abendstunden (19 bis 20 Uhr) des Januar und Februar befinden sich der Orion mit den hellen Sternen Rigel und Beteigeuze, der Fuhrmann mit dem Stern Kapella, der fast Zenithöhe erreicht, die Zwillinge mit den bekannten Sternen Kastor und Pollux, sowie der Kleine Hund mit Sirius, dem hellsten Fixstern überhaupt, in der Nähe des Meridians bzw. östlich davon. Der Westhimmel wird zur gleichen Zeit von den Sternbildern Kassiopeia, Perseus, Andromeda und Stier mit dem rötlich leuchtenden Aldebaran beherrscht. Das dominierende Sternbild am Nordhimmel ist der Große Bär. Außerdem befinden sich dort u.a. der Kleine Bär mit dem Polarstern und der Drachen.

Im März und April kann man mit den Himmelsbeobachtungen – auch wegen der Umstellung auf die Sommerzeit am letzten Märzwochenende – erst in den späten Abendstunden (etwa 21 bis 22 Uhr) beginnen. Die genannten typischen Sternbilder des Winterhimmels (Orion, Stier, Zwillinge, Fuhrmann usw.) streben nun am Westhimmel dem Untergang zu. Am Osthimmel befinden sich der Bärenhüter mit dem hellen, roten Arktur, die Jungfrau mit Spica und der Herkules. Das umfangreiche Sternbild Großer Bär hat den Zenit erreicht.

In den Sommermonaten Mai bis August sind dann nur noch die Stunden um Mitternacht günstig für astronomische Beobachtungen. Der Südhimmel wird jetzt von den drei großen Sternbildern Schwan, Leier und Adler beherrscht. Die hellsten Sterne dieser drei Sternbilder (Deneb, Wega und Atair) bilden das bekannte Sommerdreieck. Der Bärenhüter und der Herkules sind schon wieder am Westhimmel, die Jungfrau ist bereits untergegangen. Der Große Bär steht tief am Horizont am Nordhimmel, und am Osthimmel gewinnen die Andromeda, die Kassiopeia und der Perseus schon wieder an Höhe.

In den letzten Monaten des Jahres wird man, auch wegen der Rückstellung auf die "normale" Mitteleuropäische Zeit am letzten Septemberwochenende, die Beobachtungen wieder mehr und mehr in die Abendstunden verlegen. In dieser Zeit sind die typischen Sommersternbilder (Schwan, Leier und Adler) noch am Westhimmel sichtbar, die Sternbilder des Winterhimmels Stier und Fuhrmann und später auch der Orion sind am Osthimmel zu beobachten. Sie gewinnen mehr und mehr an Höhe.

2.5 Sichtbarkeit der Planeten

Die Planeten bewegen sich in bezug auf die Fixsterne. Die Schnelligkeit ihrer Positionsveränderungen wird durch ihren Abstand von der Sonne, d.h. durch ihre Bahngeschwindigkeit, bestimmt. Der sonnennahe Merkur bewegt sich sehr schnell gegenüber den Sternen, die sonnenfernsten Planeten verändern ihre Positionen dagegen sehr langsam.

Die Planeten Merkur, Venus, Mars, Jupiter und Saturn können mit bloßem Auge beobachtet werden, für Uranus, Neptun und gar Pluto sind optische Hilfsmittel notwendig. Während für die Beobachtung von Uranus und Neptun ein Fernrohr mit 10 cm Öffnung voll und ganz genügt, wird für die Beobachtung des Pluto, dessen scheinbare Helligkeit bei 13^{m}7 liegt, ein Fernrohr mit einer Öffnung von mindestens 25 cm benötigt.

Der Merkur beschreibt die engste Bahn um die Sonne. Sein maximaler Winkelabstand (Elongation) vom Zentralgestirn des Planetensystems kann nicht größer als 27° werden. Das bedeutet, daß er nur wenig vor der Sonne auf- bzw. nach der Sonne untergehen kann. Für die Venus sind die Bedingungen deutlich besser. Ihr maximaler Winkelabstand vom Tagesgestirn kann 46° erreichen.

Die äußeren Planeten können, von der Erde aus gesehen, der Sonne am Himmel gegenüberstehen (Oppositionsstellung). In diesem Fall geht der Planet mit Sonnenuntergang auf und mit Sonnenaufgang unter, ist also die ganze Nacht sichtbar.

Merkur kann wegen seiner schnellen Bewegung mehrere Sichtbarkeitsperioden während eines Jahres haben. 1994 erreicht er Anfang Februar, Ende Mai, Mitte Juli und Anfang November große Elongationen. Für die Venus, die deutlich langsamer als der Merkur ist, gibt es 1994 zwei Sichtbarkeitsperioden. Sie ist vom Mai bis zum September und dann wieder im Dezember gut zu beobachten.

Für die äußeren Planeten gibt es jeweils eine längere Sichtbarkeitsperiode um die Oppositionen, die der Jupiter 1994 im April, der Saturn Ende August, Uranus und Neptun im Juli und Pluto im Mai erreichen. Der Mars kommt 1994 nicht in Opposition.

Januar

Merkur befindet sich im Januar in östlicher Elongation. Damit geht er nach der Sonne auf und unter. Aber erst Ende Januar ist die Differenz der Untergangszeiten (1^h 10^m am 25. Januar) ausreichend für eventuelle Beobachtungen bei guten Bedingungen. **Venus** und **Mars** können im Januar nicht beobachtet werden. Das Gleiche gilt für die teleskopischen Planeten **Uranus** und **Neptun**. **Jupiter** geht zwischen 3 Uhr am Monatsanfang und 1 Uhr am Monatsende im Sternbild Waage auf. **Saturn** geht schon zwischen 20 Uhr am Monatsbeginn und 18.30 Uhr am Monatsende unter. **Pluto** befindet sich im Sternbild Schlange und geht zwischen 2 und 3 Uhr auf.

Februar

In der ersten Februardekade geht **Merkur** ca. 90 min nach der Sonne unmittelbar vor Ende der astronomischen Dämmerung unter. Er kann deshalb tief am Westhorizont im Sternbild Wassermann gefunden werden. Die scheinbare Helligkeit des Planten nimmt in dieser Zeit von −0^{m}9 auf +0^{m}4 ab. Nach dem 10. Februar nähert sich die Untergangszeit des Merkur dann sehr schnell der der Sonne. **Venus** und **Mars** sind im Februar nicht zu beobachten. Für den **Jupiter** werden die Beobachtungsbedingungen im Februar immer besser. Ende des Monats geht er schon um Mitternacht auf. **Saturn** entzieht sich im Februar endgültig der Beobachtung. **Uranus** und **Neptun** gehen zwar vor der Sonne auf, eine Beobachtung ist aber noch nicht möglich. Die Aufgangszeit des **Pluto** verlagert sich auf Mitternacht.

März

Eine Beobachtung des **Merkur** ist im März nicht möglich. Auch für die **Venus** sind die Bedingungen noch schlecht. Um die Monatsmitte geht sie etwas mehr als eine Stunde nach der Sonne unter. **Jupiter** strebt mehr und mehr seiner besten Beobachtungsphase zu. Am 30. März geht er schon um 21.25 Uhr auf und kulminiert lange vor Sonnenaufgang um 2.16 Uhr. Da seine Deklination aber nur −14°.5 beträgt, ist seine Kulminationshöhe mit nur 24° sehr niedrig. Für die Beobachtung des Planeten spricht natürlich seine große scheinbare Helligkeit (−2.^{m}3). **Saturn** ist im März nicht zu beobachten. Er geht zum Monatsende nur knapp eine Stunde vor der Sonne auf. Die Aufgangszeiten von **Uranus** und **Neptun** verlagern sich immer mehr vor Sonnenaufgang. **Pluto** geht am Monatsende schon um 22 Uhr auf. Wegen seiner geringen Eigenbewegung befindet er sich immer noch im Sternbild Schlange, nahe der Grenze zum Schlangenträger.

April

Merkur ist im April nicht beobachtbar. Seine Aufgangszeit ist Mitte des Monats identisch mit der der Sonne, und er geht vor der Sonne unter. **Venus** wird mehr und mehr zum auffälligsten Gestirn am Abendhimmel. Ende des Monats geht sie erst um 21.30 Uhr, d.h. mehr als 2 Stunden nach der Sonne, unter. Mit −3.^{m}9 ist sie nach dem Mond das hellste Objekt am Abendhimmel. Die Aufgangszeit des **Mars** verlagert sich von 5 auf 4 Uhr (Monatsende). Da sich aber die Aufgangszeit der Sonne im gleichen Zeitraum von 5.45 Uhr auf 4.40 Uhr verändert, bleibt der Mars tief am Horizont in der Dämmerung unsichtbar. **Jupiter** erreicht im April seine Oppositionsstellung. Daß er trotzdem keine optimalen Beobachtungsbedingungen erreicht, liegt an seiner südlichen Deklination. Für **Saturn** gilt ähnliches wie für den Mars. Allerdings geht er Ende des Monats eine Stunde früher als der Mars auf. **Uranus** und **Neptun** sind nicht weit von einander entfernt im Sternbild Schütze zu finden. Trotz ihrer immer günstigeren Aufgangszeiten (gegen 2 Uhr zur Monatsmitte) sind sie schwer zu finden. Die Ursachen sind ihre geringen scheinbaren Helligkeiten (+5.^{m}7 bzw. +7.^{m}9) und ihre Deklination von −21°. **Pluto** strebt mehr und mehr seiner Oppositionsstellung zu. Mit δ =−5° steht auch er südlich des Himmelsäquators.

Mai

Im Mai zeigt sich der **Merkur** wieder kurz am Abendhimmel. Zeitweise geht er 2 Stunden nach der Sonne unter. Am 25. Mai sind die Untergangszeiten 19.52 Uhr für die Sonne und 21.57 Uhr für den Merkur. Die astronomische Dämmerung endet an diesem Tage allerdings erst um 23 Uhr. Die scheinbare Helligkeit des Planeten liegt zu dieser Zeit bei etwa 0.^{m}0. Der Planet bewegt sich rechtläufig im Sternbild Stier. Ab 28. Mai wechselt der Planet in das Sternbild Zwillinge. Auch die **Venus** befindet sich im Mai rechtläufig in den Sternbildern Stier und Zwillinge. Sie geht noch später als der Merkur unter (21.42 Uhr am 1. Mai, 22.32 Uhr am 25. Mai). **Mars** geht Ende Mai etwas mehr als eine Stunde vor der Sonne im Sternbild der Fische auf. Tief am Horizont ist er in der Morgendämmerung noch kein lohnendes Beobachtungsobjekt. **Jupiter** ist mit −2.^{m}5 das dominierende Gestirn am Abendhimmel. Zum Ende der astronomischen Dämmerung wird die Kulmination erreicht. **Saturn** ist ein Objekt des Morgenhimmels. Um die Monatsmitte geht er im Sternbild Wassermann etwa um 2 Uhr auf. **Uranus** und **Neptun** befinden sich weiter im Sternbild Schütze und sind erst morgens beobachtbar. **Pluto** erreicht im Mai seine Oppositionsstellung, hat also seine günstigsten Beobachtungsbedingungen für 1994. In der Monatsmitte kulminiert er um Mitternacht bei 34° Höhe im Sternbild Schlange.

Juni

Der **Merkur** entzieht sich im Juni der Beobachtung. Die Untergangszeit der **Venus** nähert sich im Juni allmählich der der Sonne. Die Differenz bleibt aber größer als 2 Stunden, so daß der Planet immer noch deutlich sichtbarer Abendstern ist. **Mars** wird nun langsam in der Morgendämmerung sichtbar. Anfang Juni liegt seine Aufgangszeit bei 2.30 Uhr, Ende des Monats bei 1.20 Uhr (Sonnenaufgang 3.55 Uhr). **Jupiter** steht bei Einbruch der Dunkelheit schon westlich des Meridians. In den kurzen Stunden um Mitternacht, die im Juni für astronomische Beobachtungen zur Verfügung stehen, strebt er bereits seinem Untergang zu. Dagegen werden die Beobachtungsmöglichkeiten für den **Saturn** immer besser. Ab Mitte Juni erscheint er schon vor Mitternacht über dem Horizont. **Uranus** und **Neptun** gehen noch vor dem Saturn um 22 Uhr auf. **Pluto** ist von Sonnenuntergang bis etwa 3 Uhr über dem Horizont.

Juli

Merkur erreicht im Juli 20° westliche Elongation von der Sonne. Bei guten Bedingungen kann er eventuell um den 25. Juli im Sternbild der Zwillinge gesehen werden. **Venus** bleibt im Juli noch Abendstern, aber ihre Untergangszeit nähert sich weiter der der Sonne. Am Monatsanfang beträgt die Differenz 2 Stunden, am Monatsende nur noch 1.5 Stunden. **Mars** geht Ende Juli schon kurz nach Mitternacht auf. Für den **Jupiter** verschlechtern sich die Beobachtungsbedingungen dagegen immer mehr. Ende Juli geht er schon vor 23 Uhr unter. Die Aufgangszeit des **Saturn** wird für seine Beobachtung immer günstiger. Von 23 Uhr zu Monatsbeginn verlagert sie sich nach 21 Uhr zu Monatsende. **Uranus** und **Neptun** erreichen im Juli ihre Oppositionsstellungen. Bei ihren Kulminationen um Mitternacht erreichen sie allerdings nur Höhen von etwa 18°. Mit ihren scheinbaren Helligkeiten von $+5.^m6$ und $+7.^m9$ sind es aber noch interessante Beobachtungsobjekte für kleine Teleskope. **Pluto** ist noch immer ein Beobachtungsziel in der ersten Nachthälfte. Sein Auffinden verlangt aber ein größeres Fernrohr.

August

Merkur kann im August nicht beobachtet werden, und auch für die **Venus** werden die Beobachtungsbedingungen langsam schlechter. Ende August geht sie schon eine Stunde nach der Sonne unter. Selbst die große scheinbare Helligkeit, die Ende August $-4.^m4$ beträgt, hilft nicht viel weiter. Für den **Mars** dagegen werden die Beobachtungsmöglichkeiten immer besser. Ende des Monats geht er schon um Mitternacht auf. **Jupiter** entzieht sich nun allmählich der Beobachtung. Seine Untergangszeit ist Ende August bei 21 Uhr. **Saturn** ist der Planet des Monats. Am 30. August kulminiert er kurz nach Mitternacht, kann also fast die ganze Nacht gut beobachtet werden. **Uranus** und **Neptun** werden nach ihren Oppositionsstellungen nun zu Objekten des Abendhimmels. **Pluto** geht am Monatsende bereits gegen 23 Uhr unter und entzieht sich bis zum Jahresende der Beobachtung.

September

Merkur, **Venus** und **Jupiter** sind im September nicht zu beobachten. **Mars** geht kurz vor Mitternacht auf und wird zu einem Objekt des Morgenhimmels. **Saturn** dagegen ist der Planet der ersten Nachthälfte. Er geht um 3 Uhr unter. **Uranus** und **Neptun** sind wenig eindrucksvolle Objekte der ersten Nachthälfte, die schon um Mitternacht untergehen. **Pluto** ist kaum noch zu beobachten.

Oktober

Die beiden hellsten Planeten **Venus** und **Jupiter** zeigen sich im Oktober nicht. Auch **Merkur** ist nicht sichtbar. **Mars** geht kurz nach 23 Uhr auf, bleibt also ein Planet der zweiten Nachthälfte. Bei einer Deklination von 20°, was einer Kulminationshöhe von 59° entspricht, erreicht er in der Morgendämmerung schon große Höhen über dem Horizont. Seine scheinbare Helligkeit beträgt etwa $+1^{m}_{.}0$. **Saturn** ist nur noch bis Mitternacht gut zu beobachten. Er geht Ende Oktober um 1 Uhr unter. Die Beobachtungsbedingungen für **Uranus** und **Neptun** verschlechtern sich zusehends. **Pluto** kann nicht mehr gesehen werden.

November

Merkur und **Venus** geben eine Visite am Morgenhimmel. Am Monatsersten geht der Merkur bereits um 5.08 Uhr auf, die Sonne erst um 6.45 Uhr. Bis zum 10. bleibt dieser Vorsprung des Merkur erhalten. Dann nimmt er schnell ab, und bis 25. November schmilzt er auf nur noch 60 min. Die Helligkeit liegt ziemlich konstant bei $-0^{m}_{.}7$. Merkur bewegt sich rechtläufig in den Sternbildern Jungfrau und Waage. Der Vorsprung der Venus beim morgendlichen Aufgang vor der Sonne wird immer größer. Zu Monatsbeginn beträgt er 45 min, zum Monatsende $2^{h}_{.}5$. **Venus** ist wieder dominierender Morgenstern geworden mit strahlenden $-4^{m}_{.}7$. Die Aufgangszeit des **Mars** verlagert sich nur langsam in frühere Abendstunden. Ende November erscheint er um 22 Uhr über dem Horizont. **Jupiter** kann im November nicht beobachtet werden. **Saturn** geht nun schon um Mitternacht unter. Da die Sonne aber schon um 16.30 Uhr verschwindet, bleibt noch ausreichend Zeit für die Beobachtung in den frühen Abendstunden. **Uranus** und **Neptun** sind keine lohnenswerten Beobachtungsobjekte mehr. **Pluto** kann gar nicht gesehen werden.

Dezember

Merkur hat sich der Beobachtung wieder entzogen. Herrscherin am Morgenhimmel ist die **Venus**. Zum Monatsende erreicht sie eine westliche Elongation von der Sonne von 46° und geht bereits um 4 Uhr auf. Man findet sie rechtläufig in den Sternbildern Jungfrau und Waage. Die scheinbare Helligkeit des **Mars** erreicht im Dezember $-0^{m}_{.}2$. Er geht um 21 Uhr auf, ist also recht gut beobachtbar. **Jupiter** erscheint langsam wieder am Morgenhimmel. Zum Jahresende geht er um 5.30 Uhr auf, unmittelbar vor dem Beginn der astronomischen Morgendämmerung um 6 Uhr. Für den **Saturn** werden die Bedingungen schlechter. Seine Untergangszeit ist am Jahresende 21.30 Uhr. **Uranus** und **Neptun** sind nicht sichtbar. **Pluto** geht am Jahresende gegen 4 Uhr auf und ist auch für größere Fernrohre nicht erreichbar.

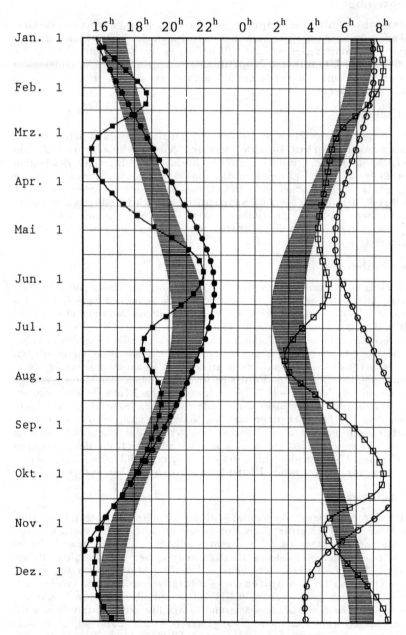

Abb. 3   Auf- und Untergänge von Merkur (□) und Venus (○)
Die Zeit zwischen nautischer Dämmerung und Sonnenuntergang [links]
bzw. -aufgang [rechts] ist schraffiert dargestellt.

24

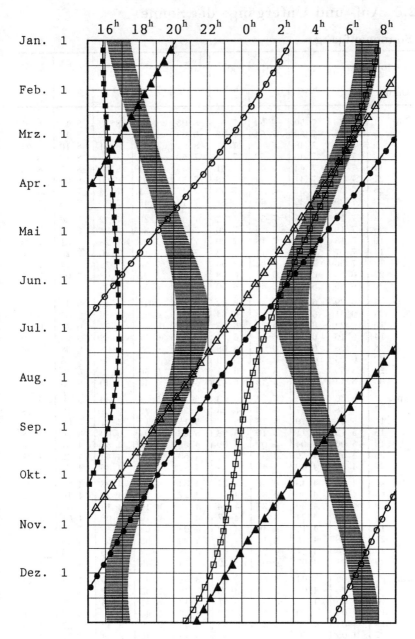

Abb. 4 Auf- und Untergänge von Mars (□), Jupiter (○) und Saturn (△)
Offene Symbole gelten für die Auf-, gefüllte für die Untergänge.

25

2.6 Auf- und Untergänge der Sonne

Sonnenaufgang

Breite Datum	47° h m	48° h m	49° h m	50° h m	51° h m	52° h m	53° h m	54° h m	55° h m
Jan. 1	7 46	7 50	7 54	7 59	8 03	8 08	8 13	8 19	8 25
5	7 46	7 50	7 54	7 58	8 03	8 07	8 12	8 18	8 24
9	7 45	7 48	7 52	7 57	8 01	8 06	8 11	8 16	8 21
13	7 43	7 46	7 50	7 54	7 59	8 03	8 08	8 13	8 18
17	7 40	7 44	7 47	7 51	7 55	8 00	8 04	8 09	8 14
21	7 37	7 41	7 44	7 48	7 51	7 55	8 00	8 04	8 09
25	7 33	7 37	7 40	7 43	7 47	7 51	7 54	7 59	8 03
29	7 29	7 32	7 35	7 38	7 42	7 45	7 49	7 53	7 57
Feb. 2	7 24	7 27	7 30	7 33	7 36	7 39	7 42	7 46	7 50
6	7 19	7 21	7 24	7 26	7 29	7 32	7 35	7 39	7 42
10	7 13	7 15	7 18	7 20	7 22	7 25	7 28	7 31	7 34
14	7 07	7 09	7 11	7 13	7 15	7 18	7 20	7 23	7 25
18	7 00	7 02	7 04	7 06	7 08	7 10	7 12	7 14	7 17
22	6 53	6 55	6 56	6 58	7 00	7 02	7 03	7 05	7 07
26	6 46	6 47	6 49	6 50	6 52	6 53	6 55	6 56	6 58
Mrz. 2	6 39	6 40	6 41	6 42	6 43	6 44	6 46	6 47	6 48
6	6 31	6 32	6 33	6 34	6 35	6 36	6 36	6 37	6 39
10	6 24	6 24	6 25	6 25	6 26	6 26	6 27	6 28	6 29
14	6 16	6 16	6 16	6 17	6 17	6 17	6 18	6 18	6 19
18	6 08	6 08	6 08	6 08	6 08	6 08	6 08	6 08	6 08
22	6 00	6 00	5 59	5 59	5 59	5 59	5 59	5 58	5 58
26	5 52	5 51	5 51	5 51	5 50	5 50	5 49	5 49	5 48
30	5 44	5 43	5 43	5 42	5 41	5 40	5 40	5 39	5 38
Apr. 3	5 36	5 35	5 34	5 33	5 32	5 31	5 30	5 29	5 28
7	5 28	5 27	5 26	5 25	5 23	5 22	5 21	5 19	5 18
11	5 21	5 19	5 18	5 16	5 15	5 13	5 11	5 09	5 08
15	5 13	5 11	5 10	5 08	5 06	5 04	5 02	5 00	4 58
19	5 06	5 04	5 02	5 00	4 58	4 55	4 53	4 51	4 48
23	4 59	4 56	4 54	4 52	4 50	4 47	4 44	4 42	4 39
27	4 52	4 49	4 47	4 44	4 42	4 39	4 36	4 33	4 30
Mai 1	4 45	4 43	4 40	4 37	4 34	4 31	4 28	4 24	4 21
5	4 39	4 36	4 33	4 30	4 27	4 23	4 20	4 16	4 12
9	4 33	4 30	4 27	4 24	4 20	4 16	4 13	4 08	4 04
13	4 28	4 24	4 21	4 17	4 14	4 10	4 06	4 01	3 57
17	4 23	4 19	4 16	4 12	4 08	4 04	3 59	3 55	3 49
21	4 18	4 15	4 11	4 07	4 03	3 58	3 53	3 48	3 43
25	4 14	4 11	4 07	4 02	3 58	3 53	3 48	3 43	3 37
29	4 11	4 07	4 03	3 59	3 54	3 49	3 44	3 38	3 32
Jun. 2	4 08	4 04	4 00	3 55	3 51	3 45	3 40	3 34	3 28
6	4 06	4 02	3 58	3 53	3 48	3 43	3 37	3 31	3 25
10	4 05	4 01	3 56	3 51	3 46	3 41	3 35	3 29	3 22
14	4 04	4 00	3 55	3 50	3 45	3 40	3 34	3 27	3 21
18	4 04	4 00	3 55	3 50	3 45	3 39	3 33	3 27	3 20
22	4 05	4 00	3 56	3 51	3 45	3 40	3 34	3 27	3 21
26	4 06	4 02	3 57	3 52	3 47	3 41	3 35	3 29	3 22
30	4 08	4 04	3 59	3 54	3 49	3 43	3 37	3 31	3 24

Sonnenuntergang

Breite Datum	47° h m	48° h m	49° h m	50° h m	51° h m	52° h m	53° h m	54° h m	55° h m
Jan. 1	16 21	16 17	16 13	16 09	16 04	15 59	15 54	15 48	15 42
5	16 25	16 21	16 17	16 13	16 08	16 04	15 59	15 53	15 47
9	16 30	16 26	16 22	16 18	16 14	16 09	16 04	15 59	15 53
13	16 35	16 31	16 27	16 23	16 19	16 15	16 10	16 05	16 00
17	16 40	16 37	16 33	16 29	16 25	16 21	16 17	16 12	16 07
21	16 46	16 43	16 39	16 35	16 32	16 28	16 23	16 19	16 14
25	16 52	16 49	16 45	16 42	16 38	16 35	16 31	16 27	16 22
29	16 58	16 55	16 52	16 49	16 45	16 42	16 38	16 34	16 30
Feb. 2	17 04	17 01	16 58	16 55	16 52	16 49	16 46	16 42	16 39
6	17 10	17 08	17 05	17 02	17 00	16 57	16 54	16 50	16 47
10	17 16	17 14	17 12	17 09	17 07	17 04	17 01	16 58	16 55
14	17 22	17 20	17 18	17 16	17 14	17 12	17 09	17 07	17 04
18	17 28	17 27	17 25	17 23	17 21	17 19	17 17	17 15	17 12
22	17 34	17 33	17 31	17 30	17 28	17 26	17 25	17 23	17 21
26	17 40	17 39	17 38	17 37	17 35	17 34	17 32	17 31	17 29
Mrz. 2	17 46	17 45	17 44	17 43	17 42	17 41	17 40	17 38	17 37
6	17 52	17 51	17 51	17 50	17 49	17 48	17 47	17 46	17 45
10	17 58	17 57	17 57	17 56	17 56	17 55	17 55	17 54	17 53
14	18 04	18 03	18 03	18 03	18 03	18 02	18 02	18 02	18 01
18	18 09	18 09	18 09	18 09	18 09	18 09	18 09	18 09	18 09
22	18 15	18 15	18 15	18 16	18 16	18 16	18 16	18 17	18 17
26	18 20	18 21	18 21	18 22	18 22	18 23	18 24	18 24	18 25
30	18 26	18 27	18 27	18 28	18 29	18 30	18 31	18 32	18 33
Apr. 3	18 32	18 32	18 33	18 34	18 36	18 37	18 38	18 39	18 40
7	18 37	18 38	18 39	18 41	18 42	18 43	18 45	18 46	18 48
11	18 43	18 44	18 45	18 47	18 49	18 50	18 52	18 54	18 56
15	18 48	18 50	18 51	18 53	18 55	18 57	18 59	19 01	19 04
19	18 54	18 55	18 57	19 00	19 02	19 04	19 06	19 09	19 12
23	18 59	19 01	19 03	19 06	19 08	19 11	19 13	19 16	19 19
27	19 05	19 07	19 09	19 12	19 15	19 18	19 21	19 24	19 27
Mai 1	19 10	19 13	19 15	19 18	19 21	19 24	19 28	19 31	19 35
5	19 15	19 18	19 21	19 24	19 28	19 31	19 35	19 38	19 42
9	19 21	19 24	19 27	19 30	19 34	19 37	19 41	19 46	19 50
13	19 26	19 29	19 32	19 36	19 40	19 44	19 48	19 53	19 57
17	19 31	19 34	19 38	19 42	19 46	19 50	19 55	19 59	20 04
21	19 35	19 39	19 43	19 47	19 51	19 56	20 01	20 06	20 11
25	19 40	19 44	19 48	19 52	19 57	20 01	20 06	20 12	20 17
29	19 44	19 48	19 52	19 57	20 01	20 06	20 12	20 17	20 23
Jun. 2	19 48	19 52	19 56	20 01	20 06	20 11	20 17	20 22	20 29
6	19 51	19 55	20 00	20 05	20 10	20 15	20 21	20 27	20 33
10	19 54	19 58	20 03	20 08	20 13	20 18	20 24	20 30	20 37
14	19 56	20 01	20 05	20 10	20 15	20 21	20 27	20 33	20 40
18	19 58	20 02	20 07	20 12	20 17	20 23	20 29	20 35	20 42
22	19 59	20 03	20 08	20 13	20 18	20 24	20 30	20 36	20 43
26	19 59	20 04	20 08	20 13	20 19	20 24	20 30	20 36	20 43
30	19 59	20 03	20 08	20 13	20 18	20 23	20 29	20 36	20 42

Sonnenaufgang

Breite Datum	47° h m	48° h m	49° h m	50° h m	51° h m	52° h m	53° h m	54° h m	55° h m
Jul. 4	4 11	4 06	4 02	3 57	3 52	3 46	3 41	3 34	3 28
8	4 13	4 09	4 05	4 00	3 55	3 50	3 44	3 38	3 32
12	4 17	4 13	4 08	4 04	3 59	3 54	3 49	3 43	3 37
16	4 21	4 17	4 13	4 08	4 04	3 59	3 53	3 48	3 42
20	4 25	4 21	4 17	4 13	4 08	4 04	3 59	3 54	3 48
24	4 29	4 26	4 22	4 18	4 14	4 09	4 05	4 00	3 54
28	4 34	4 31	4 27	4 23	4 19	4 15	4 11	4 06	4 01
Aug. 1	4 39	4 36	4 32	4 29	4 25	4 21	4 17	4 13	4 08
5	4 44	4 41	4 38	4 34	4 31	4 27	4 24	4 20	4 15
9	4 49	4 46	4 43	4 40	4 37	4 34	4 30	4 27	4 23
13	4 54	4 51	4 49	4 46	4 43	4 40	4 37	4 34	4 30
17	4 59	4 57	4 55	4 52	4 49	4 47	4 44	4 41	4 37
21	5 04	5 02	5 00	4 58	4 56	4 53	4 51	4 48	4 45
25	5 10	5 08	5 06	5 04	5 02	5 00	4 57	4 55	4 52
29	5 15	5 13	5 12	5 10	5 08	5 06	5 04	5 02	5 00
Sep. 2	5 20	5 19	5 17	5 16	5 14	5 13	5 11	5 09	5 07
6	5 25	5 24	5 23	5 22	5 21	5 19	5 18	5 16	5 15
10	5 31	5 30	5 29	5 28	5 27	5 26	5 25	5 24	5 22
14	5 36	5 35	5 34	5 34	5 33	5 32	5 31	5 31	5 30
18	5 41	5 41	5 40	5 40	5 39	5 39	5 38	5 38	5 37
22	5 46	5 46	5 46	5 46	5 46	5 45	5 45	5 45	5 45
26	5 52	5 52	5 52	5 52	5 52	5 52	5 52	5 52	5 52
30	5 57	5 57	5 57	5 58	5 58	5 59	5 59	5 59	6 00
Okt. 4	6 02	6 03	6 03	6 04	6 05	6 05	6 06	6 07	6 07
8	6 08	6 09	6 09	6 10	6 11	6 12	6 13	6 14	6 15
12	6 13	6 14	6 15	6 17	6 18	6 19	6 20	6 22	6 23
16	6 19	6 20	6 21	6 23	6 24	6 26	6 27	6 29	6 31
20	6 25	6 26	6 28	6 29	6 31	6 33	6 35	6 37	6 39
24	6 30	6 32	6 34	6 36	6 38	6 40	6 42	6 44	6 47
28	6 36	6 38	6 40	6 42	6 45	6 47	6 50	6 52	6 55
Nov. 1	6 42	6 44	6 47	6 49	6 52	6 54	6 57	7 00	7 03
5	6 48	6 51	6 53	6 56	6 59	7 01	7 05	7 08	7 11
9	6 54	6 57	6 59	7 02	7 05	7 09	7 12	7 16	7 19
13	7 00	7 03	7 06	7 09	7 12	7 16	7 19	7 23	7 27
17	7 06	7 09	7 12	7 15	7 19	7 23	7 27	7 31	7 35
21	7 11	7 15	7 18	7 22	7 26	7 30	7 34	7 38	7 43
25	7 17	7 20	7 24	7 28	7 32	7 36	7 41	7 45	7 50
29	7 22	7 26	7 30	7 34	7 38	7 42	7 47	7 52	7 57
Dez. 3	7 27	7 31	7 35	7 39	7 43	7 48	7 53	7 58	8 04
7	7 31	7 35	7 39	7 44	7 48	7 53	7 58	8 04	8 09
11	7 35	7 39	7 44	7 48	7 53	7 58	8 03	8 08	8 14
15	7 39	7 43	7 47	7 52	7 56	8 01	8 07	8 12	8 19
19	7 42	7 46	7 50	7 55	7 59	8 05	8 10	8 16	8 22
23	7 44	7 48	7 52	7 57	8 02	8 07	8 12	8 18	8 24
27	7 45	7 49	7 54	7 58	8 03	8 08	8 13	8 19	8 25
31	7 46	7 50	7 54	7 59	8 03	8 08	8 14	8 19	8 25

Sonnenuntergang

Breite Datum	47° h m	48° h m	49° h m	50° h m	51° h m	52° h m	53° h m	54° h m	55° h m
Jul. 4	19 58	20 02	20 07	20 11	20 17	20 22	20 28	20 34	20 40
8	19 56	20 00	20 05	20 09	20 14	20 20	20 25	20 31	20 37
12	19 54	19 58	20 02	20 07	20 11	20 16	20 22	20 28	20 34
16	19 51	19 55	19 59	20 03	20 08	20 13	20 18	20 23	20 29
20	19 47	19 51	19 55	19 59	20 03	20 08	20 13	20 18	20 24
24	19 43	19 47	19 50	19 54	19 58	20 03	20 07	20 12	20 17
28	19 38	19 42	19 45	19 49	19 53	19 57	20 01	20 06	20 11
Aug. 1	19 33	19 36	19 39	19 43	19 47	19 50	19 54	19 59	20 03
5	19 27	19 30	19 33	19 37	19 40	19 44	19 47	19 51	19 55
9	19 21	19 24	19 27	19 30	19 33	19 36	19 40	19 43	19 47
13	19 15	19 17	19 20	19 23	19 26	19 28	19 32	19 35	19 38
17	19 08	19 10	19 13	19 15	19 18	19 20	19 23	19 26	19 29
21	19 01	19 03	19 05	19 07	19 10	19 12	19 15	19 17	19 20
25	18 54	18 55	18 57	18 59	19 01	19 03	19 06	19 08	19 11
29	18 46	18 48	18 49	18 51	18 53	18 55	18 57	18 59	19 01
Sep. 2	18 38	18 40	18 41	18 43	18 44	18 46	18 47	18 49	18 51
6	18 31	18 32	18 33	18 34	18 35	18 37	18 38	18 39	18 41
10	18 23	18 24	18 24	18 25	18 26	18 27	18 28	18 29	18 31
14	18 15	18 15	18 16	18 17	18 17	18 18	18 19	18 19	18 20
18	18 07	18 07	18 07	18 08	18 08	18 09	18 09	18 10	18 10
22	17 59	17 59	17 59	17 59	17 59	17 59	17 59	18 00	18 00
26	17 50	17 50	17 50	17 50	17 50	17 50	17 50	17 50	17 49
30	17 42	17 42	17 42	17 41	17 41	17 41	17 40	17 40	17 39
Okt. 4	17 35	17 34	17 33	17 33	17 32	17 31	17 31	17 30	17 29
8	17 27	17 26	17 25	17 24	17 23	17 22	17 21	17 20	17 19
12	17 19	17 18	17 17	17 16	17 15	17 13	17 12	17 11	17 09
16	17 12	17 10	17 09	17 08	17 06	17 05	17 03	17 01	17 00
20	17 04	17 03	17 01	17 00	16 58	16 56	16 54	16 52	16 50
24	16 57	16 56	16 54	16 52	16 50	16 48	16 46	16 43	16 41
28	16 51	16 49	16 47	16 44	16 42	16 40	16 37	16 35	16 32
Nov. 1	16 44	16 42	16 40	16 37	16 35	16 32	16 29	16 26	16 23
5	16 39	16 36	16 34	16 31	16 28	16 25	16 22	16 19	16 15
9	16 33	16 30	16 28	16 25	16 22	16 18	16 15	16 11	16 08
13	16 28	16 25	16 22	16 19	16 16	16 12	16 08	16 05	16 01
17	16 24	16 21	16 17	16 14	16 10	16 07	16 03	15 58	15 54
21	16 20	16 17	16 13	16 09	16 06	16 02	15 57	15 53	15 48
25	16 17	16 13	16 09	16 06	16 02	15 57	15 53	15 48	15 43
29	16 14	16 10	16 07	16 03	15 58	15 54	15 49	15 44	15 39
Dez. 3	16 12	16 08	16 04	16 00	15 56	15 51	15 46	15 41	15 35
7	16 11	16 07	16 03	15 59	15 54	15 49	15 44	15 39	15 33
11	16 11	16 07	16 03	15 58	15 53	15 48	15 43	15 38	15 32
15	16 11	16 07	16 03	15 58	15 54	15 49	15 43	15 38	15 31
19	16 12	16 08	16 04	15 59	15 55	15 49	15 44	15 38	15 32
23	16 14	16 10	16 06	16 01	15 56	15 51	15 46	15 40	15 34
27	16 17	16 13	16 08	16 04	15 59	15 54	15 49	15 43	15 37
31	16 20	16 16	16 12	16 07	16 03	15 58	15 52	15 47	15 41

2.7 Nautische Dämmerung

Sonne 12° unter dem Horizont

Breite Datum	Morgens				Abends			
	48° h m	50° h m	52° h m	54° h m	48° h m	50° h m	52° h m	54° h m
Jan. 1	6 34	6 39	6 44	6 50	17 33	17 28	17 23	17 18
5	6 34	6 39	6 44	6 49	17 37	17 32	17 27	17 22
9	6 34	6 38	6 43	6 48	17 41	17 36	17 32	17 27
13	6 32	6 37	6 41	6 46	17 45	17 41	17 37	17 32
17	6 30	6 34	6 39	6 43	17 50	17 46	17 42	17 38
21	6 28	6 32	6 35	6 40	17 55	17 52	17 48	17 44
25	6 25	6 28	6 31	6 35	18 01	17 57	17 54	17 50
29	6 21	6 24	6 27	6 30	18 06	18 03	18 00	17 57
Feb. 2	6 16	6 19	6 22	6 25	18 12	18 09	18 06	18 04
6	6 12	6 14	6 16	6 18	18 17	18 15	18 13	18 11
10	6 06	6 08	6 10	6 12	18 23	18 21	18 20	18 18
14	6 00	6 02	6 03	6 04	18 29	18 28	18 26	18 25
18	5 54	5 55	5 56	5 57	18 35	18 34	18 33	18 32
22	5 47	5 48	5 48	5 48	18 41	18 40	18 40	18 40
26	5 40	5 40	5 40	5 40	18 47	18 47	18 47	18 47
Mrz. 2	5 33	5 32	5 32	5 31	18 52	18 53	18 54	18 55
6	5 25	5 24	5 23	5 21	18 58	19 00	19 01	19 02
10	5 17	5 16	5 14	5 12	19 04	19 06	19 08	19 10
14	5 09	5 07	5 05	5 02	19 10	19 13	19 15	19 18
18	5 01	4 58	4 55	4 52	19 17	19 19	19 23	19 26
22	4 52	4 49	4 45	4 41	19 23	19 26	19 30	19 34
26	4 44	4 40	4 35	4 31	19 29	19 33	19 37	19 42
30	4 35	4 30	4 25	4 20	19 36	19 40	19 45	19 51
Apr. 3	4 26	4 21	4 15	4 09	19 42	19 47	19 53	20 00
7	4 17	4 11	4 05	3 57	19 49	19 55	20 01	20 09
11	4 08	4 02	3 54	3 46	19 55	20 02	20 09	20 18
15	3 59	3 52	3 44	3 35	20 02	20 10	20 18	20 27
19	3 50	3 42	3 33	3 23	20 09	20 17	20 27	20 37
23	3 41	3 33	3 23	3 12	20 17	20 25	20 35	20 47
27	3 33	3 23	3 12	3 00	20 24	20 34	20 45	20 57
Mai 1	3 24	3 14	3 02	2 48	20 31	20 42	20 54	21 08
5	3 16	3 05	2 52	2 37	20 39	20 50	21 03	21 19
9	3 08	2 56	2 42	2 25	20 46	20 59	21 13	21 30
13	3 00	2 47	2 32	2 13	20 54	21 07	21 23	21 42
17	2 53	2 39	2 22	2 01	21 01	21 15	21 32	21 54
21	2 46	2 31	2 13	1 50	21 08	21 23	21 42	22 06
25	2 40	2 24	2 04	1 38	21 15	21 31	21 51	22 18
29	2 35	2 18	1 56	1 27	21 21	21 38	22 00	22 30
Jun. 2	2 30	2 12	1 49	1 17	21 27	21 45	22 09	22 42
6	2 26	2 07	1 43	1 07	21 32	21 51	22 16	22 53
10	2 23	2 03	1 38	24 56	21 36	21 56	22 22	23 03
14	2 22	2 01	1 34	24 49	21 39	22 00	22 27	23 11
18	2 21	2 00	1 32	24 45	21 41	22 02	22 30	23 17
22	2 21	2 00	1 32	24 46	21 42	22 03	22 31	23 19
26	2 23	2 02	1 34	24 50	21 42	22 03	22 31	23 16
30	2 26	2 05	1 38	24 57	21 41	22 01	22 28	23 10

Sonne 12° unter dem Horizont

Breite Datum	Morgens				Abends			
	48° h m	50° h m	52° h m	54° h m	48° h m	50° h m	52° h m	54° h m
Jul. 4	2 29	2 09	1 44	1 04	21 39	21 58	22 24	23 02
8	2 34	2 15	1 50	1 15	21 35	21 54	22 18	22 53
12	2 39	2 21	1 58	1 26	21 31	21 49	22 12	22 42
16	2 45	2 28	2 06	1 38	21 26	21 43	22 04	22 31
20	2 51	2 35	2 15	1 50	21 20	21 36	21 55	22 20
24	2 58	2 43	2 25	2 02	21 14	21 29	21 46	22 09
28	3 05	2 51	2 34	2 14	21 07	21 21	21 37	21 57
Aug. 1	3 12	2 59	2 43	2 25	20 59	21 12	21 27	21 45
5	3 19	3 07	2 53	2 36	20 52	21 03	21 17	21 33
9	3 26	3 15	3 02	2 47	20 43	20 54	21 07	21 22
13	3 33	3 23	3 11	2 58	20 35	20 45	20 57	21 10
17	3 40	3 31	3 20	3 08	20 26	20 36	20 46	20 58
21	3 47	3 39	3 29	3 18	20 18	20 26	20 36	20 46
25	3 54	3 46	3 38	3 28	20 09	20 16	20 25	20 35
29	4 01	3 54	3 46	3 37	20 00	20 07	20 14	20 23
Sep. 2	4 08	4 01	3 54	3 46	19 51	19 57	20 04	20 12
6	4 14	4 08	4 02	3 55	19 42	19 47	19 53	20 00
10	4 20	4 15	4 10	4 03	19 33	19 38	19 43	19 49
14	4 26	4 22	4 17	4 12	19 24	19 28	19 33	19 38
18	4 33	4 29	4 24	4 20	19 15	19 18	19 23	19 27
22	4 38	4 35	4 32	4 27	19 06	19 09	19 13	19 17
26	4 44	4 42	4 39	4 35	18 57	19 00	19 03	19 06
30	4 50	4 48	4 46	4 43	18 49	18 51	18 53	18 56
Okt. 4	4 56	4 54	4 52	4 50	18 41	18 42	18 44	18 46
8	5 02	5 00	4 59	4 58	18 33	18 34	18 35	18 36
12	5 07	5 07	5 06	5 05	18 25	18 25	18 26	18 27
16	5 13	5 13	5 13	5 12	18 18	18 18	18 18	18 18
20	5 18	5 19	5 19	5 19	18 10	18 10	18 10	18 09
24	5 24	5 25	5 26	5 27	18 04	18 03	18 02	18 01
28	5 30	5 31	5 32	5 34	17 57	17 56	17 54	17 53
Nov. 1	5 35	5 37	5 39	5 41	17 51	17 50	17 48	17 46
5	5 41	5 43	5 45	5 48	17 46	17 44	17 41	17 39
9	5 46	5 49	5 51	5 54	17 41	17 38	17 35	17 33
13	5 52	5 55	5 58	6 01	17 36	17 33	17 30	17 27
17	5 57	6 00	6 04	6 07	17 32	17 29	17 26	17 22
21	6 02	6 06	6 09	6 14	17 29	17 26	17 22	17 17
25	6 07	6 11	6 15	6 20	17 27	17 23	17 18	17 14
29	6 12	6 16	6 20	6 25	17 24	17 20	17 16	17 11
Dez. 3	6 16	6 20	6 25	6 30	17 23	17 19	17 14	17 09
7	6 20	6 25	6 30	6 35	17 22	17 18	17 13	17 08
11	6 24	6 29	6 34	6 39	17 22	17 18	17 13	17 07
15	6 27	6 32	6 37	6 43	17 23	17 18	17 13	17 07
19	6 30	6 35	6 40	6 45	17 24	17 19	17 14	17 09
23	6 32	6 37	6 42	6 48	17 26	17 21	17 16	17 10
27	6 33	6 38	6 43	6 49	17 29	17 24	17 19	17 13
31	6 34	6 39	6 44	6 50	17 32	17 27	17 22	17 16

2.8 Astronomische Dämmerung

Sonne 18° unter dem Horizont

Breite Datum	Morgens 48° h m	50° h m	52° h m	54° h m	Abends 48° h m	50° h m	52° h m	54° h m
Jan. 1	5 57	6 00	6 03	6 07	18 11	18 08	18 04	18 01
5	5 57	6 00	6 03	6 06	18 14	18 11	18 08	18 05
9	5 56	5 59	6 02	6 05	18 18	18 15	18 12	18 09
13	5 55	5 58	6 01	6 03	18 23	18 20	18 17	18 14
17	5 53	5 56	5 58	6 01	18 27	18 25	18 22	18 20
21	5 51	5 53	5 55	5 58	18 32	18 30	18 28	18 26
25	5 48	5 50	5 52	5 54	18 37	18 35	18 34	18 32
29	5 44	5 46	5 47	5 49	18 43	18 41	18 40	18 38
Feb. 2	5 40	5 41	5 42	5 43	18 48	18 47	18 46	18 45
6	5 35	5 36	5 37	5 37	18 54	18 53	18 52	18 52
10	5 30	5 30	5 31	5 31	18 59	18 59	18 59	18 59
14	5 24	5 24	5 24	5 24	19 05	19 05	19 05	19 06
18	5 18	5 18	5 17	5 16	19 11	19 11	19 12	19 13
22	5 11	5 10	5 09	5 07	19 17	19 18	19 19	19 21
26	5 04	5 03	5 01	4 59	19 23	19 24	19 26	19 29
Mrz. 2	4 57	4 55	4 52	4 49	19 29	19 31	19 33	19 36
6	4 49	4 46	4 43	4 40	19 35	19 38	19 41	19 44
10	4 41	4 38	4 34	4 30	19 41	19 44	19 48	19 53
14	4 32	4 28	4 24	4 19	19 48	19 51	19 56	20 01
18	4 24	4 19	4 14	4 08	19 54	19 59	20 04	20 10
22	4 14	4 09	4 04	3 57	20 01	20 06	20 12	20 19
26	4 05	3 59	3 53	3 45	20 08	20 14	20 21	20 28
30	3 56	3 49	3 42	3 33	20 15	20 22	20 29	20 38
Apr. 3	3 46	3 39	3 30	3 21	20 22	20 30	20 38	20 48
7	3 36	3 28	3 18	3 08	20 30	20 38	20 48	20 59
11	3 26	3 17	3 06	2 54	20 38	20 47	20 58	21 11
15	3 16	3 06	2 54	2 40	20 46	20 57	21 09	21 23
19	3 06	2 54	2 41	2 25	20 55	21 06	21 20	21 36
23	2 55	2 43	2 28	2 10	21 04	21 16	21 32	21 51
27	2 45	2 31	2 14	1 53	21 13	21 27	21 44	22 06
Mai 1	2 34	2 18	1 59	1 34	21 22	21 38	21 58	22 24
5	2 23	2 06	1 44	1 13	21 32	21 50	22 13	22 46
9	2 13	1 53	1 27	— —	21 42	22 03	22 30	23 17
13	2 02	1 40	1 08	— —	21 53	22 16	22 49	— —
17	1 51	1 26	— —	— —	22 04	22 30	23 15	— —
21	1 41	1 11	— —	— —	22 15	22 46	— —	— —
25	1 30	— —	— —	— —	22 26	23 04	— —	— —
29	1 20	— —	— —	— —	22 37	23 28	— —	— —
Jun. 2	1 11	— —	— —	— —	22 48	— —	— —	— —
6	1 01	— —	— —	— —	22 58	— —	— —	— —
10	— —	— —	— —	— —	23 07	— —	— —	— —
14	— —	— —	— —	— —	23 15	— —	— —	— —
18	— —	— —	— —	— —	23 20	— —	— —	— —
22	— —	— —	— —	— —	23 22	— —	— —	— —
26	— —	— —	— —	— —	23 20	— —	— —	— —
30	— —	— —	— —	— —	23 14	— —	— —	— —

Sonne 18° unter dem Horizont

Breite Datum	Morgens 48° h m	50° h m	52° h m	54° h m	Abends 48° h m	50° h m	52° h m	54° h m
Jul. 4	— —	— —	— —	— —	23 07	— —	— —	— —
8	1 10	— —	— —	— —	22 58	— —	— —	— —
12	1 20	— —	— —	— —	22 49	— —	— —	— —
16	1 31	— —	— —	— —	22 39	23 20	— —	— —
20	1 42	1 07	— —	— —	22 28	23 02	— —	— —
24	1 53	1 23	— —	— —	22 18	22 46	23 39	— —
28	2 03	1 38	— —	— —	22 07	22 31	23 08	— —
Aug. 1	2 14	1 52	1 21	— —	21 57	22 18	22 47	— —
5	2 24	2 05	1 39	— —	21 46	22 05	22 29	23 06
9	2 34	2 17	1 55	1 25	21 35	21 52	22 13	22 41
13	2 43	2 28	2 09	1 44	21 24	21 39	21 58	22 21
17	2 52	2 39	2 22	2 01	21 14	21 27	21 43	22 03
21	3 01	2 49	2 34	2 16	21 03	21 15	21 30	21 47
25	3 10	2 58	2 45	2 30	20 53	21 04	21 17	21 32
29	3 18	3 08	2 56	2 42	20 42	20 52	21 04	21 17
Sep. 2	3 26	3 16	3 06	2 54	20 32	20 41	20 51	21 03
6	3 33	3 25	3 16	3 05	20 22	20 30	20 39	20 50
10	3 40	3 33	3 25	3 15	20 12	20 19	20 28	20 37
14	3 47	3 41	3 33	3 25	20 02	20 09	20 16	20 24
18	3 54	3 48	3 42	3 34	19 53	19 59	20 05	20 12
22	4 01	3 56	3 50	3 43	19 44	19 49	19 54	20 01
26	4 07	4 03	3 58	3 52	19 34	19 39	19 44	19 49
30	4 13	4 09	4 05	4 00	19 26	19 29	19 34	19 38
Okt. 4	4 19	4 16	4 12	4 08	19 17	19 20	19 24	19 28
8	4 25	4 23	4 20	4 16	19 09	19 11	19 14	19 18
12	4 31	4 29	4 27	4 24	19 01	19 03	19 05	19 08
16	4 37	4 35	4 33	4 31	18 53	18 55	18 57	18 59
20	4 43	4 41	4 40	4 38	18 46	18 47	18 48	18 50
24	4 48	4 48	4 47	4 46	18 39	18 40	18 41	18 42
28	4 54	4 54	4 53	4 53	18 33	18 33	18 33	18 34
Nov. 1	4 59	4 59	5 00	5 00	18 27	18 27	18 27	18 27
5	5 05	5 05	5 06	5 06	18 22	18 21	18 20	18 20
9	5 10	5 11	5 12	5 13	18 17	18 16	18 15	18 14
13	5 15	5 17	5 18	5 19	18 13	18 11	18 10	18 08
17	5 20	5 22	5 24	5 26	18 09	18 07	18 05	18 04
21	5 25	5 27	5 29	5 32	18 06	18 04	18 02	17 59
25	5 30	5 32	5 35	5 37	18 04	18 01	17 59	17 56
29	5 34	5 37	5 40	5 43	18 02	17 59	17 56	17 53
Dez. 3	5 39	5 41	5 44	5 47	18 01	17 58	17 55	17 52
7	5 42	5 46	5 49	5 52	18 00	17 57	17 54	17 51
11	5 46	5 49	5 52	5 56	18 00	17 57	17 54	17 50
15	5 49	5 52	5 56	5 59	18 01	17 58	17 54	17 51
19	5 52	5 55	5 59	6 02	18 02	17 59	17 55	17 52
23	5 54	5 57	6 01	6 04	18 04	18 01	17 57	17 54
27	5 55	5 59	6 02	6 06	18 07	18 03	18 00	17 56
31	5 56	6 00	6 03	6 06	18 10	18 06	18 03	18 00

3 Beobachtungen mit dem Fernrohr

3.1 Ephemeriden der Sonne und des Mondes

3.1.1 Ephemeriden der Sonne

Januar 0^h UT = 1^h MEZ

Datum	α			δ		λ	r	π	D		ϑ		
	h	m	s	°	′	°	AE	″	h	m	h	m	s
1 Sa	18	44	58	−23	02.2	280.34	0.98331	8.943	12	3.5	6	41	39
2 So	18	49	23	−22	57.2	281.36	0.98330	8.943	12	4.0	6	45	36
3 Mo	18	53	47	−22	51.8	282.38	0.98330	8.943	12	4.5	6	49	33
4 Di	18	58	12	−22	45.9	283.39	0.98331	8.943	12	4.9	6	53	29
5 Mi	19	02	35	−22	39.5	284.41	0.98332	8.943	12	5.4	6	57	26
6 Do	19	06	59	−22	32.8	285.43	0.98334	8.943	12	5.8	7	01	22
7 Fr	19	11	22	−22	25.5	286.45	0.98336	8.943	12	6.2	7	05	19
8 Sa	19	15	44	−22	17.9	287.47	0.98339	8.943	12	6.7	7	09	15
9 So	19	20	06	−22	09.7	288.49	0.98342	8.942	12	7.1	7	13	12
10 Mo	19	24	27	−22	01.2	289.51	0.98346	8.942	12	7.5	7	17	08
11 Di	19	28	48	−21	52.2	290.53	0.98350	8.942	12	7.9	7	21	05
12 Mi	19	33	09	−21	42.8	291.55	0.98354	8.941	12	8.3	7	25	02
13 Do	19	37	28	−21	33.0	292.57	0.98358	8.941	12	8.7	7	28	58
14 Fr	19	41	47	−21	22.7	293.59	0.98363	8.940	12	9.0	7	32	55
15 Sa	19	46	06	−21	12.1	294.61	0.98369	8.940	12	9.4	7	36	51
16 So	19	50	24	−21	01.0	295.63	0.98374	8.939	12	9.7	7	40	48
17 Mo	19	54	41	−20	49.5	296.64	0.98381	8.939	12	10.1	7	44	44
18 Di	19	58	57	−20	37.7	297.66	0.98387	8.938	12	10.4	7	48	41
19 Mi	20	03	13	−20	25.4	298.68	0.98394	8.938	12	10.7	7	52	37
20 Do	20	07	27	−20	12.8	299.70	0.98402	8.937	12	11.0	7	56	34
21 Fr	20	11	42	−20	00.0	300.72	0.98410	8.936	12	11.3	8	00	31
22 Sa	20	15	55	−19	46.4	301.73	0.98418	8.935	12	11.6	8	04	27
23 So	20	20	07	−19	32.7	302.75	0.98427	8.935	12	11.8	8	08	24
24 Mo	20	24	19	−19	18.6	303.77	0.98437	8.934	12	12.1	8	12	20
25 Di	20	28	30	−19	04.1	304.78	0.98447	8.933	12	12.3	8	16	17
26 Mi	20	32	40	−18	49.3	305.80	0.98458	8.932	12	12.5	8	20	13
27 Do	20	36	50	−18	34.1	306.82	0.98469	8.931	12	12.8	8	24	10
28 Fr	20	40	58	−18	18.6	307.83	0.98481	8.930	12	12.9	8	28	06
29 Sa	20	45	06	−18	02.8	308.85	0.98494	8.928	12	13.1	8	32	03
30 So	20	49	13	−17	46.7	309.86	0.98507	8.927	12	13.3	8	36	00
31 Mo	20	53	19	−17	30.2	310.88	0.98521	8.926	12	13.4	8	39	56

Januar 0.0 UT = JD 2449352.5

Erde im Perihel: Januar 2, 6^h UT

Januar 0^h UT = 1^h MEZ

Datum	X AE	Y AE	Z AE	R ′ ″	P °	B °	L °
1 Sa	+0.17789	−0.88727	−0.38470	16 15.9	+ 2.15	−3.02	126.60
2 So	+0.19506	−0.88423	−0.38338	16 15.9	+ 1.66	−3.13	113.43
3 Mo	+0.21217	−0.88091	−0.38194	16 15.9	+ 1.18	−3.25	100.26
4 Di	+0.22921	−0.87731	−0.38038	16 15.9	+ 0.69	−3.36	87.09
5 Mi	+0.24619	−0.87344	−0.37870	16 15.9	+ 0.21	−3.48	73.92
6 Do	+0.26309	−0.86930	−0.37690	16 15.9	− 0.28	−3.59	60.75
7 Fr	+0.27991	−0.86489	−0.37499	16 15.9	− 0.76	−3.70	47.58
8 Sa	+0.29664	−0.86021	−0.37296	16 15.9	− 1.24	−3.81	34.41
9 So	+0.31328	−0.85526	−0.37081	16 15.8	− 1.73	−3.92	21.24
10 Mo	+0.32983	−0.85004	−0.36855	16 15.8	− 2.21	−4.03	8.07
11 Di	+0.34627	−0.84456	−0.36617	16 15.7	− 2.68	−4.14	354.91
12 Mi	+0.36261	−0.83881	−0.36368	16 15.7	− 3.16	−4.24	341.74
13 Do	+0.37883	−0.83280	−0.36107	16 15.7	− 3.64	−4.34	328.57
14 Fr	+0.39493	−0.82653	−0.35835	16 15.6	− 4.11	−4.45	315.40
15 Sa	+0.41091	−0.82000	−0.35552	16 15.6	− 4.58	−4.55	302.24
16 So	+0.42676	−0.81321	−0.35258	16 15.5	− 5.05	−4.65	289.07
17 Mo	+0.44247	−0.80618	−0.34953	16 15.4	− 5.51	−4.75	275.90
18 Di	+0.45805	−0.79889	−0.34637	16 15.4	− 5.98	−4.84	262.73
19 Mi	+0.47348	−0.79135	−0.34310	16 15.3	− 6.44	−4.94	249.57
20 Do	+0.48877	−0.78357	−0.33973	16 15.2	− 6.90	−5.03	236.40
21 Fr	+0.50390	−0.77554	−0.33625	16 15.2	− 7.35	−5.12	223.23
22 Sa	+0.51887	−0.76728	−0.33267	16 15.1	− 7.80	−5.21	210.07
23 So	+0.53368	−0.75878	−0.32898	16 15.0	− 8.25	−5.30	196.90
24 Mo	+0.54833	−0.75004	−0.32519	16 14.9	− 8.69	−5.39	183.73
25 Di	+0.56281	−0.74108	−0.32131	16 14.8	− 9.13	−5.47	170.57
26 Mi	+0.57711	−0.73188	−0.31732	16 14.7	− 9.57	−5.56	157.40
27 Do	+0.59123	−0.72246	−0.31324	16 14.6	−10.00	−5.64	144.23
28 Fr	+0.60517	−0.71282	−0.30906	16 14.4	−10.43	−5.72	131.07
29 Sa	+0.61892	−0.70295	−0.30478	16 14.3	−10.85	−5.80	117.90
30 So	+0.63249	−0.69287	−0.30041	16 14.2	−11.27	−5.87	104.73
31 Mo	+0.64585	−0.68258	−0.29595	16 14.1	−11.69	−5.95	91.57

Beginn der Sonnenrotation 1878: Januar 10.61 UT

Februar

Datum		α			δ		λ	r	π	D		ϑ		
		h	m	s	°	′	°	AE	″	h	m	h	m	s
1	Di	20	57	24	−17	13.4	311.89	0.98535	8.925	12	13.6	8	43	53
2	Mi	21	01	29	−16	56.3	312.91	0.98550	8.923	12	13.7	8	47	49
3	Do	21	05	33	−16	38.9	313.92	0.98565	8.922	12	13.8	8	51	46
4	Fr	21	09	36	−16	21.3	314.94	0.98581	8.921	12	13.9	8	55	42
5	Sa	21	13	38	−16	03.3	315.95	0.98597	8.919	12	14.0	8	59	39
6	So	21	17	39	−15	45.1	316.96	0.98613	8.918	12	14.1	9	03	35
7	Mo	21	21	40	−15	26.6	317.98	0.98630	8.916	12	14.1	9	07	32
8	Di	21	25	39	−15	07.8	318.99	0.98647	8.915	12	14.2	9	11	29
9	Mi	21	29	38	−14	48.8	320.00	0.98665	8.913	12	14.2	9	15	25
10	Do	21	33	37	−14	29.5	321.02	0.98683	8.911	12	14.2	9	19	22
11	Fr	21	37	34	−14	10.0	322.03	0.98701	8.910	12	14.3	9	23	18
12	Sa	21	41	31	−13	50.2	323.04	0.98719	8.908	12	14.3	9	27	15
13	So	21	45	27	−13	30.2	324.05	0.98737	8.906	12	14.2	9	31	11
14	Mo	21	49	22	−13	10.0	325.06	0.98756	8.905	12	14.2	9	35	08
15	Di	21	53	16	−12	49.6	326.07	0.98775	8.903	12	14.2	9	39	04
16	Mi	21	57	10	−12	29.0	327.08	0.98795	8.901	12	14.1	9	43	01
17	Do	22	01	03	−12	08.2	328.09	0.98814	8.900	12	14.0	9	46	58
18	Fr	22	04	55	−11	47.2	329.10	0.98834	8.898	12	14.0	9	50	54
19	Sa	22	08	46	−11	26.0	330.11	0.98855	8.896	12	13.9	9	54	51
20	So	22	12	37	−11	04.6	331.12	0.98875	8.894	12	13.8	9	58	47
21	Mo	22	16	27	−10	43.0	332.13	0.98896	8.892	12	13.7	10	02	44
22	Di	22	20	17	−10	21.3	333.13	0.98918	8.890	12	13.5	10	06	40
23	Mi	22	24	06	− 9	59.5	334.14	0.98939	8.888	12	13.4	10	10	37
24	Do	22	27	54	− 9	37.4	335.15	0.98962	8.886	12	13.3	10	14	33
25	Fr	22	31	41	− 9	15.3	336.15	0.98984	8.884	12	13.1	10	18	30
26	Sa	22	35	28	− 8	53.0	337.16	0.99007	8.882	12	12.9	10	22	27
27	So	22	39	15	− 8	30.5	338.16	0.99031	8.880	12	12.8	10	26	23
28	Mo	22	43	00	− 8	08.0	339.17	0.99055	8.878	12	12.6	10	30	20

Februar 0.0 UT = JD 2449383.5

Februar 0^h UT = 1^h MEZ

Datum	X AE	Y AE	Z AE	R $'$ $''$	P °	B °	L °
1 Di	+0.65903	−0.67208	−0.29139	16 13.9	−12.10	−6.02	78.40
2 Mi	+0.67199	−0.66136	−0.28675	16 13.8	−12.50	−6.09	65.23
3 Do	+0.68476	−0.65045	−0.28201	16 13.6	−12.91	−6.16	52.07
4 Fr	+0.69731	−0.63933	−0.27719	16 13.5	−13.30	−6.23	38.90
5 Sa	+0.70965	−0.62801	−0.27228	16 13.3	−13.70	−6.29	25.73
6 So	+0.72177	−0.61649	−0.26729	16 13.1	−14.08	−6.35	12.57
7 Mo	+0.73367	−0.60479	−0.26221	16 13.0	−14.47	−6.42	359.40
8 Di	+0.74534	−0.59289	−0.25706	16 12.8	−14.84	−6.47	346.23
9 Mi	+0.75678	−0.58082	−0.25182	16 12.6	−15.22	−6.53	333.07
10 Do	+0.76799	−0.56856	−0.24650	16 12.5	−15.58	−6.59	319.90
11 Fr	+0.77896	−0.55612	−0.24111	16 12.3	−15.95	−6.64	306.73
12 Sa	+0.78968	−0.54352	−0.23565	16 12.1	−16.30	−6.69	293.57
13 So	+0.80017	−0.53074	−0.23011	16 11.9	−16.65	−6.74	280.40
14 Mo	+0.81040	−0.51780	−0.22450	16 11.7	−17.00	−6.78	267.23
15 Di	+0.82039	−0.50471	−0.21882	16 11.5	−17.34	−6.83	254.06
16 Mi	+0.83012	−0.49146	−0.21308	16 11.4	−17.68	−6.87	240.90
17 Do	+0.83960	−0.47806	−0.20727	16 11.2	−18.00	−6.91	227.73
18 Fr	+0.84882	−0.46451	−0.20139	16 11.0	−18.33	−6.95	214.56
19 Sa	+0.85778	−0.45082	−0.19546	16 10.8	−18.64	−6.98	201.39
20 So	+0.86647	−0.43699	−0.18947	16 10.6	−18.96	−7.02	188.22
21 Mo	+0.87490	−0.42304	−0.18342	16 10.4	−19.26	−7.05	175.05
22 Di	+0.88306	−0.40895	−0.17731	16 10.1	−19.56	−7.08	161.88
23 Mi	+0.89095	−0.39474	−0.17115	16 9.9	−19.85	−7.10	148.71
24 Do	+0.89857	−0.38041	−0.16494	16 9.7	−20.14	−7.13	135.54
25 Fr	+0.90591	−0.36597	−0.15868	16 9.5	−20.42	−7.15	122.37
26 Sa	+0.91298	−0.35142	−0.15236	16 9.3	−20.70	−7.17	109.20
27 So	+0.91978	−0.33676	−0.14601	16 9.0	−20.97	−7.19	96.03
28 Mo	+0.92629	−0.32199	−0.13961	16 8.8	−21.23	−7.20	82.85

Beginn der Sonnenrotation 1879: Februar 6.95 UT

März

0^h UT = 1^h MEZ

Datum	α	δ	λ	r	π	D	ϑ
	h m s	° ′	°	AE	″	h m	h m s
1 Di	22 46 46	− 7 45.3	340.17	0.99079	8.876	12 12.4	10 34 16
2 Mi	22 50 31	− 7 22.5	341.17	0.99104	8.873	12 12.2	10 38 13
3 Do	22 54 15	− 7 00.0	342.18	0.99129	8.871	12 12.0	10 42 09
4 Fr	22 57 59	− 6 36.6	343.18	0.99155	8.869	12 11.8	10 46 06
5 Sa	23 01 42	− 6 13.5	344.18	0.99181	8.867	12 11.6	10 50 02
6 So	23 05 25	− 5 50.3	345.18	0.99207	8.864	12 11.3	10 53 59
7 Mo	23 09 08	− 5 27.0	346.18	0.99233	8.862	12 11.1	10 57 56
8 Di	23 12 50	− 5 03.7	347.18	0.99259	8.860	12 10.8	11 01 52
9 Mi	23 16 32	− 4 40.3	348.18	0.99285	8.857	12 10.6	11 05 49
10 Do	23 20 14	− 4 16.8	349.18	0.99312	8.855	12 10.3	11 09 45
11 Fr	23 23 55	− 3 53.3	350.18	0.99339	8.853	12 10.1	11 13 42
12 Sa	23 27 36	− 3 29.7	351.18	0.99365	8.850	12 9.8	11 17 38
13 So	23 31 16	− 3 06.1	352.18	0.99392	8.848	12 9.6	11 21 35
14 Mo	23 34 56	− 2 42.5	353.18	0.99419	8.845	12 9.3	11 25 31
15 Di	23 38 36	− 2 18.8	354.18	0.99446	8.843	12 9.0	11 29 28
16 Mi	23 42 16	− 1 55.1	355.17	0.99473	8.841	12 8.7	11 33 25
17 Do	23 45 56	− 1 31.4	356.17	0.99500	8.838	12 8.4	11 37 21
18 Fr	23 49 35	− 1 07.7	357.16	0.99527	8.836	12 8.1	11 41 18
19 Sa	23 53 14	− 0 43.9	358.16	0.99554	8.833	12 7.9	11 45 14
20 So	23 56 53	− 0 20.2	359.15	0.99581	8.831	12 7.6	11 49 11
21 Mo	0 00 32	+ 0 03.5	0.15	0.99608	8.829	12 7.3	11 53 07
22 Di	0 04 10	+ 0 27.2	1.14	0.99636	8.826	12 7.0	11 57 04
23 Mi	0 07 49	+ 0 50.8	2.13	0.99663	8.824	12 6.7	12 01 00
24 Do	0 11 27	+ 1 14.5	3.12	0.99691	8.821	12 6.4	12 04 57
25 Fr	0 15 06	+ 1 38.1	4.11	0.99719	8.819	12 6.1	12 08 54
26 Sa	0 18 44	+ 2 01.7	5.10	0.99747	8.816	12 5.7	12 12 50
27 So	0 22 22	+ 2 25.2	6.09	0.99775	8.814	12 5.4	12 16 47
28 Mo	0 26 00	+ 2 48.7	7.08	0.99804	8.811	12 5.1	12 20 43
29 Di	0 29 39	+ 3 12.1	8.07	0.99833	8.809	12 4.8	12 24 40
30 Mi	0 33 17	+ 3 35.5	9.06	0.99862	8.806	12 4.5	12 28 36
31 Do	0 36 56	+ 3 58.8	10.05	0.99891	8.804	12 4.2	12 32 33

März 0.0 UT = JD 2449411.5

Frühlingsäquinoktium: März 20, 20^h28 UT

März 0^h UT = 1^h MEZ

Datum	X	Y	Z	R		P	B	L
	AE	AE	AE	'	''	°	°	°
1 Di	+0.93253	−0.30713	−0.13316	16	8.6	−21.49	−7.22	69.68
2 Mi	+0.93848	−0.29218	−0.12668	16	8.3	−21.74	−7.23	56.51
3 Do	+0.94415	−0.27713	−0.12016	16	8.1	−21.98	−7.24	43.33
4 Fr	+0.94954	−0.26200	−0.11360	16	7.8	−22.22	−7.24	30.16
5 Sa	+0.95463	−0.24679	−0.10700	16	7.6	−22.45	−7.25	16.99
6 So	+0.95944	−0.23151	−0.10037	16	7.3	−22.68	−7.25	3.81
7 Mo	+0.96396	−0.21615	−0.09371	16	7.1	−22.89	−7.25	350.64
8 Di	+0.96818	−0.20072	−0.08702	16	6.8	−23.11	−7.25	337.46
9 Mi	+0.97211	−0.18523	−0.08031	16	6.6	−23.31	−7.24	324.28
10 Do	+0.97575	−0.16969	−0.07357	16	6.3	−23.51	−7.24	311.11
11 Fr	+0.97909	−0.15409	−0.06680	16	6.0	−23.70	−7.23	297.93
12 Sa	+0.98213	−0.13844	−0.06002	16	5.8	−23.89	−7.22	284.75
13 So	+0.98487	−0.12276	−0.05322	16	5.5	−24.07	−7.20	271.57
14 Mo	+0.98732	−0.10703	−0.04640	16	5.3	−24.24	−7.19	258.40
15 Di	+0.98947	−0.09128	−0.03957	16	5.0	−24.41	−7.17	245.22
16 Mi	+0.99132	−0.07550	−0.03273	16	4.7	−24.57	−7.15	232.04
17 Do	+0.99287	−0.05969	−0.02588	16	4.5	−24.72	−7.13	218.86
18 Fr	+0.99412	−0.04387	−0.01902	16	4.2	−24.86	−7.10	205.67
19 Sa	+0.99507	−0.02804	−0.01216	16	3.9	−25.00	−7.08	192.49
20 So	+0.99572	−0.01220	−0.00529	16	3.7	−25.13	−7.05	179.31
21 Mo	+0.99608	+0.00365	+0.00158	16	3.4	−25.26	−7.02	166.12
22 Di	+0.99613	+0.01949	+0.00845	16	3.2	−25.38	−6.99	152.94
23 Mi	+0.99589	+0.03532	+0.01531	16	2.9	−25.49	−6.95	139.75
24 Do	+0.99535	+0.05114	+0.02217	16	2.6	−25.59	−6.92	126.57
25 Fr	+0.99452	+0.06695	+0.02902	16	2.3	−25.69	−6.88	113.38
26 Sa	+0.99339	+0.08273	+0.03587	16	2.1	−25.78	−6.84	100.19
27 So	+0.99196	+0.09849	+0.04270	16	1.8	−25.86	−6.79	87.00
28 Mo	+0.99024	+0.11422	+0.04952	16	1.5	−25.94	−6.75	73.82
29 Di	+0.98823	+0.12991	+0.05633	16	1.3	−26.01	−6.70	60.63
30 Mi	+0.98593	+0.14557	+0.06311	16	1.0	−26.07	−6.65	47.43
31 Do	+0.98334	+0.16119	+0.06989	16	0.7	−26.12	−6.60	34.24

Beginn der Sonnenrotation 1880: März 6.29 UT

April

0^{h} UT = 1^{h} MEZ

Datum	α			δ		λ	r	π	D		ϑ		
	h	m	s	°	′	°	AE	″	h	m	h	m	s
1 Fr	0	40	34	+ 4	22.0	11.03	0.99920	8.801	12	3.9	12	36	29
2 Sa	0	44	13	+ 4	45.1	12.02	0.99949	8.798	12	3.6	12	40	26
3 So	0	47	51	+ 5	08.2	13.01	0.99979	8.796	12	3.3	12	44	23
4 Mo	0	51	30	+ 5	31.2	13.99	1.00008	8.793	12	3.0	12	48	19
5 Di	0	55	09	+ 5	54.0	14.98	1.00037	8.791	12	2.8	12	52	16
6 Mi	0	58	49	+ 6	16.8	15.96	1.00066	8.788	12	2.5	12	56	12
7 Do	1	02	28	+ 6	39.5	16.95	1.00096	8.786	12	2.2	13	00	09
8 Fr	1	06	08	+ 7	02.1	17.93	1.00125	8.783	12	1.9	13	04	05
9 Sa	1	09	48	+ 7	24.5	18.91	1.00153	8.781	12	1.6	13	08	02
10 So	1	13	28	+ 7	46.8	19.90	1.00182	8.778	12	1.4	13	11	58
11 Mo	1	17	09	+ 8	09.0	20.88	1.00211	8.776	12	1.1	13	15	55
12 Di	1	20	49	+ 8	31.0	21.86	1.00239	8.773	12	0.8	13	19	52
13 Mi	1	24	30	+ 8	52.9	22.84	1.00267	8.771	12	0.6	13	23	48
14 Do	1	28	12	+ 9	14.7	23.82	1.00295	8.768	12	0.3	13	27	45
15 Fr	1	31	53	+ 9	36.3	24.80	1.00323	8.766	12	0.1	13	31	41
16 Sa	1	35	36	+ 9	57.7	25.78	1.00350	8.763	11	59.8	13	35	38
17 So	1	39	18	+10	19.0	26.76	1.00378	8.761	11	59.6	13	39	34
18 Mo	1	43	01	+10	40.1	27.74	1.00405	8.759	11	59.4	13	43	31
19 Di	1	46	44	+11	01.0	28.71	1.00432	8.756	11	59.2	13	47	27
20 Mi	1	50	27	+11	21.8	29.69	1.00459	8.754	11	59.0	13	51	24
21 Do	1	54	11	+11	42.3	30.67	1.00486	8.752	11	58.7	13	55	21
22 Fr	1	57	55	+12	02.7	31.64	1.00512	8.749	11	58.5	13	59	17
23 Sa	2	01	40	+12	22.8	32.62	1.00539	8.747	11	58.3	14	03	14
24 So	2	05	25	+12	42.8	33.59	1.00565	8.745	11	58.2	14	07	10
25 Mo	2	09	11	+13	02.5	34.57	1.00592	8.742	11	58.0	14	11	07
26 Di	2	12	57	+13	22.1	35.54	1.00618	8.740	11	57.8	14	15	03
27 Mi	2	16	44	+13	41.4	36.51	1.00645	8.738	11	57.7	14	19	00
28 Do	2	20	31	+14	00.5	37.48	1.00671	8.735	11	57.5	14	22	56
29 Fr	2	24	18	+14	19.3	38.46	1.00698	8.733	11	57.4	14	26	53
30 Sa	2	28	06	+14	37.9	39.43	1.00724	8.731	11	57.2	14	30	50

April 0.0 UT = JD 2449442.5

April $\qquad$ 0^h UT = 1^h MEZ

Datum	X AE	Y AE	Z AE	R ′ ″	P °	B °	L °
1 Fr	+0.98045	+0.17676	+0.07664	16 0.4	−26.17	−6.55	21.05
2 Sa	+0.97727	+0.19227	+0.08337	16 0.1	−26.21	−6.49	7.86
3 So	+0.97381	+0.20774	+0.09007	15 59.9	−26.24	−6.44	354.66
4 Mo	+0.97005	+0.22314	+0.09675	15 59.6	−26.27	−6.38	341.47
5 Di	+0.96601	+0.23848	+0.10340	15 59.3	−26.29	−6.32	328.28
6 Mi	+0.96168	+0.25375	+0.11002	15 59.0	−26.30	−6.26	315.08
7 Do	+0.95707	+0.26894	+0.11661	15 58.7	−26.30	−6.19	301.88
8 Fr	+0.95217	+0.28406	+0.12316	15 58.5	−26.30	−6.13	288.69
9 Sa	+0.94699	+0.29909	+0.12968	15 58.2	−26.29	−6.06	275.49
10 So	+0.94153	+0.31404	+0.13616	15 57.9	−26.27	−5.99	262.29
11 Mo	+0.93580	+0.32889	+0.14260	15 57.6	−26.25	−5.92	249.09
12 Di	+0.92978	+0.34365	+0.14900	15 57.4	−26.21	−5.85	235.89
13 Mi	+0.92349	+0.35830	+0.15535	15 57.1	−26.17	−5.77	222.69
14 Do	+0.91693	+0.37285	+0.16166	15 56.8	−26.13	−5.70	209.49
15 Fr	+0.91010	+0.38729	+0.16791	15 56.6	−26.07	−5.62	196.28
16 Sa	+0.90300	+0.40161	+0.17412	15 56.3	−26.01	−5.54	183.08
17 So	+0.89564	+0.41581	+0.18028	15 56.0	−25.94	−5.46	169.87
18 Mo	+0.88801	+0.42989	+0.18639	15 55.8	−25.86	−5.38	156.67
19 Di	+0.88013	+0.44385	+0.19244	15 55.5	−25.78	−5.29	143.46
20 Mi	+0.87199	+0.45767	+0.19843	15 55.3	−25.69	−5.21	130.25
21 Do	+0.86359	+0.47136	+0.20436	15 55.0	−25.59	−5.12	117.05
22 Fr	+0.85495	+0.48491	+0.21024	15 54.8	−25.48	−5.03	103.84
23 Sa	+0.84606	+0.49831	+0.21605	15 54.5	−25.37	−4.94	90.63
24 So	+0.83692	+0.51158	+0.22180	15 54.3	−25.25	−4.85	77.42
25 Mo	+0.82754	+0.52469	+0.22749	15 54.0	−25.12	−4.76	64.20
26 Di	+0.81792	+0.53765	+0.23311	15 53.7	−24.99	−4.67	50.99
27 Mi	+0.80807	+0.55046	+0.23866	15 53.5	−24.84	−4.57	37.78
28 Do	+0.79798	+0.56310	+0.24414	15 53.2	−24.69	−4.48	24.57
29 Fr	+0.78767	+0.57559	+0.24956	15 53.0	−24.54	−4.38	11.35
30 Sa	+0.77712	+0.58791	+0.25490	15 52.7	−24.37	−4.28	358.14

Beginn der Sonnenrotation 1881: April   2.60 UT
Beginn der Sonnenrotation 1882: April 29.86 UT

Mai

0^h UT = 1^h MEZ

Datum	α			δ		λ	r	π	D		ϑ		
	h	m	s	°	′	°	AE	″	h	m	h	m	s
1 So	2	31	55	+14	56.3	40.40	1.00750	8.729	11	57.1	14	34	46
2 Mo	2	35	44	+15	14.5	41.37	1.00776	8.726	11	57.0	14	38	43
3 Di	2	39	34	+15	32.4	42.34	1.00802	8.724	11	56.9	14	42	39
4 Mi	2	43	25	+15	50.0	43.31	1.00827	8.722	11	56.8	14	46	36
5 Do	2	47	16	+16	07.4	44.28	1.00853	8.720	11	56.7	14	50	32
6 Fr	2	51	07	+16	24.5	45.25	1.00877	8.718	11	56.6	14	54	29
7 Sa	2	54	59	+16	41.3	46.21	1.00902	8.715	11	56.5	14	58	25
8 So	2	58	52	+16	57.8	47.18	1.00926	8.713	11	56.5	15	02	22
9 Mo	3	02	45	+17	14.1	48.15	1.00950	8.711	11	56.4	15	06	19
10 Di	3	06	39	+17	30.1	49.12	1.00973	8.709	11	56.4	15	10	15
11 Mi	3	10	33	+17	45.8	50.08	1.00996	8.707	11	56.3	15	14	12
12 Do	3	14	28	+18	01.2	51.05	1.01019	8.705	11	56.3	15	18	08
13 Fr	3	18	24	+18	16.3	52.02	1.01041	8.703	11	56.3	15	22	05
14 Sa	3	22	20	+18	31.0	52.98	1.01063	8.702	11	56.3	15	26	01
15 So	3	26	17	+18	45.5	53.95	1.01084	8.700	11	56.3	15	29	58
16 Mo	3	30	14	+19	00.0	54.91	1.01105	8.698	11	56.3	15	33	54
17 Di	3	34	11	+19	13.5	55.88	1.01126	8.696	11	56.3	15	37	51
18 Mi	3	38	10	+19	27.0	56.84	1.01146	8.694	11	56.4	15	41	48
19 Do	3	42	09	+19	40.2	57.80	1.01166	8.693	11	56.4	15	45	44
20 Fr	3	46	08	+19	53.0	58.77	1.01185	8.691	11	56.5	15	49	41
21 Sa	3	50	08	+20	05.5	59.73	1.01204	8.689	11	56.5	15	53	37
22 So	3	54	08	+20	17.6	60.69	1.01223	8.688	11	56.6	15	57	34
23 Mo	3	58	09	+20	29.4	61.65	1.01242	8.686	11	56.7	16	01	30
24 Di	4	02	11	+20	40.9	62.61	1.01261	8.685	11	56.8	16	05	27
25 Mi	4	06	13	+20	52.0	63.57	1.01279	8.683	11	56.9	16	09	23
26 Do	4	10	15	+21	02.7	64.53	1.01297	8.681	11	57.0	16	13	20
27 Fr	4	14	18	+21	13.1	65.49	1.01315	8.680	11	57.1	16	17	17
28 Sa	4	18	21	+21	23.1	66.45	1.01332	8.678	11	57.2	16	21	13
29 So	4	22	25	+21	32.8	67.41	1.01349	8.677	11	57.3	16	25	10
30 Mo	4	26	30	+21	42.0	68.37	1.01366	8.675	11	57.4	16	29	06
31 Di	4	30	34	+21	50.9	69.33	1.01383	8.674	11	57.6	16	33	03

Mai 0.0 UT = JD 2449472.5

Mai

0^h UT = 1^h MEZ

Datum	X	Y	Z	R		P	B	L
	AE	AE	AE	′	″	°	°	°
1 So	+0.76635	+0.60006	+0.26017	15	52.5	−24.20	−4.18	344.92
2 Mo	+0.75536	+0.61204	+0.26537	15	52.3	−24.02	−4.08	331.70
3 Di	+0.74415	+0.62385	+0.27048	15	52.0	−23.83	−3.98	318.49
4 Mi	+0.73272	+0.63547	+0.27552	15	51.8	−23.64	−3.87	305.27
5 Do	+0.72108	+0.64692	+0.28048	15	51.5	−23.44	−3.77	292.05
6 Fr	+0.70923	+0.65817	+0.28537	15	51.3	−23.23	−3.67	278.83
7 Sa	+0.69717	+0.66924	+0.29016	15	51.1	−23.02	−3.56	265.61
8 So	+0.68491	+0.68011	+0.29488	15	50.8	−22.80	−3.45	252.39
9 Mo	+0.67245	+0.69079	+0.29951	15	50.6	−22.57	−3.34	239.17
10 Di	+0.65980	+0.70127	+0.30405	15	50.4	−22.33	−3.24	225.95
11 Mi	+0.64696	+0.71155	+0.30850	15	50.2	−22.09	−3.13	212.72
12 Do	+0.63393	+0.72162	+0.31287	15	50.0	−21.84	−3.02	199.50
13 Fr	+0.62072	+0.73148	+0.31714	15	49.8	−21.59	−2.90	186.28
14 Sa	+0.60733	+0.74113	+0.32133	15	49.6	−21.32	−2.79	173.05
15 So	+0.59376	+0.75057	+0.32542	15	49.4	−21.05	−2.68	159.83
16 Mo	+0.58003	+0.75979	+0.32942	15	49.2	−20.78	−2.57	146.60
17 Di	+0.56613	+0.76879	+0.33332	15	49.0	−20.49	−2.45	133.38
18 Mi	+0.55207	+0.77757	+0.33713	15	48.8	−20.21	−2.34	120.15
19 Do	+0.53785	+0.78613	+0.34084	15	48.6	−19.91	−2.22	106.92
20 Fr	+0.52348	+0.79446	+0.34445	15	48.4	−19.61	−2.10	93.69
21 Sa	+0.50896	+0.80257	+0.34796	15	48.2	−19.30	−1.99	80.46
22 So	+0.49430	+0.81044	+0.35138	15	48.0	−18.99	−1.87	67.24
23 Mo	+0.47950	+0.81809	+0.35469	15	47.9	−18.67	−1.75	54.01
24 Di	+0.46457	+0.82550	+0.35791	15	47.7	−18.34	−1.64	40.78
25 Mi	+0.44950	+0.83268	+0.36102	15	47.5	−18.01	−1.52	27.54
26 Do	+0.43431	+0.83962	+0.36403	15	47.4	−17.67	−1.40	14.31
27 Fr	+0.41899	+0.84633	+0.36694	15	47.2	−17.33	−1.28	1.08
28 Sa	+0.40355	+0.85279	+0.36975	15	47.0	−16.98	−1.16	347.85
29 So	+0.38800	+0.85902	+0.37244	15	46.9	−16.63	−1.04	334.62
30 Mo	+0.37234	+0.86500	+0.37504	15	46.7	−16.27	−0.92	321.38
31 Di	+0.35657	+0.87074	+0.37753	15	46.6	−15.91	−0.80	308.15

Beginn der Sonnenrotation 1883: Mai 27.08 UT

Juni

0^h UT $= 1^h$ MEZ

Datum	α			δ		λ	r	π	D		ϑ		
	h	m	s	°	′	°	AE	″	h	m	h	m	s
1 Mi	4	34	40	+21	59.4	70.29	1.01399	8.673	11	57.7	16	36	59
2 Do	4	38	45	+22	07.6	71.25	1.01415	8.671	11	57.9	16	40	56
3 Fr	4	42	52	+22	15.3	72.20	1.01431	8.670	11	58.1	16	44	52
4 Sa	4	46	58	+22	22.7	73.16	1.01446	8.669	11	58.2	16	48	49
5 So	4	51	05	+22	29.6	74.12	1.01460	8.667	11	58.4	16	52	46
6 Mo	4	55	12	+22	36.2	75.08	1.01474	8.666	11	58.6	16	56	42
7 Di	4	59	20	+22	42.4	76.03	1.01488	8.665	11	58.8	17	00	39
8 Mi	5	03	27	+22	48.1	76.99	1.01501	8.664	11	59.0	17	04	35
9 Do	5	07	35	+22	53.5	77.95	1.01513	8.663	11	59.1	17	08	32
10 Fr	5	11	44	+22	58.5	78.90	1.01525	8.662	11	59.3	17	12	28
11 Sa	5	15	52	+23	03.0	79.86	1.01536	8.661	11	59.5	17	16	25
12 So	5	20	01	+23	07.2	80.82	1.01547	8.660	11	59.8	17	20	21
13 Mo	5	24	10	+23	11.0	81.77	1.01557	8.659	12	0.0	17	24	18
14 Di	5	28	19	+23	14.3	82.73	1.01567	8.658	12	0.2	17	28	15
15 Mi	5	32	29	+23	17.2	83.68	1.01576	8.658	12	0.4	17	32	11
16 Do	5	36	38	+23	19.8	84.64	1.01584	8.657	12	0.6	17	36	08
17 Fr	5	40	48	+23	21.9	85.59	1.01592	8.656	12	0.8	17	40	04
18 Sa	5	44	57	+23	23.6	86.55	1.01600	8.656	12	1.0	17	44	01
19 So	5	49	07	+23	24.9	87.50	1.01607	8.655	12	1.2	17	47	57
20 Mo	5	53	16	+23	25.8	88.46	1.01614	8.654	12	1.5	17	51	54
21 Di	5	57	26	+23	26.2	89.41	1.01620	8.654	12	1.7	17	55	50
22 Mi	6	01	35	+23	26.3	90.37	1.01626	8.653	12	1.9	17	59	47
23 Do	6	05	45	+23	25.9	91.32	1.01632	8.653	12	2.1	18	03	44
24 Fr	6	09	54	+23	25.1	92.27	1.01638	8.652	12	2.3	18	07	40
25 Sa	6	14	03	+23	23.9	93.23	1.01643	8.652	12	2.5	18	11	37
26 So	6	18	13	+23	22.3	94.18	1.01648	8.651	12	2.7	18	15	33
27 Mo	6	22	22	+23	20.3	95.13	1.01652	8.651	12	3.0	18	19	30
28 Di	6	26	31	+23	17.9	96.09	1.01656	8.651	12	3.2	18	23	26
29 Mi	6	30	39	+23	15.1	97.04	1.01660	8.650	12	3.4	18	27	23
30 Do	6	34	48	+23	11.8	97.99	1.01663	8.650	12	3.6	18	31	19

Juni 0.0 UT $=$ JD 2449503.5

Sommersolstitium: Juni 21, $14^h 48$ UT

Juni

0^h UT = 1^h MEZ

Datum	X AE	Y AE	Z AE	R ′ ″	P °	B °	L °
1 Mi	+0.34070	+0.87623	+0.37991	15 46.4	−15.54	−0.68	294.92
2 Do	+0.32473	+0.88147	+0.38218	15 46.3	−15.16	−0.56	281.68
3 Fr	+0.30866	+0.88647	+0.38435	15 46.1	−14.78	−0.44	268.45
4 Sa	+0.29251	+0.89121	+0.38640	15 46.0	−14.40	−0.32	255.22
5 So	+0.27628	+0.89570	+0.38835	15 45.8	−14.01	−0.20	241.98
6 Mo	+0.25996	+0.89993	+0.39018	15 45.7	−13.62	−0.08	228.75
7 Di	+0.24357	+0.90391	+0.39191	15 45.6	−13.22	+0.04	215.51
8 Mi	+0.22711	+0.90764	+0.39352	15 45.5	−12.82	+0.16	202.28
9 Do	+0.21058	+0.91110	+0.39502	15 45.3	−12.42	+0.29	189.04
10 Fr	+0.19399	+0.91431	+0.39641	15 45.2	−12.01	+0.41	175.81
11 Sa	+0.17735	+0.91725	+0.39769	15 45.1	−11.60	+0.53	162.57
12 So	+0.16066	+0.91994	+0.39885	15 45.0	−11.18	+0.65	149.34
13 Mo	+0.14393	+0.92236	+0.39990	15 44.9	−10.76	+0.77	136.10
14 Di	+0.12715	+0.92452	+0.40084	15 44.8	−10.34	+0.89	122.86
15 Mi	+0.11034	+0.92642	+0.40166	15 44.8	− 9.91	+1.01	109.63
16 Do	+0.09350	+0.92806	+0.40237	15 44.7	− 9.48	+1.13	96.39
17 Fr	+0.07664	+0.92943	+0.40297	15 44.6	− 9.05	+1.24	83.15
18 Sa	+0.05975	+0.93054	+0.40345	15 44.5	− 8.62	+1.36	69.92
19 So	+0.04285	+0.93139	+0.40382	15 44.5	− 8.18	+1.48	56.68
20 Mo	+0.02594	+0.93198	+0.40408	15 44.4	− 7.74	+1.60	43.44
21 Di	+0.00902	+0.93231	+0.40422	15 44.3	− 7.30	+1.72	30.21
22 Mi	−0.00789	+0.93237	+0.40425	15 44.3	− 6.86	+1.83	16.97
23 Do	−0.02481	+0.93217	+0.40416	15 44.2	− 6.41	+1.95	3.73
24 Fr	−0.04171	+0.93172	+0.40396	15 44.2	− 5.97	+2.06	350.49
25 Sa	−0.05861	+0.93100	+0.40365	15 44.1	− 5.52	+2.18	337.26
26 So	−0.07549	+0.93002	+0.40323	15 44.1	− 5.07	+2.29	324.02
27 Mo	−0.09235	+0.92878	+0.40269	15 44.0	− 4.62	+2.41	310.78
28 Di	−0.10919	+0.92728	+0.40204	15 44.0	− 4.17	+2.52	297.55
29 Mi	−0.12599	+0.92552	+0.40128	15 44.0	− 3.72	+2.63	284.31
30 Do	−0.14276	+0.92349	+0.40040	15 43.9	− 3.26	+2.75	271.07

Beginn der Sonnenrotation 1884: Juni 23.28 UT

Juli

Datum	α			δ		λ	r	π	D		ϑ		
	h	m	s	°	′	°	AE	″	h	m	h	m	s
1 Fr	6	38	56	+23	08.2	98.95	1.01666	8.650	12	3.8	18	35	16
2 Sa	6	43	05	+23	04.1	99.90	1.01668	8.650	12	4.0	18	39	13
3 So	6	47	13	+23	00.0	100.85	1.01670	8.650	12	4.1	18	43	09
4 Mo	6	51	20	+22	54.8	101.81	1.01671	8.649	12	4.3	18	47	06
5 Di	6	55	28	+22	49.6	102.76	1.01672	8.649	12	4.5	18	51	02
6 Mi	6	59	35	+22	43.9	103.72	1.01672	8.649	12	4.7	18	54	59
7 Do	7	03	41	+22	37.9	104.67	1.01672	8.649	12	4.8	18	58	55
8 Fr	7	07	48	+22	31.4	105.62	1.01671	8.649	12	5.0	19	02	52
9 Sa	7	11	54	+22	24.6	106.58	1.01669	8.650	12	5.1	19	06	48
10 So	7	15	59	+22	17.4	107.53	1.01667	8.650	12	5.3	19	10	45
11 Mo	7	20	04	+22	09.8	108.48	1.01664	8.650	12	5.4	19	14	42
12 Di	7	24	09	+22	01.8	109.44	1.01661	8.650	12	5.6	19	18	38
13 Mi	7	28	13	+21	53.4	110.39	1.01657	8.651	12	5.7	19	22	35
14 Do	7	32	17	+21	44.7	111.35	1.01652	8.651	12	5.8	19	26	31
15 Fr	7	36	20	+21	35.6	112.30	1.01647	8.652	12	5.9	19	30	28
16 Sa	7	40	23	+21	26.1	113.25	1.01641	8.652	12	6.0	19	34	24
17 So	7	44	25	+21	16.3	114.21	1.01635	8.653	12	6.1	19	38	21
18 Mo	7	48	27	+21	06.1	115.16	1.01629	8.653	12	6.2	19	42	17
19 Di	7	52	28	+20	55.5	116.12	1.01622	8.654	12	6.3	19	46	14
20 Mi	7	56	28	+20	44.6	117.07	1.01614	8.654	12	6.3	19	50	11
21 Do	8	00	28	+20	33.4	118.02	1.01607	8.655	12	6.4	19	54	07
22 Fr	8	04	27	+20	21.8	118.98	1.01599	8.656	12	6.4	19	58	04
23 Sa	8	08	26	+20	09.8	119.93	1.01591	8.656	12	6.4	20	02	00
24 So	8	12	24	+19	57.6	120.89	1.01582	8.657	12	6.5	20	05	57
25 Mo	8	16	22	+19	44.9	121.84	1.01573	8.658	12	6.5	20	09	53
26 Di	8	20	19	+19	32.0	122.80	1.01564	8.659	12	6.5	20	13	50
27 Mi	8	24	16	+19	18.7	123.75	1.01554	8.659	12	6.5	20	17	46
28 Do	8	28	12	+19	05.2	124.71	1.01544	8.660	12	6.5	20	21	43
29 Fr	8	32	07	+18	51.3	125.66	1.01534	8.661	12	6.4	20	25	40
30 Sa	8	36	02	+18	37.1	126.62	1.01523	8.662	12	6.4	20	29	36
31 So	8	39	56	+18	22.5	127.58	1.01512	8.663	12	6.4	20	33	33

Juli 0.0 UT = JD 2449533.5

Erde im Aphel: Juli 5, 19^h UT

Juli 0^h UT = 1^h MEZ

Datum	X	Y	Z	R		P	B	L
	AE	AE	AE	$'$	$''$	°	°	°
1 Fr	−0.15950	+0.92121	+0.39941	15	43.9	− 2.81	+2.86	257.84
2 Sa	−0.17619	+0.91867	+0.39831	15	43.9	− 2.35	+2.97	244.60
3 So	−0.19283	+0.91587	+0.39709	15	43.9	− 1.90	+3.08	231.36
4 Mo	−0.20942	+0.91281	+0.39576	15	43.9	− 1.45	+3.19	218.13
5 Di	−0.22595	+0.90949	+0.39433	15	43.9	− 0.99	+3.29	204.89
6 Mi	−0.24242	+0.90592	+0.39278	15	43.9	− 0.54	+3.40	191.66
7 Do	−0.25882	+0.90209	+0.39111	15	43.9	− 0.08	+3.51	178.42
8 Fr	−0.27514	+0.89800	+0.38934	15	43.9	+ 0.37	+3.61	165.19
9 Sa	−0.29139	+0.89366	+0.38746	15	43.9	+ 0.82	+3.71	151.95
10 So	−0.30756	+0.88907	+0.38547	15	43.9	+ 1.27	+3.82	138.72
11 Mo	−0.32364	+0.88422	+0.38337	15	43.9	+ 1.72	+3.92	125.49
12 Di	−0.33963	+0.87913	+0.38116	15	44.0	+ 2.17	+4.02	112.25
13 Mi	−0.35552	+0.87378	+0.37884	15	44.0	+ 2.62	+4.12	99.02
14 Do	−0.37131	+0.86819	+0.37642	15	44.0	+ 3.07	+4.22	85.79
15 Fr	−0.38699	+0.86236	+0.37389	15	44.1	+ 3.51	+4.32	72.55
16 Sa	−0.40256	+0.85628	+0.37125	15	44.1	+ 3.95	+4.41	59.32
17 So	−0.41802	+0.84996	+0.36851	15	44.2	+ 4.40	+4.51	46.09
18 Mo	−0.43336	+0.84340	+0.36567	15	44.3	+ 4.84	+4.60	32.86
19 Di	−0.44857	+0.83661	+0.36273	15	44.3	+ 5.27	+4.69	19.62
20 Mi	−0.46366	+0.82958	+0.35968	15	44.4	+ 5.71	+4.79	6.39
21 Do	−0.47861	+0.82232	+0.35653	15	44.5	+ 6.14	+4.88	353.16
22 Fr	−0.49343	+0.81483	+0.35328	15	44.5	+ 6.57	+4.96	339.93
23 Sa	−0.50812	+0.80711	+0.34994	15	44.6	+ 7.00	+5.05	326.70
24 So	−0.52265	+0.79916	+0.34649	15	44.7	+ 7.42	+5.14	313.47
25 Mo	−0.53705	+0.79099	+0.34295	15	44.8	+ 7.85	+5.22	300.24
26 Di	−0.55129	+0.78260	+0.33931	15	44.9	+ 8.27	+5.31	287.01
27 Mi	−0.56538	+0.77399	+0.33558	15	45.0	+ 8.68	+5.39	273.78
28 Do	−0.57931	+0.76516	+0.33175	15	45.1	+ 9.10	+5.47	260.55
29 Fr	−0.59308	+0.75611	+0.32782	15	45.1	+ 9.51	+5.55	247.33
30 Sa	−0.60668	+0.74685	+0.32381	15	45.2	+ 9.91	+5.62	234.10
31 So	−0.62011	+0.73737	+0.31970	15	45.4	+10.32	+5.70	220.87

Beginn der Sonnenrotation 1885: Juli 20.48 UT

August

0^h UT = 1^h MEZ

Datum	α			δ		λ	r	π	D		ϑ		
	h	m	s	°	′	°	AE	″	h	m	h	m	s
1 Mo	8	43	49	+18	07.7	128.53	1.01500	8.664	12	6.3	20	37	29
2 Di	8	47	42	+17	52.6	129.49	1.01488	8.665	12	6.2	20	41	26
3 Mi	8	51	35	+17	37.2	130.45	1.01475	8.666	12	6.2	20	45	22
4 Do	8	55	26	⎮17	21.5	131.40	1.01462	8.667	12	6.1	20	49	19
5 Fr	8	59	17	+17	05.5	132.36	1.01449	8.668	12	6.0	20	53	15
6 Sa	9	03	08	+16	49.3	133.32	1.01435	8.670	12	5.9	20	57	12
7 So	9	06	58	+16	32.7	134.28	1.01420	8.671	12	5.8	21	01	09
8 Mo	9	10	47	+16	15.9	135.24	1.01405	8.672	12	5.6	21	05	05
9 Di	9	14	36	+15	58.9	136.20	1.01389	8.674	12	5.5	21	09	02
10 Mi	9	18	24	+15	41.6	137.15	1.01372	8.675	12	5.4	21	12	58
11 Do	9	22	12	+15	24.0	138.11	1.01356	8.676	12	5.2	21	16	55
12 Fr	9	25	59	+15	06.2	139.07	1.01338	8.678	12	5.0	21	20	51
13 Sa	9	29	46	+14	48.2	140.03	1.01320	8.679	12	4.9	21	24	48
14 So	9	33	31	+14	29.9	140.99	1.01302	8.681	12	4.7	21	28	44
15 Mo	9	37	17	+14	11.4	141.95	1.01284	8.683	12	4.5	21	32	41
16 Di	9	41	02	+13	52.7	142.92	1.01265	8.684	12	4.3	21	36	38
17 Mi	9	44	46	+13	33.7	143.88	1.01245	8.686	12	4.1	21	40	34
18 Do	9	48	30	+13	14.5	144.84	1.01226	8.688	12	3.9	21	44	31
19 Fr	9	52	13	+12	55.2	145.80	1.01206	8.689	12	3.6	21	48	27
20 Sa	9	55	55	+12	35.6	146.76	1.01186	8.691	12	3.4	21	52	24
21 So	9	59	38	+12	15.8	147.72	1.01166	8.693	12	3.2	21	56	20
22 Mo	10	03	19	+11	55.8	148.69	1.01145	8.694	12	2.9	22	00	17
23 Di	10	07	01	+11	35.7	149.65	1.01124	8.696	12	2.7	22	04	13
24 Mi	10	10	41	+11	15.3	150.61	1.01104	8.698	12	2.4	22	08	10
25 Do	10	14	22	+10	54.8	151.58	1.01082	8.700	12	2.1	22	12	07
26 Fr	10	18	02	+10	34.1	152.54	1.01061	8.702	12	1.8	22	16	03
27 Sa	10	21	41	+10	13.2	153.51	1.01040	8.704	12	1.6	22	20	00
28 So	10	25	21	+ 9	52.2	154.47	1.01018	8.705	12	1.3	22	23	56
29 Mo	10	29	00	+ 9	31.0	155.44	1.00996	8.707	12	1.0	22	27	53
30 Di	10	32	38	+ 9	09.7	156.40	1.00973	8.709	12	0.7	22	31	49
31 Mi	10	36	16	+ 8	48.2	157.37	1.00951	8.711	12	0.4	22	35	46

August 0.0 UT = JD 2449564.5

August 0^h UT $= 1^h$ MEZ

Datum	X AE	Y AE	Z AE	R $'$ $''$	P °	B °	L °
1 Mo	−0.63337	+0.72769	+0.31550	15 45.5	+10.72	+5.77	207.65
2 Di	−0.64645	+0.71780	+0.31121	15 45.6	+11.12	+5.85	194.42
3 Mi	−0.65935	+0.70770	+0.30683	15 45.7	+11.51	+5.92	181.20
4 Do	−0.67206	+0.69740	+0.30237	15 45.8	+11.90	+5.99	167.97
5 Fr	−0.68458	+0.68691	+0.29782	15 45.9	+12.29	+6.05	154.75
6 Sa	−0.69690	+0.67622	+0.29318	15 46.1	+12.67	+6.12	141.53
7 So	−0.70903	+0.66533	+0.28846	15 46.2	+13.05	+6.18	128.30
8 Mo	−0.72096	+0.65426	+0.28366	15 46.4	+13.42	+6.25	115.08
9 Di	−0.73267	+0.64299	+0.27878	15 46.5	+13.79	+6.31	101.86
10 Mi	−0.74418	+0.63155	+0.27382	15 46.7	+14.16	+6.37	88.64
11 Do	−0.75548	+0.61992	+0.26878	15 46.8	+14.52	+6.42	75.42
12 Fr	−0.76656	+0.60812	+0.26366	15 47.0	+14.87	+6.48	62.20
13 Sa	−0.77742	+0.59615	+0.25847	15 47.1	+15.23	+6.53	48.98
14 So	−0.78806	+0.58401	+0.25321	15 47.3	+15.58	+6.58	35.76
15 Mo	−0.79847	+0.57170	+0.24787	15 47.5	+15.92	+6.63	22.54
16 Di	−0.80865	+0.55923	+0.24247	15 47.7	+16.26	+6.68	9.32
17 Mi	−0.81861	+0.54661	+0.23699	15 47.8	+16.59	+6.73	356.10
18 Do	−0.82833	+0.53383	+0.23145	15 48.0	+16.92	+6.77	342.89
19 Fr	−0.83781	+0.52089	+0.22584	15 48.2	+17.25	+6.82	329.67
20 Sa	−0.84706	+0.50782	+0.22017	15 48.4	+17.57	+6.86	316.45
21 So	−0.85606	+0.49459	+0.21444	15 48.6	+17.88	+6.89	303.24
22 Mo	−0.86482	+0.48123	+0.20865	15 48.8	+18.19	+6.93	290.02
23 Di	−0.87334	+0.46773	+0.20279	15 49.0	+18.50	+6.97	276.81
24 Mi	−0.88160	+0.45410	+0.19688	15 49.2	+18.80	+7.00	263.59
25 Do	−0.88962	+0.44034	+0.19092	15 49.4	+19.09	+7.03	250.38
26 Fr	−0.89738	+0.42645	+0.18489	15 49.6	+19.38	+7.06	237.17
27 Sa	−0.90489	+0.41243	+0.17882	15 49.8	+19.67	+7.09	223.95
28 So	−0.91214	+0.39830	+0.17269	15 50.0	+19.95	+7.11	210.74
29 Mo	−0.91912	+0.38405	+0.16651	15 50.2	+20.22	+7.13	197.53
30 Di	−0.92585	+0.36970	+0.16029	15 50.4	+20.49	+7.15	184.32
31 Mi	−0.93231	+0.35523	+0.15401	15 50.6	+20.75	+7.17	171.11

Beginn der Sonnenrotation 1886: August 16.71 UT

September

Datum	α			δ		λ	r	π	D		ϑ		
	h	m	s	o	′	o	AE	″	h	m	h	m	s
1 Do	10	39	54	+ 8	26.6	158.34	1.00928	8.713	12	0.0	22	39	42
2 Fr	10	43	32	+ 8	04.8	159.31	1.00904	8.715	11	59.7	22	43	39
3 Sa	10	47	09	+ 7	42.9	160.27	1.00881	8.717	11	59.4	22	47	36
4 So	10	50	46	+ 7	20.9	161.24	1.00857	8.719	11	59.1	22	51	32
5 Mo	10	54	23	+ 6	58.7	162.21	1.00832	8.721	11	58.8	22	55	29
6 Di	10	58	00	+ 6	36.5	163.18	1.00807	8.724	11	58.4	22	59	25
7 Mi	11	01	36	+ 6	14.1	164.15	1.00782	8.726	11	58.1	23	03	22
8 Do	11	05	12	+ 5	51.6	165.12	1.00756	8.728	11	57.7	23	07	18
9 Fr	11	08	48	+ 5	29.1	166.10	1.00730	8.730	11	57.4	23	11	15
10 Sa	11	12	24	+ 5	06.4	167.07	1.00704	8.733	11	57.1	23	15	11
11 So	11	16	00	+ 4	43.7	168.04	1.00678	8.735	11	56.7	23	19	08
12 Mo	11	19	35	+ 4	20.9	169.01	1.00651	8.737	11	56.4	23	23	05
13 Di	11	23	11	+ 3	58.0	169.99	1.00624	8.739	11	56.0	23	27	01
14 Mi	11	26	46	+ 3	35.0	170.96	1.00596	8.742	11	55.6	23	30	58
15 Do	11	30	21	+ 3	12.0	171.93	1.00569	8.744	11	55.3	23	34	54
16 Fr	11	33	57	+ 2	48.9	172.91	1.00541	8.747	11	54.9	23	38	51
17 Sa	11	37	32	+ 2	25.8	173.88	1.00514	8.749	11	54.6	23	42	47
18 So	11	41	07	+ 2	02.6	174.86	1.00486	8.751	11	54.2	23	46	44
19 Mo	11	44	42	+ 1	39.4	175.83	1.00459	8.754	11	53.9	23	50	40
20 Di	11	48	17	+ 1	16.1	176.81	1.00431	8.756	11	53.5	23	54	37
21 Mi	11	51	52	+ 0	52.8	177.79	1.00403	8.759	11	53.1	23	58	34
22 Do	11	55	27	+ 0	29.5	178.76	1.00376	8.761	11	52.8	0	02	30
23 Fr	11	59	03	+ 0	06.2	179.74	1.00348	8.763	11	52.4	0	06	27
24 Sa	12	02	38	− 0	17.2	180.72	1.00321	8.766	11	52.1	0	10	23
25 So	12	06	14	− 0	40.6	181.70	1.00293	8.768	11	51.7	0	14	20
26 Mo	12	09	50	− 1	03.9	182.68	1.00265	8.771	11	51.4	0	18	16
27 Di	12	13	26	− 1	27.3	183.66	1.00237	8.773	11	51.1	0	22	13
28 Mi	12	17	02	− 1	50.7	184.64	1.00210	8.776	11	50.7	0	26	09
29 Do	12	20	38	− 2	14.0	185.62	1.00182	8.778	11	50.4	0	30	06
30 Fr	12	24	15	− 2	37.4	186.61	1.00154	8.780	11	50.1	0	34	03

September 0.0 UT $=$ JD 2449595.5

Herbstäquinoktium: September 23, $6^h 19$ UT

September 0^h UT = 1^h MEZ

Datum	X AE	Y AE	Z AE	R ' "	P °	B °	L °
1 Do	−0.93850	+0.34066	+0.14770	15 50.8	+21.01	+7.19	157.90
2 Fr	−0.94442	+0.32599	+0.14133	15 51.0	+21.27	+7.20	144.69
3 Sa	−0.95007	+0.31122	+0.13493	15 51.3	+21.51	+7.22	131.48
4 So	−0.95544	+0.29637	+0.12849	15 51.5	+21.75	+7.23	118.27
5 Mo	−0.96053	+0.28143	+0.12201	15 51.7	+21.99	+7.24	105.07
6 Di	−0.96535	+0.26640	+0.11550	15 52.0	+22.22	+7.24	91.86
7 Mi	−0.96989	+0.25130	+0.10895	15 52.2	+22.44	+7.25	78.65
8 Do	−0.97414	+0.23613	+0.10237	15 52.4	+22.66	+7.25	65.45
9 Fr	−0.97811	+0.22088	+0.09577	15 52.7	+22.87	+7.25	52.24
10 Sa	−0.98180	+0.20558	+0.08913	15 52.9	+23.08	+7.25	39.04
11 So	−0.98520	+0.19021	+0.08247	15 53.2	+23.28	+7.24	25.83
12 Mo	−0.98831	+0.17480	+0.07579	15 53.4	+23.48	+7.24	12.63
13 Di	−0.99114	+0.15933	+0.06908	15 53.7	+23.67	+7.23	359.43
14 Mi	−0.99368	+0.14382	+0.06236	15 54.0	+23.85	+7.22	346.22
15 Do	−0.99593	+0.12827	+0.05561	15 54.2	+24.02	+7.21	333.02
16 Fr	−0.99789	+0.11268	+0.04886	15 54.5	+24.19	+7.19	319.82
17 Sa	−0.99956	+0.09706	+0.04208	15 54.7	+24.36	+7.18	306.62
18 So	−1.00094	+0.08141	+0.03530	15 55.0	+24.52	+7.16	293.41
19 Mo	−1.00203	+0.06574	+0.02851	15 55.3	+24.67	+7.14	280.21
20 Di	−1.00283	+0.05006	+0.02170	15 55.5	+24.81	+7.11	267.01
21 Mi	−1.00334	+0.03435	+0.01490	15 55.8	+24.95	+7.09	253.81
22 Do	−1.00355	+0.01864	+0.00808	15 56.1	+25.08	+7.06	240.61
23 Fr	−1.00348	+0.00292	+0.00127	15 56.3	+25.21	+7.03	227.41
24 Sa	−1.00311	−0.01280	−0.00555	15 56.6	+25.33	+7.00	214.21
25 So	−1.00245	−0.02852	−0.01237	15 56.8	+25.44	+6.97	201.02
26 Mo	−1.00149	−0.04423	−0.01918	15 57.1	+25.54	+6.93	187.82
27 Di	−1.00024	−0.05993	−0.02599	15 57.4	+25.64	+6.89	174.62
28 Mi	−0.99870	−0.07561	−0.03279	15 57.6	+25.74	+6.86	161.42
29 Do	−0.99687	−0.09127	−0.03958	15 57.9	+25.82	+6.81	148.23
30 Fr	−0.99474	−0.10691	−0.04636	15 58.2	+25.90	+6.77	135.03

Beginn der Sonnenrotation 1887: September 12.96 UT

Oktober

0^h UT = 1^h MEZ

Datum	α			δ		λ	r	π	D		ϑ		
	h	m	s	°	′	°	AE	″	h	m	h	m	s
1 Sa	12	27	52	− 3	00.7	187.59	1.00126	8.783	11	49.7	0	37	59
2 So	12	31	29	− 3	23.9	188.57	1.00098	8.785	11	49.4	0	41	56
3 Mo	12	35	07	− 3	47.2	189.56	1.00069	8.788	11	49.1	0	45	52
4 Di	12	38	45	− 4	10.4	190.54	1.00041	8.790	11	48.8	0	49	49
5 Mi	12	42	23	− 4	33.5	191.53	1.00012	8.793	11	48.5	0	53	45
6 Do	12	46	02	− 4	56.6	192.51	0.99983	8.795	11	48.2	0	57	42
7 Fr	12	49	41	− 5	19.7	193.50	0.99954	8.798	11	47.9	1	01	38
8 Sa	12	53	20	− 5	42.6	194.49	0.99925	8.801	11	47.6	1	05	35
9 So	12	57	00	− 6	05.5	195.47	0.99896	8.803	11	47.3	1	09	32
10 Mo	13	00	40	− 6	28.3	196.46	0.99867	8.806	11	47.1	1	13	28
11 Di	13	04	21	− 6	51.0	197.45	0.99837	8.808	11	46.8	1	17	25
12 Mi	13	08	02	− 7	13.7	198.44	0.99808	8.811	11	46.6	1	21	21
13 Do	13	11	43	− 7	36.2	199.43	0.99779	8.813	11	46.3	1	25	18
14 Fr	13	15	25	− 7	58.6	200.42	0.99750	8.816	11	46.1	1	29	14
15 Sa	13	19	08	− 8	20.9	201.41	0.99721	8.819	11	45.8	1	33	11
16 So	13	22	51	− 8	43.1	202.40	0.99692	8.821	11	45.6	1	37	07
17 Mo	13	26	35	− 9	05.2	203.39	0.99663	8.824	11	45.4	1	41	04
18 Di	13	30	19	− 9	27.1	204.38	0.99635	8.826	11	45.2	1	45	01
19 Mi	13	34	04	− 9	48.9	205.38	0.99606	8.829	11	45.0	1	48	57
20 Do	13	37	50	−10	10.6	206.37	0.99578	8.831	11	44.8	1	52	54
21 Fr	13	41	36	−10	32.1	207.36	0.99551	8.834	11	44.7	1	56	50
22 Sa	13	45	22	−10	53.4	208.36	0.99523	8.836	11	44.5	2	00	47
23 So	13	49	10	−11	14.6	209.35	0.99496	8.839	11	44.4	2	04	43
24 Mo	13	52	58	−11	35.6	210.35	0.99469	8.841	11	44.2	2	08	40
25 Di	13	56	47	−11	56.5	211.34	0.99442	8.843	11	44.1	2	12	36
26 Mi	14	00	36	−12	17.1	212.34	0.99415	8.846	11	44.0	2	16	33
27 Do	14	04	27	−12	37.6	213.34	0.99389	8.848	11	43.9	2	20	30
28 Fr	14	08	18	−12	57.9	214.34	0.99363	8.850	11	43.8	2	24	26
29 Sa	14	12	10	−13	18.0	215.34	0.99337	8.853	11	43.8	2	28	23
30 So	14	16	02	−13	37.9	216.33	0.99311	8.855	11	43.7	2	32	19
31 Mo	14	19	56	−13	57.5	217.33	0.99285	8.857	11	43.6	2	36	16

Oktober 0.0 UT = JD 2449625.5

Oktober

0^h UT = 1^h MEZ

Datum	X AE	Y AE	Z AE	R ′ ″	P °	B °	L °
1 Sa	−0.99231	−0.12252	−0.05312	15 58.4	+25.97	+6.72	121.84
2 So	−0.98960	−0.13809	−0.05987	15 58.7	+26.04	+6.68	108.64
3 Mo	−0.98659	−0.15362	−0.06661	15 59.0	+26.09	+6.63	95.45
4 Di	−0.98328	−0.16911	−0.07332	15 59.3	+26.14	+6.58	82.25
5 Mi	−0.97969	−0.18454	−0.08001	15 59.5	+26.19	+6.52	69.06
6 Do	−0.97580	−0.19992	−0.08668	15 59.8	+26.23	+6.47	55.86
7 Fr	−0.97162	−0.21525	−0.09332	16 0.1	+26.25	+6.41	42.67
8 Sa	−0.96715	−0.23050	−0.09994	16 0.4	+26.28	+6.35	29.48
9 So	−0.96240	−0.24569	−0.10652	16 0.6	+26.29	+6.29	16.28
10 Mo	−0.95736	−0.26081	−0.11308	16 0.9	+26.30	+6.22	3.09
11 Di	−0.95203	−0.27584	−0.11959	16 1.2	+26.30	+6.16	349.90
12 Mi	−0.94642	−0.29079	−0.12607	16 1.5	+26.29	+6.09	336.71
13 Do	−0.94053	−0.30565	−0.13252	16 1.8	+26.28	+6.02	323.52
14 Fr	−0.93436	−0.32042	−0.13892	16 2.1	+26.26	+5.95	310.32
15 Sa	−0.92791	−0.33510	−0.14528	16 2.3	+26.23	+5.88	297.13
16 So	−0.92119	−0.34967	−0.15160	16 2.6	+26.19	+5.81	283.94
17 Mo	−0.91420	−0.36414	−0.15788	16 2.9	+26.15	+5.73	270.75
18 Di	−0.90693	−0.37850	−0.16410	16 3.2	+26.09	+5.65	257.56
19 Mi	−0.89939	−0.39274	−0.17028	16 3.4	+26.03	+5.57	244.37
20 Do	−0.89158	−0.40687	−0.17641	16 3.7	+25.97	+5.49	231.18
21 Fr	−0.88351	−0.42088	−0.18248	16 4.0	+25.89	+5.41	217.99
22 Sa	−0.87518	−0.43476	−0.18850	16 4.2	+25.81	+5.32	204.80
23 So	−0.86658	−0.44851	−0.19446	16 4.5	+25.72	+5.24	191.61
24 Mo	−0.85772	−0.46213	−0.20037	16 4.8	+25.62	+5.15	178.42
25 Di	−0.84861	−0.47561	−0.20621	16 5.0	+25.52	+5.06	165.24
26 Mi	−0.83924	−0.48895	−0.21200	16 5.3	+25.40	+4.97	152.05
27 Do	−0.82962	−0.50215	−0.21772	16 5.5	+25.28	+4.88	138.86
28 Fr	−0.81974	−0.51519	−0.22337	16 5.8	+25.15	+4.78	125.67
29 Sa	−0.80962	−0.52808	−0.22896	16 6.1	+25.01	+4.69	112.48
30 So	−0.79925	−0.54081	−0.23448	16 6.3	+24.87	+4.59	99.30
31 Mo	−0.78864	−0.55338	−0.23993	16 6.6	+24.72	+4.49	86.11

Beginn der Sonnenrotation 1888: Oktober 10.23 UT

November

Datum	α			δ		λ	r	π	D		ϑ		
	h	m	s	°	′	°	AE	″	h	m	h	m	s
1 Di	14	23	50	−14	17.0	218.33	0.99259	8.860	11	43.6	2	40	12
2 Mi	14	27	45	−14	36.2	219.34	0.99234	8.862	11	43.6	2	44	09
3 Do	14	31	41	−14	55.2	220.34	0.99208	8.864	11	43.6	2	48	05
4 Fr	14	35	37	−15	13.9	221.34	0.99183	8.866	11	43.6	2	52	02
5 Sa	14	39	35	−15	32.4	222.34	0.99158	8.869	11	43.6	2	55	59
6 So	14	43	33	−15	50.6	223.34	0.99133	8.871	11	43.7	2	59	55
7 Mo	14	47	32	−16	08.6	224.35	0.99108	8.873	11	43.7	3	03	52
8 Di	14	51	32	−16	26.3	225.35	0.99083	8.875	11	43.8	3	07	48
9 Mi	14	55	33	−16	43.7	226.36	0.99058	8.878	11	43.8	3	11	45
10 Do	14	59	35	−17	00.8	227.36	0.99033	8.880	11	43.9	3	15	41
11 Fr	15	03	37	−17	17.7	228.37	0.99009	8.882	11	44.0	3	19	38
12 Sa	15	07	40	−17	34.2	229.37	0.98985	8.884	11	44.1	3	23	34
13 So	15	11	44	−17	50.4	230.38	0.98962	8.886	11	44.3	3	27	31
14 Mo	15	15	49	−18	06.4	231.38	0.98939	8.888	11	44.4	3	31	28
15 Di	15	19	55	−18	22.0	232.39	0.98916	8.890	11	44.6	3	35	24
16 Mi	15	24	02	−18	37.3	233.40	0.98893	8.892	11	44.8	3	39	21
17 Do	15	28	09	−18	52.2	234.40	0.98872	8.894	11	44.9	3	43	17
18 Fr	15	32	17	−19	06.9	235.41	0.98850	8.896	11	45.1	3	47	14
19 Sa	15	36	26	−19	21.2	236.42	0.98829	8.898	11	45.4	3	51	10
20 So	15	40	36	−19	35.1	237.43	0.98809	8.900	11	45.6	3	55	07
21 Mo	15	44	47	−19	48.7	238.44	0.98789	8.902	11	45.8	3	59	03
22 Di	15	48	58	−20	01.9	239.45	0.98769	8.904	11	46.1	4	03	00
23 Mi	15	53	11	−20	14.8	240.46	0.98750	8.905	11	46.4	4	06	57
24 Do	15	57	24	−20	27.2	241.47	0.98731	8.907	11	46.6	4	10	53
25 Fr	16	01	38	−20	39.3	242.48	0.98713	8.909	11	46.9	4	14	50
26 Sa	16	05	53	−20	51.1	243.49	0.98695	8.910	11	47.2	4	18	46
27 So	16	10	08	−21	02.4	244.50	0.98678	8.912	11	47.6	4	22	43
28 Mo	16	14	24	−21	13.4	245.52	0.98661	8.913	11	47.9	4	26	39
29 Di	16	18	41	−21	23.9	246.53	0.98644	8.915	11	48.2	4	30	36
30 Mi	16	22	59	−21	34.0	247.54	0.98628	8.916	11	48.6	4	34	32

November 0.0 UT = JD 2449656.5

November 0^h UT = 1^h MEZ

Datum	X	Y	Z	R		P	B	L
	AE	AE	AE	′	″	°	°	°
1 Di	−0.77779	−0.56578	−0.24531	16	6.8	+24.56	+4.39	72.93
2 Mi	−0.76670	−0.57801	−0.25061	16	7.1	+24.39	+4.29	59.74
3 Do	−0.75538	−0.59007	−0.25583	16	7.3	+24.21	+4.19	46.55
4 Fr	−0.74383	−0.60194	−0.26098	16	7.5	+24.03	+4.08	33.37
5 Sa	−0.73205	−0.61364	−0.26605	16	7.8	+23.83	+3.98	20.18
6 So	−0.72005	−0.62514	−0.27104	16	8.0	+23.63	+3.87	7.00
7 Mo	−0.70782	−0.63645	−0.27594	16	8.3	+23.43	+3.76	353.81
8 Di	−0.69539	−0.64757	−0.28076	16	8.5	+23.21	+3.65	340.63
9 Mi	−0.68274	−0.65849	−0.28549	16	8.8	+22.99	+3.54	327.45
10 Do	−0.66989	−0.66920	−0.29014	16	9.0	+22.75	+3.43	314.26
11 Fr	−0.65683	−0.67971	−0.29470	16	9.2	+22.52	+3.32	301.08
12 Sa	−0.64357	−0.69002	−0.29917	16	9.5	+22.27	+3.21	287.89
13 So	−0.63012	−0.70011	−0.30354	16	9.7	+22.01	+3.09	274.71
14 Mo	−0.61648	−0.70999	−0.30782	16	9.9	+21.75	+2.98	261.53
15 Di	−0.60265	−0.71965	−0.31201	16	10.2	+21.48	+2.86	248.34
16 Mi	−0.58864	−0.72909	−0.31611	16	10.4	+21.21	+2.74	235.16
17 Do	−0.57445	−0.73831	−0.32011	16	10.6	+20.92	+2.63	221.98
18 Fr	−0.56008	−0.74730	−0.32401	16	10.8	+20.63	+2.51	208.80
19 Sa	−0.54554	−0.75607	−0.32781	16	11.0	+20.33	+2.39	195.61
20 So	−0.53084	−0.76461	−0.33151	16	11.2	+20.03	+2.27	182.43
21 Mo	−0.51598	−0.77291	−0.33511	16	11.4	+19.71	+2.15	169.25
22 Di	−0.50095	−0.78098	−0.33861	16	11.6	+19.39	+2.02	156.07
23 Mi	−0.48577	−0.78880	−0.34200	16	11.8	+19.06	+1.90	142.89
24 Do	−0.47045	−0.79639	−0.34529	16	12.0	+18.73	+1.78	129.71
25 Fr	−0.45497	−0.80374	−0.34848	16	12.2	+18.39	+1.65	116.53
26 Sa	−0.43936	−0.81083	−0.35155	16	12.3	+18.04	+1.53	103.35
27 So	−0.42361	−0.81768	−0.35452	16	12.5	+17.68	+1.40	90.17
28 Mo	−0.40773	−0.82428	−0.35738	16	12.7	+17.32	+1.28	76.99
29 Di	−0.39171	−0.83062	−0.36013	16	12.8	+16.95	+1.15	63.81
30 Mi	−0.37558	−0.83671	−0.36277	16	13.0	+16.58	+1.03	50.63

Beginn der Sonnenrotation 1889: November 6.53 UT

Dezember

0^h UT $= 1^h$ MEZ

Datum	α			δ		λ	r	π	D		ϑ		
	h	m	s	°	′	°	AE	″	h	m	h	m	s
1 Do	16	27	17	−21	43.8	248.56	0.98612	8.918	11	49.0	4	38	29
2 Fr	16	31	36	−21	53.1	249.57	0.98596	8.919	11	49.4	4	42	26
3 Sa	16	35	56	−22	02.0	250.58	0.98581	8.921	11	49.7	4	46	22
4 So	16	40	16	−22	10.4	251.60	0.98565	8.922	11	50.1	4	50	19
5 Mo	16	44	37	−22	18.5	252.61	0.98550	8.923	11	50.6	4	54	15
6 Di	16	48	59	−22	26.1	253.63	0.98536	8.925	11	51.0	4	58	12
7 Mi	16	53	21	−22	33.2	254.65	0.98522	8.926	11	51.4	5	02	08
8 Do	16	57	43	−22	40.0	255.66	0.98508	8.927	11	51.8	5	06	05
9 Fr	17	02	06	−22	46.3	256.68	0.98494	8.928	11	52.3	5	10	01
10 Sa	17	06	29	−22	52.1	257.69	0.98481	8.930	11	52.7	5	13	58
11 So	17	10	53	−22	57.5	258.71	0.98468	8.931	11	53.2	5	17	55
12 Mo	17	15	17	−23	02.4	259.73	0.98456	8.932	11	53.6	5	21	51
13 Di	17	19	42	−23	06.9	260.74	0.98445	8.933	11	54.1	5	25	48
14 Mi	17	24	07	−23	10.9	261.76	0.98434	8.934	11	54.6	5	29	44
15 Do	17	28	32	−23	14.4	262.78	0.98423	8.935	11	55.1	5	33	41
16 Fr	17	32	57	−23	17.5	263.79	0.98413	8.936	11	55.5	5	37	37
17 Sa	17	37	23	−23	20.2	264.81	0.98404	8.937	11	56.0	5	41	34
18 So	17	41	48	−23	22.3	265.83	0.98395	8.937	11	56.5	5	45	30
19 Mo	17	46	14	−23	24.0	266.85	0.98387	8.938	11	57.0	5	49	27
20 Di	17	50	41	−23	25.2	267.86	0.98380	8.939	11	57.5	5	53	24
21 Mi	17	55	07	−23	26.0	268.88	0.98373	8.939	11	58.0	5	57	20
22 Do	17	59	33	−23	26.3	269.90	0.98366	8.940	11	58.5	6	01	17
23 Fr	18	03	59	−23	26.1	270.92	0.98361	8.941	11	59.0	6	05	13
24 Sa	18	08	26	−23	25.4	271.94	0.98356	8.941	11	59.5	6	09	10
25 So	18	12	52	−23	24.3	272.95	0.98351	8.941	12	0.0	6	13	06
26 Mo	18	17	19	−23	22.7	273.97	0.98347	8.942	12	0.5	6	17	03
27 Di	18	21	45	−23	20.6	274.99	0.98344	8.942	12	1.0	6	20	59
28 Mi	18	26	11	−23	18.1	276.01	0.98341	8.942	12	1.5	6	24	56
29 Do	18	30	37	−23	15.1	277.03	0.98338	8.943	12	2.0	6	28	53
30 Fr	18	35	03	−23	11.6	278.05	0.98336	8.943	12	2.4	6	32	49
31 Sa	18	39	28	−23	07.6	279.07	0.98334	8.943	12	2.9	6	36	46

Dezember 0.0 UT = JD 2449686.5

Wintersolstitium: Dezember 22, 2^h23 UT

Dezember 0^h UT $= 1^h$ MEZ

Datum	X AE	Y AE	Z AE	R ' "	P °	B °	L °
1 Do	−0.35933	−0.84254	−0.36530	16 13.2	+16.20	+0.90	37.45
2 Fr	−0.34297	−0.84811	−0.36771	16 13.3	+15.81	+0.77	24.27
3 Sa	−0.32650	−0.85341	−0.37001	16 13.5	+15.42	+0.64	11.09
4 So	−0.30993	−0.85845	−0.37219	16 13.6	+15.02	+0.52	357.92
5 Mo	−0.29326	−0.86322	−0.37426	16 13.8	+14.62	+0.39	344.74
6 Di	−0.27650	−0.86772	−0.37621	16 13.9	+14.21	+0.26	331.56
7 Mi	−0.25966	−0.87196	−0.37805	16 14.0	+13.80	+0.13	318.38
8 Do	−0.24274	−0.87592	−0.37976	16 14.2	+13.38	+0.00	305.21
9 Fr	−0.22575	−0.87961	−0.38136	16 14.3	+12.95	−0.12	292.03
10 Sa	−0.20868	−0.88302	−0.38285	16 14.4	+12.53	−0.25	278.85
11 So	−0.19156	−0.88617	−0.38421	16 14.6	+12.09	−0.38	265.68
12 Mo	−0.17437	−0.88904	−0.38545	16 14.7	+11.65	−0.51	252.50
13 Di	−0.15713	−0.89163	−0.38658	16 14.8	+11.21	−0.64	239.33
14 Mi	−0.13985	−0.89395	−0.38758	16 14.9	+10.77	−0.76	226.15
15 Do	−0.12252	−0.89599	−0.38847	16 15.0	+10.32	−0.89	212.97
16 Fr	−0.10516	−0.89775	−0.38923	16 15.1	+ 9.86	−1.02	199.80
17 Sa	−0.08776	−0.89924	−0.38988	16 15.2	+ 9.41	−1.15	186.62
18 So	−0.07034	−0.90044	−0.39040	16 15.3	+ 8.94	−1.27	173.45
19 Mo	−0.05290	−0.90137	−0.39081	16 15.4	+ 8.48	−1.40	160.27
20 Di	−0.03544	−0.90202	−0.39109	16 15.5	+ 8.01	−1.52	147.10
21 Mi	−0.01796	−0.90240	−0.39125	16 15.5	+ 7.55	−1.65	133.93
22 Do	−0.00048	−0.90249	−0.39129	16 15.6	+ 7.07	−1.77	120.75
23 Fr	+0.01700	−0.90230	−0.39121	16 15.6	+ 6.60	−1.90	107.58
24 Sa	+0.03447	−0.90184	−0.39101	16 15.7	+ 6.12	−2.02	94.41
25 So	+0.05194	−0.90109	−0.39068	16 15.7	+ 5.65	−2.15	81.23
26 Mo	+0.06939	−0.90006	−0.39024	16 15.8	+ 5.17	−2.27	68.06
27 Di	+0.08682	−0.89876	−0.38967	16 15.8	+ 4.69	−2.39	54.89
28 Mi	+0.10423	−0.89717	−0.38898	16 15.8	+ 4.20	−2.51	41.72
29 Do	+0.12161	−0.89530	−0.38817	16 15.9	+ 3.72	−2.63	28.55
30 Fr	+0.13895	−0.89316	−0.38724	16 15.9	+ 3.24	−2.75	15.38
31 Sa	+0.15624	−0.89073	−0.38619	16 15.9	+ 2.75	−2.87	2.21

Beginn der Sonnenrotation 1890: Dezember 3.84 UT
Beginn der Sonnenrotation 1891: Dezember 31.17 UT

3.1.2 Ephemeriden des Mondes

Januar $\qquad$ 0^h UT $= 1^h$ MEZ

Da-tum	A	D	U	h	α	δ	λ	β	π	ρ
	h m	h m	h m	°	h m	° ′	°	°	″	10^6m
1	20 43	2 38	9 35	50	9 16.6	+10 34	138.28	− 5.02	3499	376.0
2	22 00	3 29	10 00	45	10 09.2	+ 5 52	152.18	− 5.17	3519	373,9
3	23 17	4 19	10 24	40	11 01.4	+ 0 49	166.20	− 5.02	3534	372.3
4	− −	5 09	10 49	35	11 53.8	− 4 18	180.29	− 4.57	3545	371.1
5	0 34	6 00	11 16	30	12 47.0	− 9 13	194.41	− 3.84	3552	370.4
6	1 51	6 53	11 46	25	13 41.9	−13 38	208.54	− 2.87	3554	370.1
7	3 08	7 49	12 23	22	14 38.6	−17 17	222.66	− 1.74	3552	370.4
8	4 21	8 46	13 08	19	15 37.3	−19 55	236.74	− 0.50	3544	371.2
9	5 27	9 44	14 01	19	16 37.2	−21 18	250.76	+ 0.76	3530	372.7
10	6 24	10 42	15 03	19	17 37.1	−21 22	264.67	+ 1.97	3509	374.9
11	7 10	11 38	16 12	21	18 35.9	−20 08	278.43	+ 3.04	3481	377.9
12	7 48	12 32	17 23	24	19 32.3	−17 46	291.98	+ 3.92	3448	381.6
13	8 18	13 21	18 33	28	20 26.0	−14 31	305.28	+ 4.57	3411	385.7
14	8 44	14 08	19 43	32	21 16.7	−10 37	318.30	+ 4.96	3373	390.0
15	9 07	14 53	20 50	36	22 05.0	− 6 20	331.02	+ 5.10	3337	394.3
16	9 27	15 36	21 55	41	22 51.4	− 1 54	343.45	+ 4.99	3304	398.2
17	9 48	16 18	23 00	45	23 36.6	+ 2 32	355.64	+ 4.65	3279	401.3
18	10 09	17 00	− −	50	0 21.5	+ 6 48	7.62	+ 4.12	3261	403.4
19	10 31	17 43	0 03	53	1 06.7	+10 46	19.48	+ 3.40	3254	404.3
20	10 57	18 28	1 07	57	1 53.0	+14 19	31.30	+ 2.55	3257	404.0
21	11 27	19 15	2 10	59	2 40.8	+17 18	43.16	+ 1.58	3270	402.3
22	12 04	20 04	3 11	61	3 30.7	+19 35	55.16	+ 0.54	3294	399.4
23	12 48	20 56	4 09	61	4 22.7	+21 00	67.37	− 0.55	3326	395.5
24	13 42	21 49	5 03	61	5 16.5	+21 25	79.89	− 1.64	3366	390.9
25	14 44	22 42	5 51	59	6 11.8	+20 45	92.76	− 2.67	3409	385.9
26	15 54	23 36	6 32	56	7 07.7	+18 55	106.01	− 3.58	3453	381.0
27	17 08	− −	7 06	−	8 03.4	+16 00	119.63	− 4.32	3495	376.4
28	18 25	0 29	7 37	52	8 58.6	+12 07	133.60	− 4.82	3531	372.6
29	19 44	1 22	8 04	47	9 53.0	+ 7 30	147.82	− 5.03	3558	369.8
30	21 03	2 13	8 29	42	10 46.9	+ 2 25	162.21	− 4.93	3574	368.1
31	22 22	3 05	8 55	37	11 40.5	− 2 49	176.65	− 4.51	3581	367.4

Mondvorübergänge

Jan. 6, $23^h 13^m$ Jupiter $\quad 3° \ 08′$ N $\qquad$ Jan. 11, $17^h 39^m$ Mars $\quad 4° \ 37′$ S

Jan. 11, $23^h 08^m$ Venus $\quad 4° \ 41′$ S $\qquad$ Jan. 12, $13^h 12^m$ Merkur $6° \ 31′$ S

Jan. 15, $\ 0^h 41^m$ Saturn $\ 6° \ 57′$ S

Januar

0^h UT = 1^h MEZ

Da-tum	R	P	L	B	$C_\odot$	$B_\odot$	El	k	Lgr
	$'\quad''$	$°$	$°$	$°$	$°$	$°$	$°$		$°$
1	15 53	17.22	− 4.02	+ 6.52	131.85	+0.98	142 W	0.89	+48.2
2	15 59	20.73	− 3.26	+ 6.71	143.98	+1.00	129 W	0.82	+36.0
3	16 03	23.12	− 2.38	+ 6.51	156.12	+1.02	116 W	0.72	+23.9
4	16 06	24.25	− 1.44	+ 5.91	168.27	+1.04	103 W	0.61	+11.7
5	16 08	24.02	− 0.48	+ 4.96	180.42	+1.06	90 W	0.50	− 0.4
6	16 08	22.36	+ 0.47	+ 3.70	192.58	+1.08	77 W	0.39	−12.6
7	16 08	19.29	+ 1.39	+ 2.22	204.75	+1.09	64 W	0.28	−24.7
8	16 06	14.94	+ 2.26	+ 0.60	216.92	+1.11	51 W	0.18	−36.9
9	16 02	9.59	+ 3.06	− 1.03	229.10	+1.13	38 W	0.11	−49.1
10	15 56	3.67	+ 3.77	− 2.60	241.29	+1.15	25 W	0.05	−61.3
11	15 49	357.64	+ 4.33	− 3.99	253.47	+1.17	12 W	0.01	−73.5
12	15 40	351.95	+ 4.70	− 5.13	265.66	+1.19	4 W	0.00	−85.7
13	15 29	346.91	+ 4.84	− 5.97	277.85	+1.21	13 E	0.01	+82.1
14	15 19	342.72	+ 4.71	− 6.47	290.04	+1.23	25 E	0.05	+70.0
15	15 09	339.47	+ 4.29	− 6.64	302.23	+1.25	37 E	0.10	+57.8
16	15 00	337.20	+ 3.58	− 6.49	314.41	+1.27	48 E	0.17	+45.6
17	14 53	335.93	+ 2.61	− 6.05	326.59	+1.28	59 E	0.24	+33.4
18	14 49	335.65	+ 1.44	− 5.34	338.76	+1.30	70 E	0.33	+21.2
19	14 47	336.37	+ 0.12	− 4.41	350.93	+1.32	81 E	0.42	+ 9.1
20	14 47	338.10	− 1.25	− 3.29	3.09	+1.33	92 E	0.52	− 3.1
21	14 51	340.82	− 2.59	− 2.03	15.24	+1.35	102 E	0.61	−15.2
22	14 58	344.49	− 3.80	− 0.67	27.39	+1.37	113 E	0.70	−27.4
23	15 06	349.02	− 4.80	+ 0.75	39.54	+1.38	125 E	0.78	−39.5
24	15 17	354.23	− 5.49	+ 2.17	51.68	+1.40	136 E	0.86	−51.7
25	15 29	359.86	− 5.82	+ 3.51	63.81	+1.41	148 E	0.92	−63.8
26	15 41	5.57	− 5.75	+ 4.70	75.94	+1.43	160 E	0.97	−75.9
27	15 52	11.01	− 5.29	+ 5.66	88.07	+1.44	172 E	0.99	−88.1
28	16 02	15.85	− 4.48	+ 6.31	100.20	+1.45	172 W	1.00	+79.8
29	16 09	19.79	− 3.40	+ 6.58	112.33	+1.45	160 W	0.97	+67.7
30	16 14	22.60	− 2.15	+ 6.44	124.46	+1.46	147 W	0.92	+55.5
31	16 16	24.12	− 0.85	+ 5.89	136.59	+1.46	134 W	0.85	+43.4

Letztes Viertel : Jan. 5, 1^h 01^m Perigäum : Jan. 6, 02^h
Neumond : Jan. 12, 0^h 10^m Apogäum : Jan. 19, 06^h
Erstes Viertel : Jan. 19, 21^h 27^m Perigäum : Jan. 31, 05^h
Vollmond : Jan. 27, 14^h 23^m

Februar 0^h UT $= 1^h$ MEZ

Da-tum	A	D	U	h	α	δ	λ	β	π	ρ
	h m	h m	h m	°	h m	° ′	°	°	″	10^6m
1	23 40	3 57	9 21	31	12 34.7	− 7 53	191.07	− 3.81	3578	367.7
2	− −	4 50	9 51	27	13 29.8	−12 29	205.37	− 2.87	3567	368.8
3	0 57	5 45	10 26	23	14 26.2	−16 20	219.52	− 1.77	3551	370.5
4	2 11	6 41	11 07	20	15 23.9	−19 12	233.51	− 0.57	3530	372.7
5	3 18	7 38	11 56	19	16 22.5	−20 53	247.32	+ 0.65	3507	375.2
6	4 17	8 35	12 54	19	17 21.2	−21 19	260.97	+ 1.82	3482	377.8
7	5 06	9 30	13 59	20	18 19.0	−20 30	274.46	+ 2.86	3455	380.8
8	5 46	10 23	15 07	23	19 15.0	−18 33	287.79	+ 3.74	3427	383.9
9	6 19	11 14	16 17	26	20 08.7	−15 39	300.94	+ 4.40	3398	387.2
10	6 46	12 01	17 26	30	20 59.8	−12 02	313.90	+ 4.82	3368	390.6
11	7 10	12 47	18 34	34	21 48.6	− 7 56	326.65	+ 5.00	3339	394.0
12	7 32	13 30	19 40	39	22 35.7	− 3 34	339.18	+ 4.92	3311	397.3
13	7 53	14 13	20 45	43	23 21.5	+ 0 52	351.49	+ 4.62	3287	400.3
14	8 14	14 56	21 49	48	0 06.7	+ 5 12	3.60	+ 4.11	3267	402.7
15	8 36	15 38	22 53	52	0 51.9	+ 9 16	15.55	+ 3.42	3254	404.3
16	9 00	16 22	23 55	55	1 37.9	+12 57	27.38	+ 2.59	3249	405.0
17	9 28	17 08	− −	58	2 24.9	+16 07	39.17	+ 1.65	3253	404.5
18	10 02	17 55	0 57	60	3 13.6	+18 37	51.00	+ 0.63	3267	402.7
19	10 42	18 45	1 55	61	4 04.0	+20 20	62.96	− 0.42	3292	399.7
20	11 30	19 36	2 50	61	4 56.2	+21 09	75.15	− 1.47	3326	395.5
21	12 27	20 28	3 40	60	5 49.9	+20 56	87.64	− 2.49	3369	390.5
22	13 31	21 21	4 23	58	6 44.7	+19 38	100.53	− 3.40	3419	384.8
23	14 43	22 15	5 01	54	7 39.9	+17 14	113.85	− 4.16	3472	378.9
24	15 59	23 08	5 34	50	8 35.3	+13 48	127.64	− 4.71	3524	373.3
25	17 18	− −	6 03	−	9 30.4	+ 9 30	141.87	− 4.99	3571	368.5
26	18 38	0 01	6 30	45	10 25.5	+ 4 33	156.44	− 4.95	3607	364.8
27	20 00	0 54	6 56	39	11 20.6	− 0 45	171.25	− 4.59	3629	362.5
28	21 21	1 48	7 23	34	12 16.4	− 6 02	186.15	− 3.91	3636	361.9

Mondvorübergänge

Feb. 3, $9^h 28^m$ Jupiter $2°\ 42'$ N Feb. 9, $20^h 31^m$ Mars $6°\ 02'$ S
Feb. 11, $8^h 56^m$ Venus $6°\ 51'$ S Feb. 11, $15^h 10^m$ Saturn $6°\ 51'$ S
Feb. 11, $23^h 48^m$ Merkur $2°\ 44'$ S

Februar

0^h UT = 1^h MEZ

Da-tum	R $'$ $''$	P °	L °	B °	$C_\odot$ °	$B_\odot$ °	El °	k	Lgr °
1	16 15	24.22	+ 0.40	+ 4.97	148.73	+1.47	121 W	0.76	+31.3
2	16 12	22.86	+ 1.53	+ 3.74	160.88	+1.47	108 W	0.65	+19.1
3	16 07	20.08	+ 2.48	+ 2.30	173.03	+1.47	94 W	0.54	+ 7.0
4	16 02	16.02	+ 3.26	+ 0.73	185.19	+1.48	81 W	0.43	− 5.2
5	15 56	10.96	+ 3.86	− 0.86	197.36	+1.48	69 W	0.32	−17.4
6	15 49	5.26	+ 4.30	− 2.39	209.54	+1.49	56 W	0.22	−29.5
7	15 41	359.35	+ 4.60	− 3.75	221.72	+1.49	44 W	0.14	−41.7
8	15 34	353.64	+ 4.74	− 4.90	233.91	+1.50	31 W	0.07	−53.9
9	15 26	348.45	+ 4.73	− 5.76	246.10	+1.51	20 W	0.03	−66.1
10	15 18	344.01	+ 4.54	− 6.31	258.29	+1.51	9 W	0.01	−78.3
11	15 10	340.44	+ 4.14	− 6.54	270.49	+1.52	7 E	0.00	+89.5
12	15 02	337.83	+ 3.53	− 6.44	282.69	+1.53	17 E	0.02	+77.3
13	14 56	336.22	+ 2.69	− 6.04	294.88	+1.53	28 E	0.06	+65.1
14	14 50	335.61	+ 1.64	− 5.37	307.07	+1.54	39 E	0.11	+52.9
15	14 47	336.01	+ 0.41	− 4.47	319.26	+1.54	50 E	0.18	+40.7
16	14 45	337.42	− 0.94	− 3.39	331.44	+1.55	60 E	0.25	+28.6
17	14 46	339.81	− 2.35	− 2.16	343.62	+1.55	71 E	0.34	+16.4
18	14 50	343.14	− 3.72	− 0.84	355.80	+1.56	82 E	0.43	+ 4.2
19	14 57	347.33	− 4.97	+ 0.54	7.97	+1.56	93 E	0.53	− 8.0
20	15 06	352.23	− 6.00	+ 1.92	20.13	+1.56	104 E	0.62	−20.1
21	15 18	357.63	− 6.71	+ 3.24	32.29	+1.56	115 E	0.72	−32.3
22	15 32	3.26	− 7.01	+ 4.44	44.44	+1.56	127 E	0.80	−44.4
23	15 46	8.80	− 6.85	+ 5.44	56.58	+1.56	140 E	0.88	−56.6
24	16 00	13.92	− 6.22	+ 6.16	68.72	+1.56	152 E	0.94	−68.7
25	16 13	18.31	− 5.14	+ 6.53	80.86	+1.55	165 E	0.98	−80.9
26	16 23	21.66	− 3.70	+ 6.48	93.00	+1.54	175 E	1.00	+87.0
27	16 29	23.74	− 2.03	+ 6.01	105.14	+1.53	166 W	0.99	+74.9
28	16 31	24.37	− 0.29	+ 5.13	117.28	+1.52	153 W	0.94	+62.7

Letztes Viertel	: Feb. 3, 9^h 06^m	Apogäum : Feb. 16, 03^h
Neumond	: Feb. 10, 15^h 30^m	Perigäum : Feb. 27, 23^h
Erstes Viertel	: Feb. 18, 18^h 47^m	
Vollmond	: Feb. 26, 2^h 15^m	

März 0^h UT = 1^h MEZ

Da-tum	A	D	U	h	α	δ	λ	β	π	ρ
	h m	h m	h m	°	h m	° '	°	°	"	10^6m
1	22 42	2 43	7 53	29	13 13.0	−10 56	200.98	− 2.96	3627	362.7
2	23 59	3 39	8 27	24	14 10.8	−15 08	215.64	− 1.83	3606	364.9
3	− −	4 36	9 07	21	15 09.7	−18 20	230.04	− 0.60	3574	368.1
4	1 09	5 34	9 55	19	16 09.1	−20 21	244.14	+ 0.64	3537	371.9
5	2 11	6 31	10 50	19	17 08.3	−21 05	257.94	+ 1.82	3498	376.1
6	3 03	7 26	11 53	20	18 06.2	−20 33	271.45	+ 2.88	3459	380.4
7	3 46	8 20	12 59	22	19 02.1	−18 54	284.70	+ 3.75	3422	384.5
8	4 20	9 10	14 07	25	19 55.6	−16 17	297.72	+ 4.42	3387	388.4
9	4 49	9 58	15 15	29	20 46.5	−12 56	310.53	+ 4.85	3356	392.0
10	5 14	10 43	16 22	33	21 35.3	− 9 02	323.16	+ 5.03	3328	395.3
11	5 36	11 27	17 28	37	22 22.3	− 4 50	335.60	+ 4.97	3303	398.3
12	5 58	12 10	18 33	42	23 08.1	− 0 29	347.89	+ 4.68	3282	400.9
13	6 19	12 52	19 37	46	23 53.4	+ 3 50	0.01	+ 4.18	3264	403.0
14	6 41	13 35	20 41	50	0 38.6	+ 7 58	12.00	+ 3.50	3251	404.7
15	7 04	14 18	21 44	54	1 24.4	+11 45	23.87	+ 2.67	3243	405.7
16	7 31	15 03	22 45	57	2 11.1	+15 02	35.67	+ 1.72	3242	405.9
17	8 02	15 50	23 44	59	2 59.1	+17 43	47.45	+ 0.71	3248	405.1
18	8 39	16 38	− −	60	3 48.5	+19 39	59.27	− 0.35	3262	403.3
19	9 23	17 27	0 40	61	4 39.4	+20 44	71.21	− 1.40	3286	400.4
20	10 15	18 18	1 31	60	5 31.6	+20 52	83.36	− 2.41	3319	396.4
21	11 15	19 09	2 16	59	6 24.6	+19 59	95.80	− 3.33	3362	391.3
22	12 21	20 01	2 55	56	7 18.3	+18 04	108.62	− 4.11	3412	385.6
23	13 33	20 53	3 29	52	8 12.2	+15 09	121.88	− 4.70	3468	379.3
24	14 49	21 45	3 59	47	9 06.3	+11 19	135.63	− 5.05	3526	373.1
25	16 08	22 38	4 27	42	10 00.6	+ 6 44	149.86	− 5.10	3581	367.4
26	17 29	23 31	4 54	36	10 55.6	+ 1 38	164.53	− 4.83	3627	362.7
27	18 52	− −	5 21	−	11 51.5	− 3 41	179.52	− 4.22	3660	359.5
28	20 15	0 27	5 50	31	12 48.9	− 8 50	194.68	− 3.31	3675	358.0
29	21 37	1 24	6 24	26	13 47.9	−13 27	209.84	− 2.16	3670	358.5
30	22 53	2 23	7 03	23	14 48.5	−17 08	224.86	− 0.88	3647	360.7
31	− −	3 23	7 49	20	15 50.0	−19 37	239.59	+ 0.45	3610	364.4

Mondvorübergänge

Mrz. 2, $17^h 09^m$ Jupiter 2° 26' N
Mrz. 11, $0^h 03^m$ Mars 6° 32' S
Mrz. 13, $17^h 52^m$ Venus 5° 19' S

Mrz. 10, $5^h 15^m$ Merkur 4° 41' S
Mrz. 11, $4^h 38^m$ Saturn 6° 52' S
Mrz. 29, $23^h 44^m$ Jupiter 2° 26' N

März

0^h UT = 1^h MEZ

Da-tum	R	P	L	B	$C_\odot$	$B_\odot$	El	k	Lgr
	/ //	o	o	o	o	o	o		o
1	16 28	23.44	+ 1.37	+ 3.90	129.42	+1.51	139 W	0.88	+50.6
2	16 22	20.97	+ 2.83	+ 2.43	141.57	+1.49	126 W	0.79	+38.4
3	16 14	17.12	+ 4.03	+ 0.82	153.72	+1.48	112 W	0.69	+26.3
4	16 04	12.18	+ 4.91	− 0.81	165.89	+1.47	99 W	0.58	+14.1
5	15 53	6.54	+ 5.50	− 2.35	178.06	+1.45	86 W	0.47	+ 1.9
6	15 42	0.65	+ 5.81	− 3.73	190.24	+1.44	74 W	0.36	−10.2
7	15 32	354.91	+ 5.88	− 4.88	202.42	+1.43	62 W	0.26	−22.4
8	15 23	349.64	+ 5.73	− 5.75	214.61	+1.42	50 W	0.18	−34.6
9	15 14	345.06	+ 5.39	− 6.32	226.81	+1.42	38 W	0.11	−46.8
10	15 07	341.30	+ 4.87	− 6.57	239.01	+1.41	26 W	0.05	−59.0
11	15 00	338.44	+ 4.18	− 6.50	251.22	+1.40	15 W	0.02	−71.2
12	14 54	336.55	+ 3.31	− 6.12	263.43	+1.40	6 W	0.00	−83.4
13	14 49	335.65	+ 2.28	− 5.48	275.64	+1.39	9 E	0.01	+84.4
14	14 46	335.76	+ 1.09	− 4.59	287.84	+1.38	19 E	0.03	+72.2
15	14 44	336.88	− 0.22	− 3.51	300.05	+1.37	30 E	0.07	+59.9
16	14 43	339.00	− 1.62	− 2.29	312.26	+1.37	41 E	0.12	+47.7
17	14 45	342.06	− 3.05	− 0.96	324.46	+1.36	51 E	0.19	+35.5
18	14 49	345.98	− 4.43	+ 0.41	336.66	+1.35	62 E	0.27	+23.3
19	14 55	350.61	− 5.70	+ 1.78	348.85	+1.34	73 E	0.36	+11.2
20	15 04	355.78	− 6.76	+ 3.10	1.04	+1.33	84 E	0.45	− 1.0
21	15 16	1.23	− 7.51	+ 4.30	13.22	+1.32	96 E	0.55	−13.2
22	15 30	6.70	− 7.86	+ 5.33	25.39	+1.31	107 E	0.65	−25.4
23	15 45	11.90	− 7.76	+ 6.11	37.56	+1.29	120 E	0.75	−37.6
24	16 01	16.54	− 7.16	+ 6.57	49.72	+1.28	132 E	0.84	−49.7
25	16 16	20.33	− 6.06	+ 6.65	61.88	+1.26	145 E	0.91	−61.9
26	16 28	23.01	− 4.53	+ 6.30	74.04	+1.24	159 E	0.97	−74.0
27	16 37	24.31	− 2.69	+ 5.52	86.19	+1.21	172 E	1.00	−86.2
28	16 41	24.05	− 0.70	+ 4.35	98.34	+1.19	172 W	0.99	+81.7
29	16 40	22.14	+ 1.28	+ 2.86	110.50	+1.16	158 W	0.96	+69.5
30	16 34	18.65	+ 3.08	+ 1.19	122.65	+1.13	144 W	0.91	+57.3
31	16 24	13.86	+ 4.59	− 0.53	134.82	+1.10	130 W	0.83	+45.2

Letztes Viertel : Mrz. 4, 17^h 53^m Apogäum : Mrz. 15, 18^h
Neumond : Mrz. 12, 8^h 05^m Perigäum : Mrz. 28, 07^h
Erstes Viertel : Mrz. 20, 13^h 14^m
Vollmond : Mrz. 27, 12^h 10^m

April

0^h UT $= 1^h$ MEZ

Da-tum	A	D	U	h	α	δ	λ	β	π	ρ
	h m	h m	h m	°	h m	° ′	°	°	″	10^6m
1	0 01	4 23	8 44	19	16 51.2	−20 46	253.95	+ 1.72	3563	369.2
2	0 58	5 21	9 45	20	17 51.1	−20 35	267.92	+ 2.85	3512	374 6
3	1 44	6 16	10 52	21	18 48.7	−19 10	281.50	+ 3.78	3461	380.2
4	2 22	7 07	12 00	24	19 43.2	−16 46	294.72	+ 4.49	3413	385.5
5	2 52	7 56	13 08	28	20 34.9	−13 34	307.62	+ 4.95	3370	390.4
6	3 18	8 42	14 14	32	21 24.0	− 9 50	320.24	+ 5.16	3333	394.7
7	3 42	9 26	15 20	36	22 11.0	− 5 45	332.64	+ 5.12	3303	398.4
8	4 03	10 08	16 25	40	22 56.8	− 1 29	344.86	+ 4.85	3278	401.3
9	4 24	10 51	17 28	45	23 41.8	+ 2 47	356.93	+ 4.37	3260	403.6
10	4 46	11 33	18 32	49	0 26.8	+ 6 55	8.88	+ 3.69	3247	405.2
11	5 09	12 16	19 35	53	1 12.3	+10 45	20.75	+ 2.86	3239	406.1
12	5 35	13 01	20 37	56	1 58.8	+14 09	32.56	+ 1.91	3237	406.5
13	6 05	13 47	21 37	58	2 46.5	+16 59	44.35	+ 0.87	3240	406.1
14	6 40	14 34	22 33	60	3 35.5	+19 06	56.15	− 0.20	3248	405.0
15	7 21	15 23	23 25	61	4 25.9	+20 23	68.03	− 1.28	3264	403.1
16	8 10	16 12	− −	60	5 17.3	+20 46	80.02	− 2.31	3286	400.3
17	9 06	17 02	0 12	59	6 09.4	+20 10	92.21	− 3.25	3317	396.6
18	10 08	17 52	0 52	57	7 01.8	+18 35	104.65	− 4.07	3356	392.1
19	11 15	18 42	1 27	53	7 54.2	+16 04	117.43	− 4.70	3402	386.8
20	12 27	19 33	1 57	49	8 46.5	+12 39	130.60	− 5.11	3454	380.9
21	13 41	20 23	2 25	44	9 39.0	+ 8 29	144.21	− 5.25	3510	374.8
22	14 59	21 15	2 52	39	10 32.1	+ 3 44	158.29	− 5.09	3566	368.9
23	16 19	22 09	3 18	34	11 26.3	− 1 22	172.80	− 4.61	3617	363.8
24	17 42	23 05	3 46	29	12 22.2	− 6 32	187.69	− 3.80	3657	359.8
25	19 05	− −	4 17	−	13 20.3	−11 24	202.83	− 2.72	3681	357.4
26	20 26	0 04	4 53	24	14 20.9	−15 33	218.06	− 1.43	3685	357.0
27	21 41	1 04	5 37	21	15 23.3	−18 38	233.24	− 0.05	3669	358.5
28	22 45	2 06	6 30	20	16 26.6	−20 22	248.19	+ 1.31	3636	361.9
29	23 38	3 07	7 31	19	17 29.2	−20 41	262.80	+ 2.56	3589	366.6
30	− −	4 06	8 38	21	18 29.7	−19 38	277.00	+ 3.62	3533	372.3

Mondvorübergänge

Apr. 7, $16^h 41^m$ Saturn $6° 59′$ S

Apr. 9, $12^h 04^m$ Merkur $7° 06′$ S

Apr. 26, $5^h 53^m$ Jupiter $2° 41′$ N

Apr. 9, $2^h 59^m$ Mars $5° 53′$ S

Apr. 13, $0^h 24^m$ Venus $1° 02′$ S

April

0^h UT = 1^h MEZ

Da-tum	R / //	P °	L °	B °	$C_\odot$ °	$B_\odot$ °	El °	k	Lgr °
1	16 11	8.20	+ 5.75	− 2.17	146.98	+1.07	117 W	0.73	+33.0
2	15 57	2.18	+ 6.52	− 3.65	159.16	+1.05	104 W	0.62	+20.8
3	15 43	356.25	+ 6.92	− 4.87	171.34	+1.02	92 W	0.51	+ 8.7
4	15 30	350.78	+ 6.97	− 5.80	183.54	+1.00	79 W	0.41	− 3.5
5	15 18	346.01	+ 6.71	− 6.41	195.73	+0.98	67 W	0.31	−15.7
6	15 08	342.06	+ 6.19	− 6.69	207.94	+0.96	56 W	0.22	−27.9
7	15 00	339.01	+ 5.45	− 6.65	220.15	+0.94	45 W	0.14	−40.2
8	14 53	336.89	+ 4.52	− 6.31	232.37	+0.92	33 W	0.08	−52.4
9	14 48	335.75	+ 3.43	− 5.68	244.59	+0.90	22 W	0.04	−64.6
10	14 45	335.61	+ 2.22	− 4.81	256.81	+0.89	12 W	0.01	−76.8
11	14 43	336.47	+ 0.90	− 3.74	269.03	+0.87	3 W	0.00	−89.0
12	14 42	338.34	− 0.49	− 2.51	281.26	+0.85	11 E	0.01	+78.7
13	14 43	341.17	− 1.90	− 1.17	293.48	+0.84	22 E	0.04	+66.5
14	14 45	344.88	− 3.31	+ 0.22	305.71	+0.82	32 E	0.08	+54.3
15	14 49	349.34	− 4.64	+ 1.61	317.93	+0.80	43 E	0.14	+42.1
16	14 55	354.35	− 5.85	+ 2.95	330.14	+0.79	54 E	0.21	+29.9
17	15 04	359.68	− 6.86	+ 4.18	342.36	+0.77	65 E	0.29	+17.6
18	15 14	5.06	− 7.59	+ 5.24	354.56	+0.75	77 E	0.39	+ 5.4
19	15 27	10.24	− 7.98	+ 6.07	6.76	+0.73	89 E	0.49	− 6.8
20	15 41	14.97	− 7.96	+ 6.61	18.96	+0.71	101 E	0.60	−19.0
21	15 56	18.99	− 7.49	+ 6.80	31.15	+0.68	113 E	0.70	−31.1
22	16 12	22.06	− 6.55	+ 6.60	43.33	+0.66	126 E	0.80	−43.3
23	16 25	23.95	− 5.18	+ 5.98	55.51	+0.63	140 E	0.88	−55.5
24	16 36	24.40	− 3.45	+ 4.95	67.68	+0.60	154 E	0.95	−67.7
25	16 43	23.25	− 1.50	+ 3.55	79.85	+0.56	168 E	0.99	−79.8
26	16 44	20.42	+ 0.54	+ 1.89	92.02	+0.53	177 W	1.00	+88.0
27	16 40	16.07	+ 2.49	+ 0.11	104.19	+0.49	163 W	0.98	+75.8
28	16 31	10.55	+ 4.23	− 1.66	116.36	+0.45	149 W	0.93	+63.6
29	16 18	4.40	+ 5.64	− 3.28	128.54	+0.42	136 W	0.86	+51.5
30	16 03	358.17	+ 6.65	− 4.64	140.72	+0.38	122 W	0.77	+39.3

Letztes Viertel	: Apr.	3,	3^h 55^m	Apogäum : Apr. 12, 01^h
Neumond	: Apr.	11,	1^h 17^m	Perigäum : Apr. 25, 18^h
Erstes Viertel	: Apr.	19,	3^h 34^m	
Vollmond	: Apr.	25,	20^h 45^m	

Mai

0^h UT = 1^h MEZ

Da-tum	A	D	U	h	α	δ	λ	β	π	ρ
	h m	h m	h m	o	h m	o '	o	o	''	10^6m
1	0 20	5 01	9 48	23	19 27.0	−17 27	290.76	+ 4.43	3476	378.5
2	0 54	5 52	10 57	26	20 20.8	−14 24	304.08	+ 4.97	3421	384.6
3	1 22	6 39	12 06	30	21 11.4	−10 44	317.01	+ 5.25	3371	390.3
4	1 46	7 24	13 12	35	21 59.4	− 6 41	329.60	+ 5.26	3328	395.3
5	2 08	8 07	14 17	39	22 45.6	− 2 27	341.91	+ 5.03	3294	399.4
6	2 29	8 50	15 21	43	23 30.7	+ 1 49	354.00	+ 4.57	3269	402.5
7	2 51	9 32	16 24	48	0 15.6	+ 5 58	5.95	+ 3.93	3251	404.7
8	3 13	10 15	17 27	51	1 00.8	+ 9 52	17.79	+ 3.12	3241	406.0
9	3 38	10 59	18 29	55	1 46.9	+13 22	29.59	+ 2.17	3237	406.4
10	4 07	11 44	19 30	58	2 34.3	+16 20	41.38	+ 1.14	3239	406.1
11	4 40	12 31	20 28	60	3 23.2	+18 38	53.21	+ 0.05	3247	405.2
12	5 20	13 20	21 22	61	4 13.5	+20 07	65.11	− 1.04	3260	403.6
13	6 06	14 09	22 10	61	5 04.8	+20 43	77.11	− 2.10	3277	401.4
14	7 00	14 59	22 52	60	5 56.9	+20 21	89.26	− 3.08	3300	398.7
15	8 00	15 49	23 28	58	6 49.0	+19 01	101.60	− 3.93	3328	395.3
16	9 05	16 38	− −	55	7 40.9	+16 44	114.17	− 4.61	3362	391.3
17	10 14	17 27	0 00	51	8 32.4	+13 36	127.01	− 5.07	3402	386.8
18	11 25	18 16	0 28	46	9 23.5	+ 9 44	140.17	− 5.29	3446	381.8
19	12 39	19 05	0 53	41	10 14.8	+ 5 17	153.69	− 5.22	3494	376.6
20	13 55	19 56	1 19	36	11 06.8	+ 0 26	167.59	− 4.85	3543	371.4
21	15 14	20 49	1 45	31	12 00.2	− 4 34	181.86	− 4.17	3589	366.6
22	16 35	21 45	2 13	27	12 55.7	− 9 27	196.47	− 3.22	3628	362.6
23	17 56	22 44	2 45	23	13 53.9	−13 51	211.34	− 2.03	3655	359.9
24	19 14	23 45	3 25	20	14 54.8	−17 24	226.38	− 0.69	3667	358.8
25	20 25	− −	4 12	−	15 57.9	−19 46	241.43	+ 0.70	3659	359.5
26	21 25	0 48	5 10	19	17 01.6	−20 43	256.36	+ 2.03	3634	362.0
27	22 13	1 49	6 16	20	18 04.4	−20 14	271.04	+ 3.20	3594	366.0
28	22 52	2 48	7 27	22	19 04.7	−18 26	285.36	+ 4.14	3543	371.3
29	23 23	3 42	8 39	25	20 01.5	−15 36	299.25	+ 4.81	3487	377.3
30	23 50	4 33	9 51	29	20 54.7	−12 01	312.70	+ 5.18	3431	383.4
31	− −	5 20	11 00	33	21 44.7	− 7 58	325.72	+ 5.28	3379	389.3

Mondvorübergänge

Mai 5, 3^h 32^m Saturn 7° 06' S   Mai 8, 4^h 47^m Mars 4° 14' S
Mai 11, 21^h 48^m Merkur 2° 35' N   Mai 13, 7^h 28^m Venus 3° 37' N
Mai 23, 11^h 36^m Jupiter 2° 58' N

Mai 0^h UT = 1^h MEZ

Da-tum	R / ''	P °	L °	B °	$C_\odot$ °	$B_\odot$ °	El °	k	Lgr °
1	15 47	352.35	+ 7.24	− 5.70	152.91	+0.35	110 W	0.67	+27.1
2	15 32	347.22	+ 7.41	− 6.41	165.10	+0.32	97 W	0.56	+14.9
3	15 18	342.96	+ 7.19	− 6.77	177.31	+0.29	85 W	0.46	+ 2.7
4	15 07	339.64	+ 6.64	− 6.79	189.52	+0.26	74 W	0.36	− 9.5
5	14 58	337.28	+ 5.80	− 6.49	201.74	+0.24	62 W	0.27	−21.7
6	14 51	335.90	+ 4.75	− 5.91	213.96	+0.21	51 W	0.19	−34.0
7	14 46	335.52	+ 3.52	− 5.07	226.19	+0.19	40 W	0.12	−46.2
8	14 43	336.13	+ 2.19	− 4.02	238.42	+0.17	30 W	0.07	−58.4
9	14 42	337.76	+ 0.79	− 2.81	250.66	+0.14	19 W	0.03	−70.7
10	14 43	340.36	− 0.62	− 1.47	262.90	+0.12	8 W	0.00	−82.9
11	14 45	343.88	− 2.00	− 0.07	275.14	+0.10	3 E	0.00	+84.9
12	14 48	348.20	− 3.32	+ 1.34	287.38	+0.08	14 E	0.02	+72.6
13	14 53	353.12	− 4.52	+ 2.71	299.62	+0.06	25 E	0.05	+60.4
14	14 59	358.40	− 5.56	+ 3.98	311.85	+0.04	36 E	0.10	+48.1
15	15 07	3.79	− 6.41	+ 5.08	324.09	+0.02	48 E	0.16	+35.9
16	15 16	9.00	− 7.01	+ 5.96	336.31	+0.00	59 E	0.25	+23.7
17	15 27	13.79	− 7.31	+ 6.56	348.54	−0.02	71 E	0.34	+11.5
18	15 39	17.93	− 7.29	+ 6.84	0.76	−0.04	83 E	0.44	− 0.8
19	15 52	21.23	− 6.91	+ 6.75	12.97	−0.07	96 E	0.55	−13.0
20	16 05	23.46	− 6.16	+ 6.27	25.17	−0.09	109 E	0.66	−25.2
21	16 18	24.44	− 5.04	+ 5.40	37.37	−0.12	122 E	0.77	−37.4
22	16 29	23.96	− 3.61	+ 4.16	49.56	−0.15	136 E	0.86	−49.6
23	16 36	21.88	− 1.93	+ 2.62	61.75	−0.19	150 E	0.93	−61.7
24	16 39	18.22	− 0.11	+ 0.89	73.93	−0.22	164 E	0.98	−73.9
25	16 37	13.16	+ 1.73	− 0.90	86.12	−0.26	178 E	1.00	−86.1
26	16 30	7.15	+ 3.45	− 2.62	98.30	−0.30	168 W	0.99	+81.7
27	16 19	0.76	+ 4.94	− 4.13	110.48	−0.33	154 W	0.95	+69.5
28	16 05	354.55	+ 6.08	− 5.35	122.67	−0.37	141 W	0.89	+57.3
29	15 50	348.97	+ 6.81	− 6.20	134.86	−0.40	128 W	0.81	+45.1
30	15 35	344.25	+ 7.12	− 6.69	147.06	−0.43	116 W	0.72	+32.9
31	15 21	340.53	+ 7.00	− 6.80	159.27	−0.46	104 W	0.62	+20.7

Letztes Viertel : Mai 2, 15^h 32^m Apogäum : Mai 9, 03^h
Neumond : Mai 10, 18^h 07^m Perigäum : Mai 24, 04^h
Erstes Viertel : Mai 18, 13^h 50^m
Vollmond : Mai 25, 4^h 39^m

Juni

0^h UT = 1^h MEZ

Da-tum	A	D	U	h	α	δ	λ	β	π	ρ
	h m	h m	h m	°	h m	° ′	°	°	″	10^6m
1	0 13	6 04	12 06	37	22 32.3	− 3 42	338.35	+ 5.11	3334	394.6
2	0 35	6 47	13 11	42	23 18.3	+ 0 38	350.67	+ 4.71	3297	399.0
3	0 56	7 30	14 15	46	0 03.5	+ 4 51	2.74	+ 4 10	3270	402.3
4	1 18	8 12	15 18	50	0 48.7	+ 8 50	14.64	+ 3.33	3253	404.5
5	1 42	8 56	16 20	54	1 34.5	+12 28	26.45	+ 2.42	3244	405.6
6	2 09	9 41	17 22	57	2 21.6	+15 35	38.23	+ 1.42	3244	405.6
7	2 41	10 27	18 21	59	3 10.1	+18 05	50.06	+ 0.34	3251	404.7
8	3 18	11 16	19 17	60	4 00.1	+19 49	61.97	− 0.75	3264	403.1
9	4 03	12 05	20 08	61	4 51.5	+20 40	74.01	− 1.82	3281	400.9
10	4 54	12 56	20 52	60	5 43.9	+20 34	86.22	− 2.82	3303	398.3
11	5 53	13 46	21 30	58	6 36.5	+19 28	98.62	− 3.70	3328	395.3
12	6 57	14 36	22 04	56	7 28.9	+17 24	111.22	− 4.42	3356	392.0
13	8 05	15 25	22 32	52	8 20.7	+14 27	124.05	− 4.92	3387	388.4
14	9 15	16 13	22 59	48	9 11.8	+10 45	137.10	− 5.19	3420	384.7
15	10 27	17 02	23 23	43	10 02.6	+ 6 28	150.41	− 5.18	3455	380.8
16	11 41	17 51	23 48	38	10 53.4	+ 1 47	163.97	− 4.89	3491	376.8
17	12 56	18 41	− −	33	11 45.0	− 3 05	177.79	− 4.31	3528	372.9
18	14 14	19 34	0 14	28	12 38.2	− 7 53	191.87	− 3.47	3562	369.3
19	15 32	20 29	0 44	24	13 33.6	−12 20	206.19	− 2.39	3592	366.3
20	16 50	21 28	1 18	21	14 31.7	−16 08	220.71	− 1.15	3614	364.1
21	18 03	22 29	2 01	20	15 32.3	−18 56	235.38	+ 0.18	3624	363.0
22	19 08	23 30	2 52	19	16 34.8	−20 29	250.10	+ 1.50	3621	363.3
23	20 02	− −	3 54	−	17 37.7	−20 38	264.77	+ 2.71	3603	365.1
24	20 46	0 30	5 03	21	18 39.3	−19 24	279.27	+ 3.73	3572	368.3
25	21 22	1 28	6 16	23	19 38.2	−16 58	293.50	+ 4.50	3530	372.7
26	21 51	2 21	7 29	27	20 33.9	−13 37	307.38	+ 4.98	3482	377.9
27	22 16	3 11	8 41	31	21 26.3	− 9 39	320.85	+ 5.16	3431	383.5
28	22 39	3 58	9 50	35	22 15.8	− 5 21	333.91	+ 5.07	3382	389.0
29	23 01	4 42	10 57	40	23 03.3	− 0 56	346.59	+ 4.73	3338	394.2
30	23 23	5 26	12 02	44	23 49.4	+ 3 25	358.93	+ 4.18	3302	398.5

Mondvorübergänge

Jun. 1, $13^h 25^m$ Saturn $7° 09′$ S   Jun. 6, $5^h 38^m$ Mars $2° 01′$ S
Jun. 11, $0^h 46^m$ Merkur $3° 14′$ N   Jun. 12, $13^h 51^m$ Venus $6° 48′$ N
Jun. 19, $17^h 14^m$ Jupiter $2° 59′$ N   Jun. 28, $22^h 10^m$ Saturn $7° 07′$ S

Juni

0^h UT $= 1^h$ MEZ

Da-tum	R / //	P °	L °	B °	$C_\odot$ °	$B_\odot$ °	El °	k	Lgr °
1	15 08	337.83	+ 6.49	− 6.58	171.48	−0.49	92 W	0.52	+ 8.5
2	14 58	336.15	+ 5.66	− 6.06	183.70	−0.52	81 W	0.42	− 3.7
3	14 51	335.49	+ 4.56	− 5.28	195.92	−0.54	70 W	0.33	−15.9
4	14 46	335.85	+ 3.28	− 4.27	208.15	−0.57	59 W	0.24	−28.2
5	14 44	337.21	+ 1.90	− 3.10	220.39	−0.59	48 W	0.16	−40.4
6	14 44	339.56	+ 0.48	− 1.79	232.63	−0.61	37 W	0.10	−52.6
7	14 46	342.86	− 0.90	− 0.40	244.88	−0.63	26 W	0.05	−64.9
8	14 49	347.00	− 2.20	+ 1.01	257.12	−0.65	15 W	0.02	−77.1
9	14 54	351.82	− 3.37	+ 2.39	269.37	−0.67	4 W	0.00	−89.4
10	15 00	357.09	− 4.36	+ 3.68	281.62	−0.69	8 E	0.00	+78.4
11	15 07	2.53	− 5.14	+ 4.82	293.87	−0.70	19 E	0.03	+66.1
12	15 15	7.85	− 5.71	+ 5.75	306.12	−0.72	31 E	0.07	+53.9
13	15 23	12.78	− 6.04	+ 6.40	318.36	−0.74	43 E	0.13	+41.6
14	15 32	17.09	− 6.12	+ 6.74	330.60	−0.75	55 E	0.21	+29.4
15	15 41	20.57	− 5.95	+ 6.72	342.84	−0.77	67 E	0.30	+17.2
16	15 51	23.04	− 5.54	+ 6.34	355.07	−0.79	79 E	0.41	+ 4.9
17	16 01	24.33	− 4.87	+ 5.58	7.29	−0.81	92 E	0.52	− 7.3
18	16 11	24.29	− 3.96	+ 4.48	19.50	−0.83	105 E	0.63	−19.5
19	16 19	22.80	− 2.83	+ 3.08	31.71	−0.86	119 E	0.74	−31.7
20	16 25	19.78	− 1.51	+ 1.47	43.91	−0.88	132 E	0.84	−43.9
21	16 28	15.34	− 0.06	− 0.25	56.11	−0.91	146 E	0.91	−56.1
22	16 27	9.75	+ 1.45	− 1.96	68.30	−0.94	160 E	0.97	−68.3
23	16 22	3.50	+ 2.92	− 3.53	80.49	−0.97	173 E	1.00	−80.5
24	16 13	357.13	+ 4.24	− 4.85	92.68	−1.00	172 W	1.00	+87.3
25	16 02	351.17	+ 5.30	− 5.84	104.87	−1.03	159 W	0.97	+75.1
26	15 49	345.98	+ 6.03	− 6.45	117.06	−1.05	146 W	0.92	+62.9
27	15 35	341.77	+ 6.36	− 6.69	129.26	−1.08	134 W	0.85	+50.7
28	15 21	338.63	+ 6.29	− 6.56	141.46	−1.10	122 W	0.77	+38.5
29	15 09	336.56	+ 5.81	− 6.12	153.67	−1.13	110 W	0.68	+26.3
30	15 00	335.56	+ 5.00	− 5.39	165.88	−1.15	99 W	0.58	+14.1

Letztes Viertel	: Jun.	1,	5^h 02^m
Neumond	: Jun.	9,	9^h 26^m
Erstes Viertel	: Jun.	16,	20^h 56^m
Vollmond	: Jun.	23,	12^h 33^m
Letztes Viertel	: Jun.	30,	20^h 31^m

Apogäum	: Jun.	5,	14^h
Perigäum	: Jun.	21,	08^h

Juli

0^h UT = 1^h MEZ

Da-tum	A	D	U	h	α	δ	λ	β	π	ρ
	h m	h m	h m	°	h m	° ′	°	°	″	10^{6}m
1	23 46	6 09	13 06	49	0 35.0	+ 7 32	11.01	+ 3.45	3275	401.7
2	– –	6 52	14 09	52	1 20.9	+11 18	22.92	+ 2.58	3258	403.8
3	0 12	7 36	15 11	56	2 07.6	+14 37	34.73	+ 1.61	3251	401.7
4	0 41	8 22	16 11	58	2 55.6	+17 19	46.53	+ 0.57	3254	404.3
5	1 16	9 10	17 09	60	3 45.1	+19 19	58.40	– 0.50	3265	402.9
6	1 58	9 59	18 02	61	4 36.2	+20 28	70.42	– 1.56	3284	400.6
7	2 47	10 50	18 49	60	5 28.5	+20 41	82.62	– 2.56	3308	397.7
8	3 44	11 40	19 30	59	6 21.5	+19 54	95.06	– 3.45	3337	394.3
9	4 47	12 31	20 06	57	7 14.6	+18 06	107.75	– 4.19	3367	390.7
10	5 54	13 21	20 37	53	8 07.4	+15 23	120.70	– 4.73	3398	387.2
11	7 05	14 11	21 04	49	8 59.5	+11 50	133.88	– 5.04	3429	383.7
12	8 17	15 00	21 30	45	9 51.0	+ 7 39	147.29	– 5.07	3458	380.5
13	9 31	15 49	21 54	40	10 42.2	+ 3 01	160.89	– 4.82	3485	377.5
14	10 46	16 38	22 20	35	11 33.6	– 1 49	174.66	– 4.29	3510	374.8
15	12 01	17 30	22 48	30	12 25.9	– 6 37	188.57	– 3.50	3532	372.5
16	13 18	18 23	23 20	26	13 19.8	–11 06	202.60	– 2.49	3551	370.5
17	14 34	19 19	23 57	22	14 15.8	–15 01	216.74	– 1.33	3565	369.0
18	15 47	20 17	– –	20	15 14.1	–18 04	230.98	– 0.07	3574	368.1
19	16 53	21 16	0 43	19	16 14.3	–20 01	245.27	+ 1.19	3576	367.9
20	17 51	22 16	1 39	20	17 15.5	–20 40	259.59	+ 2.37	3569	368.6
21	18 39	23 14	2 43	22	18 16.4	–19 59	273.85	+ 3.40	3553	370.3
22	19 18	– –	3 53	–	19 15.6	–18 03	288.00	+ 4.21	3528	372.9
23	19 51	0 09	5 06	25	20 12.4	–15 05	301.94	+ 4.76	3494	376.5
24	20 18	1 00	6 19	29	21 06.2	–11 22	315.60	+ 5.02	3455	380.8
25	20 42	1 49	7 30	33	21 57.3	– 7 09	328.94	+ 4.99	3413	385.5
26	21 05	2 35	8 39	38	22 46.1	– 2 44	341.93	+ 4.71	3371	390.3
27	21 27	3 20	9 46	42	23 33.4	+ 1 42	354.57	+ 4.20	3332	394.8
28	21 50	4 03	10 51	47	0 19.8	+ 5 57	6.90	+ 3.50	3300	398.7
29	22 15	4 47	11 55	51	1 05.9	+ 9 53	18.98	+ 2.66	3275	401.7
30	22 43	5 31	12 58	54	1 52.6	+13 23	30.88	+ 1.71	3261	403.5
31	23 15	6 16	13 59	57	2 40.1	+16 19	42.70	+ 0.70	3256	404.1

Mondvorübergänge

Jul.   5,   5^h 52^m Mars   0° 20′ N   Jul.   7, 14^h 13^m Merkur 1° 21′ S
Jul. 12, 12^h 34^m Venus   6° 52′ N   Jul. 16, 23^h 43^m Jupiter 2° 40′ N
Jul. 26, 5^h 20^m Saturn   7° 04′ S

Juli

0^h UT = 1^h MEZ

Da-tum	R	P	L	B	$C_\odot$	$B_\odot$	El	k	Lgr
	$\prime \; \prime\prime$	$\circ$	$\circ$	$\circ$	$\circ$	$\circ$	$\circ$		$\circ$
1	14 52	335.61	+ 3.90	− 4.44	178.10	−1.17	88 W	0.48	+ 1.9
2	14 48	336.69	+ 2.62	− 3.30	190.33	−1.18	77 W	0.39	−10.3
3	14 46	338.76	+ 1.23	− 2.03	202.56	−1.20	66 W	0.30	−22.6
4	14 47	341.79	− 0.17	− 0.68	214.80	−1.22	55 W	0.22	−34.8
5	14 50	345.69	− 1.51	+ 0.71	227.04	−1.23	44 W	0.14	−47.0
6	14 55	350.34	− 2.70	+ 2.08	239.28	−1.24	33 W	0.08	−59.3
7	15 01	355.53	− 3.70	+ 3.38	251.53	−1.26	22 W	0.04	−71.5
8	15 09	1.01	− 4.44	+ 4.54	263.79	−1.27	11 W	0.01	−83.8
9	15 17	6.46	− 4.93	+ 5.50	276.04	−1.28	4 E	0.00	+84.0
10	15 26	11.60	− 5.14	+ 6.20	288.29	−1.29	14 E	0.01	+71.7
11	15 34	16.15	− 5.09	+ 6.58	300.54	−1.29	26 E	0.05	+59.5
12	15 42	19.89	− 4.82	+ 6.62	312.79	−1.30	38 E	0.11	+47.2
13	15 50	22.62	− 4.36	+ 6.28	325.03	−1.31	51 E	0.18	+35.0
14	15 56	24.18	− 3.75	+ 5.58	337.27	−1.32	63 E	0.28	+22.7
15	16 02	24.45	− 3.01	+ 4.55	349.50	−1.33	76 E	0.38	+10.5
16	16 07	23.32	− 2.16	+ 3.24	1.73	−1.34	89 E	0.50	− 1.7
17	16 11	20.74	− 1.22	+ 1.72	13.94	−1.35	103 E	0.61	−13.9
18	16 14	16.79	− 0.20	+ 0.08	26.15	−1.36	116 E	0.72	−26.2
19	16 14	11.67	+ 0.88	− 1.56	38.36	−1.38	129 E	0.82	−38.4
20	16 13	5.73	+ 1.99	− 3.11	50.55	−1.39	142 E	0.90	−50.6
21	16 08	359.47	+ 3.07	− 4.45	62.75	−1.41	156 E	0.96	−62.7
22	16 01	353.38	+ 4.05	− 5.50	74.94	−1.43	168 E	0.99	−74.9
23	15 52	347.88	+ 4.83	− 6.21	87.13	−1.44	175 W	1.00	−87.1
24	15 41	343.26	+ 5.36	− 6.54	99.32	−1.46	164 W	0.98	+80.7
25	15 30	339.66	+ 5.56	− 6.50	111.51	−1.47	152 W	0.94	+68.5
26	15 18	337.16	+ 5.40	− 6.13	123.70	−1.48	141 W	0.89	+56.3
27	15 08	335.77	+ 4.88	− 5.45	135.90	−1.49	129 W	0.82	+44.1
28	14 59	335.46	+ 4.04	− 4.54	148.10	−1.51	118 W	0.73	+31.9
29	14 52	336.21	+ 2.93	− 3.44	160.31	−1.51	107 W	0.64	+19.7
30	14 48	337.98	+ 1.64	− 2.20	172.53	−1.52	96 W	0.55	+ 7.5
31	14 47	340.72	+ 0.25	− 0.87	184.74	−1.53	85 W	0.46	− 4.7

Neumond	: Jul.	8, 22^h 37^m	
Erstes Viertel	: Jul.	16, 2^h 12^m	
Vollmond	: Jul.	22, 21^h 16^m	
Letztes Viertel	: Jul.	30, 13^h 40^m	

Apogäum	: Jul.	3, 06^h
Perigäum	: Jul.	18, 19^h
Apogäum	: Jul.	31, 00^h

August 0^h UT = 1^h MEZ

Da-tum	A	D	U	h	α	δ	λ	β	π	ρ
	h m	h m	h m	°	h m	° ′	°	°	″	10^6m
1	23 54	7 03	14 57	59	3 29.0	+18 34	54.52	− 0.35	3261	403.4
2	− −	7 51	15 52	60	4 19.3	+20 01	66.43	− 1.39	3277	401.5
3	0 39	8 41	16 42	61	5 10.9	+20 34	78.51	− 2.38	3301	398.6
4	1 32	9 32	17 26	60	6 03.6	+20 10	90.85	− 3.27	3332	394.9
5	2 33	10 23	18 04	58	6 56.8	+18 45	103.47	− 4.03	3368	390.6
6	3 39	11 14	18 37	55	7 50.2	+16 21	116.43	− 4.60	3406	386.2
7	4 50	12 05	19 07	51	8 43.2	+13 04	129.71	− 4.93	3444	382.0
8	6 03	12 55	19 34	47	9 35.8	+ 9 02	143.29	− 5.00	3480	378.1
9	7 17	13 45	20 00	42	10 28.2	+ 4 27	157.11	− 4.78	3509	374.9
10	8 33	14 35	20 26	37	11 20.6	− 0 24	171.12	− 4.27	3533	372.4
11	9 50	15 27	20 53	32	12 13.7	− 5 18	185.24	− 3.50	3549	370.7
12	11 07	16 20	21 24	27	13 07.8	− 9 55	199.41	− 2.50	3558	369.7
13	12 23	17 15	22 00	24	14 03.5	−13 59	213.58	− 1.36	3561	369.5
14	13 36	18 11	22 42	21	15 00.9	−17 14	227.73	− 0.12	3558	369.8
15	14 44	19 09	23 33	20	15 59.9	−19 26	241.83	+ 1.11	3550	370.6
16	15 44	20 07	− −	20	16 59.6	−20 26	255.87	+ 2.27	3538	371.9
17	16 34	21 04	0 33	21	17 59.3	−20 09	269.83	+ 3.29	3521	373.6
18	17 16	21 59	1 39	24	18 57.7	−18 39	283.69	+ 4.11	3500	375.9
19	17 50	22 51	2 49	27	19 54.1	−16 05	297.41	+ 4.67	3475	378.7
20	18 19	23 41	4 01	31	20 48.1	−12 42	310.96	+ 4.97	3445	381.9
21	18 45	− −	5 12	−	21 39.6	− 8 43	324.28	+ 4.99	3413	385.5
22	19 08	0 28	6 22	36	22 29.1	− 4 24	337.34	+ 4.74	3379	389.4
23	19 31	1 13	7 29	40	23 17.0	+ 0 00	350.13	+ 4.26	3346	393.2
24	19 54	1 57	8 36	45	0 03.9	+ 4 20	2.63	+ 3.58	3315	396.9
25	20 18	2 41	9 41	49	0 50.5	+ 8 24	14.88	+ 2.75	3288	400.1
26	20 45	3 26	10 44	53	1 37.2	+12 03	26.91	+ 1.80	3268	402.6
27	21 15	4 10	11 46	56	2 24.6	+15 10	38.79	+ 0.78	3257	404.0
28	21 51	4 56	12 45	58	3 12.9	+17 39	50.59	− 0.26	3254	404.3
29	22 33	5 44	13 41	60	4 02.4	+19 22	62.41	− 1.30	3262	403.3
30	23 22	6 32	14 32	60	4 53.1	+20 15	74.32	− 2.28	3280	401.1
31	− −	7 22	15 18	60	5 44.8	+20 12	86.42	− 3.18	3308	397.8

Mondvorübergänge

Aug. 3, $5^h 27^m$ Mars $\quad 2° 33′$ N

Aug. 11, $0^h 16^m$ Venus $\quad 3° 14′$ N

Aug. 22, $10^h 34^m$ Saturn $\quad 7° 04′$ S

Aug. 7, $0^h 11^m$ Merkur $6° 34′$ N

Aug. 13, $8^h 27^m$ Jupiter $2° 06′$ N

August

0^h UT = 1^h MEZ

Da-tum	R / //	P °	L °	B °	C$_\odot$ °	B$_\odot$ °	El °	k	Lgr °
1	14 49	344.35	− 1.14	+ 0.49	196.97	−1.53	74 W	0.36	−17.0
2	14 53	348.76	− 2.43	+ 1.85	209.20	−1.54	63 W	0.27	−29.2
3	14 59	353.77	− 3.55	+ 3.14	221.44	−1.54	52 W	0.19	−41.4
4	15 08	359.17	− 4.41	+ 4.30	233.68	−1.55	41 W	0.12	−53.7
5	15 18	4.68	− 4.95	+ 5.29	245.92	−1.55	29 W	0.06	−65.9
6	15 28	10.00	− 5.16	+ 6.03	258.17	−1.55	17 W	0.02	−78.2
7	15 39	14.83	− 5.02	+ 6.47	270.42	−1.55	7 W	0.00	+89.6
8	15 48	18.92	− 4.58	+ 6.56	282.66	−1.54	9 E	0.01	+77.3
9	15 56	22.01	− 3.90	+ 6.27	294.91	−1.54	21 E	0.03	+65.1
10	16 03	23.93	− 3.04	+ 5.60	307.16	−1.54	34 E	0.09	+52.8
11	16 07	24.53	− 2.09	+ 4.59	319.39	−1.53	47 E	0.16	+40.6
12	16 10	23.70	− 1.10	+ 3.29	331.63	−1.53	60 E	0.25	+28.4
13	16 10	21.43	− 0.13	+ 1.79	343.86	−1.52	74 E	0.36	+16.1
14	16 09	17.79	+ 0.80	+ 0.18	356.08	−1.52	87 E	0.47	+ 3.9
15	16 07	12.97	+ 1.69	− 1.43	8.29	−1.52	100 E	0.59	− 8.3
16	16 04	7.31	+ 2.52	− 2.95	20.49	−1.52	113 E	0.70	−20.5
17	15 59	1.22	+ 3.30	− 4.28	32.69	−1.52	126 E	0.79	−32.7
18	15 54	355.17	+ 3.98	− 5.35	44.89	−1.52	139 E	0.88	−44.9
19	15 47	349.56	+ 4.55	− 6.09	57.07	−1.52	151 E	0.94	−57.1
20	15 39	344.69	+ 4.95	− 6.48	69.26	−1.52	163 E	0.98	−69.3
21	15 30	340.76	+ 5.13	− 6.51	81.44	−1.52	174 E	1.00	−81.4
22	15 21	337.89	+ 5.05	− 6.19	93.62	−1.52	170 W	0.99	+86.4
23	15 12	336.10	+ 4.68	− 5.56	105.81	−1.51	159 W	0.97	+74.2
24	15 03	335.42	+ 4.02	− 4.67	117.99	−1.51	148 W	0.92	+62.0
25	14 56	335.83	+ 3.08	− 3.58	130.18	−1.51	137 W	0.86	+49.8
26	14 51	337.28	+ 1.92	− 2.35	142.37	−1.50	126 W	0.79	+37.6
27	14 47	339.72	+ 0.59	− 1.03	154.57	−1.50	115 W	0.71	+25.4
28	14 47	343.07	− 0.81	+ 0.34	166.77	−1.49	104 W	0.62	+13.2
29	14 49	347.22	− 2.21	+ 1.69	178.98	−1.49	93 W	0.53	+ 1.0
30	14 54	352.01	− 3.50	+ 2.98	191.19	−1.48	82 W	0.43	−11.2
31	15 01	357.25	− 4.58	+ 4.16	203.41	−1.47	71 W	0.34	−23.4

Neumond	: Aug. 7, 9^h 45^m	Perigäum	: Aug. 13, 00^h
Erstes Viertel	: Aug. 14, 6^h 57^m	Apogäum	: Aug. 27, 19^h
Vollmond	: Aug. 21, 7^h 47^m		
Letztes Viertel	: Aug. 29, 7^h 41^m		

September 0^h UT = 1^h MEZ

Da-tum	A	D	U	h	α	δ	λ	β	π	ρ
	h m	h m	h m	°	h m	° ′	°	°	″	10^6m
1	0 18	8 12	15 59	59	6 37.2	+19 12	98.80	− 3.96	3344	393.4
2	1 21	9 03	16 34	56	7 30.0	+17 13	111.52	4.56	3387	388.4
3	2 30	9 54	17 06	53	8 23.0	+14 19	124.62	− 4.94	3434	383.1
4	3 42	10 44	17 34	49	9 16.0	+10 35	138.13	− 5.06	3481	377.9
5	4 57	11 35	18 01	44	10 09.0	+ 6 11	152.01	− 4.89	3525	373.2
6	6 13	12 27	18 28	39	11 02.4	+ 1 22	166.21	− 4.42	3561	369.4
7	7 32	13 19	18 56	34	11 56.5	− 3 37	180.64	− 3.66	3587	366.8
8	8 51	14 13	19 26	29	12 51.8	− 8 26	195.18	− 2.65	3601	365.4
9	10 09	15 09	20 01	25	13 48.5	−12 46	209.74	− 1.48	3602	365.2
10	11 25	16 06	20 42	22	14 46.8	−16 18	224.22	− 0.20	3592	366.2
11	12 36	17 05	21 31	20	15 46.3	−18 48	238.56	+ 1.07	3574	368.2
12	13 38	18 03	22 28	20	16 46.3	−20 05	252.73	+ 2.26	3549	370.7
13	14 31	19 00	23 32	21	17 45.9	−20 06	266.69	+ 3.31	3520	373.7
14	15 15	19 54	− −	23	18 44.1	−18 54	280.45	+ 4.14	3490	377.0
15	15 51	20 46	0 40	26	19 40.2	−16 39	294.02	+ 4.73	3459	380.4
16	16 21	21 36	1 50	30	20 33.8	−13 33	307.38	+ 5.05	3428	383.8
17	16 48	22 23	2 59	34	21 25.2	− 9 49	320.53	+ 5.09	3398	387.2
18	17 12	23 08	4 08	38	22 14.5	− 5 41	333.48	+ 4.88	3368	390.6
19	17 34	23 53	5 16	43	23 02.4	− 1 22	346.20	+ 4.42	3340	393.9
20	17 57	− −	6 22	−	23 49.3	+ 2 56	358.71	+ 3.76	3313	397.1
21	18 21	0 37	7 27	47	0 35.9	+ 7 03	11.01	+ 2.92	3290	399.9
22	18 47	1 21	8 31	51	1 22.6	+10 49	23.12	+ 1.97	3270	402.3
23	19 17	2 05	9 34	54	2 09.8	+14 06	35.07	+ 0.94	3255	404.1
24	19 50	2 51	10 34	57	2 57.9	+16 46	46.90	− 0.13	3248	405.1
25	20 29	3 38	11 31	59	3 46.9	+18 43	58.68	− 1.18	3248	405.1
26	21 15	4 25	12 23	60	4 36.8	+19 51	70.48	− 2.19	3257	404.0
27	22 07	5 14	13 11	60	5 27.6	+20 06	82.38	− 3.12	3275	401.7
28	23 06	6 03	13 53	59	6 18.9	+19 27	94.46	− 3.92	3304	398.2
29	− −	6 52	14 30	57	7 10.5	+17 52	106.81	− 4.56	3342	393.6
30	0 10	7 42	15 02	54	8 02.3	+15 22	119.51	− 4.99	3389	388.2

Mondvorübergänge

Sep. 1, $3^h 39^m$ Mars $4° 28′$ N

Sep. 9, $1^h 51^m$ Venus $2° 22′$ S

Sep. 18, $14^h 05^m$ Saturn $7° 10′$ S

Sep. 7, $10^h 07^m$ Merkur $3° 17′$ N

Sep. 9, $20^h 44^m$ Jupiter $1° 25′$ N

Sep. 29, $23^h 04^m$ Mars $6° 00′$ N

September 0^h UT = 1^h MEZ

Da-tum	R	P	L	B	$C_\odot$	$B_\odot$	El	k	Lgr
	$\prime$ $\prime\prime$	$\circ$	$\circ$	$\circ$	$\circ$	$\circ$	$\circ$		$\circ$
1	15 11	2.69	− 5.38	+ 5.17	215.63	−1.47	60 W	0.25	−35.6
2	15 23	8.07	− 5.83	+ 5.95	227.86	−1.46	48 W	0.17	−47.9
3	15 36	13.10	− 5.87	+ 6.46	240.09	−1.45	36 W	0.10	−60.1
4	15 49	17.51	− 5.50	+ 6.62	252.32	−1.43	24 W	0.04	−72.3
5	16 00	21.04	− 4.76	+ 6.41	264.56	−1.42	11 W	0.01	−84.6
6	16 10	23.44	− 3.71	+ 5.80	276.80	−1.41	5 E	0.00	+83.2
7	16 17	24.51	− 2.44	+ 4.81	289.04	−1.39	17 E	0.02	+71.0
8	16 21	24.11	− 1.08	+ 3.51	301.27	−1.37	30 E	0.07	+58.7
9	16 21	22.18	+ 0.28	+ 1.98	313.50	−1.36	44 E	0.14	+46.5
10	16 19	18.79	+ 1.55	+ 0.32	325.72	−1.34	57 E	0.23	+34.3
11	16 14	14.15	+ 2.67	− 1.34	337.94	−1.32	71 E	0.33	+22.1
12	16 07	8.60	+ 3.63	− 2.89	350.15	−1.31	84 E	0.45	+ 9.8
13	15 59	2.58	+ 4.40	− 4.26	2.36	−1.29	97 E	0.56	− 2.4
14	15 51	356.54	+ 4.99	− 5.35	14.55	−1.27	109 E	0.67	−14.6
15	15 42	350.87	+ 5.40	− 6.12	26.74	−1.26	122 E	0.77	−26.7
16	15 34	345.87	+ 5.61	− 6.54	38.92	−1.24	134 E	0.85	−38.9
17	15 26	341.74	+ 5.63	− 6.61	51.10	−1.23	146 E	0.92	−51.1
18	15 18	338.59	+ 5.43	− 6.34	63.28	−1.21	158 E	0.96	−63.3
19	15 10	336.50	+ 5.01	− 5.75	75.45	−1.19	169 E	0.99	−75.4
20	15 03	335.49	+ 4.35	− 4.89	87.62	−1.18	176 W	1.00	−87.6
21	14 56	335.57	+ 3.47	− 3.81	99.79	−1.16	166 W	0.99	+80.2
22	14 51	336.71	+ 2.38	− 2.58	111.96	−1.14	156 W	0.96	+68.0
23	14 47	338.86	+ 1.12	− 1.24	124.13	−1.13	145 W	0.91	+55.9
24	14 45	341.95	− 0.25	+ 0.14	136.31	−1.11	134 W	0.85	+43.7
25	14 45	345.86	− 1.68	+ 1.52	148.49	−1.09	123 W	0.77	+31.5
26	14 47	350.44	− 3.09	+ 2.83	160.67	−1.08	112 W	0.69	+19.3
27	14 52	355.50	− 4.38	+ 4.04	172.86	−1.06	101 W	0.60	+ 7.1
28	15 00	0.81	− 5.48	+ 5.08	185.06	−1.04	90 W	0.50	− 5.1
29	15 11	6.14	− 6.30	+ 5.92	197.26	−1.03	79 W	0.40	−17.3
30	15 23	11.24	− 6.76	+ 6.49	209.46	−1.01	67 W	0.31	−29.5

Neumond	: Sep.	5,	19^h 33^m	
Erstes Viertel	: Sep.	12,	12^h 34^m	
Vollmond	: Sep.	19,	21^h 01^m	
Letztes Viertel	: Sep.	28,	1^h 23^m	

Perigäum	: Sep.	8,	15^h
Apogäum	: Sep.	24,	13^h

Oktober

0^h UT $= 1^h$ MEZ

Da-tum	A	D	U	h	α	δ	λ	β	π	ρ
	h m	h m	h m	o	h m	o ′	o	o	″	10^6m
1	1 19	8 31	15 32	51	8 54.3	+12 02	132.61	− 5.19	3441	382.3
2	2 32	9 22	15 59	46	9 46.6	+ 7 59	146.16	− 5.10	3496	376.3
3	3 47	10 13	16 26	41	10 39.6	+ 3 23	160.16	− 4.72	3550	370.6
4	5 05	11 05	16 54	36	11 33.6	− 1 32	174.55	− 4.03	3596	365.9
5	6 25	12 00	17 24	31	12 29.2	− 6 29	189.26	− 3.06	3630	362.4
6	7 46	12 56	17 58	27	13 26.7	−11 06	204.16	− 1.87	3649	360.5
7	9 06	13 55	18 38	23	14 26.2	−15 03	219.12	− 0.54	3651	360.4
8	10 21	14 55	19 26	21	15 27.3	−17 59	233.99	+ 0.82	3636	361.9
9	11 29	15 55	20 22	20	16 29.2	−19 40	248.67	+ 2.10	3607	364.7
10	12 26	16 54	21 25	20	17 30.5	−20 02	263.07	+ 3.23	3569	368.6
11	13 14	17 50	22 32	22	18 30.2	−19 07	277.16	+ 4.14	3526	373.1
12	13 52	18 44	23 42	25	19 27.4	−17 05	290.92	+ 4.79	3482	377.9
13	14 24	19 33	− −	29	20 21.7	−14 10	304.36	+ 5.15	3439	382.6
14	14 52	20 21	0 51	33	21 13.3	−10 36	317.50	+ 5.24	3399	387.1
15	15 16	21 06	2 00	37	22 02.6	− 6 36	330.37	+ 5.06	3364	391.1
16	15 39	21 50	3 07	41	22 50.2	− 2 24	343.00	+ 4.63	3333	394.8
17	16 02	22 34	4 12	46	23 36.9	+ 1 51	355.42	+ 4.00	3306	397.9
18	16 25	23 18	5 17	50	0 23.1	+ 5 58	7.66	+ 3.18	3284	400.6
19	16 50	− −	6 21	−	1 09.5	+ 9 47	19.75	+ 2.23	3266	402.8
20	17 18	0 02	7 24	53	1 56.5	+13 11	31.70	+ 1.20	3252	404.5
21	17 51	0 47	8 25	56	2 44.3	+16 01	43.56	+ 0.11	3243	405.7
22	18 28	1 33	9 23	58	3 33.0	+18 09	55.36	− 0.97	3240	406.1
23	19 11	2 21	10 17	60	4 22.7	+19 31	67.14	− 2.02	3243	405.7
24	20 01	3 08	11 06	60	5 13.0	+20 01	78.96	− 2.98	3253	404.5
25	20 56	3 57	11 49	59	6 03.7	+19 37	90.87	− 3.82	3271	402.2
26	21 57	4 45	12 27	58	6 54.4	+18 20	102.95	− 4.50	3298	398.9
27	23 02	5 33	13 01	56	7 45.1	+16 10	115.27	− 4.99	3334	394.6
28	− −	6 22	13 30	52	8 35.7	+13 13	127.89	− 5.26	3379	389.4
29	0 10	7 10	13 58	48	9 26.3	+ 9 32	140.90	− 5.27	3431	383.5
30	1 22	7 59	14 24	44	10 17.5	+ 5 16	154.33	− 4.99	3488	377.2
31	2 36	8 50	14 51	39	11 09.8	+ 0 35	168.22	− 4.43	3546	371.0

Mondvorübergänge

Okt. 6, $18^h 41^m$ Merkur $2°$ $45′$ S Okt. 7, $10^h 59^m$ Venus $6°$ $59′$ S
Okt. 7, $13^h 00^m$ Jupiter $0°$ $44′$ N Okt. 15, $17^h 09^m$ Saturn $7°$ $17′$ S
Okt. 28, $13^h 43^m$ Mars $7°$ $05′$ N

Oktober 0^h UT = 1^h MEZ

Da-tum	R	P	L	B	$C_\odot$	$B_\odot$	El	k	Lgr
	/ //	o	o	o	o	o	o		o
1	15 38	15.85	− 6.79	+ 6.75	221.67	−0.99	55 W	0.22	−41.7
2	15 53	19.72	− 6.38	+ 6.65	233.89	−0.97	43 W	0.13	−53.9
3	16 07	22.61	− 5.53	+ 6.15	246.11	−0.95	30 W	0.07	−66.1
4	16 20	24.26	− 4.29	+ 5.26	258.33	−0.93	16 W	0.02	−78.3
5	16 29	24.48	− 2.75	+ 4.01	270.55	−0.90	4 W	0.00	+89.4
6	16 34	23.11	− 1.05	+ 2.47	282.77	−0.88	12 E	0.01	+77.2
7	16 35	20.14	+ 0.69	+ 0.76	294.99	−0.85	26 E	0.05	+65.0
8	16 31	15.74	+ 2.35	− 1.00	307.21	−0.82	40 E	0.11	+52.8
9	16 23	10.24	+ 3.82	− 2.67	319.42	−0.79	53 E	0.20	+40.6
10	16 13	4.14	+ 5.03	− 4.13	331.63	−0.77	67 E	0.30	+28.4
11	16 01	357.94	+ 5.94	− 5.31	343.83	−0.74	80 E	0.41	+16.2
12	15 49	352.09	+ 6.54	− 6.16	356.02	−0.71	92 E	0.52	+ 4.0
13	15 37	346.91	+ 6.83	− 6.64	8.20	−0.68	105 E	0.63	− 8.2
14	15 26	342.58	+ 6.83	− 6.76	20.38	−0.65	117 E	0.73	−20.4
15	15 16	339.23	+ 6.56	− 6.53	32.55	−0.63	129 E	0.81	−32.5
16	15 08	336.90	+ 6.04	− 5.98	44.71	−0.60	140 E	0.89	−44.7
17	15 01	335.62	+ 5.30	− 5.16	56.88	−0.57	152 E	0.94	−56.9
18	14 55	335.42	+ 4.36	− 4.11	69.03	−0.54	163 E	0.98	−69.0
19	14 50	336.27	+ 3.25	− 2.88	81.19	−0.52	174 E	1.00	−81.2
20	14 46	338.15	+ 2.00	− 1.54	93.34	−0.49	175 W	1.00	+86.7
21	14 44	340.99	+ 0.65	− 0.14	105.50	−0.46	164 W	0.98	+74.5
22	14 43	344.70	− 0.76	+ 1.26	117.66	−0.44	153 W	0.95	+62.3
23	14 43	349.11	− 2.19	+ 2.61	129.81	−0.41	142 W	0.90	+50.2
24	14 46	354.04	− 3.57	+ 3.85	141.98	−0.39	131 W	0.83	+38.0
25	14 51	359.26	− 4.84	+ 4.94	154.14	−0.37	120 W	0.75	+25.9
26	14 59	4.54	− 5.93	+ 5.83	166.31	−0.34	109 W	0.67	+13.7
27	15 08	9.63	− 6.77	+ 6.47	178.49	−0.32	98 W	0.57	+ 1.5
28	15 21	14.31	− 7.29	+ 6.81	190.67	−0.30	86 W	0.47	−10.7
29	15 35	18.37	− 7.42	+ 6.83	202.85	−0.28	75 W	0.37	−22.9
30	15 50	21.59	− 7.13	+ 6.48	215.04	−0.25	62 W	0.27	−35.0
31	16 06	23.74	− 6.39	+ 5.74	227.24	−0.23	49 W	0.17	−47.2

Neumond : Okt. 5, 4^h 55^m
Erstes Viertel : Okt. 11, 20^h 17^m
Vollmond : Okt. 19, 13^h 18^m
Letztes Viertel : Okt. 27, 17^h 44^m

Perigäum : Okt. 6, 15^h
Apogäum : Okt. 22, 03^h

November

0^h UT = 1^h MEZ

Da- tum	A	D	U	h	α	δ	λ	β	π	ρ
	h m	h m	h m	°	h m	° ′	°	°	″	10^{6}m
1	3 54	9 42	15 19	34	12 03.7	− 4 17	182.56	− 3.57	3600	365.5
2	5 14	10 38	15 51	29	13 00.0	− 9 03	197.29	− 2.45	3644	361.0
3	6 36	11 36	16 28	25	13 58.9	−13 21	212.32	− 1.15	3673	358.2
4	7 55	12 37	17 13	22	15 00.4	−16 49	227.50	+ 0.25	3683	357.2
5	9 10	13 39	18 07	20	16 03.8	−19 06	242.67	+ 1.63	3673	358.2
6	10 14	14 41	19 10	20	17 07.6	−20 00	257.69	+ 2.89	3644	361.1
7	11 08	15 41	20 18	22	18 10.2	−19 30	272.41	+ 3.92	3601	365.3
8	11 51	16 37	21 30	24	19 10.3	−17 44	286.76	+ 4.68	3550	370.6
9	12 26	17 30	22 41	28	20 07.0	−14 59	300.69	+ 5.14	3495	376.4
10	12 55	18 18	23 51	31	21 00.3	−11 29	314.18	+ 5.30	3442	382.3
11	13 21	19 05	− −	36	21 50.8	− 7 33	327.28	+ 5.18	3393	387.8
12	13 44	19 49	0 59	40	22 39.0	− 3 22	340.03	+ 4.80	3350	392.7
13	14 07	20 33	2 05	44	23 25.7	+ 0 53	352.48	+ 4.20	3314	396.9
14	14 30	21 16	3 09	48	0 11.8	+ 5 00	4.70	+ 3.42	3286	400.3
15	14 54	22 00	4 13	52	0 57.8	+ 8 53	16.73	+ 2.50	3265	402.9
16	15 21	22 44	5 16	55	1 44.3	+12 23	28.65	+ 1.48	3250	404.8
17	15 52	23 30	6 17	58	2 31.8	+15 21	40.49	+ 0.40	3241	405.9
18	16 27	− −	7 16	−	3 20.2	+17 41	52.29	− 0.69	3238	406.3
19	17 09	0 17	8 12	59	4 09.8	+19 15	64.09	− 1.75	3239	406.2
20	17 56	1 05	9 03	60	5 00.1	+19 59	75.93	− 2.73	3246	405.3
21	18 50	1 53	9 48	60	5 50.8	+19 49	87.83	− 3.61	3258	403.8
22	19 48	2 42	10 28	59	6 41.5	+18 45	99.85	− 4.33	3276	401.6
23	20 51	3 30	11 02	56	7 31.9	+16 50	112.01	− 4.87	3301	398.6
24	21 57	4 17	11 33	54	8 21.8	+14 07	124.38	− 5.19	3332	394.8
25	23 05	5 04	12 00	50	9 11.3	+10 43	137.00	− 5.27	3371	390.3
26	− −	5 51	12 26	46	10 00.9	+ 6 44	149.92	− 5.09	3417	385.0
27	0 16	6 39	12 51	41	10 51.0	+ 2 19	163.20	− 4.63	3468	379.3
28	1 29	7 29	13 17	36	11 42.3	− 2 21	176.88	− 3.91	3523	373.5
29	2 45	8 21	13 46	31	12 35.7	− 7 02	190.98	− 2.93	3576	367.9
30	4 04	9 16	14 19	27	13 31.9	−11 28	205.48	− 1.74	3624	363.1

Mondvorübergänge

Nov. 2, 10^h 40^m Merkur 4° 14′ N   Nov. 3, 10^h 41^m Venus 4° 59′ S
Nov. 4, 8^h 33^m Jupiter 0° 07′ N   Nov. 11, 21^h 52^m Saturn 7° 17′ S
Nov. 25, 20^h 48^m Mars 7° 49′ N   Nov. 30, 14^h 59^m Venus 2° 03′ N

November

0^h UT = 1^h MEZ

Da-tum	R	P	L	B	C$_\odot$	B$_\odot$	El	k	Lgr
	′ ″	°	°	°	°	°	°		°
1	16 21	24.60	− 5.22	+ 4.64	239.44	−0.21	36 W	0.10	−59.4
2	16 33	23.96	− 3.68	+ 3.20	251.65	−0.18	22 W	0.04	−71.6
3	16 41	21.69	− 1.86	+ 1.51	263.85	−0.15	8 W	0.01	−83.9
4	16 43	17.82	+ 0.10	− 0.29	276.06	−0.12	6 E	0.00	+83.9
5	16 41	12.59	+ 2.06	− 2.08	288.27	−0.09	20 E	0.03	+71.7
6	16 33	6.45	+ 3.88	− 3.70	300.47	−0.06	34 E	0.09	+59.5
7	16 21	0.00	+ 5.42	− 5.03	312.67	−0.02	48 E	0.17	+47.3
8	16 07	353.79	+ 6.61	− 6.02	324.86	+0.01	62 E	0.26	+35.1
9	15 52	348.22	+ 7.38	− 6.61	337.05	+0.04	74 E	0.37	+23.0
10	15 38	343.56	+ 7.74	− 6.82	349.23	+0.08	87 E	0.47	+10.8
11	15 24	339.91	+ 7.70	− 6.65	1.40	+0.11	99 E	0.58	− 1.4
12	15 13	337.32	+ 7.30	− 6.16	13.57	+0.14	111 E	0.68	−13.6
13	15 03	335.80	+ 6.59	− 5.39	25.73	+0.18	122 E	0.77	−25.7
14	14 55	335.34	+ 5.63	− 4.38	37.88	+0.21	133 E	0.84	−37.9
15	14 50	335.94	+ 4.48	− 3.18	50.03	+0.24	144 E	0.91	−50.0
16	14 46	337.56	+ 3.19	− 1.87	62.18	+0.27	155 E	0.95	−62.2
17	14 43	340.16	+ 1.82	− 0.47	74.32	+0.30	166 E	0.99	−74.3
18	14 42	343.66	+ 0.41	+ 0.94	86.46	+0.33	177 E	1.00	−86.5
19	14 43	347.92	− 1.00	+ 2.30	98.60	+0.36	172 W	1.00	+81.4
20	14 44	352.76	− 2.36	+ 3.58	110.74	+0.39	161 W	0.97	+69.3
21	14 48	357.95	− 3.64	+ 4.71	122.88	+0.41	150 W	0.94	+57.1
22	14 53	3.23	− 4.80	+ 5.64	135.03	+0.44	139 W	0.88	+45.0
23	14 59	8.36	− 5.79	+ 6.33	147.18	+0.46	128 W	0.81	+32.8
24	15 08	13.11	− 6.58	+ 6.74	159.33	+0.48	117 W	0.73	+20.7
25	15 19	17.28	− 7.10	+ 6.84	171.48	+0.50	105 W	0.63	+ 8.5
26	15 31	20.69	− 7.32	+ 6.60	183.65	+0.52	94 W	0.53	− 3.6
27	15 45	23.14	− 7.19	+ 6.00	195.82	+0.53	81 W	0.43	−15.8
28	16 00	24.46	− 6.67	+ 5.06	207.99	+0.55	69 W	0.32	−28.0
29	16 14	24.44	− 5.76	+ 3.79	220.17	+0.57	56 W	0.22	−40.2
30	16 27	22.93	− 4.46	+ 2.24	232.36	+0.60	42 W	0.13	−52.4

Neumond	: Nov. 3, 14^h 36^m		Perigäum	: Nov. 4, 01^h
Erstes Viertel	: Nov. 10, 7^h 14^m		Apogäum	: Nov. 18, 06^h
Vollmond	: Nov. 18, 7^h 57^m			
Letztes Viertel	: Nov. 26, 8^h 04^m			

Dezember

0^{h} UT $= 1^{\text{h}}$ MEZ

Da-tum	A	D	U	h	α	δ	λ	β	π	ρ
	h m	h m	h m	°	h m	° ′	°	°	″	10^6m
1	5 24	10 15	14 59	23	14 31.1	−15 18	220.33	− 0.40	3660	350.5
2	6 41	11 16	15 48	21	15 33.4	−18 10	235.43	+ 0.98	3680	357.5
3	7 52	12 20	16 47	20	16 37.6	−19 46	250.64	+ 2.30	3680	357.5
4	8 54	13 23	17 54	21	17 42.2	−19 55	265.80	+ 3.45	3660	359.4
5	9 44	14 23	19 07	23	18 45.2	−18 40	280.73	+ 4.35	3623	363.1
6	10 24	15 19	20 22	26	19 45.4	−16 13	295.32	+ 4.94	3573	368.2
7	10 57	16 11	21 35	30	20 41.9	−12 52	309.46	+ 5.21	3516	374.2
8	11 24	17 00	22 46	34	21 35.0	− 8 55	323.12	+ 5.17	3458	380.5
9	11 49	17 46	23 54	39	22 25.2	− 4 41	336.32	+ 4.85	3403	386.6
10	12 12	18 31	− −	43	23 13.2	− 0 22	349.09	+ 4.30	3354	392.3
11	12 35	19 14	1 00	47	23 59.9	+ 3 52	1.51	+ 3.56	3313	397.1
12	12 59	19 58	2 04	51	0 46.0	+ 7 51	13.65	+ 2.67	3282	400.9
13	13 25	20 42	3 07	54	1 32.4	+11 28	25.59	+ 1.69	3260	403.6
14	13 54	21 27	4 09	57	2 19.4	+14 35	37.42	+ 0.64	3246	405.3
15	14 27	22 14	5 09	59	3 07.5	+17 06	49.20	− 0.43	3241	406.0
16	15 06	23 01	6 06	60	3 56.7	+18 54	60.99	− 1.48	3242	405.8
17	15 52	23 50	6 59	60	4 46.9	+19 53	72.84	− 2.47	3249	405.0
18	16 44	− −	7 47	−	5 37.8	+19 59	84.78	− 3.36	3260	403.5
19	17 41	0 39	8 29	59	6 28.9	+19 10	96.85	− 4.10	3277	401.5
20	18 43	1 27	9 05	57	7 19.8	+17 28	109.07	− 4.67	3297	399.1
21	19 48	2 15	9 37	55	8 10.2	+14 56	121.45	− 5.02	3321	396.2
22	20 55	3 02	10 05	51	8 59.8	+11 42	134.01	− 5.14	3349	392.8
23	22 04	3 49	10 31	47	9 49.1	+ 7 53	146.77	− 5.00	3382	389.1
24	23 15	4 36	10 56	43	10 38.3	+ 3 38	159.76	− 4.61	3418	384.9
25	− −	5 23	11 21	38	11 28.1	− 0 52	173.01	− 3.97	3459	380.4
26	0 27	6 13	11 47	33	12 19.1	− 5 27	186.55	− 3.09	3502	375.7
27	1 42	7 04	12 17	29	13 12.3	− 9 51	200.41	− 2.02	3545	371.1
28	2 58	7 59	12 52	25	14 08.2	−13 48	214.60	− 0.80	3586	366.9
29	4 15	8 57	13 34	22	15 07.1	−17 01	229.10	+ 0.50	3619	363.5
30	5 28	9 58	14 26	20	16 08.9	−19 10	243.86	+ 1.79	3642	361.2
31	6 33	11 00	15 28	20	17 12.3	−20 01	258.79	+ 2.96	3650	360.5

Mondvorübergänge

Dez. 2, $5^{\text{h}}\,32^{\text{m}}$ Jupiter $0°\ 29'$ S
Dez. 9, $6^{\text{h}}\,08^{\text{m}}$ Saturn $7°\ 06'$ S
Dez. 29, $5^{\text{h}}\,54^{\text{m}}$ Venus $2°\ 53'$ N

Dez. 2, $13^{\text{h}}\,27^{\text{m}}$ Merkur $1°\ 46'$ S
Dez. 23, $16^{\text{h}}\,26^{\text{m}}$ Mars $8°\ 30'$ N
Dez. 30, $1^{\text{h}}\,27^{\text{m}}$ Jupiter $1°\ 04'$ S

Dezember 0^h UT = 1^h MEZ

Da-tum	R	P	L	B	$C_\odot$	$B_\odot$	El	k	Lgr
	$'$ $''$	°	°	°	°	°	°		°
1	16 37	19.84	− 2.82	+ 0.52	244.55	+0.62	28 W	0.06	−64.5
2	16 43	15.22	− 0.93	− 1.27	256.74	+0.64	14 W	0.02	−76.7
3	16 43	9.40	+ 1.07	− 2.98	268.94	+0.67	2 E	0.00	−88.9
4	16 37	2.89	+ 3.03	− 4.46	281.13	+0.70	15 E	0.02	+78.9
5	16 27	356.33	+ 4.80	− 5.62	293.32	+0.73	28 E	0.06	+66.7
6	16 14	350.25	+ 6.23	− 6.38	305.51	+0.76	42 E	0.13	+54.5
7	15 58	345.05	+ 7.24	− 6.72	317.70	+0.79	55 E	0.21	+42.3
8	15 42	340.92	+ 7.76	− 6.65	329.88	+0.82	68 E	0.31	+30.1
9	15 27	337.93	+ 7.81	− 6.23	342.05	+0.85	80 E	0.41	+18.0
10	15 14	336.08	+ 7.43	− 5.51	354.21	+0.88	91 E	0.51	+ 5.8
11	15 03	335.34	+ 6.67	− 4.55	6.37	+0.91	103 E	0.61	− 6.4
12	14 54	335.67	+ 5.62	− 3.39	18.53	+0.94	114 E	0.70	−18.5
13	14 48	337.04	+ 4.36	− 2.11	30.67	+0.97	125 E	0.79	−30.7
14	14 45	339.40	+ 2.98	− 0.75	42.82	+1.00	136 E	0.86	−42.8
15	14 43	342.67	+ 1.55	+ 0.64	54.95	+1.03	146 E	0.92	−55.0
16	14 43	346.75	+ 0.13	+ 2.00	67.09	+1.06	157 E	0.96	−67.1
17	14 45	351.48	− 1.22	+ 3.28	79.22	+1.08	168 E	0.99	−79.2
18	14 48	356.63	− 2.46	+ 4.43	91.35	+1.10	176 E	1.00	+88.6
19	14 53	1.96	− 3.57	+ 5.39	103.48	+1.12	169 W	0.99	+76.5
20	14 58	7.19	− 4.52	+ 6.11	115.61	+1.14	158 W	0.96	+64.4
21	15 05	12.09	− 5.29	+ 6.57	127.75	+1.15	147 W	0.92	+52.3
22	15 13	16.41	− 5.87	+ 6.71	139.88	+1.16	136 W	0.86	+40.1
23	15 21	19.99	− 6.25	+ 6.53	152.02	+1.17	124 W	0.78	+28.0
24	15 31	22.65	− 6.41	+ 6.01	164.17	+1.18	112 W	0.69	+15.8
25	15 42	24.24	− 6.32	+ 5.17	176.32	+1.19	100 W	0.59	+ 3.7
26	15 54	24.62	− 5.96	+ 4.02	188.48	+1.20	87 W	0.48	− 8.5
27	16 06	23.64	− 5.29	+ 2.62	200.64	+1.21	75 W	0.37	−20.6
28	16 17	21.21	− 4.32	+ 1.03	212.81	+1.21	61 W	0.26	−32.8
29	16 26	17.31	− 3.03	− 0.66	224.99	+1.23	48 W	0.17	−45.0
30	16 32	12.10	− 1.48	− 2.33	237.17	+1.24	34 W	0.09	−57.2
31	16 34	5.93	+ 0.26	− 3.86	249.35	+1.25	20 W	0.03	−69.4

Neumond	: Dez. 3, 0^h 54^m	Perigäum	: Dez. 2, 13^h
Erstes Viertel	: Dez. 9, 22^h 06^m	Apogäum	: Dez. 15, 09^h
Vollmond	: Dez. 18, 3^h 17^m	Perigäum	: Dez. 31, 00^h
Letztes Viertel	: Dez. 25, 20^h 06^m		

3.1.3 Sternbedeckungen durch den Mond

Datum		ZC	Stern	Gr. m	P	k	Potsdam			
							MEZ h m	Pos o	a m	b m
Jan.	1	1482	14 Sex	6.3	A	0.82 −	23 09.9	302	−0.5	+0.6
	2	1495	19 Sex	5.9	A	0.81 −	2 36.3	230	−	−
	3	1605	62 Leo	6.1	A	0.71 −	1 35.7	295	−0.9	+0.5
	5	1845	SAO 138485	6.5	A	0.49 −	2 24.0	273	−0.8	+1.4
	15	3326	SAO 146239	6.4	E	0.15 +	19 54.2	92	−0.4	−1.7
	16	3455	9 Psc	6.4	E	0.22 +	20 28.4	67	−0.4	−0.9
	16	3453	κ Psc	4.9	E	0.22 +	20 32.6	29	−0.3	+0.4
	21	497	SAO 93436	6.5	E	0.69 +	23 43.0	123	−0.4	−2.7
	22	628	ω Tau	4.8	E	0.78 +	22 43.7	43	−1.5	+0.9
	30	1582	SAO 118550	6.3	A	0.91 −	4 13.9	294	−1.1	−1.3
	30	1587	55 Leo	6.0	A	0.91 −	6 00.7	322	−0.5	−2.0
Feb.	4	2214	SAO 159317	6.2	A	0.41 −	− −	−	−	−
	17	455	53 Ari	6.1	E	0.42 +	22 30.3	65	−0.5	−0.9
	21	−	SAO 77547	7.2	E	0.71 +	0 03.5	109	−0.4	−1.9
	21	1006	22 Gem	6.9	E	0.79 +	19 49.0	103	−1.5	−0.1
	22	1038	SAO 96089	6.8	E	0.81 +	2 11.2	94	−0.2	−1.6
	22	1141	SAO 96985	5.6	E	0.87 +	20 40.7	110	−1.4	−0.3
	24	1281	SAO 97913	6.4	E	0.94 +	0 13.7	95	−1.3	−1.0
	24	1397	ω Leo	5.5	E	0.98 +	23 38.6	90	−1.5	−0.2
Mrz.	4	2330	SAO 184253	6.3	A	0.57 −	− −	−	−	−
	4	2337	SAO 184285	6.4	A	0.56 −	4 00.5	301	−1.1	+0.3
	14	173	SAO 92304	6.6	E	0.05 +	18 48.2	59	−0.4	−0.7
	18	−	SAO 93973	7.2	E	0.34 +	21 18.3	143	+0.0	−3.4
	18	−	SAO 93973	7.2	A	0.34 +	− −	−	−	−
	18	−	SAO 94021	7.3	E	0.35 +	23 41.3	97	+0.3	−1.5
	18	691	SAO 94022	6.6	E	0.35 +	23 45.4	118	+0.4	−1.8
	20	−	SAO 95495	7.5	E	0.54 +	22 15.0	112	−0.6	−1.9
	22	1212	SAO 97503	7.1	E	0.73 +	20 31.2	151	−0.9	−2.4
	23	1234	SAO 97628	6.1	E	0.75 +	0 59.6	48	−1.0	−0.5
	23	1237	SAO 97647	6.4	E	0.75 +	2 01.8	180	−	−
	23	1332	60 Cnc	5.7	E	0.82 +	19 21.7	92	−1.4	+0.7
	31	2282	SAO 183972	5.9	A	0.81 −	4 32.6	239	−1.4	−0.1
Apr.	14	−	SAO 93840	7.5	E	0.12 +	21 18.3	64	−0.1	−1.0
	15	769	107 Tau	6.5	E	0.20 +	21 50.2	159	+0.8	−3.4
	16	913	64 Ori	5.2	E	0.28 +	22 47.3	61	−0.1	−1.0
	17	−	SAO 96318	7.1	E	0.38 +	23 38.3	110	+0.2	−1.7
	21	−	SAO 118314	7.2	E	0.79 +	− −	−	−	−
	22	1543	SAO 118347	6.6	E	0.80 +	1 11.5	102	−0.4	−1.7
	22	1639	SAO 138130	7.0	E	0.87 +	21 33.5	134	−1.0	−1.0
	23	1655	SAO 138190	6.7	E	0.88 +	0 38.5	107	−0.8	−1.5
	28	2376	ω Oph	4.6	A	0.92 −	3 49.3	266	−1.3	−0.7

Datum	ZC	Frankfurt/Main				München			
		MEZ h m	Pos °	a m	b m	MEZ h m	Pos °	a m	b m
Jan. 1	1482	23 06.3	294	−0.4	+0.8	23 06.0	288	−0.5	+0.9
2	1495	−	−	−	−	−	−	−	−
3	1605	1 30.2	285	−0.9	+0.8	1 31.4	281	−1.1	+0.9
5	1845	2 17.0	261	−0.8	+1.8	2 15.8	257	−1.0	+1.9
15	3326	19 56.1	98	−0.6	−1.9	20 02.1	107	−0.6	−2.4
16	3455	20 28.5	73	−0.6	−1.0	20 32.4	81	−0.5	−1.3
16	3453	20 30.2	37	−0.4	+0.3	20 31.2	45	−0.4	−0.0
21	497	23 48.4	135	−0.3	−3.5	23 56.5	142	−0.1	−4.0
22	628	22 35.4	54	−1.6	+0.5	22 39.2	60	−1.6	+0.2
30	1582	4 11.4	286	−1.3	−1.1	4 17.5	285	−1.3	−1.2
30	1587	6 02.8	316	−0.6	−1.9	6 08.4	316	−0.6	−2.0
Feb. 4	2214	−	−	−	−	3 38.8	301	−0.7	+0.5
17	455	22 30.5	74	−0.5	−1.1	22 34.2	78	−0.4	−1.2
21	−	0 06.1	118	−0.5	−2.1	0 11.5	120	−0.4	−2.1
21	1006	19 42.7	111	−1.6	−0.2	19 48.3	118	−1.7	−0.7
22	1038	2 14.1	101	−0.2	−1.6	2 17.8	102	−0.1	−1.6
22	1141	20 35.4	119	−1.4	−0.5	20 41.1	125	−1.5	−0.9
24	1281	0 10.4	105	−1.3	−1.1	0 16.6	106	−1.3	−1.3
24	1397	23 32.4	101	−1.5	−0.3	23 37.8	103	−1.6	−0.5
Mrz. 4	2330	−	−	−	−	2 32.6	311	−0.6	+0.3
4	2337	3 54.8	294	−1.1	+0.5	3 57.3	293	−1.2	+0.4
14	173	−	−	−	−	18 51.2	73	−0.5	−1.0
18	−	21 29.1	162	−	−	21 39.9	173	−	−
18	−	−	−	−	−	21 51.0	192	−	−
18	−	23 46.0	105	+0.3	−1.6	−	−	−	−
18	691	23 51.8	126	+0.5	−2.1	−	−	−	−
20	−	22 17.1	121	−0.6	−2.2	22 23.0	123	−0.5	−2.2
22	1212	20 34.1	166	−0.7	−3.5	20 43.6	171	−	−
23	1234	0 56.9	61	−0.9	−0.8	1 01.2	61	−0.8	−0.8
23	1237	−	−	−	−	−	−	−	−
23	1332	−	−	−	−	19 17.5	106	−1.4	+0.2
31	2282	4 25.7	235	−1.6	+0.3	4 29.9	233	−1.6	+0.3
Apr. 14	−	21 20.3	72	−0.1	−1.1	21 22.6	75	+0.0	−1.1
15	769	−	−	−	−	−	−	−	−
16	913	22 49.0	69	−0.2	−1.1	22 51.5	71	−0.1	−1.0
17	−	23 43.1	116	+0.2	−1.8	23 45.9	117	+0.3	−1.7
21	−	23 03.5	50	−	−	23 09.3	51	−	−
22	1543	1 13.2	107	−0.5	−1.7	1 18.0	108	−0.4	−1.7
22	1639	21 31.6	144	−1.0	−1.2	21 37.1	144	−1.0	−1.4
23	1655	0 38.1	112	−0.9	−1.5	0 43.9	113	−0.9	−1.6
28	2376	3 44.7	264	−1.4	−0.5	3 49.8	261	−1.4	−0.5

Datum		ZC	Stern	Gr. m	P	k	Potsdam			
							MEZ h m	Pos o	a m	b m
Mai	16	1256	SAO 97761	7.1	E	0.32 +	– –	–	–	–
	20	1605	62 Leo	6.1	E	0.66 +	0 06.3	48	−0.7	−0.7
	20	1723	SAO 138485	7.1	E	0.76 +	23 06.4	114	−0.9	−1.6
	21	1845	SAO 157550	6.5	E	0.85 +	23 37.9	168	−0.6	−2.3
	27	2773	SAO 162130	6.1	A	0.89 −	23 50.7	310	−0.8	+0.6
	28	2791	SAO 162229	5.4	A	0.89 −	2 44.5	247	−1.4	+0.4
Jun.	1	3320	κ Aqr	5.3	A	0.51 −	3 10.1	220	−0.8	+2.0
	2	3444	SAO 128156	6.5	A	0.41 −	– –	–	–	–
	18	1930	68 Vir	5.6	E	0.73 +	22 06.4	85	−1.2	−1.0
	21	2376	ω Oph	4.6	E	0.97 +	23 42.3	104	−1.4	−0.6
	30	3512	22 Psc	5.9	A	0.58 −	1 43.6	286	−1.0	+1.3
Jul.	15	–	SAO 157785	7.0	E	0.48 +	– –	–	–	–
	18	2307	ω^1 Sco	4.1	E	0.81 +	21 53.1	66	−1.3	−0.4
	18	2310	ω^2 Sco	4.6	E	0.81 +	22 10.3	107	−1.3	−1.0
	19	2472	SAO 185150	6.9	E	0.89 +	23 56.0	96	−1.1	−1.1
	20	2633	μ Sgr	4.0	E	0.95 +	23 45.3	107	−1.5	−0.9
	21	2638	15 Sgr	5.4	E	0.95 +	0 38.1	48	−0.8	−0.2
	21	2791	SAO 162229	5.4	E	0.99 +	20 45.8	76	−1.1	+1.3
Aug.	1	517	SAO 93494	6.4	A	0.36 −	2 26.6	198	+0.4	+3.4
	3	793	SAO 77098	6.2	A	0.18 −	– –	–	–	–
	13	2111	SAO 158813	7.0	E	0.45 +	– –	–	–	–
	17	–	SAO 161947	7.3	E	0.87 +	23 24.1	118	−1.6	−1.6
	24	105	δ Psc	4.5	E	0.87 −	22 40.8	27	−0.2	+2.5
	24	103	62 Psc	6.1	A	0.87 −	23 12.6	231	−0.6	+2.1
	24	105	δ Psc	4.5	A	0.87 −	23 35.1	284	−1.2	+1.2
	30	736	SAO 94199	6.2	A	0.43 −	1 04.5	240	+0.0	+2.1
Sep.	1	1040	SAO 96111	6.2	A	0.23 −	– –	–	–	–
	3	1281	SAO 97913	6.4	A	0.08 −	– –	–	–	–
	13	–	SAO 161619	7.3	E	0.65 +	21 18.4	9	–	–
	30	1234	SAO 97628	6.1	A	0.29 −	– –	–	–	–
	30	1237	SAO 97647	6.4	E	0.29 −	4 47.1	187	–	–
	30	1237	SAO 97647	6.4	A	0.29 −	4 56.3	201	–	–
Okt.	10	2639	16 Sgr	6.0	E	0.38 +	18 42.6	91	−1.3	−0.8
	10	2642	17 Sgr	7.1	E	0.39 +	19 47.4	157	–	–
	10	2642	17 Sgr	7.1	A	0.39 +	– –	–	–	–
	13	–	SAO 164080	7.3	E	0.71 +	19 04.9	111	−1.9	−0.1
	13	3093	ν Cap	4.5	E	0.72 +	23 44.3	42	−0.3	−0.2
	22	517	SAO 93494	6.4	A	0.95 −	1 56.6	294	−1.8	−1.3
	22	639	SAO 93874	6.0	A	0.90 −	23 20.4	227	−0.6	+2.6

Datum		ZC	Frankfurt/Main				München			
			MEZ	Pos	a	b	MEZ	Pos	a	b
			h m	o	m	m	h m	o	m	m
Mai	16	1256	– –	–	–	–	20 25.5	99	−0.9	−1.6
	20	1605	0 04.9	56	−0.8	−0.8	0 08.6	59	−0.6	−0.8
	20	1723	23 05.9	119	−1.0	−1.6	23 11.9	120	−1.0	−1.7
	21	1845	23 41.0	177	–	–	23 48.4	179	–	–
	27	2773	– –	–	–	–	23 46.9	302	–	–
	28	2791	2 37.1	247	−1.5	+0.6	2 40.3	243	−1.5	+0.6
Jun.	1	3320	3 01.9	219	−0.7	+2.2	2 59.7	215	−0.8	+2.3
	2	3444	3 02.7	261	−0.7	+1.7	3 01.3	257	−0.8	+1.8
	18	1930	22 03.0	90	−1.4	−0.9	22 08.8	91	−1.3	−1.0
	21	2376	23 37.3	106	−1.5	−0.5	23 43.0	108	−1.6	−0.7
	30	3512	1 36.4	286	−0.8	+1.3	1 36.3	281	−0.9	+1.4
Jul.	15	–	21 51.7	54	−0.8	−0.7	21 55.4	58	−0.7	−0.8
	18	2307	21 47.6	69	−1.5	−0.2	21 52.5	72	−1.5	−0.3
	18	2310	22 06.4	109	−1.5	−0.9	22 12.6	112	−1.5	−1.1
	19	2472	23 53.2	97	−1.3	−1.0	23 59.2	102	−1.3	−1.2
	20	2633	23 40.4	108	−1.6	−0.7	23 47.0	113	−1.7	−1.0
	21	2638	0 34.6	48	−1.0	−0.1	0 37.7	55	−1.0	−0.2
	21	2791	– –	–	–	–	20 38.6	82	−1.2	+1.2
Aug.	1	517	2 21.0	197	+0.5	+3.3	2 11.1	183	–	–
	3	793	3 56.0	309	−0.7	+0.5	3 57.0	300	−0.7	+0.7
	13	2111	– –	–	–	–	20 09.2	44	−1.2	+0.0
	17	–	23 20.5	118	−1.8	−1.5	23 29.4	127	−2.0	−2.1
	24	105	22 34.3	27	−0.1	+2.5	22 29.9	33	−0.2	+2.4
	24	103	23 05.4	231	−0.5	+2.1	23 02.5	226	−0.5	+2.2
	24	105	23 27.2	284	−1.1	+1.2	23 28.0	278	−1.2	+1.3
	30	736	1 00.2	239	+0.2	+2.0	0 55.4	232	+0.2	+2.2
Sep.	1	1040	4 54.9	226	−0.5	+3.3	4 48.6	213	–	–
	3	1281	4 55.1	322	−0.5	−0.1	4 56.6	313	−0.5	+0.1
	13	–	21 14.5	9	–	–	21 12.4	21	−0.5	+1.1
	30	1234	3 51.9	356	–	–	4 01.2	339	−1.1	−1.9
	30	1237	– –	–	–	–	– –	–	–	–
	30	1237	– –	–	–	–	– –	–	–	–
Okt.	10	2639	18 38.0	91	−1.5	−0.6	18 43.8	96	−1.6	−0.8
	10	2642	19 45.4	158	–	–	– –	–	–	–
	10	2642	19 59.0	180	–	–	– –	–	–	–
	13	–	18 56.4	111	−1.9	+0.1	19 02.8	118	−2.3	−0.4
	13	3093	23 43.0	45	−0.4	−0.1	23 44.9	53	−0.5	−0.4
	22	517	1 50.6	288	−2.0	−0.8	1 57.6	280	−2.0	−0.5
	22	639	23 11.9	225	−0.5	+2.7	23 07.4	216	−0.4	+3.1

| | ZC | Stern | Gr. | P | k | Potsdam | | | |
Datum			m			MEZ h m	Pos °	a m	b m
Okt. 23	654	SAO 93918	6.0	A	0.89 −	2 26.1	259	−1.6	+0.4
23	668	ε Tau	3.6	E	0.89 −	3 30.6	76	−1.6	+0.0
23	668	ε Tau	3.6	A	0.89 −	4 50.5	279	−1.2	−1.5
24	798	SAO 94478	6.4	E	0.82 −	− −	−	−	−
24	798	SAO 94478	6.4	A	0.82 −	− −	−	−	−
26	1072	SAO 96407	6.2	A	0.65 −	4 47.4	340	−	−
28	1318	50 Cnc	5.7	A	0.45 −	6 09.1	356	−	−
Nov. 9	3045	SAO 163924	6.0	E	0.45 +	− −	−	−	−
13	3444	SAO 128156	6.5	E	0.76 +	0 29.6	36	−0.4	+0.2
13	6	SAO 109004	6.9	E	0.83 +	21 11.8	114	−2.2	−1.5
14	103	62 Psc	6.1	E	0.89 +	18 39.2	81	−1.1	+1.5
14	105	δ Psc	4.5	E	0.89 +	19 16.3	29	−0.6	+2.4
22	1040	SAO 96111	6.2	A	0.87 −	4 26.4	320	−1.0	−2.6
26	1482	14 Sex	6.3	A	0.52 −	3 34.5	283	−1.2	+0.7
Dez. 8	3259	SAO 145939	7.4	E	0.38 +	18 49.1	67	−1.2	−0.2
9	3370	SAO 146412	6.2	E	0.48 +	16 39.2	38	−1.0	+1.7
10	3507	SAO 128393	6.4	E	0.59 +	18 43.5	62	−1.4	+0.7
10	−	SAO 128417	7.2	E	0.59 +	20 29.0	131	−	−
10	3512	22 Psc	5.9	E	0.59 +	− −	−	−	−
10	3512	22 Psc	5.9	A	0.59 +	− −	−	−	−
12	201	SAO 92406	7.5	E	0.77 +	19 42.9	8		
12	209	SAO 92434	7.2	E	0.77 +	21 27.3	82	−1.5	−0.4
13	325	SAO 92837	7.4	E	0.85 +	21 56.8	345	−	−
13	325	SAO 92837	7.4	A	0.85 +	22 02.0	338	−	−
21	1234	SAO 97628	6.1	E	0.92 −	0 32.1	27	−	−
21	1234	SAO 97628	6.1	A	0.92 −	0 47.4	5	−	−
21	1237	SAO 97647	6.4	E	0.92 −	1 50.1	186	−	−
21	1237	SAO 97647	6.4	A	0.92 −	2 08.0	211	−	−
21	1332	60 Cnc	5.7	A	0.86 −	22 10.6	326	−0.5	−0.3
22	1359	κ Cnc	5.1	A	0.85 −	5 14.9	5	−	−
25	1688	SAO 138314	6.3	A	0.56 −	6 12.4	336	−0.8	−1.8
29	2192	28 Lib	6.2	A	0.15 −	− −	−	−	−

Die tabellierten Bedeckungszeiten t_0 gelten streng nur für die angegebenen Orte Potsdam, Frankfurt/Main und München. Mit Hilfe der Koeffizienten a und b berechnet man die Zeit t an einem anderen Beobachtungsort (geogr. Länge λ, geogr. Breite φ) zu:

$$t = t_0 + a(\lambda - \lambda_0) + b(\varphi - \varphi_0)$$

Datum	ZC	Frankfurt/Main				München			
		MEZ h m	Pos o	a m	b m	MEZ h m	Pos o	a m	b m
23	654	2 17.2	254	−1.7	+0.9	2 20.2	246	−1.8	+1.1
23	668	3 23.3	83	−1.7	−0.0	3 29.0	90	−1.8	−0.5
23	668	4 47.5	271	−1.5	−1.0	4 53.7	266	−1.5	−0.9
24	798	−	−	−	−	5 02.4	11	−	−
24	798	−	−	−	−	5 12.2	358	−	−
26	1072	4 48.8	326	−1.4	−2.4	4 57.7	319	−1.5	−2.2
28	1318	6 13.7	338	−0.9	−2.6	−	−	−	−
Nov. 9	3045	−	−	−	−	21 24.7	358	−	−
13	3444	0 27.5	42	−0.5	+0.1	0 29.1	50	−0.5	−0.2
13	6	21 04.5	115	−2.5	−1.3	21 17.8	131	−	−
14	103	18 30.9	80	−1.0	+1.6	18 31.1	87	−1.2	+1.4
14	105	19 07.8	28	−0.6	+2.6	19 04.9	36	−0.8	+2.4
22	1040	4 26.9	309	−1.3	−2.1	4 34.8	305	−1.3	−2.1
26	1482	3 27.1	273	−1.2	+1.2	3 28.4	268	−1.4	+1.3
Dez. 8	3259	18 43.9	68	−1.4	−0.0	18 48.4	76	−1.5	−0.3
9	3370	−	−	−	−	−	−	−	−
10	3507	18 35.2	62	−1.5	+1.0	18 38.1	70	−1.7	+0.7
10	−	20 27.6	138	−	−	−	−	−	−
10	3512	−	−	−	−	21 54.5	339	−	−
10	3512	−	−	−	−	21 58.0	333	−	−
12	201	19 32.8	10	−0.4	+3.6	19 28.2	22	−0.8	+2.9
12	209	21 21.0	86	−1.8	−0.3	21 27.5	94	−1.9	−0.9
13	325	21 36.8	3	−	−	21 30.6	19	−1.0	+3.3
13	325	−	−	−	−	−	−	−	−
21	1234	−	−	−	−	−	−	−	−
21	1234	0 54.9	342	−1.1	−3.0	1 03.6	334	−1.3	−2.4
21	1237	−	−	−	−	−	−	−	−
21	1237	−	−	−	−	−	−	−	−
21	1332	22 08.8	319	−0.5	−0.0	22 10.0	311	−0.5	+0.2
22	1359	5 24.2	347	−0.3	−3.2	5 31.6	345	−0.3	−3.2
25	1688	6 12.3	326	−1.0	−1.5	6 18.5	325	−1.1	−1.7
29	2192	−	−	−	−	5 42.3	327	−0.3	−0.3

Tabellenort	λ_0 o	φ_0 o
Potsdam	−13.1	+52.4
Frankfurt/Main	− 8.7	+50.1
München	−11.6	+48.1

3.2 Die großen Planeten

3.2.1 Elemente und physikalische Daten

Oskulierende Bahnelemente

Planet	M $\circ$	a AE	e	ω $\circ$	Ω $\circ$	i $\circ$
Merkur	137.25231	0.3870983	0.2056321	29.10831	48.33757	7.00533
Venus	175.14029	0.7233276	0.0068088	54.80361	76.69455	3.39471
Erde	243.67233	1.0009071	0.0162313	334.51714	125.75139	0.00003
Mars	80.35665	1.5237020	0.0934005	286.52990	49.57592	1.85021
Jupiter	217.12237	5.2026255	0.0483745	275.21485	100.47009	1.30464
Saturn	252.59619	9.5402393	0.0526286	338.59317	113.65714	2.48585
Uranus	114.65441	19.2685300	0.0461957	101.58137	74.06259	0.77297
Neptun	279.60001	30.2080026	0.0066071	241.71816	131.76366	1.77116
Pluto	6.82632	39.8397880	0.2553540	114.05238	110.35700	17.12690

Positionen, Geschwindigkeiten, Massen

Planet	x, y, z AE	$\dot{x}, \dot{y}, \dot{z}$ AE / d	$M_\odot/M$	M 10^{24} kg
Merkur	− 0.3020395	+0.01520343	6023600.	0.33022
	− 0.3081709	−0.01494802		
	− 0.1332797	−0.00956156		
Venus	+ 0.4342996	+0.01609120	408523.5	4.8690
	− 0.5223243	+0.01131690		
	− 0.2624645	+0.00407265		
Erde	+ 0.9605300	+0.00495685	332946.038	5.9742
	− 0.2814367	+0.01498410		
	− 0.1220181	+0.00649640		
Mars	+ 0.5874280	−0.01236470	3098710.	0.64191
	+ 1.2733248	+0.00590061		
	+ 0.5681407	+0.00304086		
Jupiter	− 3.5023653	+0.00565429	1047.350	1898.8
	− 3.8169847	−0.00412490		
	− 1.5507963	−0.00190589		
Saturn	+ 9.0755314	+0.00168318	3498.0	568.50
	− 3.0458353	+0.00483525		
	− 1.6483708	+0.00192462		
Uranus	+ 8.3101420	+0.00354178	22960.	86.625
	−16.2901086	+0.00137102		
	− 7.2521278	+0.00055029		
Neptun	+11.4707666	+0.00288930	19314.	102.78
	−25.7294829	+0.00114527		
	−10.8169456	+0.00039677		
Pluto	−15.5387357	+0.00276725	130000000.	0.015
	−25.2225594	−0.00170702		
	− 3.1902382	−0.00136504		

Die angegebenen Tabellenwerte sind heliozentrische, ekliptikale, oskulierende Bahnelemente bzw. äquatoriale Positionen und Geschwindigkeiten im Koordinatensystem J2000.0 zur Epoche JD2449600.5 = 1994 Sep. 05, 0 Uhr UT.

Planet	$R_{\text{äqu}}$ km	$\emptyset$ $''$	Dichte g/cm^3	Albedo	Monde
Merkur	2439.7	11.0	5.43	0.106	–
Venus	6051.9	60.2	5.24	0.65	–
Erde	6378.140	–	5.515	0.367	1
Mars	3397	17.9	3.94	0.150	2
Jupiter	71492	46.8	1.33	0.52	16
Saturn	60268	19.4	0.70	0.47	18
Uranus	25559	3.9	1.30	0.51	15
Neptun	24764	2.3	1.76	0.41	8
Pluto	1151	0.1	1.1	0.3	1

Planet	P_{sid} a	P_{rot} d		i_{rot} °	v km/s
Merkur	0.24084445	58.6462		0.0	47.8725
Venus	0.61518257	243.01	*	177.3	35.0214
Erde	0.99997862	0.99726968		23.45	29.7859
Mars	1.88071105	1.02595675		25.19	24.1309
Jupiter	11.85652502	0.41354		3.12	13.0697
Saturn	29.42351935	0.4375		26.73	9.6724
Uranus	83.74740682	0.65	*	97.86	6.8352
Neptun	163.7232045	0.768		29.56	5.4778
Pluto	248.0208	6.3867	*	118?	4.7490

* retrograde Rotationsrichtung

3.2.2 Ephemeriden der großen Planeten

3.2.2.1 Merkur

$$0^h \text{ UT} = 1^h \text{ MEZ}$$

Datum	A	D	U	Geozentrisch (äqu.)			Geozentrisch (ekl.)		
				α	δ	LZ	λ	β	Δ
	h m	h m	h m	h m	° ′	m	°	°	AE
Dez. 29	7 57	11 49	15 40	18 17.5	−24 47	12.0	273.98	−1.41	1.442
Jan. 8	8 22	12 20	16 18	19 28.2	−23 56	11.8	290.09	−2.01	1.420
Jan. 18	8 32	12 51	17 12	20 39.0	−20 32	11.1	306.82	−2.03	1.333
Jan. 28	8 25	13 17	18 11	21 44.9	−14 44	9.6	323.52	−1.12	1.158
Feb. 7	7 57	13 21	18 46	22 29.7	− 8 20	7.5	336.03	+1.04	0.896
Feb. 17	7 01	12 31	18 01	22 22.1	− 6 28	5.6	334.97	+3.45	0.673
Feb. 27	6 04	11 15	16 26	21 44.7	−10 18	5.4	324.94	+3.08	0.651
Mrz. 9	5 35	10 35	15 34	21 41.8	−12 53	6.4	323.42	+0.87	0.769
Mrz. 19	5 22	10 26	15 31	22 12.0	−12 13	7.6	330.57	−1.01	0.917
Mrz. 29	5 13	10 34	15 56	22 58.6	− 8 52	8.8	342.45	−2.13	1.058
Apr. 8	5 02	10 50	16 41	23 54.1	− 3 20	9.8	357.32	−2.46	1.184
Apr. 18	4 51	11 15	17 41	0 57.4	+ 4 00	10.7	14.75	−1.96	1.285
Apr. 28	4 43	11 49	18 59	2 10.8	+12 29	11.1	34.75	−0.66	1.330
Mai 8	4 43	12 34	20 27	3 34.4	+20 20	10.5	56.17	+1.07	1.262
Mai 18	4 55	13 15	21 36	4 55.3	+24 50	9.0	75.35	+2.21	1.079
Mai 28	5 13	13 36	21 59	5 57.4	+25 30	7.2	89.40	+2.06	0.869
Jun. 7	5 20	13 30	21 38	6 31.6	+23 44	5.8	97.24	+0.50	0.693
Jun. 17	4 59	12 50	20 41	6 33.6	+21 05	4.8	97.83	−2.13	0.580
Jun. 27	4 10	11 49	19 28	6 11.8	+19 02	4.7	92.78	−4.37	0.562
Jul. 7	3 17	10 57	18 37	5 57.9	+18 58	5.5	89.50	−4.47	0.656
Jul. 17	2 47	10 38	18 30	6 16.9	+20 40	7.0	93.95	−2.71	0.845
Jul. 27	2 55	10 55	18 56	7 12.2	+22 01	9.0	106.70	−0.39	1.085
Aug. 6	3 49	11 38	19 26	8 33.4	+20 09	10.7	125.65	+1.32	1.284
Aug. 16	5 05	12 21	19 34	9 55.8	+14 28	11.3	146.10	+1.75	1.360
Aug. 26	6 13	12 51	19 26	11 05.8	+ 7 03	11.1	164.81	+1.15	1.338
Sep. 5	7 09	13 10	19 09	12 04.8	− 0 30	10.5	181.31	+0.01	1.263
Sep. 15	7 54	13 21	18 47	12 55.9	− 7 25	9.6	195.74	−1.32	1.152
Sep. 25	8 26	13 24	18 22	13 39.2	−13 06	8.4	207.73	−2.60	1.010
Okt. 5	8 33	13 13	17 53	14 08.2	−16 37	7.0	215.55	−3.45	0.842
Okt. 15	7 43	12 28	17 14	14 04.5	−15 42	5.8	214.40	−2.89	0.692
Okt. 25	5 52	11 11	16 32	13 26.7	− 9 01	5.9	203.39	+0.07	0.704
Nov. 4	5 05	10 35	16 05	13 27.9	− 6 56	7.8	202.89	+2.12	0.936
Nov. 14	5 34	10 42	15 49	14 13.4	−11 20	9.8	214.95	+1.95	1.181
Nov. 24	6 24	11 02	15 40	15 12.6	−16 56	11.2	230.33	+0.94	1.343
Dez. 4	7 15	11 27	15 38	16 16.5	−21 32	11.9	246.06	−0.22	1.428
Dez. 14	8 01	11 55	15 48	17 23.8	−24 25	12.1	261.76	−1.24	1.450
Dez. 24	8 37	12 26	16 15	18 33.6	−25 10	11.8	277.61	−1.95	1.415
Jan. 3	8 56	12 57	16 58	19 44.1	−23 28	10.9	293.74	−2.15	1.315

0^h UT $= 1^h$ MEZ

Datum	JD 244...	Heliozentrisch l °	b °	r AE	$\varnothing$ $''$	El °	m_{vis} $''$	φ °	k
1993 Dez. 29	9350.5	266.80	− 4.37	0.465	4.63	4 W	− 1.0	8	1.00
1994 Jan. 8	9360.5	295.78	− 6.47	0.442	4.70	3 E	− 1.2	7	1.00
Jan. 18	9370.5	330.14	− 6.86	0.395	5.01	9 E	− 1.0	24	0.96
Jan. 28	9380.5	15.20	− 3.84	0.339	5.77	16 E	− 0.9	52	0.81
Feb. 7	9390.5	73.97	+ 3.04	0.308	7.46	18 E	− 0.2	98	0.43
Feb. 17	9400.5	134.30	+ 6.99	0.333	9.93	8 E	+ 3.3	157	0.04
Feb. 27	9410.5	180.98	+ 5.17	0.389	10.26	14 W	+ 2.3	143	0.10
Mrz. 9	9420.5	215.81	+ 1.53	0.438	8.69	25 W	+ 0.6	108	0.35
Mrz. 19	9430.5	244.86	− 2.00	0.464	7.29	28 W	+ 0.2	86	0.54
Mrz. 29	9440.5	272.46	− 4.89	0.462	6.31	26 W	+ 0.0	70	0.67
Apr. 8	9450.5	302.17	− 6.73	0.434	5.64	21 W	− 0.3	55	0.79
Apr. 18	9460.5	338.23	− 6.59	0.384	5.20	13 W	− 0.8	37	0.90
Apr. 28	9470.5	26.12	− 2.66	0.329	5.02	3 W	− 1.9	9	0.99
Mai 8	9480.5	86.80	+ 4.37	0.308	5.29	9 E	− 1.5	31	0.93
Mai 18	9490.5	145.03	+ 6.96	0.344	6.19	19 E	− 0.6	70	0.67
Mai 28	9500.5	188.79	+ 4.47	0.400	7.69	23 E	+ 0.3	99	0.42
Jun. 7	9510.5	222.02	+ 0.78	0.445	9.64	21 E	+ 1.4	125	0.21
Jun. 17	9520.5	250.47	− 2.65	0.466	11.51	12 E	+ 3.2	152	0.06
Jun. 27	9530.5	278.20	− 5.37	0.459	11.88	5 W	+ 4.9	169	0.01
Jul. 7	9540.5	308.82	− 6.91	0.425	10.18	16 W	+ 2.2	139	0.12
Jul. 17	9550.5	346.82	− 6.16	0.372	7.90	21 W	+ 0.4	107	0.36
Jul. 27	9560.5	37.63	− 1.31	0.320	6.16	17 W	− 0.7	69	0.68
Aug. 6	9570.5	99.51	+ 5.47	0.311	5.20	8 W	− 1.6	26	0.95
Aug. 16	9580.5	155.09	+ 6.71	0.355	4.91	4 E	− 1.6	10	0.99
Aug. 26	9590.5	196.18	+ 3.74	0.411	4.99	12 E	− 0.7	31	0.93
Sep. 5	9600.5	228.03	+ 0.04	0.452	5.29	19 E	− 0.3	47	0.84
Sep. 15	9610.5	256.04	− 3.27	0.467	5.80	24 E	− 0.0	60	0.75
Sep. 25	9620.5	284.06	− 5.80	0.454	6.62	26 E	+ 0.1	76	0.62
Okt. 5	9630.5	315.76	− 7.00	0.416	7.93	24 E	+ 0.4	100	0.42
Okt. 15	9640.5	355.95	− 5.56	0.360	9.65	13 E	+ 2.1	141	0.11
Okt. 25	9650.5	49.69	+ 0.17	0.314	9.50	8 W	+ 2.9	154	0.05
Nov. 4	9660.5	111.90	+ 6.28	0.317	7.14	19 W	− 0.4	91	0.49
Nov. 14	9670.5	164.50	+ 6.29	0.367	5.65	17 W	− 0.8	50	0.82
Nov. 24	9680.5	203.19	+ 2.99	0.421	4.97	11 W	− 0.8	27	0.94
Dez. 4	9690.5	233.89	− 0.68	0.457	4.68	6 W	− 0.9	12	0.99
Dez. 14	9700.5	261.62	− 3.86	0.466	4.61	1 W	− 1.2	3	1.00
Dez. 24	9710.5	290.07	− 6.18	0.448	4.72	6 E	− 1.0	13	0.99
995 Jan. 3	9720.5	323.05	− 6.98	0.405	5.08	12 E	− 0.9	30	0.93

3.2.2.2 Venus

Datum	A	D	U	Geozentrisch (äqu.)			Geozentrisch (ekl.)		
				α	δ	LZ	λ	β	Δ
	h m	h m	h m	h m	° ′	m	°	°	AE
Dez. 29	7 44	11 43	15 42	18 12.2	−23 40	14.2	272.80	−0.25	1.703
Jan. 8	7 56	11 58	16 01	19 07.1	−23 11	14.2	285.39	−0.63	1.709
Jan. 18	8 00	12 13	16 26	20 01.0	−21 30	14.2	297.96	−0.96	1.712
Jan. 28	7 56	12 25	16 55	20 53.3	−18 46	14.2	310.53	−1.22	1.710
Feb. 7	7 47	12 36	17 26	21 43.6	−15 08	14.2	323.08	−1.39	1.705
Feb. 17	7 33	12 45	17 58	22 31.8	−10 48	14.1	335.61	−1.46	1.695
Feb. 27	7 17	12 52	18 29	23 18.5	− 6 00	14.0	348.11	−1.42	1.681
Mrz. 9	6 59	12 58	18 59	0 04.1	− 0 56	13.8	0.58	−1.27	1.663
Mrz. 19	6 40	13 04	19 30	0 49.5	+ 4 11	13.6	13.01	−1.03	1.640
Mrz. 29	6 22	13 10	20 00	1 35.1	+ 9 10	13.4	25.38	−0.69	1.613
Apr. 8	6 05	13 18	20 32	2 21.8	+13 48	13.1	37.71	−0.30	1.580
Apr. 18	5 52	13 27	21 03	3 10.0	+17 52	12.8	49.98	+0.14	1.542
Apr. 28	5 42	13 37	21 33	3 59.9	+21 11	12.5	62.19	+0.59	1.499
Mai 8	5 39	13 49	22 00	4 51.5	+23 32	12.1	74.33	+1.02	1.451
Mai 18	5 44	14 03	22 22	5 44.2	+24 48	11.6	86.40	+1.41	1.398
Mai 28	5 57	14 16	22 35	6 37.0	+24 53	11.1	98.39	+1.71	1.339
Jun. 7	6 17	14 29	22 39	7 29.0	+23 48	10.6	110.28	+1.91	1.277
Jun. 17	6 42	14 39	22 35	8 19.2	+21 37	10.1	122.06	+1.97	1.210
Jun. 27	7 10	14 48	22 24	9 07.0	+18 31	9.5	133.72	+1.89	1.140
Jul. 7	7 37	14 53	22 08	9 52.2	+14 40	8.9	145.22	+1.64	1.066
Jul. 17	8 03	14 56	21 48	10 35.0	+10 15	8.2	156.53	+1.22	0.990
Jul. 27	8 28	14 57	21 25	11 15.4	+ 5 29	7.6	167.60	+0.63	0.912
Aug. 6	8 51	14 56	21 00	11 53.8	+ 0 32	6.9	178.38	−0.13	0.833
Aug. 16	9 12	14 53	20 34	12 30.6	− 4 25	6.3	188.76	−1.03	0.754
Aug. 26	9 31	14 49	20 06	13 05.5	− 9 12	5.6	198.62	−2.06	0.674
Sep. 5	9 46	14 42	19 37	13 38.4	−13 38	5.0	207.75	−3.18	0.596
Sep. 15	9 58	14 32	19 06	14 08.2	−17 34	4.3	215.86	−4.35	0.519
Sep. 25	10 01	14 17	18 32	14 32.9	−20 48	3.7	222.46	−5.49	0.446
Okt. 5	9 52	13 54	17 55	14 49.5	−23 03	3.2	226.82	−6.46	0.379
Okt. 15	9 22	13 18	17 14	14 53.7	−23 56	2.7	228.02	−7.02	0.323
Okt. 25	8 24	12 27	16 31	14 43.0	−22 51	2.4	225.34	−6.72	0.284
Nov. 4	7 04	11 27	15 51	14 22.4	−19 38	2.2	219.75	−5.18	0.270
Nov. 14	5 46	10 31	15 18	14 05.1	−15 36	2.4	214.49	−2.75	0.285
Nov. 24	4 47	9 48	14 50	14 01.0	−12 40	2.7	212.55	−0.34	0.325
Dez. 4	4 13	9 20	14 27	14 11.3	−11 37	3.2	214.57	+1.51	0.381
Dez. 14	3 58	9 02	14 06	14 32.7	−12 09	3.7	219.70	+2.71	0.447
Dez. 24	3 56	8 52	13 48	15 02.1	−13 40	4.3	227.00	+3.38	0.519
Jan. 3	4 03	8 48	13 34	15 37.4	−15 40	4.9	235.77	+3.64	0.594

$$0^h \text{ UT} = 1^h \text{ MEZ}$$

	Datum	JD 244...	Heliozentrisch l °	b °	r AE	ϕ $''$	El °	m_{vis} $''$	φ °	k
1993	Dez. 29	9350.5	266.64	− 0.59	0.727	9.88	5 W	− 3.9	6	1.00
1994	Jan. 8	9360.5	282.47	− 1.48	0.728	9.84	2 W	− 3.9	3	1.00
	Jan. 18	9370.5	298.28	− 2.25	0.728	9.83	1 E	− 3.9	1	1.00
	Jan. 28	9380.5	314.09	− 2.86	0.728	9.84	3 E	− 3.9	4	1.00
	Feb. 7	9390.5	329.91	− 3.25	0.728	9.87	5 E	− 3.9	7	1.00
	Feb. 17	9400.5	345.77	− 3.39	0.727	9.92	8 E	− 3.9	10	0.99
	Feb. 27	9410.5	1.66	− 3.28	0.726	10.00	10 E	− 3.9	14	0.99
	Mrz. 9	9420.5	17.58	− 2.91	0.725	10.11	12 E	− 3.9	17	0.98
	Mrz. 19	9430.5	33.55	− 2.32	0.724	10.25	15 E	− 3.9	21	0.97
	Mrz. 29	9440.5	49.57	− 1.55	0.723	10.43	17 E	− 3.9	24	0.96
	Apr. 8	9450.5	65.63	− 0.65	0.721	10.65	20 E	− 3.9	28	0.94
	Apr. 18	9460.5	81.74	+ 0.30	0.720	10.91	22 E	− 3.9	32	0.93
	Apr. 28	9470.5	97.90	+ 1.23	0.719	11.22	25 E	− 3.9	36	0.91
	Mai 8	9480.5	114.10	+ 2.06	0.719	11.59	27 E	− 3.9	40	0.88
	Mai 18	9490.5	130.34	+ 2.74	0.718	12.03	30 E	− 3.9	44	0.86
	Mai 28	9500.5	146.60	+ 3.19	0.719	12.56	32 E	− 4.0	48	0.83
	Jun. 7	9510.5	162.84	+ 3.39	0.719	13.17	34 E	− 4.0	53	0.80
	Jun. 17	9520.5	179.06	+ 3.32	0.720	13.90	36 E	− 4.0	57	0.77
	Jun. 27	9530.5	195.23	+ 2.98	0.721	14.76	39 E	− 4.0	61	0.74
	Jul. 7	9540.5	211.33	+ 2.42	0.722	15.78	40 E	− 4.1	66	0.70
	Jul. 17	9550.5	227.35	+ 1.67	0.724	16.98	42 E	− 4.1	71	0.66
	Jul. 27	9560.5	243.30	+ 0.79	0.725	18.43	44 E	− 4.1	76	0.62
	Aug. 6	9570.5	259.19	− 0.15	0.726	20.18	45 E	− 4.2	81	0.58
	Aug. 16	9580.5	275.03	− 1.07	0.727	22.31	46 E	− 4.3	86	0.53
	Aug. 26	9590.5	290.85	− 1.91	0.728	24.95	46 E	− 4.3	92	0.48
	Sep. 5	9600.5	306.66	− 2.60	0.728	28.24	46 E	− 4.4	99	0.42
	Sep. 15	9610.5	322.47	− 3.10	0.728	32.42	44 E	− 4.5	106	0.36
	Sep. 25	9620.5	338.31	− 3.36	0.728	37.73	41 E	− 4.6	115	0.29
	Okt. 5	9630.5	354.19	− 3.37	0.727	44.37	36 E	− 4.6	127	0.20
	Okt. 15	9640.5	10.09	− 3.12	0.726	52.10	27 E	− 4.5	141	0.11
	Okt. 25	9650.5	26.04	− 2.63	0.725	59.23	15 E	− 4.3	159	0.03
	Nov. 4	9660.5	42.04	− 1.93	0.723	62.24	5 W	− 4.0	173	0.00
	Nov. 14	9670.5	58.07	− 1.08	0.722	58.99	17 W	− 4.3	156	0.04
	Nov. 24	9680.5	74.16	− 0.15	0.721	51.79	29 W	− 4.6	138	0.13
	Dez. 4	9690.5	90.30	+ 0.80	0.720	44.15	37 W	− 4.7	124	0.22
	Dez. 14	9700.5	106.48	+ 1.69	0.719	37.61	42 W	− 4.6	113	0.30
	Dez. 24	9710.5	122.70	+ 2.44	0.719	32.41	45 W	− 4.6	104	0.38
995	Jan. 3	9720.5	138.95	+ 3.01	0.718	28.33	47 W	− 4.5	97	0.44

3.2.2.3 Mars

Datum	A	D	U	Geozentrisch (äqu.)			Geozentrisch (ekl.)		
				α	δ	LZ	λ	β	Δ
	h m	h m	h m	h m	° ′	m	°	°	AE
Dez. 29	8 04	12 00	15 56	18 30.1	−24 04	20.2	276.87	−0.80	2.425
Jan. 8	7 54	11 53	15 53	19 03.4	−23 31	20.1	284.50	−0.88	2.412
Jan. 18	7 41	11 47	15 53	19 36.6	−22 32	19.9	292.20	−0.94	2.397
Jan. 28	7 26	11 41	15 56	20 09.4	−21 08	19.8	299.95	−0.99	2.380
Feb. 7	7 08	11 34	15 59	20 41.8	−19 20	19.7	307.75	−1.04	2.363
Feb. 17	6 48	11 26	16 04	21 13.5	−17 12	19.5	315.58	−1.07	2.344
Feb. 27	6 27	11 17	16 09	21 44.5	−14 45	19.3	323.43	−1.10	2.325
Mrz. 9	6 04	11 08	16 14	22 14.9	−12 03	19.2	331.29	−1.11	2.305
Mrz. 19	5 40	10 59	16 19	22 44.7	− 9 10	19.0	339.16	−1.11	2.285
Mrz. 29	5 15	10 48	16 23	23 13.9	− 6 09	18.8	347.00	−1.10	2.265
Apr. 8	4 49	10 38	16 27	23 42.7	− 3 03	18.7	354.82	−1.08	2.244
Apr. 18	4 23	10 27	16 31	0 11.2	+ 0 05	18.5	2.60	−1.04	2.223
Apr. 28	3 57	10 16	16 35	0 39.6	+ 3 11	18.3	10.33	−0.99	2.201
Mai 8	3 32	10 05	16 39	1 07.8	+ 6 12	18.1	18.00	−0.93	2.179
Mai 18	3 06	9 54	16 42	1 36.2	+ 9 06	17.9	25.60	−0.86	2.156
Mai 28	2 42	9 43	16 45	2 04.7	+11 49	17.7	33.12	−0.78	2.131
Jun. 7	2 18	9 32	16 47	2 33.4	+14 20	17.5	40.55	−0.69	2.105
Jun. 17	1 55	9 22	16 49	3 02.4	+16 36	17.3	47.89	−0.59	2.077
Jun. 27	1 33	9 11	16 50	3 31.6	+18 35	17.0	55.12	−0.48	2.047
Jul. 7	1 13	9 01	16 50	4 01.0	+20 15	16.7	62.25	−0.36	2.014
Jul. 17	0 55	8 51	16 48	4 30.4	+21 36	16.4	69.26	−0.24	1.977
Jul. 27	0 38	8 41	16 45	4 59.9	+22 37	16.1	76.15	−0.11	1.938
Aug. 6	0 24	8 31	16 39	5 29.1	+23 17	15.8	82.92	+0.03	1.895
Aug. 16	0 11	8 21	16 31	5 58.0	+23 37	15.4	89.55	+0.18	1.848
Aug. 26	23 59	8 10	16 19	6 26.4	+23 38	14.9	96.03	+0.33	1.797
Sep. 5	23 49	7 58	16 06	6 54.0	+23 21	14.5	102.37	+0.49	1.741
Sep. 15	23 40	7 45	15 49	7 20.7	+22 48	14.0	108.53	+0.65	1.682
Sep. 25	23 31	7 31	15 30	7 46.3	+22 02	13.5	114.50	+0.83	1.617
Okt. 5	23 22	7 16	15 09	8 10.8	+21 05	12.9	120.26	+1.01	1.549
Okt. 15	23 12	7 00	14 46	8 33.9	+20 00	12.3	125.78	+1.21	1.476
Okt. 25	23 01	6 42	14 21	8 55.5	+18 50	11.6	131.01	+1.42	1.399
Nov. 4	22 49	6 23	13 55	9 15.5	+17 38	11.0	135.91	+1.65	1.320
Nov. 14	22 34	6 01	13 27	9 33.7	+16 29	10.3	140.39	+1.90	1.237
Nov. 24	22 16	5 38	12 58	9 49.8	+15 26	9.6	144.39	+2.17	1.153
Dez. 4	21 55	5 12	12 27	10 03.4	+14 34	8.9	147.78	+2.47	1.068
Dez. 14	21 29	4 44	11 55	10 14.0	+13 57	8.2	150.41	+2.80	0.985
Dez. 24	20 58	4 11	11 21	10 21.1	+13 40	7.5	152.13	+3.16	0.905
Jan. 3	20 20	3 35	10 46	10 24.0	+13 48	6.9	152.73	+3.54	0.832

$$0^{\rm h}\ {\rm UT} = 1^{\rm h}\ {\rm MEZ}$$

Datum	JD 244...	Heliozentrisch l °	b °	r AE	$\varnothing$ $''$	El °	$m_{\rm vis}$ $''$	φ °	k
1993 Dez. 29	9350.5	276.55	− 1.35	1.442	3.86	1 W	+ 1.2	1	1.00
1994 Jan. 8	9360.5	282.42	− 1.47	1.431	3.88	3 W	+ 1.2	2	1.00
Jan. 18	9370.5	288.37	− 1.58	1.421	3.90	6 W	+ 1.2	4	1.00
Jan. 28	9380.5	294.41	− 1.67	1.412	3.93	8 W	+ 1.2	6	1.00
Feb. 7	9390.5	300.53	− 1.75	1.404	3.96	10 W	+ 1.2	7	1.00
Feb. 17	9400.5	306.71	− 1.80	1.397	3.99	13 W	+ 1.2	9	0.99
Feb. 27	9410.5	312.95	− 1.84	1.391	4.03	15 W	+ 1.2	11	0.99
Mrz. 9	9420.5	319.23	− 1.85	1.387	4.06	17 W	+ 1.2	12	0.99
Mrz. 19	9430.5	325.55	− 1.84	1.383	4.10	19 W	+ 1.2	14	0.99
Mrz. 29	9440.5	331.89	− 1.81	1.382	4.13	21 W	+ 1.2	15	0.98
Apr. 8	9450.5	338.24	− 1.75	1.381	4.17	23 W	+ 1.2	17	0.98
Apr. 18	9460.5	344.58	− 1.68	1.383	4.21	25 W	+ 1.2	18	0.98
Apr. 28	9470.5	350.91	− 1.58	1.385	4.25	27 W	+ 1.2	19	0.97
Mai 8	9480.5	357.21	− 1.47	1.389	4.30	29 W	+ 1.2	21	0.97
Mai 18	9490.5	3.46	− 1.33	1.395	4.34	31 W	+ 1.2	22	0.96
Mai 28	9500.5	9.66	− 1.19	1.401	4.39	33 W	+ 1.2	23	0.96
Jun. 7	9510.5	15.79	− 1.03	1.409	4.45	36 W	+ 1.2	25	0.95
Jun. 17	9520.5	21.85	− 0.86	1.418	4.51	38 W	+ 1.2	26	0.95
Jun. 27	9530.5	27.83	− 0.69	1.428	4.57	40 W	+ 1.2	27	0.94
Jul. 7	9540.5	33.73	− 0.51	1.438	4.65	43 W	+ 1.2	29	0.94
Jul. 17	9550.5	39.54	− 0.32	1.450	4.73	45 W	+ 1.2	30	0.93
Jul. 27	9560.5	45.25	− 0.14	1.462	4.83	48 W	+ 1.2	31	0.93
Aug. 6	9570.5	50.87	+ 0.04	1.474	4.94	50 W	+ 1.2	32	0.92
Aug. 16	9580.5	56.39	+ 0.22	1.487	5.06	53 W	+ 1.2	33	0.92
Aug. 26	9590.5	61.82	+ 0.39	1.500	5.21	57 W	+ 1.2	34	0.91
Sep. 5	9600.5	67.15	+ 0.56	1.513	5.37	60 W	+ 1.1	35	0.91
Sep. 15	9610.5	72.40	+ 0.72	1.526	5.57	63 W	+ 1.1	36	0.90
Sep. 25	9620.5	77.55	+ 0.87	1.539	5.79	67 W	+ 1.1	37	0.90
Okt. 5	9630.5	82.62	+ 1.01	1.552	6.04	71 W	+ 1.0	38	0.90
Okt. 15	9640.5	87.61	+ 1.14	1.564	6.34	76 W	+ 0.9	38	0.89
Okt. 25	9650.5	92.53	+ 1.26	1.576	6.69	80 W	+ 0.8	38	0.89
Nov. 4	9660.5	97.37	+ 1.37	1.587	7.09	86 W	+ 0.7	39	0.89
Nov. 14	9670.5	102.14	+ 1.47	1.598	7.57	91 W	+ 0.6	38	0.89
Nov. 24	9680.5	106.86	+ 1.56	1.609	8.12	97 W	+ 0.4	38	0.90
Dez. 4	9690.5	111.51	+ 1.63	1.618	8.76	104 W	+ 0.2	36	0.90
Dez. 14	9700.5	116.11	+ 1.70	1.627	9.50	111 W	+ 0.1	34	0.91
Dez. 24	9710.5	120.67	+ 1.75	1.635	10.34	120 W	− 0.2	31	0.93
995 Jan. 3	9720.5	125.18	+ 1.79	1.642	11.25	129 W	− 0.4	28	0.94

3.2.2.4 Jupiter

Datum	A	D	U	Geozentrisch (äqu.)			Geozentrisch (ekl.)		
				α	δ	LZ	λ	β	Δ
	h m	h m	h m	h m	° ′	m	°	°	AE
Dez. 29	3 02	7 58	12 55	14 29.4	−13 33	49.1	219.37	+1.13	5.902
Jan. 8	2 31	7 25	12 19	14 35.3	−13 59	47.9	220.87	+1.15	5.758
Jan. 18	1 58	6 51	11 43	14 40.4	−14 22	46.6	222.16	+1.18	5.604
Jan. 28	1 25	6 15	11 06	14 44.6	−14 39	45.3	223.22	+1.21	5.444
Feb. 7	0 50	5 39	10 29	14 47.7	−14 52	43.9	224.02	+1.24	5.282
Feb. 17	0 13	5 02	9 51	14 49.8	−14 59	42.6	224.52	+1.27	5.121
Feb. 27	23 31	4 23	9 12	14 50.6	−15 01	41.3	224.73	+1.30	4.967
Mrz. 9	22 51	3 44	8 33	14 50.2	−14 57	40.1	224.62	+1.33	4.824
Mrz. 19	22 09	3 03	7 52	14 48.6	−14 48	39.1	224.20	+1.36	4.697
Mrz. 29	21 25	2 21	7 12	14 45.9	−14 35	38.2	223.50	+1.38	4.590
Apr. 8	20 41	1 38	6 30	14 42.1	−14 17	37.5	222.54	+1.39	4.507
Apr. 18	19 55	0 54	5 48	14 37.7	−13 55	37.0	221.41	+1.40	4.451
Apr. 28	19 09	0 10	5 06	14 32.8	−13 32	36.8	220.16	+1.40	4.425
Mai 8	18 23	23 21	4 24	14 27.8	−13 09	36.8	218.89	+1.39	4.429
Mai 18	17 37	22 37	3 42	14 23.1	−12 47	37.1	217.68	+1.36	4.462
Mai 28	16 52	21 54	3 00	14 19.0	−12 28	37.6	216.62	+1.33	4.524
Jun. 7	16 08	21 11	2 18	14 15.6	−12 13	38.3	215.77	+1.30	4.611
Jun. 17	15 26	20 30	1 38	14 13.3	−12 04	39.2	215.18	+1.26	4.719
Jun. 27	14 45	19 49	0 57	14 12.1	−12 00	40.3	214.88	+1.21	4.845
Jul. 7	14 06	19 10	0 18	14 12.0	−12 03	41.5	214.87	+1.17	4.984
Jul. 17	13 28	18 32	23 35	14 13.1	−12 11	42.7	215.17	+1.12	5.133
Jul. 27	12 52	17 55	22 57	14 15.2	−12 25	44.0	215.75	+1.08	5.285
Aug. 6	12 18	17 19	22 19	14 18.5	−12 44	45.2	216.60	+1.04	5.439
Aug. 16	11 45	16 43	21 42	14 22.6	−13 08	46.5	217.69	+1.00	5.590
Aug. 26	11 13	16 09	21 05	14 27.7	−13 35	47.7	219.00	+0.96	5.735
Sep. 5	10 42	15 36	20 29	14 33.5	−14 05	48.8	220.50	+0.93	5.870
Sep. 15	10 12	15 03	19 54	14 40.1	−14 38	49.9	222.18	+0.90	5.994
Sep. 25	9 43	14 31	19 18	14 47.2	−15 12	50.8	223.99	+0.88	6.104
Okt. 5	9 15	13 59	18 43	14 54.9	−15 48	51.5	225.93	+0.85	6.197
Okt. 15	8 47	13 28	18 09	15 03.0	−16 23	52.2	227.97	+0.83	6.273
Okt. 25	8 19	12 57	17 35	15 11.5	−16 59	52.6	230.09	+0.81	6.329
Nov. 4	7 52	12 26	17 01	15 20.3	−17 34	52.9	232.26	+0.80	6.365
Nov. 14	7 24	11 56	16 28	15 29.2	−18 07	53.1	234.46	+0.79	6.380
Nov. 24	6 57	11 26	15 54	15 38.3	−18 40	53.0	236.68	+0.78	6.373
Dez. 4	6 30	10 55	15 21	15 47.3	−19 10	52.8	238.88	+0.77	6.344
Dez. 14	6 02	10 25	14 48	15 56.3	−19 37	52.3	241.05	+0.76	6.294
Dez. 24	5 34	9 55	14 15	16 05.1	−20 03	51.8	243.17	+0.76	6.223
Jan. 3	5 05	9 24	13 42	16 13.7	−20 25	51.0	245.20	+0.76	6.133

0^h UT $= 1^h$ MEZ

Datum	Heliozentrisch			$\phi_{\text{äqu}}$	ϕ_{pol}	m_{vis}	q	$B_\odot$	$B_\oplus$	El
	l	b	r							
	°	°	AE	''	''	m	''	°	°	°
1993 Dez. 29	210.56	+ 1.23	5.445	33.36	31.20	− 1.8	0.20	−2.99	−3.08	58 W
1994 Jan. 8	211.32	+ 1.22	5.444	34.19	31.98	− 1.9	0.24	−3.00	−3.13	67 W
Jan. 18	212.08	+ 1.21	5.443	35.13	32.86	− 1.9	0.27	−3.01	−3.18	76 W
Jan. 28	212.84	+ 1.21	5.442	36.16	33.82	− 2.0	0.30	−3.03	−3.22	85 W
Feb. 7	213.60	+ 1.20	5.441	37.28	34.86	− 2.1	0.31	−3.04	−3.27	94 W
Feb. 17	214.36	+ 1.19	5.440	38.44	35.95	− 2.1	0.30	−3.04	−3.31	104 W
Feb. 27	215.12	+ 1.19	5.439	39.64	37.07	− 2.2	0.28	−3.05	−3.34	114 W
Mrz. 9	215.88	+ 1.18	5.437	40.81	38.17	− 2.3	0.24	−3.06	−3.37	124 W
Mrz. 19	216.64	+ 1.17	5.436	41.92	39.20	− 2.3	0.18	−3.07	−3.39	134 W
Mrz. 29	217.40	+ 1.16	5.435	42.90	40.12	− 2.4	0.12	−3.08	−3.40	145 W
Apr. 8	218.16	+ 1.16	5.433	43.69	40.85	− 2.4	0.06	−3.08	−3.40	155 W
Apr. 18	218.92	+ 1.15	5.432	44.23	41.37	− 2.5	0.02	−3.09	−3.39	166 W
Apr. 28	219.68	+ 1.14	5.430	44.49	41.61	− 2.5	0.00	−3.10	−3.36	177 W
Mai 8	220.44	+ 1.13	5.429	44.46	41.57	− 2.5	0.01	−3.10	−3.33	172 E
Mai 18	221.21	+ 1.12	5.427	44.12	41.26	− 2.5	0.04	−3.11	−3.28	161 E
Mai 28	221.97	+ 1.11	5.426	43.52	40.70	− 2.4	0.09	−3.11	−3.23	150 E
Jun. 7	222.73	+ 1.10	5.424	42.70	39.93	− 2.4	0.16	−3.11	−3.18	140 E
Jun. 17	223.50	+ 1.09	5.422	41.72	39.01	− 2.3	0.22	−3.12	−3.13	129 E
Jun. 27	224.26	+ 1.08	5.421	40.63	38.00	− 2.3	0.27	−3.12	−3.08	120 E
Jul. 7	225.02	+ 1.07	5.419	39.50	36.94	− 2.2	0.31	−3.12	−3.03	110 E
Jul. 17	225.79	+ 1.06	5.417	38.36	35.87	− 2.1	0.33	−3.12	−2.99	101 E
Jul. 27	226.56	+ 1.05	5.415	37.25	34.84	− 2.1	0.33	−3.12	−2.96	92 E
Aug. 6	227.32	+ 1.04	5.413	36.20	33.85	− 2.0	0.32	−3.12	−2.94	83 E
Aug. 16	228.09	+ 1.03	5.411	35.22	32.94	− 1.9	0.29	−3.12	−2.92	75 E
Aug. 26	228.86	+ 1.02	5.410	34.33	32.11	− 1.9	0.25	−3.12	−2.91	66 E
Sep. 5	229.62	+ 1.01	5.407	33.54	31.37	− 1.8	0.21	−3.12	−2.90	58 E
Sep. 15	230.39	+ 1.00	5.405	32.85	30.72	− 1.8	0.17	−3.12	−2.90	50 E
Sep. 25	231.16	+ 0.99	5.403	32.26	30.16	− 1.8	0.13	−3.12	−2.91	42 E
Okt. 5	231.93	+ 0.98	5.401	31.77	29.71	− 1.7	0.09	−3.11	−2.91	34 E
Okt. 15	232.70	+ 0.97	5.399	31.39	29.35	− 1.7	0.05	−3.11	−2.92	27 E
Okt. 25	233.47	+ 0.95	5.397	31.11	29.09	− 1.7	0.03	−3.11	−2.93	19 E
Nov. 4	234.25	+ 0.94	5.395	30.93	28.93	− 1.7	0.01	−3.10	−2.94	11 E
Nov. 14	235.02	+ 0.93	5.392	30.86	28.86	− 1.7	0.00	−3.09	−2.95	3 E
Nov. 24	235.79	+ 0.92	5.390	30.89	28.89	− 1.7	0.00	−3.09	−2.95	5 W
Dez. 4	236.56	+ 0.90	5.388	31.03	29.02	− 1.7	0.01	−3.08	−2.96	13 W
Dez. 14	237.34	+ 0.89	5.385	31.28	29.25	− 1.7	0.03	−3.08	−2.97	21 W
Dez. 24	238.11	+ 0.88	5.383	31.64	29.59	− 1.7	0.06	−3.07	−2.97	29 W
1995 Jan. 3	238.89	+ 0.87	5.380	32.10	30.02	− 1.8	0.10	−3.06	−2.98	37 W

Jupiter

Zentralmeridian (System I)

System I gilt für die Rotation der strukturarmen hellen Äquatorzone

T a g	Jan. °	Feb. °	Mrz. °	Apr. °	Mai °	Jun. °	Jul. °	Aug. °	Sep. °	Okt. °	Nov. °	Dez. °
1	278.9	132.7	234.9	92.9	153.9	11.5	67.9	279.1	128.1	178.3	25.9	76.3
2	76.8	290.6	32.8	250.9	312.0	169.5	225.8	76.8	285.8	335.9	183.5	234.0
3	234.6	88.5	190.8	49.0	110.0	327.4	23.6	234.6	83.4	133.6	341.2	31.7
4	32.4	246.4	348.8	207.0	268.0	125.3	181.4	32.3	241.1	291.2	138.9	189.4
5	190.3	44.3	146.8	5.0	66.0	283.2	339.2	190.0	38.8	88.9	296.5	347.1
6	348.1	202.2	304.7	163.1	224.1	81.2	137.0	347.8	196.5	246.6	94.2	144.8
7	145.9	0.1	102.7	321.1	22.1	239.1	294.8	145.5	354.2	44.2	251.9	302.5
8	303.8	158.0	260.7	119.1	180.1	37.0	92.6	303.2	151.8	201.9	49.5	100.2
9	101.6	315.9	58.7	277.2	338.1	194.9	250.4	100.9	309.5	359.6	207.2	257.9
10	259.5	113.9	216.7	75.2	136.1	352.8	48.2	258.7	107.2	157.2	4.9	55.6
11	57.3	271.8	14.7	233.2	294.1	150.7	206.0	56.4	264.9	314.9	162.6	213.3
12	215.1	69.7	172.7	31.3	92.1	308.6	3.8	214.1	62.5	112.6	320.2	11.1
13	13.0	227.6	330.7	189.3	250.1	106.5	161.6	11.8	220.2	270.2	117.9	168.8
14	170.9	25.6	128.6	347.3	48.1	264.4	319.4	169.5	17.9	67.9	275.6	326.5
15	328.7	183.5	286.6	145.4	206.1	62.3	117.2	327.2	175.6	225.5	73.3	124.2
16	126.6	341.5	84.7	303.4	4.1	220.2	275.0	124.9	333.2	23.2	231.0	281.9
17	284.4	139.4	242.7	101.5	162.1	18.0	72.8	282.6	130.9	180.9	28.6	79.7
18	82.3	297.3	40.7	259.5	320.1	175.9	230.5	80.3	288.6	338.5	186.3	237.4
19	240.2	95.3	198.7	57.5	118.1	333.8	28.3	238.0	86.2	136.2	344.0	35.1
20	38.0	253.2	356.7	215.6	276.0	131.6	186.1	35.8	243.9	293.9	141.7	192.9
21	195.9	51.2	154.7	13.6	74.0	289.5	343.8	193.5	41.6	91.5	299.4	350.6
22	353.8	209.1	312.7	171.6	232.0	87.4	141.6	351.2	199.3	249.2	97.0	148.3
23	151.7	7.1	110.7	329.7	30.0	245.2	299.4	148.8	356.9	46.9	254.7	306.1
24	309.5	165.0	268.7	127.7	187.9	43.1	97.1	306.5	154.6	204.5	52.4	103.8
25	107.4	323.0	66.7	285.7	345.9	200.9	254.9	104.2	312.3	2.2	210.1	261.5
26	265.3	121.0	224.8	83.8	143.8	358.8	52.6	261.9	109.9	159.9	7.8	59.3
27	63.2	278.9	22.8	241.8	301.8	156.6	210.4	59.6	267.6	317.5	165.5	217.0
28	221.1	76.9	180.8	39.8	99.8	314.4	8.1	217.3	65.3	115.2	323.2	14.8
29	19.0		338.8	197.9	257.7	112.3	165.9	15.0	222.9	272.9	120.9	172.5
30	176.9		136.9	355.9	55.6	270.1	323.6	172.7	20.6	70.5	278.6	330.3
31	334.8		294.9		213.6		121.4	330.4		228.2		128.0

Siderische Rotationszeit (System I): $9^h\ 50^m\ 30\overset{s}{.}0 = 0\overset{d}{.}410069$

Zunahme des Zentralmeridians:

ΔT	°	ΔT	°	ΔT	°
10^m	6.1	1^h	36.6	7^h	256.1
20^m	12.2	2^h	73.2	8^h	292.6
30^m	18.3	3^h	109.7	9^h	329.2
40^m	24.4	4^h	146.3	10^h	365.8
50^m	30.5	5^h	182.9	11^h	402.4
60^m	36.6	6^h	219.5	12^h	439.0

Zentralmeridian (System II)

System II gilt für die Rotation der dunklen, detailreichen Bänder

T a g	Jan. °	Feb. °	Mrz. °	Apr. °	Mai °	Jun. °	Jul. °	Aug. °	Sep. °	Okt. °	Nov. °	Dez. °
1	56.6	33.8	282.3	263.8	95.9	77.0	264.5	239.2	211.6	32.9	4.0	185.5
2	206.8	184.0	72.6	54.2	246.3	227.3	54.7	29.3	1.7	183.0	154.0	335.6
3	357.0	334.3	223.0	204.6	36.7	17.6	204.9	179.4	151.7	333.0	304.1	125.7
4	147.2	124.6	13.3	355.0	187.1	167.9	355.1	329.5	301.8	123.0	94.1	275.7
5	297.4	274.9	163.7	145.4	337.5	318.2	145.3	119.6	91.8	273.1	244.2	65.8
6	87.6	65.1	314.0	295.8	127.9	108.5	295.5	269.7	241.9	63.1	34.2	215.9
7	237.8	215.4	104.4	86.2	278.3	258.8	85.6	59.8	31.9	213.1	184.2	6.0
8	28.0	5.7	254.7	236.6	68.7	49.0	235.8	209.9	182.0	3.2	334.3	156.0
9	178.2	156.0	45.1	27.0	219.0	199.3	26.0	360.0	332.0	153.2	124.3	306.1
10	328.4	306.3	195.4	177.4	9.4	349.6	176.2	150.1	122.1	303.2	274.4	96.2
11	118.6	96.6	345.8	327.8	159.8	139.9	326.3	300.1	272.1	93.3	64.4	246.3
12	268.9	246.9	136.2	118.2	310.2	290.1	116.5	90.2	62.2	243.3	214.5	36.4
13	59.1	37.2	286.5	268.6	100.5	80.4	266.7	240.3	212.2	33.3	4.5	186.5
14	209.3	187.5	76.9	59.0	250.9	230.7	56.8	30.4	2.3	183.4	154.6	336.6
15	359.5	337.8	227.3	209.4	41.3	20.9	207.0	180.5	152.3	333.4	304.6	126.6
16	149.8	128.1	17.6	359.9	191.6	171.2	357.1	330.6	302.4	123.4	94.7	276.7
17	300.0	278.4	168.0	150.3	342.0	321.4	147.3	120.6	92.4	273.5	244.7	66.8
18	90.2	68.7	318.4	300.7	132.4	111.7	297.4	270.7	242.4	63.5	34.8	216.9
19	240.5	219.0	108.8	91.1	282.7	261.9	87.6	60.8	32.5	213.5	184.8	7.0
20	30.7	9.3	259.1	241.5	73.1	52.1	237.7	210.9	182.5	3.6	334.9	157.1
21	180.9	159.7	49.5	31.9	223.4	202.4	27.8	0.9	332.6	153.6	124.9	307.2
22	331.2	310.0	199.9	182.3	13.7	352.6	178.0	151.0	122.6	303.6	275.0	97.3
23	121.4	100.3	350.3	332.7	164.1	142.8	328.1	301.1	272.6	93.7	65.0	247.4
24	271.7	250.6	140.7	123.1	314.4	293.1	118.2	91.1	62.7	243.7	215.1	37.5
25	61.9	41.0	291.1	273.5	104.8	83.3	268.4	241.2	212.7	33.7	5.1	187.7
26	212.2	191.3	81.4	63.9	255.1	233.5	58.5	31.3	2.7	183.8	155.2	337.8
27	2.4	341.6	231.8	214.3	45.4	23.7	208.6	181.3	152.8	333.8	305.3	127.9
28	152.7	132.0	22.2	4.7	195.7	173.9	358.7	331.4	302.8	123.9	95.3	278.0
29	303.0		172.6	155.1	346.1	324.1	148.8	121.5	92.9	273.9	245.4	68.1
30	93.2		323.0	305.5	136.4	114.3	298.9	271.5	242.9	63.9	35.5	218.2
31	243.5		113.4		286.7		89.1	61.6		214.0		8.4

Siderische Rotationszeit (System II): $9^h\ 55^m\ 40^s\!.6 = 0^d\!.413665$

Zunahme des Zentralmeridians:

ΔT	°	ΔT	°	ΔT	°
10^m	6.0	1^h	36.3	7^h	253.8
20^m	12.1	2^h	72.5	8^h	290.1
30^m	18.1	3^h	108.8	9^h	326.4
40^m	24.2	4^h	145.0	10^h	362.6
50^m	30.2	5^h	181.3	11^h	398.9
60^m	36.3	6^h	217.6	12^h	435.1

3.2.2.5 Saturn

Datum	A	D	U	α	δ	LZ	λ	β	Δ
	h m	h m	h m	h m	∘ ′	m	∘	∘	AE
Dez. 29	10 31	15 26	20 20	21 58.1	−13 55	86.4	326.80	−1.43	10.390
Jan. 8	9 54	14 50	19 46	22 01.9	−13 35	87.4	327.78	−1.42	10.507
Jan. 18	9 17	14 15	19 13	22 05.9	−13 12	88.2	328.84	−1.42	10.603
Jan. 28	8 40	13 40	18 40	22 10.3	−12 48	88.8	329.97	−1.42	10.677
Feb. 7	8 03	13 05	18 07	22 14.8	−12 24	89.2	331.15	−1.42	10.727
Feb. 17	7 26	12 30	17 35	22 19.4	−11 58	89.4	332.35	−1.43	10.751
Feb. 27	6 49	11 56	17 02	22 24.1	−11 32	89.4	333.57	−1.43	10.750
Mrz. 9	6 12	11 21	16 30	22 28.6	−11 06	89.2	334.77	−1.45	10.724
Mrz. 19	5 35	10 46	15 57	22 33.1	−10 41	88.8	335.95	−1.46	10.672
Mrz. 29	4 58	10 11	15 24	22 37.4	−10 17	88.1	337.08	−1.48	10.597
Apr. 8	4 21	9 36	14 51	22 41.5	− 9 55	87.3	338.14	−1.51	10.501
Apr. 18	3 44	9 00	14 17	22 45.2	− 9 34	86.4	339.13	−1.53	10.384
Apr. 28	3 06	8 24	13 42	22 48.6	− 9 16	85.3	340.01	−1.56	10.251
Mai 8	2 29	7 48	13 07	22 51.5	− 9 00	84.0	340.78	−1.59	10.104
Mai 18	1 51	7 11	12 31	22 53.9	− 8 47	82.7	341.42	−1.63	9.947
Mai 28	1 13	6 33	11 54	22 55.9	− 8 38	81.4	341.92	−1.67	9.783
Jun. 7	0 34	5 55	11 17	22 57.2	− 8 32	80.0	342.26	−1.71	9.617
Jun. 17	23 51	5 17	10 38	22 58.0	− 8 30	78.6	342.44	−1.75	9.453
Jun. 27	23 12	4 38	9 59	22 58.1	− 8 32	77.3	342.46	−1.78	9.294
Jul. 7	22 33	3 58	9 19	22 57.6	− 8 38	76.1	342.32	−1.82	9.147
Jul. 17	21 53	3 18	8 38	22 56.5	− 8 47	75.0	342.01	−1.86	9.015
Jul. 27	21 13	2 37	7 56	22 54.9	− 8 59	74.0	341.56	−1.90	8.902
Aug. 6	20 33	1 55	7 13	22 52.8	− 9 14	73.3	340.99	−1.92	8.812
Aug. 16	19 53	1 13	6 30	22 50.3	− 9 30	72.8	340.32	−1.95	8.748
Aug. 26	19 12	0 31	5 46	22 47.6	− 9 48	72.5	339.58	−1.97	8.713
Sep. 5	18 31	23 45	5 03	22 44.7	−10 06	72.4	338.82	−1.98	8.708
Sep. 15	17 51	23 03	4 19	22 41.9	−10 23	72.6	338.08	−1.98	8.733
Sep. 25	17 10	22 21	3 36	22 39.3	−10 38	73.1	337.38	−1.98	8.787
Okt. 5	16 30	21 39	2 53	22 37.0	−10 51	73.8	336.78	−1.97	8.868
Okt. 15	15 49	20 58	2 11	22 35.2	−11 02	74.6	336.29	−1.96	8.975
Okt. 25	15 09	20 18	1 30	22 33.8	−11 08	75.7	335.95	−1.94	9.102
Nov. 4	14 30	19 38	0 50	22 33.1	−11 11	76.9	335.77	−1.92	9.247
Nov. 14	13 50	18 58	0 11	22 33.1	−11 10	78.2	335.77	−1.90	9.403
Nov. 24	13 11	18 20	23 29	22 33.7	−11 05	79.6	335.93	−1.88	9.566
Dez. 4	12 32	17 42	22 51	22 34.9	−10 56	80.9	336.28	−1.85	9.732
Dez. 14	11 54	17 04	22 15	22 36.8	−10 43	82.3	336.78	−1.83	9.895
Dez. 24	11 15	16 27	21 39	22 39.3	−10 28	83.6	337.44	−1.81	10.051
Jan. 3	10 38	15 51	21 05	22 42.2	−10 09	84.8	338.23	−1.79	10.196

$0^{\rm h}$ UT $= 1^{\rm h}$ MEZ

	Datum	Heliozentrisch						Ringe			
		l	b	r	$\varnothing_{\text{äqu}}$	m_{vis}	El	$\varnothing_{\text{gr}}$	$\varnothing_{\text{kl}}$	$N_{\odot}$	$N_{\oplus}$
		°	°	AE	''	m	°	''	''	°	°
1993	Dez. 29	331.19	−1.51	9.779	15.93	+0.9	49 E	36.13	7.35	9.86	11.75
1994	Jan. 8	331.50	−1.53	9.777	15.75	+0.9	40 E	35.72	7.00	9.73	11.31
	Jan. 18	331.82	−1.54	9.774	15.60	+0.9	31 E	35.40	6.65	9.59	10.83
	Jan. 28	332.14	−1.55	9.772	15.50	+0.9	22 E	35.15	6.30	9.46	10.32
	Feb. 7	332.46	−1.56	9.769	15.42	+0.9	13 E	34.99	5.95	9.32	9.79
	Feb. 17	332.78	−1.57	9.767	15.39	+0.9	4 E	34.91	5.61	9.18	9.25
	Feb. 27	333.10	−1.58	9.764	15.39	+0.9	5 W	34.92	5.28	9.05	8.70
	Mrz. 9	333.41	−1.59	9.761	15.43	+0.9	14 W	35.00	4.97	8.91	8.16
	Mrz. 19	333.73	−1.60	9.759	15.50	+1.0	22 W	35.17	4.67	8.78	7.63
	Mrz. 29	334.05	−1.61	9.756	15.61	+1.0	31 W	35.42	4.40	8.64	7.13
	Apr. 8	334.37	−1.62	9.754	15.76	+1.0	40 W	35.75	4.14	8.50	6.66
	Apr. 18	334.69	−1.63	9.751	15.93	+1.1	49 W	36.15	3.92	8.36	6.22
	Apr. 28	335.01	−1.64	9.748	16.14	+1.1	58 W	36.62	3.72	8.23	5.84
	Mai 8	335.33	−1.65	9.746	16.38	+1.1	66 W	37.15	3.56	8.09	5.51
	Mai 18	335.65	−1.66	9.743	16.63	+1.1	76 W	37.73	3.44	7.95	5.24
	Mai 28	335.97	−1.67	9.741	16.91	+1.0	85 W	38.37	3.37	7.81	5.04
	Jun. 7	336.29	−1.68	9.738	17.20	+1.0	94 W	39.03	3.34	7.67	4.91
	Jun. 17	336.61	−1.69	9.735	17.50	+1.0	103 W	39.71	3.36	7.53	4.86
	Jun. 27	336.93	−1.70	9.733	17.80	+0.9	113 W	40.38	3.44	7.39	4.89
	Jul. 7	337.26	−1.71	9.730	18.09	+0.9	122 W	41.04	3.57	7.25	4.99
	Jul. 17	337.58	−1.72	9.727	18.35	+0.8	132 W	41.64	3.75	7.11	5.17
	Jul. 27	337.90	−1.73	9.725	18.59	+0.7	142 W	42.16	3.97	6.97	5.41
	Aug. 8	338.22	−1.74	9.722	18.78	+0.7	152 W	42.59	4.23	6.83	5.70
	Aug. 16	338.54	−1.75	9.719	18.91	+0.6	163 W	42.90	4.51	6.69	6.04
	Aug. 26	338.86	−1.76	9.717	18.99	+0.5	173 W	43.08	4.80	6.55	6.39
	Sep. 5	339.19	−1.77	9.714	19.00	+0.5	176 E	43.11	5.07	6.41	6.76
	Sep. 15	339.51	−1.78	9.711	18.95	+0.5	166 E	42.98	5.32	6.27	7.11
	Sep. 25	339.83	−1.79	9.708	18.83	+0.6	156 E	42.72	5.52	6.13	7.43
	Okt. 5	340.15	−1.80	9.706	18.66	+0.6	145 E	42.32	5.67	5.98	7.70
	Okt. 15	340.48	−1.81	9.703	18.44	+0.6	135 E	41.82	5.76	5.84	7.92
	Okt. 25	340.80	−1.82	9.700	18.18	+0.7	125 E	41.24	5.78	5.70	8.06
	Nov. 4	341.12	−1.83	9.698	17.89	+0.7	114 E	40.59	5.74	5.56	8.12
	Nov. 14	341.45	−1.84	9.695	17.60	+0.8	104 E	39.92	5.63	5.41	8.10
	Nov. 24	341.77	−1.85	9.692	17.30	+0.8	94 E	39.24	5.46	5.27	8.01
	Dez. 4	342.09	−1.86	9.689	17.00	+0.9	85 E	38.57	5.25	5.13	7.83
	Dez. 14	342.42	−1.87	9.687	16.72	+0.9	75 E	37.93	5.00	4.98	7.57
	Dez. 24	342.74	−1.88	9.684	16.46	+1.0	65 E	37.34	4.71	4.84	7.25
995	Jan. 3	343.07	−1.89	9.681	16.23	+1.0	56 E	36.81	4.40	4.70	6.87

3.2.2.6 Uranus, Neptun, Pluto

$$0^h\ UT = 1^h\ MEZ$$

Datum	A	D	U	Geozentrisch (äqu.)			Geozentrisch (ekl.)		
				α	δ	LZ	λ	β	Δ
	h m	h m	h m	h m	° ′	m	°	°	AE

Uranus

Datum	A	D	U	α	δ	LZ	λ	β	Δ
Nov. 29	10 46	14 52	18 58	19 26.4	−22 25	169.1	289.89	− 0.46	20.337
Jan. 8	8 16	12 24	16 32	19 35.7	−22 05	171.4	292.08	− 0.46	20.614
Feb. 17	5 46	9 57	14 07	19 45.4	−21 42	170.1	294.36	− 0.46	20.454
Mrz. 29	3 14	7 26	11 38	19 52.2	−21 26	165.8	295.97	− 0.48	19.930
Mai 8	0 38	4 51	9 03	19 54.1	−21 22	160.3	296.40	− 0.50	19.272
Jun. 17	21 55	2 10	6 21	19 50.6	−21 32	156.1	295.57	− 0.52	18.773
Jul. 27	19 13	23 22	3 36	19 44.1	−21 49	155.2	294.04	− 0.53	18.665
Sep. 5	16 31	20 40	0 52	19 38.6	−22 02	158.0	292.75	− 0.52	19.004
Okt. 15	13 53	18 01	22 10	19 37.7	−22 04	163.3	292.53	− 0.51	19.636
Nov. 24	11 19	15 29	19 38	19 42.3	−21 52	168.6	293.61	− 0.50	20.277
Jan. 3	8 49	13 00	17 12	19 50.9	−21 30	171.7	295.66	− 0.50	20.647

Neptun

Datum	A	D	U	α	δ	LZ	λ	β	Δ
Nov. 29	10 37	14 50	19 02	19 23.7	−21 25	257.0	289.41	+ 0.62	30.901
Jan. 8	8 05	12 18	16 31	19 29.6	−21 13	259.2	290.81	+ 0.61	31.162
Feb. 17	5 32	9 47	14 02	19 35.7	−21 00	257.6	292.25	+ 0.61	30.975
Mrz. 29	2 58	7 14	11 29	19 39.8	−20 50	253.0	293.22	+ 0.61	30.423
Mai 8	0 21	4 37	8 53	19 40.5	−20 48	247.5	293.38	+ 0.62	29.756
Jun. 17	21 38	1 57	6 12	19 37.8	−20 54	243.4	292.74	+ 0.62	29.270
Jul. 27	18 58	23 12	3 30	19 33.4	−21 05	242.7	291.70	+ 0.62	29.183
Sep. 5	16 18	20 31	0 48	19 29.8	−21 14	245.7	290.84	+ 0.60	29.537
Okt. 15	13 40	17 53	22 06	19 29.1	−21 16	250.9	290.69	+ 0.58	30.173
Nov. 24	11 05	15 19	19 32	19 32.1	−21 11	256.2	291.38	+ 0.56	30.802
Jan. 3	8 32	12 47	17 02	19 37.7	−20 59	259.0	292.71	+ 0.55	31.140

Pluto

Datum	A	D	U	α	δ	LZ	λ	β	Δ
Nov. 29	5 40	11 14	16 48	15 47.4	− 5 55	255.3	235.96	+13.69	30.697
Jan. 8	3 09	8 42	14 15	15 52.9	− 6 07	252.5	237.37	+13.80	30.364
Feb. 17	0 34	6 08	11 42	15 55.9	− 6 02	247.4	238.10	+14.04	29.750
Mrz. 29	21 51	3 30	9 05	15 55.5	− 5 44	242.3	237.93	+14.30	29.138
Mai 8	19 09	0 50	6 26	15 52.1	− 5 26	239.6	237.03	+14.42	28.814
Jun. 17	16 27	22 04	3 45	15 48.0	− 5 19	240.6	235.97	+14.32	28.924
Jul. 27	13 48	19 24	1 05	15 45.5	− 5 28	244.6	235.37	+14.03	29.413
Sep. 5	11 13	16 48	22 22	15 46.1	− 5 51	250.0	235.61	+13.67	30.062
Okt. 15	8 42	14 14	19 46	15 49.8	− 6 22	254.4	236.66	+13.39	30.589
Nov. 24	6 13	11 43	17 13	15 55.5	− 6 48	255.9	238.18	+13.27	30.767
Jan. 3	3 42	9 11	14 40	16 01.2	− 7 02	253.8	239.66	+13.33	30.511

0^h UT = 1^h MEZ

Datum	JD 244...	Heliozentrisch			m_{vis} m	ϕ //	El °
		l °	b °	r AE			

Uranus

1993	Nov.	29	9320.5	291.86	− 0.47	19.628	+ 5.8	3.44	43 E
1994	Jan.	8	9360.5	292.30	− 0.48	19.634	+ 5.8	3.40	5 E
	Feb.	17	9400.5	292.75	− 0.48	19.641	+ 5.8	3.42	34 W
	Mrz.	29	9440.5	293.20	− 0.49	19.647	+ 5.8	3.51	72 W
	Mai	8	9480.5	293.65	− 0.49	19.654	+ 5.7	3.63	111 W
	Jun.	17	9520.5	294.09	− 0.50	19.660	+ 5.6	3.73	150 W
	Jul.	27	9560.5	294.54	− 0.50	19.666	+ 5.6	3.75	170 E
	Sep.	5	9600.5	294.99	− 0.51	19.673	+ 5.7	3.69	130 E
	Okt.	15	9640.5	295.43	− 0.51	19.679	+ 5.7	3.57	91 E
	Nov.	24	9680.5	295.88	− 0.52	19.685	+ 5.8	3.45	52 E
1995	Jan.	3	9720.5	296.33	− 0.52	19.692	+ 5.9	3.39	13 E

Neptun

1993	Nov.	29	9320.5	290.68	+ 0.64	30.182	+ 8.0	2.17	43 E
1994	Jan.	8	9360.5	290.92	+ 0.63	30.181	+ 8.0	2.15	3 E
	Feb.	17	9400.5	291.15	+ 0.62	30.180	+ 8.0	2.16	36 W
	Mrz.	29	9440.5	291.39	+ 0.62	30.179	+ 7.9	2.20	75 W
	Mai	8	9480.5	291.63	+ 0.61	30.178	+ 7.9	2.25	114 W
	Jun.	17	9520.5	291.87	+ 0.60	30.178	+ 7.9	2.29	153 W
	Jul.	27	9560.5	292.11	+ 0.60	30.177	+ 7.9	2.30	168 E
	Sep.	5	9600.5	292.34	+ 0.59	30.176	+ 7.9	2.27	129 E
	Okt.	15	9640.5	292.58	+ 0.58	30.175	+ 7.9	2.22	89 E
	Nov.	24	9680.5	292.82	+ 0.58	30.174	+ 8.0	2.18	50 E
1995	Jan.	3	9720.5	293.06	+ 0.57	30.174	+ 8.0	2.15	11 E

Pluto

1993	Nov.	29	9320.5	235.59	+14.13	29.758	+13.8	0.13	17 W
1994	Jan.	8	9360.5	235.87	+14.08	29.763	+13.8	0.14	52 W
	Feb.	17	9400.5	236.14	+14.03	29.768	+13.7	0.14	90 W
	Mrz.	29	9440.5	236.42	+13.99	29.773	+13.7	0.14	129 W
	Mai	8	9480.5	236.70	+13.94	29.779	+13.7	0.14	163 W
	Jun.	17	9520.5	236.97	+13.89	29.784	+13.7	0.14	147 E
	Jul.	27	9560.5	237.25	+13.85	29.790	+13.7	0.14	111 E
	Sep.	5	9600.5	237.52	+13.80	29.796	+13.8	0.14	74 E
	Okt.	15	9640.5	237.80	+13.75	29.802	+13.8	0.14	37 E
	Nov.	24	9680.5	238.07	+13.70	29.808	+13.8	0.13	14 W
1995	Jan.	3	9720.5	238.34	+13.65	29.814	+13.8	0.14	44 W

3.3 Die Monde von Jupiter und Saturn

3.3.1 Übersicht

Mond		a 10^3km	U_{sid} d	El_{max} ° ′ ″	R km	Masse $1/Planet$ $\cdot 10^{-n}$	V_0 m
Jupiter							
I	Io	422	1.769	0 02 18	1815	4.68 5	5.0
II	Europa	671	3.551	0 03 40	1569	2.52 5	5.3
III	Ganymed	1070	7.155	0 05 51	2631	7.80 5	4.6
IV	Callisto	1883	16.689	0 10 18	2400	5.66 5	5.7
V	Amalthea	181	0.498	0 00 59	<135	38 10	14.1
VI	Himalia	11480	250.566	1 02 46	93	50 10	14.8
VII	Elara	11737	259.653	1 04 10	38	4 10	16.8
VIII	Pasiphae	23500	735 *	2 08 26	25	1 10	17.0
IX	Sinope	23700	758 *	2 09 31	18	0.4 10	18.3
X	Lysithea	11720	259.22	1 04 04	18	0.4 10	18.4
XI	Carme	22600	692 *	2 03 31	20	0.5 10	18.0
XII	Ananke	21200	631 *	1 55 52	15	0.2 10	18.9
XIII	Leda	11094	238.72	1 00 39	8	0.03 10	20.2
XIV	Thebe	222	0.675	0 01 13	<55	4 10	15.7
XV	Adrastea	129	0.298	0 00 42	<13	0.1 10	19.1
XVI	Metis	128	0.295	0 00 42	20	0.5 10	17.5
Saturn							
I	Mimas	186	0.942	0 00 30	196	8.0 8	12.9
II	Enceladus	238	1.370	0 00 38	250	1.3 7	11.7
III	Thetys	295	1.888	0 00 48	530	1.3 6	10.2
IV	Dione	377	2.737	0 01 01	560	1.85 6	10.4
V	Rhea	527	4.518	0 01 25	765	4.4 6	9.7
VI	Titan	1222	15.945	0 03 17	2575	2.38 4	8.3
VII	Hyperion	1481	21.277	0 03 59	<205	3 8	14.2
VIII	Japetus	3561	79.330	0 09 35	730	3.3 6	11.1
IX	Phoebe	12952	550.48 *	0 34 51	110	7 10	16.5
X	Janus	151	0.695	0 00 24	<110		14
XI	Epimetheus	151	0.694	0 00 24	<70		15
XII	Helene	377	2.737	0 01 01	<18		18
XIII	Telesto	295	1.888	0 00 48	<17		18.5
XIV	Calypso	295	1.888	0 00 48	<17		18.7
XV	Atlas	138	0.602	0 00 22	<20		18
XVI	Prometheus	139	0.613	0 00 23	<70		16
XVII	Pandora	142	0.629	0 00 26	<55		16
XVIII	Pan	134	0.575	0 00 21	10		

* retrograde Rotationsrichtung

In der Spalte Radius ist bei stark von der Kugelgestalt abweichenden Monden die größte Ausdehnung angegeben.

3.3.2 Die Galileischen Jupitermonde

Nur die vier hellen Galileischen Jupitermonde sind der Beobachtung durch ein kleines Amateurfernrohr zugänglich. Durch die relativ kurzen synodischen Umlaufszeiten der Monde

I	Io	$1^d 18^h 28^m 36^s$	=	$1^d 7699$
II	Europa	$3^d 13^h 17^m 54^s$	=	$3^d 5541$
III	Ganymed	$7^d 03^h 59^m 36^s$	=	$7^d 1664$
IV	Kallisto	$16^d 18^h 05^m 07^s$	=	$16^d 7536$

ergeben sich reizvolle und ständig wechselnde Konstellationen. Das Wechselspiel der Monde sowie besondere Ereignisse im System der Galileischen Satelliten können den graphischen Darstellungen und drei Tabellen auf den folgenden Seiten entnommen werden.

Bewegungsdiagramme der Galileischen Monde (3.3.2.1)

Die Diagramme erlauben die Identifizierung der hellen Monde für jeden Zeitpunkt innerhalb des Monats. Die senkrechten Mittellinien entsprechen dabei dem westlichen bzw. östlichen Rand der Jupiterscheibe. Legt man für das gewünschte Datum ein Lineal horizontal auf das Diagramm, so ergeben die Schnittpunkte mit den sinusförmigen Kurven die genäherten Positionen der Monde in bezug auf die Äquatorebene des Jupiter. Diese Schnittpunkte entsprechen dem Anblick in einem umkehrenden (astronomischen) Fernrohr, wobei allerdings die kleinen Bahnneigungen der Monde gegen die Äquatorebene des Jupiter vernachlässigt sind.

Die beiden Diagramme jeder Seite enthalten dabei die Positionen in den beiden Monatshälften. Zu beachten ist, daß die Tageszählung generell bis zum 32. eines Monats läuft. Unter dem 32. Januar ist also der 1. Februar zu verstehen usw. Unter den Diagrammen sind die Positionen der Monde beim Anfang (A) und Ende (E) einer Verfinsterung dargestellt.

Konjunktionen von Jupitermonden (3.3.2.2)

Zwei Jupitermonde befinden sich in Konjunktion zueinander, wenn sie den gleichen x-Wert besitzen. Die x-Achse ist definiert durch die Verlängerung des Planetenäquators. Die Distanz der Monde im Zeitpunkt der Konjunktion ist durch den y-Wert gegeben. Es sind nur die im Verbreitungsgebiet des Kalenders sichtbaren Erscheinungen aufgenommen. Alle Zeiten verstehen sich in MEZ.

Beispiel: I/III –10″ bedeutet, daß sich Io (Mond I) 10″ südlich von Ganymed (Mond III) befindet.

Obere Konjunktionen der Jupitermonde (3.3.2.3)

Die Zeitpunkte der oberen geozentrischen Konjunktionen der Galileischen Monde zum Jupiter sind ebenfalls tabuliert. Dabei wird unter Konjunktion der Zeitpunkt verstanden, in dem sich ein Mond exakt in der Verlängerung der Polachse des Jupiter befindet. Unabhängig von der Sichtbarkeit der Erscheinung sind alle Konjunktionen aufgelistet.

Erscheinungen der Jupitermonde (3.3.2.4)

Diese Tabelle enthält alle Erscheinungen der Jupitermonde, die im deutschen Sprachgebiet (50° nördl. Breite, 15° östl. Länge) beobachtet werden können. Dabei muß Jupiter noch außerhalb der bürgerlichen Dämmerung bereits eine Mindesthöhe von 5° über dem Horizont erreicht haben.

Bei den Verfinsterungen ist zu beachten, daß sich die angegebenen Zeiten nicht auf das Verschwinden im Jupiterschatten bzw. das Auftauchen aus dem Schattenkegel beziehen, sondern daß sie für den Augenblick gelten, an dem die Mitte des Jupitermondes die Verbindungslinie Mitte der Sonne – Jupiterrand trifft. Vom Jupitermond aus gesehen ist dann nur die halbe Sonnenscheibe sichtbar, und der Mond empfängt nur noch die Hälfte der Sonnenstrahlung, die ihn außerhalb des Schattenbereichs trifft. Die Mondhelligkeit ist in dieser Position um 0.75 Größenklassen geschwächt, und er ist auch in einem kleinen Fernrohr noch gut sichtbar. Der erste Kontakt beim Eintritt in bzw. der letzte Kontakt beim Austritt aus dem Schatten liegen also vor bzw. nach den gelisteten Zeitpunkten. Dagegen wird die Beobachtung des Phänomens eine Verspätung beim Eintritt und eine Verfrühung beim Austritt zeigen. Dieser Effekt hängt natürlich stark von der verwendeten Optik und der Durchsicht der Luft ab.

Alle Erscheinungen sind einheitlich mit einer Genauigkeit von einer Zeitminute gegeben. Bei den Bedeckungen der Monde durch die Jupiterscheibe und bei Durchgängen der Monde vor dem Planeten empfiehlt es sich, die Zeiten beider Kontakte zu registrieren und das Mittel zu bilden. Die Differenz gegen die Ephemeride wird allerdings eine systematische Verschiebung der beobachteten gegen die berechnete Zeit ergeben, da erfahrungsgemäß ein innerer Kontakt schwieriger zu beobachten ist als ein äußerer. Bei den Durchgängen erfolgen vor der Opposition die Austritte am nicht voll beleuchteten Jupiterrand, nach der Opposition die Eintritte. Beobachtungen dieser Art lassen sich schon mit einem kleinen Schulfernrohr durchführen. Allerdings sollte man eine hohe Vergrößerung wählen – etwa das Doppelte der Objektivöffnung in mm – um die Erscheinung sicher erfassen zu können. Genauere Messungen setzen also stets eine hervorragende Durchsicht und Luftruhe voraus.

In der Tabelle sind die folgenden Abkürzungen für die möglichen Erscheinungen benutzt:

BA, BE   Beginn, Ende der Bedeckung des Mondes durch Jupiter
VA, VE   Beginn, Ende der Verfinsterung des Mondes durch Jupiter
DA, DE   Beginn, Ende des Durchgangs des Mondes vor Jupiter
SA, SE   Beginn, Ende des Vorübergangs des Mondschattens auf Jupiter

3.3.2.1 Bewegungsdiagramme der Galileischen Jupitermonde

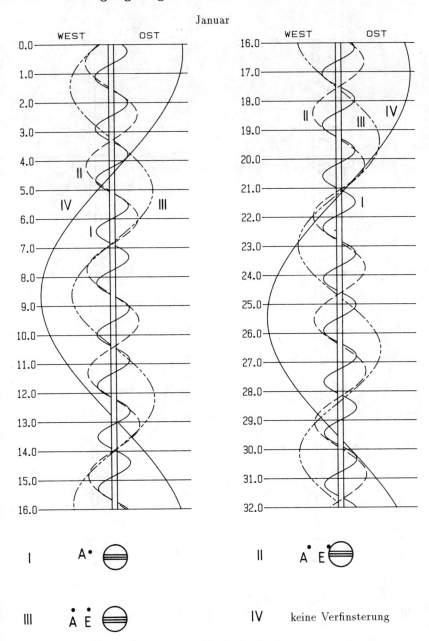

Abb. 5 Graphische Darstellung der Jupitermonde im Januar

Februar

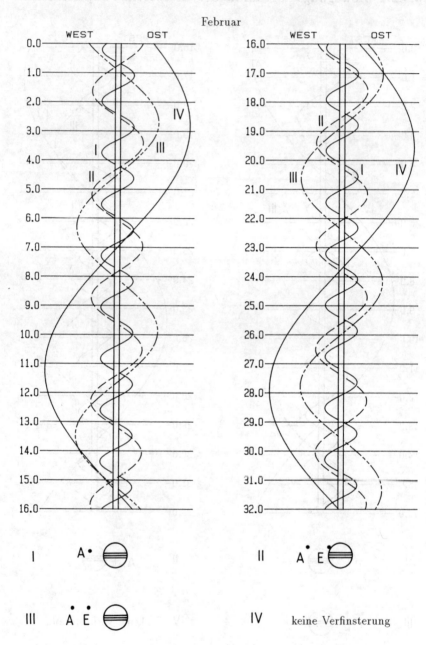

I   A • ⊖

II   A • E • ⊖

III   A • E • ⊖

IV   keine Verfinsterung

Abb. 6   Graphische Darstellung der Jupitermonde im Februar

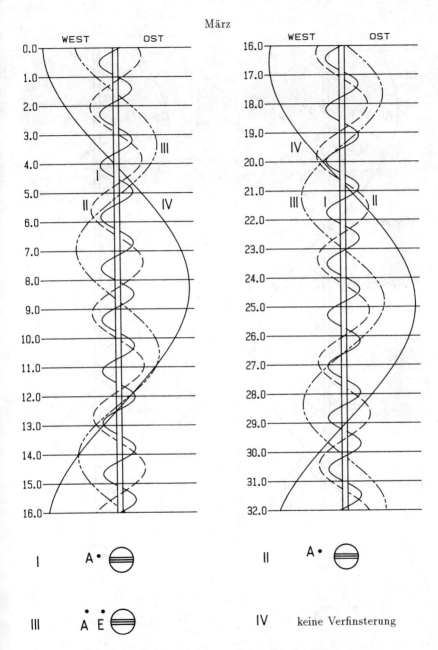

Abb. 7 Graphische Darstellung der Jupitermonde im März

April

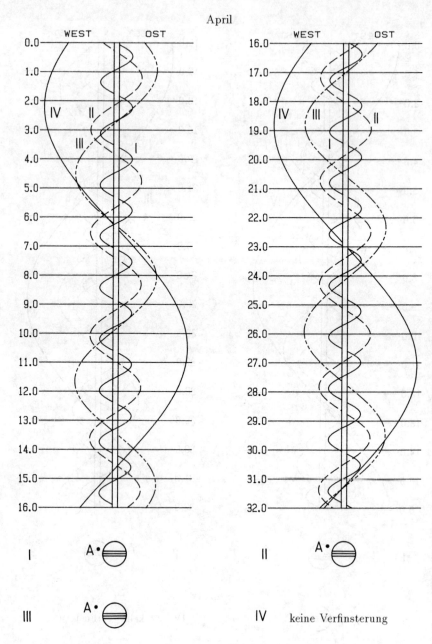

I   A•⊜

II   A•⊜

III   A•⊜

IV   keine Verfinsterung

Abb. 8   Graphische Darstellung der Jupitermonde im April

Mai

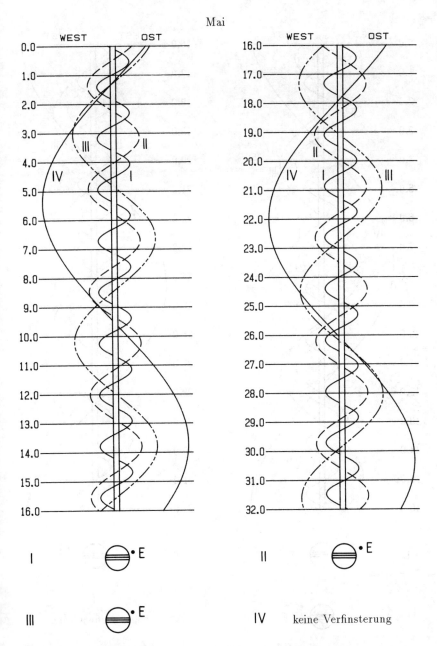

Abb. 9 Graphische Darstellung der Jupitermonde im Mai

Juni

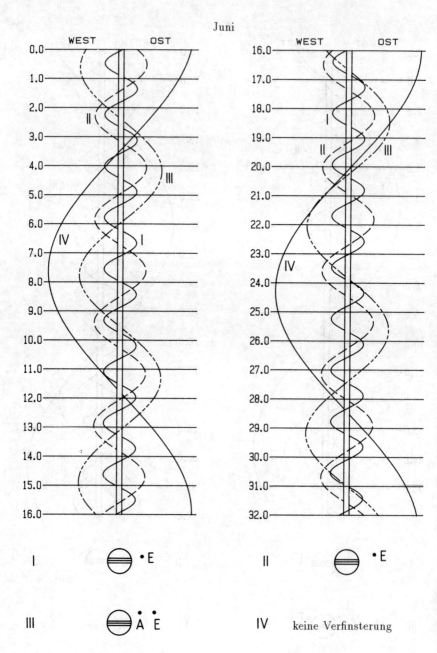

Abb. 10   Graphische Darstellung der Jupitermonde im Juni

112

Juli

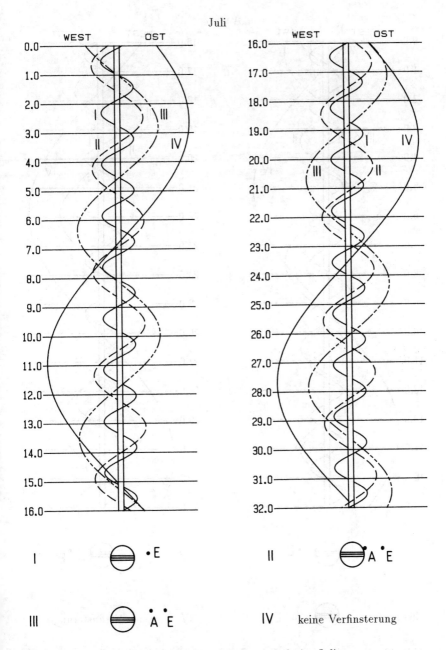

Abb. 11 Graphische Darstellung der Jupitermonde im Juli

August

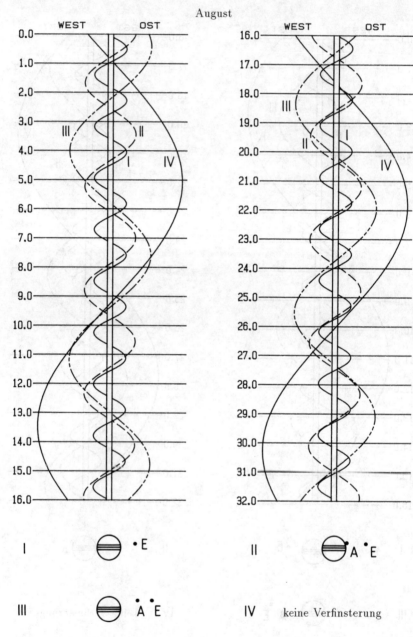

Abb. 12 Graphische Darstellung der Jupitermonde im August

September

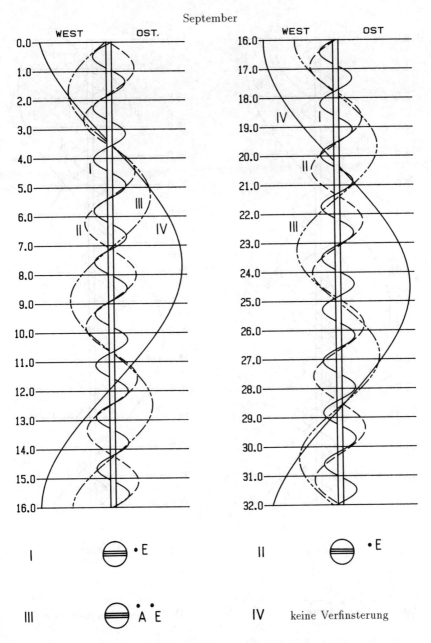

Abb. 13 Graphische Darstellung der Jupitermonde im September

Dezember

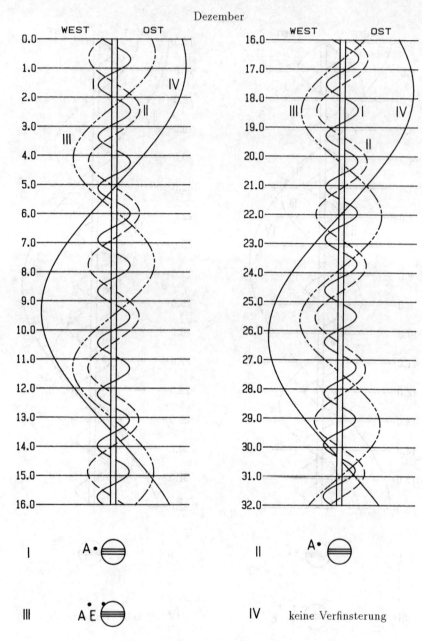

I A• ⊖

II A• ⊖

III A⸱E ⊖

IV keine Verfinsterung

Abb. 14 Graphische Darstellung der Jupitermonde im Dezember

116

3.3.2.2 Konjunktionen von Jupitermonden

Datum	Zeit h m	Monde	Dist. "	Datum	Zeit h m	Monde	Dist. "
Jan. 1	4 15	I /II	+ 8	Apr. 13	2 11	II /III	+27
5	5 37	I /II	+ 4	14	0 01	III /IV	−49
8	7 10	I /II	+ 7	16	3 16	I /II	−19
13	7 45	II /III	− 6	20	4 56	II /III	+27
16	4 13	I /II	+ 6	21	22 33	I /II	+16
17	5 05	I /III	+10	29	0 32	I /II	+16
17	8 08	I /III	+ 9	Mai 1	20 24	II /III	−27
20	7 27	II /IV	−21	1	21 27	II /IV	−42
21	3 05	I /III	−20	3	20 12	I /II	−19
21	3 18	I /IV	−30	6	2 31	I /II	+17
22	4 26	II /IV	−27	8	23 03	III /IV	+49
23	6 57	I /II	+ 7	8	23 09	II /III	−27
25	4 51	I /III	+17	9	0 00	II /IV	+21
28	5 50	I /III	−20	10	22 10	I /II	−18
29	3 43	II /III	−14	15	20 37	I /III	−24
29	6 32	I /IV	+29	16	1 56	II /III	−27
30	3 43	I /IV	+21	17	1 29	II /IV	−36
30	7 20	I /IV	+24	18	0 10	I /II	−18
Feb. 5	7 29	II /III	−15	18	21 11	I /III	+23
15	3 54	II /IV	+37	22	23 02	I /III	−24
17	1 41	III /IV	+21	25	2 11	I /II	−17
17	3 31	I /II	+10	25	22 03	I /IV	+37
24	5 47	I /II	+11	25	23 39	I /III	+22
Mrz. 1	2 08	I /II	−18	30	1 28	I /III	−24
8	4 13	I /II	−18	30	21 32	I /II	+17
12	0 59	III /IV	−13	Jun. 1	21 36	II /III	+22
13	0 02	I /IV	−31	2	2 10	I /III	+20
13	0 13	II /III	−22	2	21 27	III /IV	−45
13	3 28	II /IV	−38	2	23 48	I /IV	−34
14	0 06	III /IV	−22	4	1 34	I /IV	−29
15	6 16	I /II	−19	6	23 34	I /II	+16
15	23 45	I /III	+25	9	0 31	II /III	+21
19	1 00	I /III	−18	11	23 54	II /IV	+41
20	1 25	III /IV	+46	18	21 25	I /II	−15
20	3 16	II /III	−23	25	23 34	I /II	−14
21	1 23	I /II	+14	27	21 55	III /IV	+41
21	4 00	I /IV	+37	Jul. 4	22 16	II /III	−25
26	3 59	I /III	−17	5	21 24	II /IV	−27
27	1 57	I /III	−17	7	21 54	I /III	+ 9
28	3 28	I /II	+14	22	21 13	I /III	+17
29	5 20	I /IV	−39	22	22 53	III /IV	−37
Apr. 1	23 18	I /II	−19	23	20 36	I /IV	−29
3	5 10	I /III	−19	25	21 57	I /III	−19
4	5 31	I /II	+15	27	21 43	I /II	−11
5	23 15	II /IV	+43	31	20 48	II /IV	+33
5	23 26	II /III	+28	Aug. 23	20 44	II /III	−21
6	0 58	III /IV	+15	Sep. 3	20 12	II /III	+ 5
8	0 53	III /IV	+24	Dez. 31	6 43	II /IV	+25
9	1 18	I /II	−19				

3.3.2.3 Obere Konjunktionen der Jupitermonde

Datum	Zeit h m	Datum	Zeit h m	Datum	Zeit h m	Datum	Zeit h m
(I) Io							
Jan. 1	14 31	Apr. 3	14 31	Jul. 4	13 30	Okt. 4	14 56
3	9 00	5	8 57	6	7 58	6	9 26
5	3 29	7	3 24	8	2 26	8	3 56
6	21 58	8	21 50	9	10 54	9	22 26
8	16 27	10	16 16	11	15 22	11	16 57
10	10 56	12	10 42	13	9 51	13	11 27
12	5 25	14	5 08	15	4 19	15	5 57
13	23 54	16	23 34	16	22 47	17	0 28
15	18 23	17	18 00	18	17 16	18	18 58
17	12 51	19	12 26	20	11 44	20	13 28
19	7 20	21	6 52	22	6 13	22	7 59
21	1 49	23	1 18	24	0 41	24	2 29
22	20 17	24	19 44	25	19 10	25	21 00
24	14 46	26	14 09	27	13 39	27	15 30
26	9 14	28	8 35	29	8 07	29	10 01
28	3 43	30	3 01	31	2 36	31	4 31
29	22 11	Mai 1	21 27	Aug. 1	21 05	Nov. 1	23 01
31	16 40	3	15 53	3	15 34	3	17 32
Feb. 2	11 08	5	10 19	5	10 03	5	12 02
4	5 36	7	4 45	7	4 32	7	6 32
6	0 04	8	23 11	8	23 01	9	1 03
7	18 32	10	17 37	10	17 31	10	19 33
9	13 00	12	12 03	12	12 00	12	14 04
11	7 28	14	6 29	14	6 29	14	8 34
13	1 56	16	0 56	16	0 59	16	3 04
14	20 24	17	19 22	17	19 28	17	21 35
16	14 52	18	13 48	19	13 57	19	16 05
18	9 19	21	8 14	21	8 27	21	10 36
20	3 47	23	2 41	23	2 56	23	5 06
21	22 14	24	21 07	24	21 26	24	23 36
23	16 42	26	15 33	26	15 56	26	18 07
25	11 09	28	10 00	28	10 25	28	12 37
27	5 37	30	4 26	30	4 55	30	7 07
Mrz. 1	0 04	31	22 53	31	23 25	Dez. 2	1 38
2	18 31	Jun. 2	17 19	Sep. 2	17 54	3	20 08
4	12 58	4	11 46	4	12 24	5	14 38
6	7 26	6	6 13	6	6 54	7	9 08
8	1 53	8	0 40	8	1 24	9	3 39
9	20 20	9	19 07	9	19 54	10	22 09
11	14 47	11	13 33	11	14 24	12	16 39
13	9 13	13	8 00	13	8 54	14	11 09
15	3 40	15	2 28	15	3 24	16	5 39
16	22 07	16	20 55	16	21 54	18	0 09
18	16 34	18	15 22	18	16 24	19	18 39
20	11 00	20	9 49	20	10 54	21	13 10
22	5 27	22	4 17	22	5 24	23	7 40
23	23 53	23	22 44	23	23 54	25	2 10
25	18 20	25	17 11	25	18 24	26	20 40
27	12 46	27	11 39	27	12 55	28	15 10
29	7 12	28	6 07	29	7 25	30	9 40
31	1 39	Jul. 1	0 35	Okt. 1	1 55		
Apr. 1	20 05	2	19 02	2	20 25		

Datum	Zeit h m	Datum	Zeit h m	Datum	Zeit h m	Datum	Zeit h m

(II) Europa

Datum	Zeit h m	Datum	Zeit h m	Datum	Zeit h m	Datum	Zeit h m
Jan. 1	13 34	Apr. 3	22 17	Jul. 5	4 21	Okt. 5	14 49
5	2 55	7	11 26	8	17 36	9	4 13
8	16 17	11	0 34	12	6 51	12	17 36
12	5 37	14	13 42	15	20 06	16	7 00
15	18 58	18	2 50	19	9 22	19	20 24
19	8 18	21	15 58	22	22 39	23	8 48
22	21 38	25	5 05	26	11 56	26	23 12
26	10 56	28	18 12	30	1 13	30	12 36
30	0 15	Mai 2	7 20	Aug. 2	14 31	Nov. 3	2 00
Feb. 2	13 33	5	20 27	6	3 49	6	15 24
6	2 51	9	9 35	9	17 08	10	4 49
9	16 08	12	22 42	13	6 27	13	18 13
13	5 25	16	11 50	16	19 46	17	7 38
16	18 40	20	0 58	20	9 06	20	21 02
20	7 56	23	14 07	23	22 26	24	10 27
23	21 11	27	3 15	27	11 46	27	23 51
27	10 25	30	16 25	31	1 07	Dez. 1	13 16
Mrz. 2	23 39	Jun. 3	5 34	Sep. 3	14 28	5	2 40
6	12 52	6	18 44	7	3 50	8	16 05
10	2 04	10	7 54	10	17 11	12	5 29
13	15 16	13	21 01	14	6 33	15	18 53
17	4 28	17	10 17	17	19 55	19	8 18
20	17 39	20	23 29	21	9 18	22	21 42
24	6 49	24	12 41	24	22 40	26	11 06
27	19 59	28	1 54	28	12 03	30	0 30
31	9 08	Jul. 1	15 07	Okt. 2	1 26		

(III) Ganymed

Datum	Zeit h m	Datum	Zeit h m	Datum	Zeit h m	Datum	Zeit h m
Jan. 3	6 52	Apr. 6	8 05	Jul. 8	4 39	Okt. 9	10 46
10	11 03	13	11 25	15	8 28	16	15 12
17	15 10	20	14 43	22	12 22	23	19 38
24	19 15	27	18 00	29	16 19	31	0 05
31	23 15	Mai 4	21 17	Aug. 5	20 21	Nov. 7	4 33
Feb. 8	3 12	12	0 34	13	0 27	14	9 01
15	7 03	19	3 53	20	4 36	21	13 30
22	10 50	26	7 14	27	8 47	28	17 58
Mrz. 1	14 34	Jun. 2	10 37	Sep. 3	13 01	Dez. 5	22 25
8	18 12	9	14 05	10	17 18	13	2 51
15	21 47	16	17 37	17	21 37	20	7 17
23	1 17	23	21 14	25	1 58	27	11 42
30	4 43	Jul. 1	0 54	Okt. 2	6 22		

(IV) Kallisto

Datum	Zeit h m	Datum	Zeit h m	Datum	Zeit h m	Datum	Zeit h m
Jan. 12	22 33	Apr. 23	0 45	Jul. 31	22 51	Nov. 9	21 47
29	17 07	Mai 9	14 55	Aug. 17	17 24	26	18 29
Feb. 15	10 50	26	5 20	Sep. 3	12 38	Dez. 13	15 09
Mrz. 4	3 37	Jun. 11	20 23	20	8 25	30	11 36
20	19 25	28	12 17	Okt. 7	4 37		
Apr. 6	10 23	Jul. 15	5 07	24	1 07		

3.3.2.4 Erscheinungen der Jupitermonde

Datum	Zeit h m	Erscheinung	Datum	Zeit h m	Erscheinung	Datum	Zeit h m	Erscheinung
Jan. 3	4 59	II SA	Feb. 8	4 06	III BE	Mrz. 10	3 13	II BE
3	5 49	III BA	11	5 10	I VA	12	2 52	III SA
3	6 50	I VA	11	6 58	II SA	12	5 00	III SE
3	7 07	II DA	12	2 27	I SA	14	4 29	I SA
3	7 19	II SE	12	3 40	I DA	14	5 28	I DA
4	4 03	I SA	12	4 37	I SE	15	1 38	I VA
4	5 09	I DA	12	5 49	I DE	15	4 44	I BE
4	6 13	I SE	13	1 45	II VA	15	23 54	I DA
4	7 18	I DE	13	3 00	I BE	16	1 07	I SE
5	4 06	II BE	13	4 07	II VE	16	2 02	I DE
5	4 34	I BE	13	4 16	II BA	17	1 24	II VA
10	5 17	III VA	13	6 34	II BE	17	5 36	II BE
10	7 32	II SA	15	3 16	III VE	18	23 46	II DE
10	7 33	III VE	15	6 10	III BA	22	3 32	I VA
11	5 56	I SA	18	7 03	I VA	23	0 30	III BA
11	7 06	I DA	19	4 21	I SA	23	0 51	I SA
12	4 27	II VE	19	5 32	I DA	23	1 41	I DA
12	4 27	II BA	19	6 30	I SE	23	2 04	III BE
12	6 30	I BE	20	1 31	I VA	23	3 01	I SE
12	6 48	II BE	20	4 20	II VA	23	3 49	I DE
13	3 44	I DE	20	4 51	I BE	24	0 57	I BE
19	4 40	II VA	20	6 43	II VE	24	4 00	II VA
19	5 04	I VA	20	6 48	II BA	25	23 51	II DA
19	7 02	II VE	21	2 08	I DE	26	0 36	II SE
19	7 08	II BA	22	1 07	II SE	26	2 05	II DE
20	3 31	I DA	22	1 08	II DA	29	5 25	I VA
20	4 28	I SE	22	3 23	II DE	30	0 50	III VA
20	5 39	I DE	22	5 01	III VA	30	2 44	I SA
21	4 01	II DE	26	1 28	III DE	30	2 58	III VE
21	4 10	III DA	26	6 14	I SA	30	3 27	I DA
21	6 04	III BE	27	3 24	I VA	30	3 56	III BA
26	6 57	I VA	27	6 41	I BE	30	4 54	I SE
26	7 15	II VA	28	0 42	I SA	30	5 29	III BE
27	4 12	I SA	28	1 50	I DA	30	5 35	I DE
27	5 25	I DA	28	2 52	I SE	30	23 53	I VA
27	6 22	I SE	28	3 58	I DE	31	2 43	I BE
27	7 34	I DE	Mrz. 1	1 08	I BE	31	23 23	I SE
28	3 05	III SA	1	1 20	II SA	Apr. 1	0 02	I DE
28	4 13	II SE	1	3 34	II DA	2	0 49	II SA
28	4 19	II DA	1	3 40	II SE	2	2 09	II DA
28	4 47	I BE	1	5 49	II DE	2	3 10	II SE
28	5 17	III SE	3	0 47	II BE	2	4 23	II DE
28	6 36	II DE	5	1 03	III SE	3	23 25	II BE
Feb. 3	6 06	I SA	5	3 33	III DA	6	4 38	I SA
3	7 19	I DA	5	5 08	III DE	6	4 47	III VA
4	3 18	I VA	6	5 17	I VA	6	5 12	I DA
4	4 26	II SA	7	2 36	I SA	7	1 46	I VA
4	6 40	I BE	7	3 39	I DA	7	4 28	I BE
4	6 46	II SE	7	4 45	I SE	7	23 07	I SA
4	6 52	II DA	7	5 47	I DE	7	23 39	I DA
4	7 03	III SA	8	2 57	I BE	8	1 17	I SE
5	2 43	I SE	8	3 53	II SA	8	1 47	I DE
5	3 56	I DE	8	5 59	II DA	8	22 54	I BE
6	4 01	II BE	8	6 13	II SE	9	3 23	II SA
8	2 17	III BA	9	0 14	I DE	9	4 25	II DA

Datum	Zeit h m	Erscheinung	Datum	Zeit h m	Erscheinung	Datum	Zeit h m	Erscheinung
Apr. 9	22 29	III DE	Mai 8	22 07	I BA	Jun. 16	22 35	III VE
10	22 29	II VA	9	0 29	I VE	16	22 59	I VE
11	1 42	II BE	9	21 35	I DE	20	22 19	II BA
14	3 40	I VA	9	21 49	I SE	23	0 32	I DA
15	1 00	I SA	11	2 30	II DA	23	21 39	I BA
15	1 23	I DA	11	2 58	II SA	23	22 17	III BE
15	3 10	I SE	11	23 41	III BA	24	0 32	III VA
15	3 31	I DE	12	2 44	III VE	24	22 12	I SE
15	22 08	I VA	12	21 34	II BA	29	21 11	II SA
16	0 38	I BE	13	0 30	II VE	29	21 15	II DE
16	21 39	I SE	15	2 45	I DA	29	23 32	II SE
16	21 57	I DE	15	3 05	I SA	30	23 29	I BA
16	22 42	III SA	15	23 51	I BA	30	23 49	III BA
17	0 16	III DA	16	2 23	I VE	Jul. 1	21 58	I SA
17	0 48	III SE	16	21 11	I DA	1	22 59	I DE
17	1 48	III DE	16	21 34	I SA	2	0 07	I SE
18	1 04	II VA	16	23 20	I DE	2	21 18	I VE
18	3 58	II BE	16	23 44	I SE	6	21 23	II DA
19	21 35	II SE	17	20 51	I VE	6	23 45	II DE
19	22 02	II DE	19	2 58	III BA	6	23 48	II SA
22	2 54	I SA	19	23 50	II BA	8	21 11	II VE
22	3 07	I DA	20	3 05	II VE	8	22 41	I DA
23	0 02	I VA	21	21 13	II SE	9	23 13	I VE
23	2 22	I BE	23	1 36	I BA	11	22 27	III SA
23	21 23	I SA	23	22 56	I DA	15	21 18	II BE
23	21 33	I DA	23	23 28	I SA	15	21 24	II VA
23	23 33	I SE	24	1 05	I DE	16	21 42	I BA
23	23 41	I DE	24	1 38	I SE	17	21 11	I DE
24	2 40	III SA	24	22 46	I VE	17	22 25	I SE
24	3 32	III DA	27	2 07	II BA	18	21 14	III DA
24	4 46	III SE	28	21 27	II SA	22	21 27	II BA
24	20 48	I BE	28	22 29	II DE	24	20 56	I DA
25	3 40	II VA	28	23 49	II SE	24	22 11	I SA
26	21 48	II SA	29	21 49	III DE	25	21 32	I VE
26	22 02	II DA	29	22 34	III SA	31	20 47	II DE
27	0 10	II SE	30	0 36	III SE	31	20 59	II SA
27	0 16	II DE	31	0 42	I DA	Aug. 2	20 43	I SE
30	1 56	I VA	31	1 23	I SA	5	21 30	III BE
30	4 06	I VE	31	21 48	I BA	7	21 02	II DA
30	23 17	I DA	Jun. 1	0 40	I VE	9	20 29	I SA
30	23 17	I SA	1	21 17	I DE	9	20 48	II VE
Mai 1	1 25	I DE	1	22 01	I SE	9	21 24	I DE
1	1 27	I SE	4	22 30	II DA	16	20 21	III SE
1	20 23	I BA	5	0 03	II SA	16	20 59	II BE
1	22 34	I VE	5	0 49	II DE	16	21 00	II VA
4	0 16	II DA	5	23 20	III DA	16	21 11	I DA
4	0 23	II SA	6	1 17	III DE	24	20 20	I BA
4	2 31	II DE	6	21 33	II VE	25	19 48	I DE
4	2 45	II SE	7	23 35	I BA	25	20 32	II SE
4	20 26	III BA	8	21 46	I SA	Sep. 1	19 36	I DA
4	22 46	III VE	8	23 04	I DE	2	20 06	I VE
5	21 54	II VE	8	23 55	I SE	...	..	.. ..
7	3 41	I BA	12	0 51	II DA	Dez. 28	7 32	II DE
8	1 01	I DA	14	0 08	II VE	30	7 53	I VA
8	1 11	I SA	15	22 43	I DA	31	7 11	I SE
8	3 09	I DE	15	23 40	I SA	31	7 53	I DE
8	3 21	I SE	16	0 52	I DE			

3.3.3 Saturnmonde Rhea, Titan und Japetus

Rhea, Elongationen

östl. Elongation		westl. Elongation		östl. Elongation		westl. Elongation	
Datum	Zeit h	Datum	Zeit h	Datum	Zeit h	Datum	Zeit h
Mai 2	4.8	Mai 4	11.4	Sep. 1	3.7	Sep. 3	10.2
6	17.4	8	23.9	5	16.0	7	22.5
11	5.8	13	12.4	10	4.4	12	10.9
15	18.3	18	0.9	14	16.7	16	23.2
20	6.8	22	13.4	19	5.0	21	11.5
24	19.3	27	1.9	23	17.4	25	23.9
29	7.8	31	14.3	28	5.7	30	12.2
Jun. 2	20.2	Jun. 5	2.8	Okt. 2	18.1	Okt. 5	0.6
7	8.7	9	15.2	7	6.4	9	13.0
11	21.1	14	3.6	11	18.8	14	1.3
16	9.5	18	16.1	16	7.2	18	13.7
20	22.0	23	4.5	20	19.6	23	2.1
25	10.4	27	16.9	25	8.0	27	14.5
29	22.8	Jul. 2	5.3	29	20.4	Nov. 1	2.9
Jul. 4	11.2	6	17.7	Nov. 3	8.8	5	15.3
8	23.5	11	6.1	7	21.2	11	3.7
13	11.9	15	18.4	12	9.6	14	16.2
18	00.3	20	6.8	16	22.1	19	4.6
22	12.7	24	19.2	21	10.5	23	17.1
27	1.0	29	7.5	25	23.0	28	5.5
31	13.4	Aug. 2	19.9	30	11.4	Dez. 2	18.0
Aug. 5	1.7	7	8.2	Dez. 4	23.9	7	6.5
9	14.1	11	20.6	9	12.4	11	19.0
14	2.4	16	8.9	14	0.9	16	7.5
18	14.7	20	21.2	18	13.4	20	20.0
23	3.1	25	9.5	23	1.9	25	8.5
27	15.4	29	21.9	27	14.4	29	21.0

Titan, Elongationen und Konjunktionen

ob. Konjunktion		östl. Elongation		unt. Konjunktion		westl. Elongation	
Datum	Zeit h	Datum	Zeit h	Datum	Zeit h	Datum	Zeit h
		Jan. 4	14.5	Jan. 8	16.4	Jan. 12	18.1
Jan. 16	16.5	20	14.9	24	16.9	28	18.5
Feb. 1	16.8	Feb. 5	15.4	Feb. 9	16.5	Feb. 13	19.0
17	17.3	21	15.9	25	18.2	Mrz. 1	19.6
Mrz. 5	17.7	Mrz. 9	16.5	Mrz. 13	18.8	17	20.1
21	18.1	25	17.0	29	19.3	Apr. 2	20.5
Apr. 6	18.4	Apr. 10	17.3	Apr. 14	19.7	18	20.7
22	18.4	26	17.4	30	19.8	Mai 4	20.7
Mai 8	18.2	Mai 12	17.2	Mai 16	19.6	20	20.3
24	17.8	28	16.7	Jun. 1	19.0	Jun. 5	19.6
Jun. 9	16.9	Jun. 13	15.8	17	18.1	21	18.6
25	15.8	29	14.5	Jul. 3	16.7	Jul. 7	17.1

Titan, Elongationen und Konjunktionen (Fortsetzung)

ob. Konjunktion		östl. Elongation		unt. Konjunktion		westl. Elongation	
Datum	Zeit h	Datum	Zeit h	Datum	Zeit h	Datum	Zeit h
Jul. 11	14.2	Jul. 15	12.8	Jul. 19	14.9	Jul. 23	15.2
27	12.3	31	10.8	Aug. 4	12.8	Aug. 8	13.1
Aug. 12	10.1	Aug. 16	8.6	20	10.4	24	10.7
28	7.8	Sep. 1	6.1	Sep. 5	7.9	Sep. 9	8.3
Sep. 13	5.4	17	3.7	21	5.4	25	5.9
29	3.2	Okt. 3	1.4	Okt. 7	3.1	Okt. 11	3.7
Okt. 15	1.1	18	23.4	23	1.2	27	1.9
30	23.4	Nov. 3	21.8	Nov. 7	23.6	Nov. 12	0.5
Nov. 15	22.1	19	20.5	23	22.5	27	23.5
Dez. 1	21.2	Dez. 5	19.7	Dez. 9	21.8	Dez. 13	22.9
17	20.6	21	19.3	25	21.6	29	22.6

Japetus, Elongationen und Konjunktionen

ob. Konjunktion		östl. Elongation		unt. Konjunktion		westl. Elongation	
Datum	Zeit h	Datum	Zeit h	Datum	Zeit h	Datum	Zeit h
		Jan. 15	9.9	Feb. 4	11.1	Feb. 25	14.8
Mrz. 17	22.5	Apr. 6	17.2	Apr. 26	16.2	Mai 17	16.1
Jun. 6	11.8	Jun. 25	23.7	Jul. 15	11.5	Aug. 4	22.7
Aug. 24	8.9	Sep. 12	10.7	Okt. 1	18.4	Okt. 22	4.8
Nov. 10	23.0	Nov. 30	7.9	Dez. 20	3.1		

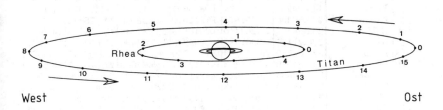

Abb. 15   Saturn, Ring und die Monde Rhea und Titan

Die Positionen von Rhea und Titan zu jedem Zeitpunkt können aus dem Datum der östlichen Elongation aus Abb. 15 erhalten werden.

3.4 Kleine Planeten

Die folgenden Tabellen enthalten die Bahnelemente und die Ephemeriden von 21 ausgewählten Kleinen Planeten, die 1994 günstige Beobachtungsbedingungen aufweisen. Alle Objekte erreichen in der Opposition eine Helligkeit von etwa der 10.Größe, so daß sie schon mit relativ kleinen Fernrohren beobachtet werden können. Einige Planeten sind schon mit einem Feldstecher auffindbar. Die angegebenen Helligkeiten sind visuelle Größen. Die photographischen Blauhelligkeiten sind im Mittel um etwa 0.8 Größenklassen geringer. Alle Planeten können mit Hilfe einer Kleinbildkamera, die mit einer Nachführung ausgerüstet ist bzw. an einem parallaktisch montierten Fernrohr befestigt ist, nachgewiesen werden. Es genügen Belichtungszeiten zwischen etwa 5 und 10 Minuten. Eine Wiederholung der Aufnahme nach einiger Zeit bzw. in der kommenden Nacht zeigt deutlich die zwischenzeitlich eingetretene Bewegung des Planeten.

Kleine Planeten sind besonders leicht in der Nähe von helleren Fixsternen zu identifizieren. Wir geben daher in Abschnitt 3.4.3 Konjunktionen von Kleinen Planeten mit Sternen. Aufgeführt sind nur Ereignisse, bei denen der Kleine Planet heller als $10^{m}5$ und die Distanz kleiner als $1°$ sind.

Die in Abschnitt 3.4.1 gegebenen Bahnelemente gelten streng nur für die Oskulationsepoche 1994 Mai 28.0 TT = JDT 2449500.5, sind aber für genäherte Rechnungen das ganze Jahr über brauchbar. Die mittlere tägliche Bewegung μ und die siderische Umlaufszeit P ergeben sich aus der Halbachse a zu

$$\mu° = 0.98560767/\left(a\sqrt{a}\right) \quad \text{und} \quad P^{d} = 360°/\mu° .$$

Elemente und Ephemeriden beziehen sich auf das Äquinoktium J2000.0. Die Oppositionsdaten beziehen sich auf die Oppositionen in ekliptikaler Länge.

3.4.1 Oskulierende Bahnelemente

Objekt	M °	a AE	e	ω °	Ω °	i °
(1) Ceres	291.01363	2.7676702	0.0762334	71.37518	80.65806	10.60034
(2) Pallas	277.18024	2.7716160	0.2340246	309.69885	173.30716	34.80901
(3) Juno	139.20191	2.6722077	0.2567101	247.09010	170.50231	12.97936
(4) Vesta	145.09262	2.3615904	0.0895697	150.17363	103.97454	7.13505
(5) Astraea	273.50430	2.5751876	0.1912022	356.35956	141.78412	5.35711
(6) Hebe	232.58905	2.4264450	0.2010575	238.87346	138.92724	14.76565
(7) Iris	226.27165	2.3861883	0.2298283	145.24490	259.92971	5.52211
(8) Flora	329.00119	2.2012133	0.1569750	285.16863	111.06717	5.88622
(10) Hygiea	335.54030	3.1381463	0.1212811	315.24680	283.75625	3.83988
(15) Eunomia	357.78504	2.6433028	0.1871116	97.38506	293.55990	11.75641
(16) Psyche	292.15714	2.9214358	0.1365372	229.05039	150.47473	3.09264
(20) Massalia	240.36725	2.4082668	0.1445958	254.92442	206.94067	0.70314
(23) Thalia	30.55603	2.6297010	0.2299125	59.36567	67.32164	10.15242
(29) Amphitrite	247.33684	2.5538069	0.0729180	63.70331	356.60283	6.10762
(37) Fides	54.52193	2.6409468	0.1771819	61.51224	7.80806	3.07650
(40) Harmonia	0.63350	2.2672585	0.0468744	269.52208	94.34932	4.25744
(41) Daphne	340.24211	2.7611374	0.2756988	46.22016	178.37961	15.77636
(52) Europa	38.56080	3.1007797	0.0992398	337.70827	129.26242	7.43943
(115) Thyra	94.94889	2.3796972	0.1924594	95.82501	309.31195	11.58659
(654) Zelinda	278.81152	2.2976324	0.2301696	213.67001	278.66616	18.12389
(1620) Geographos	338.85617	1.2448195	0.3355056	276.61377	337.38734	13.32573

3.4.2 Ephemeriden heller Kleiner Planeten

Datum		α		δ		Δ	r	φ	m_v	El
		h	m	°	′	AE	AE	°	m	°

<table>
<tr><td colspan="6">(1) Ceres</td><td colspan="5" align="right">Opposition 1995 Feb. 3</td></tr>
<tr><td>Jan.</td><td>8</td><td>1</td><td>41.6</td><td>+ 3</td><td>05</td><td>2.520</td><td>2.816</td><td>20.3</td><td>8.6</td><td>97.1 E</td></tr>
<tr><td></td><td>18</td><td>1</td><td>47.4</td><td>+ 4</td><td>23</td><td>2.651</td><td>2.808</td><td>20.5</td><td>8.8</td><td>88.8 E</td></tr>
<tr><td></td><td>28</td><td>1</td><td>55.0</td><td>+ 5</td><td>47</td><td>2.782</td><td>2.801</td><td>20.3</td><td>8.9</td><td>80.9 E</td></tr>
<tr><td>Feb.</td><td>7</td><td>2</td><td>04.0</td><td>+ 7</td><td>14</td><td>2.910</td><td>2.793</td><td>19.8</td><td>8.9</td><td>73.4 E</td></tr>
<tr><td></td><td>17</td><td>2</td><td>14.4</td><td>+ 8</td><td>43</td><td>3.032</td><td>2.785</td><td>18.9</td><td>9.0</td><td>66.2 E</td></tr>
<tr><td></td><td>27</td><td>2</td><td>26.0</td><td>+10</td><td>13</td><td>3.148</td><td>2.777</td><td>17.9</td><td>9.0</td><td>59.4 E</td></tr>
<tr><td>. . .</td><td>. . .</td><td></td><td></td><td></td><td></td><td></td><td></td><td></td><td></td><td></td></tr>
<tr><td>Sep.</td><td>15</td><td>8</td><td>01.9</td><td>+23</td><td>31</td><td>3.085</td><td>2.628</td><td>18.1</td><td>8.9</td><td>54.3 W</td></tr>
<tr><td></td><td>25</td><td>8</td><td>18.0</td><td>+23</td><td>12</td><td>2.968</td><td>2.622</td><td>19.4</td><td>8.8</td><td>60.4 W</td></tr>
<tr><td>Okt.</td><td>5</td><td>8</td><td>33.3</td><td>+22</td><td>52</td><td>2.845</td><td>2.616</td><td>20.6</td><td>8.8</td><td>66.7 W</td></tr>
<tr><td></td><td>15</td><td>8</td><td>47.6</td><td>+22</td><td>34</td><td>2.716</td><td>2.611</td><td>21.5</td><td>8.7</td><td>73.3 W</td></tr>
<tr><td></td><td>25</td><td>9</td><td>00.9</td><td>+22</td><td>20</td><td>2.583</td><td>2.605</td><td>22.1</td><td>8.6</td><td>80.2 W</td></tr>
<tr><td>Nov.</td><td>4</td><td>9</td><td>13.0</td><td>+22</td><td>12</td><td>2.448</td><td>2.600</td><td>22.4</td><td>8.5</td><td>87.5 W</td></tr>
<tr><td></td><td>14</td><td>9</td><td>23.5</td><td>+22</td><td>12</td><td>2.313</td><td>2.595</td><td>22.3</td><td>8.3</td><td>95.1 W</td></tr>
<tr><td></td><td>24</td><td>9</td><td>32.3</td><td>+22</td><td>24</td><td>2.179</td><td>2.590</td><td>21.8</td><td>8.2</td><td>103.2 W</td></tr>
<tr><td>Dez.</td><td>4</td><td>9</td><td>39.1</td><td>+22</td><td>50</td><td>2.051</td><td>2.586</td><td>20.7</td><td>8.0</td><td>111.9 W</td></tr>
<tr><td></td><td>14</td><td>9</td><td>43.4</td><td>+23</td><td>31</td><td>1.932</td><td>2.582</td><td>19.0</td><td>7.8</td><td>121.1 W</td></tr>
<tr><td></td><td>24</td><td>9</td><td>45.0</td><td>+24</td><td>27</td><td>1.825</td><td>2.578</td><td>16.8</td><td>7.6</td><td>130.9 W</td></tr>
</table>

<table>
<tr><td colspan="6">(2) Pallas</td><td colspan="5" align="right">Opposition 1994 Nov. 8</td></tr>
<tr><td>Jul.</td><td>7</td><td>2</td><td>41.1</td><td>+ 0</td><td>22</td><td>2.968</td><td>2.745</td><td>20.0</td><td>9.7</td><td>67.6 W</td></tr>
<tr><td></td><td>17</td><td>2</td><td>54.7</td><td>− 0</td><td>19</td><td>2.822</td><td>2.721</td><td>21.0</td><td>9.6</td><td>73.9 W</td></tr>
<tr><td></td><td>27</td><td>3</td><td>07.7</td><td>− 1</td><td>17</td><td>2.675</td><td>2.696</td><td>21.8</td><td>9.5</td><td>80.3 W</td></tr>
<tr><td>Aug.</td><td>6</td><td>3</td><td>20.0</td><td>− 2</td><td>34</td><td>2.529</td><td>2.671</td><td>22.3</td><td>9.4</td><td>86.8 W</td></tr>
<tr><td></td><td>16</td><td>3</td><td>31.2</td><td>− 4</td><td>12</td><td>2.385</td><td>2.647</td><td>22.4</td><td>9.2</td><td>93.4 W</td></tr>
<tr><td></td><td>26</td><td>3</td><td>41.3</td><td>− 6</td><td>10</td><td>2.247</td><td>2.622</td><td>22.3</td><td>9.1</td><td>100.2 W</td></tr>
<tr><td>Sep.</td><td>5</td><td>3</td><td>49.8</td><td>− 8</td><td>30</td><td>2.117</td><td>2.597</td><td>21.8</td><td>8.9</td><td>107.0 W</td></tr>
<tr><td></td><td>15</td><td>3</td><td>56.5</td><td>−11</td><td>11</td><td>1.997</td><td>2.572</td><td>21.0</td><td>8.7</td><td>113.7 W</td></tr>
<tr><td></td><td>25</td><td>4</td><td>00.9</td><td>−14</td><td>10</td><td>1.892</td><td>2.547</td><td>19.9</td><td>8.5</td><td>120.1 W</td></tr>
<tr><td>Okt.</td><td>5</td><td>4</td><td>02.9</td><td>−17</td><td>20</td><td>1.802</td><td>2.523</td><td>18.7</td><td>8.4</td><td>126.0 W</td></tr>
<tr><td></td><td>15</td><td>4</td><td>02.1</td><td>−20</td><td>33</td><td>1.731</td><td>2.498</td><td>17.6</td><td>8.2</td><td>130.7 W</td></tr>
<tr><td></td><td>25</td><td>3</td><td>58.6</td><td>−23</td><td>37</td><td>1.681</td><td>2.474</td><td>16.9</td><td>8.1</td><td>133.6 W</td></tr>
<tr><td>Nov.</td><td>4</td><td>3</td><td>52.6</td><td>−26</td><td>19</td><td>1.651</td><td>2.450</td><td>16.8</td><td>8.1</td><td>134.4 W</td></tr>
<tr><td></td><td>14</td><td>3</td><td>44.7</td><td>−28</td><td>26</td><td>1.642</td><td>2.427</td><td>17.4</td><td>8.0</td><td>132.9 E</td></tr>
<tr><td></td><td>24</td><td>3</td><td>36.1</td><td>−29</td><td>49</td><td>1.652</td><td>2.403</td><td>18.5</td><td>8.1</td><td>129.4 E</td></tr>
<tr><td>Dez.</td><td>4</td><td>3</td><td>27.9</td><td>−30</td><td>23</td><td>1.679</td><td>2.381</td><td>19.9</td><td>8.1</td><td>124.6 E</td></tr>
<tr><td></td><td>14</td><td>3</td><td>21.3</td><td>−30</td><td>12</td><td>1.719</td><td>2.359</td><td>21.4</td><td>8.2</td><td>119.0 E</td></tr>
<tr><td></td><td>24</td><td>3</td><td>17.0</td><td>−29</td><td>19</td><td>1.770</td><td>2.337</td><td>22.8</td><td>8.3</td><td>113.0 E</td></tr>
</table>

Datum		α		δ		Δ	r	φ	m_v	El
		h	m	°	′	AE	AE	°	m	°

(3) Juno Opposition 1994 Apr. 15

Jan.	28	14	05.3	− 6	52	2.789	3.059	18.7	10.7	96.3	W
Feb.	7	14	09.8	− 6	32	2.665	3.078	18.0	10.6	105.5	W
	17	14	12.3	− 5	59	2.546	3.097	16.8	10.5	115.1	W
	27	14	12.6	− 5	12	2.437	3.115	15.1	10.4	125.2	W
Mrz	9	14	10.7	− 4	12	2.344	3.132	12.8	10.3	135.7	W
	19	14	06.7	− 3	02	2.270	3.149	10.0	10.1	146.5	W
	29	14	00.8	− 1	45	2.221	3.165	7.0	10.0	157.3	W
Apr.	8	13	53.6	− 0	27	2.198	3.180	4.2	9.8	166.5	W
	18	13	45.7	+ 0	46	2.205	3.195	3.6	9.8	168.5	E
	28	13	38.0	+ 1	49	2.241	3.210	5.9	10.0	160.9	E
Mai	8	13	31.0	+ 2	38	2.305	3.223	8.8	10.2	150.7	E
	18	13	25.5	+ 3	10	2.393	3.236	11.5	10.3	140.2	E
	28	13	21.7	+ 3	25	2.502	3.249	13.8	10.5	130.1	E
Jun.	7	13	19.9	+ 3	25	2.627	3.260	15.6	10.7	120.4	E
	17	13	20.0	+ 3	09	2.764	3.271	16.8	10.8	111.2	E
	27	13	21.9	+ 2	42	2.909	3.282	17.6	11.0	102.4	E

(4) Vesta Opposition 1994 Dez. 25

Aug.	16	5	31.6	+19	11	2.924	2.568	19.9	8.3	59.8	W
	26	5	46.0	+19	20	2.810	2.570	21.1	8.3	66.0	W
Sep.	5	5	59.4	+19	24	2.689	2.572	22.0	8.2	72.5	W
	15	6	11.7	+19	24	2.563	2.572	22.6	8.1	79.3	W
	25	6	22.6	+19	22	2.433	2.573	22.9	8.0	86.4	W
Okt.	5	6	31.8	+19	19	2.301	2.573	22.8	7.9	94.1	W
	15	6	39.1	+19	16	2.170	2.573	22.3	7.7	102.2	W
	25	6	44.0	+19	16	2.043	2.572	21.2	7.6	111.0	W
Nov.	4	6	46.2	+19	20	1.922	2.571	19.4	7.4	120.4	W
	14	6	45.5	+19	30	1.813	2.570	17.0	7.2	130.6	W
	24	6	41.6	+19	47	1.720	2.568	13.8	7.0	141.6	W
Dez.	4	6	34.8	+20	10	1.646	2.566	9.9	6.8	153.3	W
	14	6	25.4	+20	39	1.598	2.563	5.5	6.6	165.6	W
	24	6	14.5	+21	09	1.577	2.560	1.0	6.3	177.4	W

(5) Astraea Opposition 1994 Dez. 15

Okt.	15	5	52.1	+16	30	1.772	2.351	22.9	11.0	113.2	W
	25	5	56.5	+16	08	1.646	2.331	21.2	10.8	122.0	W
Nov.	4	5	58.0	+15	47	1.532	2.311	18.8	10.6	131.4	W
	14	5	56.3	+15	28	1.433	2.292	15.5	10.3	141.6	W
	24	5	51.4	+15	14	1.352	2.274	11.6	10.0	152.5	W
Dez.	4	5	43.7	+15	06	1.293	2.256	7.1	9.7	163.5	W
	14	5	34.1	+15	07	1.260	2.238	3.7	9.5	171.6	W
	24	5	23.9	+15	17	1.253	2.221	5.9	9.5	166.7	E

Datum		α		δ		Δ	r	φ	m_v	El	
		h	m	°	′	AE	AE	°	m	°	

(6) Hebe — Opposition 1994 Mai 12

Datum		α		δ		Δ	r	φ	m_v	El	
Mrz.	9	16	02.4	− 2	49	2.392	2.863	19.2	10.8	108.3	W
	19	16	05.5	− 1	52	2.261	2.854	18.1	10.6	117.0	W
	29	16	06.1	− 0	48	2.141	2.845	16.5	10.4	125.9	W
Apr.	8	16	04.3	+ 0	22	2.036	2.835	14.4	10.2	135.0	W
	18	15	59.9	+ 1	32	1.950	2.824	12.1	10.1	143.9	W
	28	15	53.4	+ 2	37	1.885	2.812	9.8	9.9	151.7	W
Mai	8	15	45.1	+ 3	31	1.845	2.800	8.2	9.8	156.6	W
	18	15	35.9	+ 4	08	1.831	2.788	8.4	9.8	156.4	E
	28	15	26.7	+ 4	25	1.843	2.774	10.1	9.8	151.2	E
Jun.	7	15	18.5	+ 4	18	1.879	2.760	12.7	9.9	143.4	E
	17	15	11.9	+ 3	50	1.936	2.746	15.3	10.1	134.6	E
	27	15	07.5	+ 3	04	2.010	2.731	17.6	10.2	125.7	E
Jul.	7	15	05.5	+ 2	02	2.099	2.715	19.5	10.4	116.9	E
	17	15	05.9	+ 0	48	2.198	2.699	20.9	10.5	108.6	E
	27	15	08.7	− 0	35	2.303	2.682	21.9	10.6	100.6	E

(7) Iris — Opposition 1994 Jun. 9

Datum		α		δ		Δ	r	φ	m_v	El	
Mrz.	29	17	36.1	−25	00	2.482	2.884	19.7	10.8	103.6	W
Apr.	8	17	40.0	−24	55	2.338	2.875	18.8	10.6	112.5	W
	18	17	41.4	−24	48	2.203	2.865	17.3	10.4	122.0	W
	28	17	40.0	−24	38	2.080	2.854	15.2	10.2	132.1	W
Mai	8	17	35.9	−24	25	1.973	2.843	12.4	10.0	142.7	W
	18	17	29.2	−24	07	1.887	2.831	9.0	9.8	153.9	W
	28	17	20.3	−23	45	1.825	2.818	5.1	9.5	165.6	W
Jun.	7	17	10.0	−23	17	1.789	2.804	0.9	9.2	177.6	W
	17	16	59.4	−22	46	1.782	2.789	3.5	9.3	170.4	E
	27	16	49.6	−22	13	1.803	2.774	7.7	9.5	158.5	E
Jul.	7	16	41.5	−21	43	1.849	2.758	11.6	9.7	147.1	E
	17	16	35.8	−21	17	1.917	2.742	14.9	9.9	136.2	E
	27	16	32.9	−20	57	2.002	2.724	17.6	10.1	125.9	E
Aug.	6	16	32.7	−20	45	2.100	2.706	19.6	10.3	116.3	E
	16	16	35.3	−20	40	2.207	2.688	21.1	10.4	107.2	E
	26	16	40.3	−20	41	2.320	2.668	22.0	10.5	98.8	E

Datum	α		δ		Δ	r	φ	m_v	El
	h	m	°	′	AE	AE	°	m	°

(8) Flora Opposition 1994 Dez. 5

Datum	α h	m	δ °	′	Δ AE	r AE	φ °	m_v m	El °	
Aug. 6	3	36.6	+13	01	1.778	1.863	32.3	10.2	78.5	W
16	3	55.7	+13	45	1.681	1.859	32.8	10.1	83.3	W
26	4	13.7	+14	17	1.584	1.857	33.0	10.0	88.5	W
Sep. 5	4	30.3	+14	38	1.488	1.856	32.8	9.8	94.1	W
15	4	45.2	+14	48	1.393	1.856	32.2	9.6	100.1	W
25	4	57.8	+14	51	1.301	1.858	31.1	9.5	106.8	W
Okt. 5	5	07.7	+14	46	1.213	1.861	29.4	9.3	114.1	W
15	5	14.2	+14	38	1.131	1.865	26.9	9.1	122.3	W
25	5	17.0	+14	30	1.058	1.871	23.5	8.8	131.4	W
Nov. 4	5	15.7	+14	24	0.997	1.877	19.2	8.6	141.4	W
14	5	10.2	+14	23	0.952	1.886	14.1	8.4	152.4	W
24	5	01.4	+14	31	0.927	1.895	8.4	8.2	163.7	W
Dez. 4	4	50.5	+14	48	0.924	1.905	4.0	8.0	172.3	W
14	4	39.6	+15	15	0.945	1.916	6.8	8.2	166.8	E
24	4	30.4	+15	52	0.989	1.929	12.1	8.5	155.7	E

(10) Hygiea Opposition 1994 Apr. 6

Datum	α h	m	δ °	′	Δ AE	r AE	φ °	m_v m	El °	
Feb. 7	13	14.9	−13	01	2.321	2.890	17.9	10.5	115.8	W
17	13	15.9	−13	26	2.192	2.880	16.2	10.3	125.4	W
27	13	14.7	−13	37	2.078	2.871	14.0	10.1	135.6	W
Mrz. 9	13	11.2	−13	32	1.982	2.862	11.1	9.8	146.3	W
19	13	05.8	−13	13	1.908	2.853	7.7	9.6	157.3	W
29	12	58.8	−12	39	1.860	2.845	4.1	9.4	168.2	W
Apr. 8	12	51.2	−11	55	1.839	2.836	2.2	9.2	173.9	E
18	12	43.9	−11	05	1.846	2.829	5.1	9.4	165.4	E
28	12	37.5	−10	16	1.879	2.821	8.8	9.6	154.5	E
Mai 8	12	33.0	− 9	33	1.937	2.814	12.3	9.8	143.7	E
18	12	30.5	− 9	00	2.014	2.807	15.2	10.0	133.4	E
28	12	30.4	− 8	40	2.109	2.801	17.5	10.2	123.7	E
Jun. 7	12	32.5	− 8	34	2.216	2.795	19.3	10.4	114.6	E

(15) Eunomia Opposition 1994 Dez. 28

Datum	α h	m	δ °	′	Δ AE	r AE	φ °	m_v m	El °	
Sep. 5	5	52.6	+32	29	2.247	2.196	26.2	9.8	74.1	W
15	6	10.0	+32	31	2.147	2.207	26.7	9.7	80.0	W
25	6	25.7	+32	26	2.044	2.218	26.8	9.6	86.3	W
Okt. 5	6	39.3	+32	17	1.940	2.231	26.6	9.5	93.2	W
15	6	50.5	+32	05	1.836	2.244	25.9	9.4	100.5	W
25	6	58.7	+31	51	1.735	2.259	24.7	9.3	108.6	W
Nov. 4	7	03.7	+31	37	1.640	2.273	22.8	9.1	117.4	W
14	7	04.9	+31	22	1.553	2.289	20.2	8.9	127.0	W
24	7	02.3	+31	05	1.479	2.305	16.8	8.7	137.4	W
Dez. 4	6	56.0	+30	44	1.423	2.322	12.8	8.5	148.6	W
14	6	46.5	+30	15	1.389	2.340	8.1	8.3	160.4	W
24	6	35.2	+29	35	1.380	2.358	3.5	8.1	171.5	W

Datum		α		δ		Δ	r	φ	m_v	El
		h	m	°	′	AE	AE	°	m	°

(16) Psyche Opposition 1994 Aug. 3

Jun.	17	21	16.0	−13	41	2.046	2.794	16.5	10.5	128.4	W
	27	21	14.7	−13	49	1.938	2.780	14.1	10.3	138.3	W
Jul.	7	21	11.2	−14	09	1.847	2.767	11.0	10.1	148.7	W
	17	21	05.5	−14	40	1.777	2.753	7.3	9.9	159.7	W
	27	20	58.2	−15	20	1.732	2.740	3.3	9.7	171.0	W
Aug.	6	20	50.1	−16	04	1.714	2.727	1.2	9.5	176.7	E
	16	20	42.1	−16	48	1.722	2.714	5.4	9.7	165.4	E
	26	20	35.2	−17	27	1.757	2.702	9.4	9.9	154.1	E
Sep.	5	20	30.1	−17	59	1.814	2.690	13.0	10.1	143.1	E
	15	20	27.4	−18	22	1.892	2.678	16.0	10.2	132.7	E
	25	20	27.4	−18	35	1.985	2.666	18.4	10.4	122.9	E

(20) Massalia Opposition 1994 Sept. 19

Jul.	27	0	09.6	+ 1	46	1.860	2.536	20.1	10.7	120.9	W
Aug.	6	0	10.0	+ 1	49	1.743	2.522	17.8	10.5	130.4	W
	16	0	07.9	+ 1	36	1.641	2.507	14.9	10.3	140.5	W
	26	0	03.2	+ 1	05	1.557	2.492	11.2	10.1	151.4	W
Sep.	5	23	56.3	+ 0	19	1.495	2.477	6.8	9.8	163.0	W
	15	23	47.8	− 0	38	1.458	2.462	2.0	9.5	175.0	W
	25	23	38.7	− 1	40	1.448	2.446	3.0	9.5	172.6	E
Okt.	5	23	30.1	− 2	39	1.465	2.430	7.9	9.8	160.5	E
	15	23	23.1	− 3	28	1.506	2.414	12.4	10.0	148.7	E
	25	23	18.6	− 4	01	1.569	2.398	16.3	10.2	137.5	E
Nov.	4	23	16.8	− 4	17	1.650	2.382	19.4	10.3	127.0	E
	14	23	18.0	− 4	14	1.744	2.366	21.8	10.5	117.2	E
	24	23	21.8	− 3	53	1.847	2.350	23.5	10.7	108.2	E

(23) Thalia Opposition 1994 Feb. 1

Jan.	8	9	41.0	+30	03	1.130	2.026	15.4	9.5	146.7	W
	18	9	36.6	+31	45	1.088	2.025	11.6	9.3	155.6	W
	28	9	29.2	+33	18	1.068	2.026	8.8	9.2	161.5	W
Feb.	7	9	20.1	+34	30	1.071	2.029	9.2	9.2	160.9	E
	17	9	11.0	+35	10	1.098	2.034	12.2	9.4	154.3	E
	27	9	03.9	+35	15	1.145	2.040	16.0	9.6	145.4	E
Mrz.	9	8	59.9	+34	48	1.211	2.047	19.6	9.8	136.3	E
	19	8	59.6	+33	55	1.293	2.057	22.6	10.0	127.5	E
	29	9	02.9	+32	43	1.386	2.067	24.9	10.2	119.3	E
Apr.	8	9	09.4	+31	17	1.489	2.079	26.6	10.4	111.7	E

Datum		α		δ		Δ	r	φ	m_v	El	
		h	m	°	'	AE	AE	°	m	°	

(29) Amphitrite Opposition 1994 Aug. 10

Datum		h	m	°	'	AE	AE	°	m	°	
Jun.	7	21	52.5	−19	35	2.070	2.630	20.9	10.5	112.4	W
	17	21	55.5	−19	31	1.949	2.623	19.4	10.3	121.2	W
	27	21	56.0	−19	38	1.838	2.616	17.2	10.1	130.5	W
Jul.	7	21	53.7	−19	56	1.742	2.608	14.4	9.9	140.5	W
	17	21	48.8	−20	23	1.665	2.601	10.9	9.7	151.0	W
	27	21	41.4	−20	54	1.609	2.593	7.0	9.4	161.9	W
Aug.	6	21	32.3	−21	26	1.578	2.586	3.2	9.2	171.8	W
	16	21	22.4	−21	51	1.573	2.578	3.6	9.2	170.8	E
	26	21	12.9	−22	06	1.595	2.570	7.5	9.4	160.5	E
Sep.	5	21	04.9	−22	08	1.642	2.563	11.5	9.6	149.5	E
	15	20	59.3	−21	57	1.711	2.555	15.0	9.8	138.8	E
	25	20	56.5	−21	34	1.798	2.547	17.9	10.0	128.6	E
Okt.	5	20	56.6	−20	59	1.899	2.539	20.2	10.2	119.0	E
	15	20	59.5	−20	16	2.010	2.531	21.7	10.4	110.0	E
	25	21	04.9	−19	24	2.129	2.523	22.7	10.5	101.5	E

(37) Fides Opposition 1993 Dez. 30

Datum		h	m	°	'	AE	AE	°	m	°	
Jan.	8	6	29.3	+28	44	1.253	2.224	5.4	9.9	167.6	E
	18	6	20.4	+28	37	1.299	2.234	10.2	10.2	156.2	E
	28	6	14.3	+28	23	1.367	2.246	14.6	10.4	144.9	E
Feb.	7	6	11.8	+28	04	1.455	2.258	18.2	10.7	134.4	E
	17	6	12.9	+27	43	1.560	2.271	21.0	10.9	124.6	E

(40) Harmonia Opposition 1994 Nov. 23

Datum		h	m	°	'	AE	AE	°	m	°	
Okt.	5	4	28.3	+16	56	1.469	2.186	22.4	10.6	123.4	W
	15	4	28.2	+16	52	1.382	2.189	19.4	10.4	133.3	W
	25	4	24.7	+16	44	1.310	2.193	15.5	10.1	144.0	W
Nov.	4	4	17.7	+16	32	1.256	2.197	10.8	9.9	155.5	W
	14	4	08.0	+16	19	1.225	2.202	5.6	9.7	167.5	W
	24	3	57.0	+16	06	1.220	2.206	2.0	9.5	175.6	E
Dez.	4	3	46.1	+15	57	1.242	2.211	6.3	9.7	165.7	E
	14	3	37.0	+15	56	1.290	2.215	11.4	10.0	153.7	E
	24	3	30.7	+16	04	1.360	2.220	15.8	10.2	142.2	E

(41) Daphne Opposition 1994 Mrz. 1

Datum		h	m	°	'	AE	AE	°	m	°	
Jan.	28	10	54.1	− 5	12	1.532	2.370	15.6	10.8	139.7	W
Feb.	7	10	50.7	− 4	18	1.432	2.342	12.0	10.6	150.5	W
	17	10	45.2	− 2	52	1.356	2.314	7.8	10.4	161.5	W
	27	10	38.2	− 1	00	1.304	2.287	4.1	10.1	170.5	W
Mrz.	9	10	30.8	+ 1	12	1.279	2.260	5.2	10.1	168.0	E
	19	10	24.3	+ 3	30	1.282	2.234	9.8	10.3	157.5	E
	29	10	19.7	+ 5	42	1.308	2.209	14.5	10.5	146.3	E
Apr.	8	10	17.7	+ 7	37	1.356	2.185	18.8	10.7	135.4	E
	18	10	18.8	+ 9	09	1.419	2.162	22.2	10.8	125.4	E

Datum		α h	α m	δ °	δ ′	Δ AE	r AE	φ °	m_V m	*El* °	

(52) Europa

Opposition 1994 Jan. 27

Datum		α h	α m	δ °	δ ′	Δ AE	r AE	φ °	m_V m	*El* °	
Jan.	8	8	54.3	+16	14	1.876	2.803	8.2	10.5	156.1	W
	18	8	47.2	+17	07	1.836	2.806	4.1	10.2	168 1	W
	28	8	39.2	+18	05	1.825	2.809	0.2	9.9	179.4	E
Feb.	7	8	31.1	+19	02	1.842	2.813	4.4	10.3	167.3	E
	17	8	24.0	+19	52	1.888	2.817	8.4	10.5	155.4	E
	27	8	18.7	+20	34	1.960	2.821	11.9	10.7	143.9	E
Mrz.	9	8	15.7	+21	04	2.053	2.826	14.9	10.9	133.1	E

(115) Thyra

Opposition 1994 Jan. 29

Datum		α h	α m	δ °	δ ′	Δ AE	r AE	φ °	m_V m	*El* °	
Jan.	8	9	14.6	+18	08	1.288	2.205	12.1	10.5	151.9	W
	18	9	03.9	+17	51	1.263	2.226	6.8	10.3	164.5	W
	28	8	51.7	+17	36	1.264	2.248	1.1	9.9	177.4	W
Feb.	7	8	39.6	+17	19	1.293	2.270	4.5	10.2	169.7	E
	17	8	29.2	+16	59	1.349	2.292	9.6	10.6	157.2	E
	27	8	21.6	+16	35	1.429	2.314	14.1	10.9	145.4	E

(654) Zelinda

Opposition 1995 Jan. 2

Datum		α h	α m	δ °	δ ′	Δ AE	r AE	φ °	m_V m	*El* °	
Dez.	4	7	18.6	+28	03	0.975	1.864	18.1	10.8	143.9	W
	14	7	11.3	+25	58	0.905	1.847	12.7	10.4	155.6	W
	24	7	00.2	+23	33	0.857	1.831	6.3	10.0	168.2	W

(1620) Geographos

Datum		α h	α m	δ °	δ ′	Δ AE	r AE	φ °	m_V m	*El* °	
Aug.	28	21	25.5	−40	36	0.038	1.042	32.4	10.0	146.5	E
	29	21	26.1	−32	02	0.042	1.047	25.8	10.0	153.1	E
	30	21	26.6	−25	03	0.047	1.053	21.4	10.1	157.6	E
	31	21	27.0	−19	24	0.052	1.058	18.9	10.3	160.1	E
Sep.	1	21	27.4	−14	49	0.057	1.064	17.9	10.5	161.1	E
	2	21	27.7	−11	04	0.063	1.069	17.9	10.7	161.0	E
	3	21	28.0	− 7	59	0.070	1.075	18.4	10.9	160.3	E
	4	21	28.3	− 5	25	0.076	1.080	19.2	11.1	159.3	E
	5	21	28.6	− 3	16	0.083	1.086	20.1	11.4	158.2	E
	6	21	28.9	− 1	26	0.090	1.091	21.0	11.6	157.1	E
	7	21	29.2	+ 0	09	0.096	1.097	21.9	11.8	156.0	E
	8	21	29.5	+ 1	30	0.103	1.102	22.8	12.0	154.9	E
	9	21	29.9	+ 2	41	0.110	1.108	23.6	12.2	153.9	E
	10	21	30.3	+ 3	43	0.118	1.113	24.3	12.3	152.9	E
	11	21	30.6	+ 4	38	0.125	1.119	25.0	12.5	152.0	E
	12	21	31.1	+ 5	26	0.132	1.124	25.6	12.6	151.1	E
	13	21	31.5	+ 6	09	0.140	1.130	26.2	12.8	150.3	E
	14	21	32.0	+ 6	47	0.147	1.135	26.8	12.9	149.5	E

3.4.3 Konjunktionen Kleiner Planeten mit helleren Sternen

Gegeben sind überwiegend Konjunktionen in Rektaszension. In der Spalte
'Dist.' wird angegeben, in welchem Abstand der Kleine Planet den Stern
nördlich (N) oder südlich (S) passiert. Einige Konjunktionen in Deklination
sind ebenfalls aufgeführt. Dann ist die Distanz östlich (E) bzw. westlich (W)
vom Stern gegeben.

Datum	Zeit	Körper	Dist.		Stern	m_*	m_p
	h		'			m	m
Jan. 2	2	(2) Pallas	28	N	ρ Aqr	5.4	10.2
2	7	(37) Fides	42	N	49 Aur	5.0	9.8
3	8	(30) Urania	18	N	118 Tau	5.9	10.3
4	23	(2) Pallas	7	S	SAO 146062	6.1	10.2
5	8	(230) Athamantis	28	N	35 Ori	5.6	10.5
5	12	(15) Eunomia	45	N	ξ Ari	4.8	10.2
7	8	(192) Nausikaa	2	N	φ_1 Cnc	5.8	10.4
7	15	(23) Thalia	32	W	15 Leo	5.7	9.5
10	18	(115) Thyra	0	S	80 Cnc	6.7	10.5
10	23	(15) Eunomia	14	S	SAO 145671	6.2	10.1
11	11	(2) Pallas	36	S	SAO 146135	6.2	10.2
12	16	(192) Nausikaa	54	N	χ Cnc	5.2	10.3
14	13	(23) Thalia	23	E	SAO 61594	5.7	9.4
16	18	(15) Eunomia	18	N	SAO 145778	6.2	10.1
21	7	(52) Europa	43	S	δ Cnc	4.2	10.1
23	8	(15) Eunomia	0	N	SAO 145914	6.1	10.1
23	11	(15) Eunomia	24	N	SAO 145916	6.1	10.1
26	1	(192) Nausikaa	34	N	χ Gem	5.0	10.4
26	6	(23) Thalia	36	S	7 LMi	6.0	9.2
28	14	(4) Vesta	11	S	30 Psc	4.7	8.2
30	15	(23) Thalia	47	W	7 LMi	6.0	9.2
30	20	(4) Vesta	5	S	33 Psc	4.7	8.2
Feb. 2	19	(115) Thyra	43	S	δ Cnc	4.2	10.1
3	2	(4) Vesta	4	N	SAO 128621	6.0	8.2
5	0	(15) Eunomia	11	N	60 Aqr	5.9	10.0
5	22	(23) Thalia	1	E	α Lyn	3.3	9.2
6	0	(23) Thalia	0	N	α Lyn	3.3	9.2
6	8	(52) Europa	52	N	ϑ Cnc	5.6	10.2
12	5	(23) Thalia	17	N	SAO 61361	6.0	9.3
14	4	(1) Ceres	17	S	64 Cet	5.7	9.0
15	17	(1) Ceres	20	S	ξ_1 Cet	4.5	9.0
16	17	(3) Juno	56	W	ι Vir	4.2	10.5
22	15	(41) Daphne	8	S	33 Sex	6.4	10.2
23	8	(41) Daphne	8	W	33 Sex	6.4	10.2
26	1	(1) Ceres	33	S	ξ Ari	5.5	9.0
Mrz. 7	13	(1) Ceres	58	S	31 Ari	5.7	9.0
8	23	(4) Vesta	13	N	26 Cet	6.1	8.3
13	21	(1) Ceres	2	S	38 Ari	5.2	9.0
31	7	(23) Thalia	58	E	64 Cnc	5.6	10.3
Apr. 4	1	(10) Hygiea	35	E	SAO 157584	6.0	9.2
6	14	(3) Juno	52	N	90 Vir	5.3	9.9
9	14	(18) Melpomene	23	S	SAO 120400	6.2	10.4
19	23	(516) Amherstia	7	E	κ Cen	3.4	10.5
20	20	(516) Amherstia	6	S	κ Cen	3.4	10.5
29	10	(516) Amherstia	39	N	o Lup	4.5	10.4
29	15	(18) Melpomene	46	N	τ Vir	4.3	10.4

Datum	Zeit	Körper	Dist.	Stern	m_*	m_p
	h		′		m	m
Mai 2	0	(6) Hebe	48 N	ω Ser	5.3	9.8
5	22	(10) Hygiea	14 S	21 Vir	5.4	9.7
11	23	(15) Eunomia	25 S	109 Psc	6.2	9.9
15	2	(7) Iris	15 S	51 Oph	4.9	9.8
15	16	(516) Amherstia	44 S	η Cen	2.6	10.3
16	12	(15) Eunomia	14 S	β Ari	2.7	9.9
18	20	(15) Eunomia	1 S	SAO 75077	6.1	9.9
21	11	(7) Iris	10 N	44 Oph	4.3	9.6
22	2	(15) Eunomia	59 S	κ Ari	5.1	9.9
25	6	(32) Pomona	27 S	49 Lib	5.5	10.4
30	8	(7) Iris	39 N	o Oph	5.4	9.4
Jun. 1	14	(15) Eunomia	8 N	SAO 75398	6.1	10.0
1	14	(416) Vaticana	44 N	τ Sco	2.9	10.1
5	4	(15) Eunomia	25 S	30 Ari	6.6	10.0
10	10	(2) Pallas	53 N	60 Cet	5.6	9.9
10	13	(15) Eunomia	3 S	SAO 75588	5.9	10.0
10	16	(10) Hygiea	52 N	21 Vir	5.4	10.4
11	17	(6) Hebe	48 S	3 Ser	5.4	10.0
16	12	(15) Eunomia	22 S	49 Ari	5.9	10.0
19	8	(416) Vaticana	30 S	SAO 184300	4.9	10.5
19	14	(7) Iris	31 N	24 Oph	5.6	9.4
20	9	(15) Eunomia	13 S	SAO 75771	6.1	10.0
21	4	(15) Eunomia	28 S	56 Ari	5.6	10.0
21	14	(10) Hygiea	50 S	χ Vir	4.8	10.5
23	10	(2) Pallas	29 N	69 Cet	5.6	9.8
24	15	(15) Eunomia	13 N	59 Ari	5.9	10.0
25	11	(8) Flora	34 S	64 Cet	5.7	10.5
25	16	(15) Eunomia	11 S	62 Ari	5.6	10.0
26	6	(8) Flora	44 S	ξ_1 Cet	4.5	10.5
Jul. 3	11	(8) Flora	44 N	ξ_2 Cet	4.3	10.5
4	7	(4) Vesta	17 S	δ Tau	3.9	8.4
4	14	(4) Vesta	30 N	63 Tau	5.7	8.4
4	23	(4) Vesta	8 S	64 Tau	4.8	8.4
5	19	(4) Vesta	34 S	68 Tau	4.2	8.4
5	20	(2) Pallas	6 N	δ Cet	4.0	9.7
6	11	(6) Hebe	40 E	110 Vir	4.6	10.3
11	12	(8) Flora	11 N	μ Cet	4.4	10.4
15	21	(15) Eunomia	50 N	ψ Tau	5.3	10.0
19	3	(8) Flora	22 N	SAO 93232	6.2	10.4
21	9	(4) Vesta	33 S	97 Tau	5.1	8.4
24	0	(8) Flora	5 S	SAO 93320	5.9	10.3
24	14	(15) Eunomia	48 S	SAO 57229	5.3	10.0
30	17	(8) Flora	10 S	SAO 93416	6.2	10.2
31	1	(2) Pallas	34 S	94 Cet	5.1	9.4
31	9	(4) Vesta	5 N	104 Tau	5.0	8.4
Aug. 1	7	(8) Flora	7 S	SAO 93439	6.2	10.2
1	10	(1) Ceres	51 S	ε Gem	3.2	8.9
3	2	(8) Flora	10 S	5 Tau	4.3	10.2
4	7	(15) Eunomia	2 S	SAO 57441	5.8	10.0
9	17	(29) Amphitrite	13 N	36 Cap	4.6	9.1
11	4	(29) Amphitrite	28 S	35 Cap	6.0	9.1
11	15	(1) Ceres	3 N	ω Gem	5.2	8.9
11	19	(29) Amphitrite	44 N	ζ Cap	3.9	9.1

Datum	Zeit	Körper		Dist.		Stern	m_*	m_p
	h			′			m	m
Aug. 15	11	(2)	Pallas	59	N	17 Eri	4.8	9.2
16	12	(4)	Vesta	35	N	119 Tau	4.7	8.3
16	20	(15)	Eunomia	39	S	14 Aur	5.1	9.9
17	6	(1)	Ceres	4	N	48 Gem	5.8	8.9
17	9	(4)	Vesta	40	N	120 Tau	5.5	8.3
18	12	(1)	Ceres	42	S	52 Gem	6.0	8.9
20	14	(2)	Pallas	5	N	SAO 130598	6.6	9.1
23	11	(1)	Ceres	57	S	57 Gem	5.1	8.9
23	11	(2)	Pallas	3	W	21 Eri	6.0	9.1
23	16	(2)	Pallas	2	S	21 Eri	6.0	9.1
25	12	(15)	Eunomia	7	N	χ Aur	4.9	9.9
29	17	(8)	Flora	24	N	57 Tau	5.6	9.9
30	2	(8)	Flora	39	S	58 Tau	5.3	9.9
30	17	(4)	Vesta	30	S	SAO 94942	6.0	8.2
30	23	(8)	Flora	24	N	60 Tau	5.8	9.9
31	4	(29)	Amphitrite	57	S	χ Cap	5.3	9.5
31	15	(44)	Nysa	38	S	27 Psc	5.1	10.5
Sep. 1	4	(4)	Vesta	53	S	54 Ori	4.6	8.2
1	15	(4)	Vesta	22	S	57 Ori	5.9	8.2
2	17	(8)	Flora	9	S	π Tau	4.9	9.8
3	20	(8)	Flora	9	S	76 Tau	6.0	9.8
4	14	(1)	Ceres	35	S	κ Gem	3.7	8.9
5	6	(8)	Flora	54	N	83 Tau	5.5	9.8
6	23	(20)	Massalia	2	N	SAO 146973	6.0	9.7
7	7	(8)	Flora	10	S	ρ Tau	4.7	9.8
8	5	(4)	Vesta	17	S	64 Ori	5.2	8.2
8	14	(16)	Psyche	20	N	ρ Cap	5.0	10.2
10	9	(16)	Psyche	15	E	π Cap	5.2	10.2
15	7	(4)	Vesta	23	S	68 Ori	5.7	8.1
15	22	(16)	Psyche	11	S	π Cap	5.2	10.3
17	18	(1)	Ceres	48	N	9 Cnc	6.2	8.8
17	19	(4)	Vesta	15	N	71 Ori	5.2	8.1
19	19	(2)	Pallas	9	W	SAO 149299	5.9	8.6
20	16	(8)	Flora	35	N	4 Ori	5.2	9.5
22	22	(2)	Pallas	31	E	γ Eri	3.2	8.6
23	9	(8)	Floras	12	S	SAO 94212	5.7	9.5
24	3	(59)	Elpis	39	E	96 Aqr	5.7	10.5
24	13	(16)	Psyche	22	S	π Cap	5.2	10.5
26	3	(8)	Flora	18	N	SAO 94240	6.0	9.4
26	16	(1)	Ceres	53	S	λ Cnc	5.9	8.8
28	2	(59)	Elpis	34	S	96 Aqr	5.7	10.5
29	19	(15)	Eunomia	5	S	WW Aur	5.7	9.6
30	4	(20)	Massalia	56	S	14 Psc	6.0	9.7
30	17	(59)	Elpis	51	E	φ Aqr	4.4	10.5
Okt. 1	13	(8)	Flora	36	S	11 Ori	4.6	9.3
1	16	(4)	Vesta	53	S	ν Gem	4.1	7.9
6	2	(40)	Harmonia	35	N	75 Tau	5.3	10.5
7	15	(8)	Flora	51	S	15 Ori	4.9	9.2
13	19	(40)	Harmonia	32	N	75 Tau	5.3	10.4
14	18	(42)	Isis	55	N	α Cet	2.8	10.3
20	16	(20)	Massalia	6	N	SAO 146645	6.6	10.1
24	7	(29)	Amphitrite	23	N	η Cap	4.9	10.5
26	2	(40)	Harmonia	44	S	64 Tau	4.8	10.1
26	9	(2)	Pallas	28	W	τ_9 Eri	4.7	8.1

Datum	Zeit h	Körper		Dist. ′		Stern	m_* m	m_p m
Okt. 27	5	(40)	Harmonia	5	S	63 Tau	5.7	10.1
28	12	(2)	Pallas	41	E	τ_8 Eri	4.8	8.1
31	19	(42)	Isis	14	S	SAO 110730	6.0	10.1
31	22	(1)	Ceres	11	N	ξ Cnc	5.2	8.5
Nov. 1	10	(40)	Harmonia	58	N	γ Tau	3.9	10.0
20	19	(8)	Flora	57	S	11 Ori	4.6	8.2
23	6	(1)	Ceres	35	S	λ Leo	4.5	8.2
25	9	(5)	Astraea	54	N	135 Tau	5.7	9.9
26	8	(8)	Flora	1	N	SAO 94240	6.0	8.1
29	6	(8)	Flora	24	S	SAO 94212	5.7	8.1
29	19	(5)	Astraea	39	N	131 Tau	5.7	9.8
Dez. 2	5	(8)	Flora	29	N	4 Ori	5.2	8.0
4	15	(532)	Herculina	28	S	SAO 130215	5.2	10.5
10	12	(4)	Vesta	15	N	ν Gem	4.1	6.6
11	13	(4)	Vesta	1	N	16 Gem	6.1	6.6
11	17	(4)	Vesta	16	S	15 Gem	6.5	6.6
14	0	(654)	Zelinda	52	S	47 Gem	5.6	10.4
14	4	(5)	Astraea	49	N	35 Ori	5.6	9.5
14	11	(8)	Flora	32	S	σ_1 Tau	5.1	8.2
17	3	(1)	Ceres	23	W	ε Leo	3.1	7.8
17	14	(5)	Astraea	12	S	SAO 94596	5.8	9.5
19	22	(8)	Flora	45	N	ρ Tau	4.7	8.3
20	6	(5)	Astraea	40	S	116 Tau	5.5	9.5
20	18	(5)	Astraea	3	S	SAO 94556	6.1	9.5
21	7	(15)	Eunomia	48	N	53 Aur	5.5	8.2
21	10	(654)	Zelinda	14	E	ω Gem	5.2	10.1
21	19	(9)	Metis	2	N	4 Vir	5.2	10.5
22	6	(654)	Zelinda	13	S	ω Gem	5.2	10.0
22	6	(8)	Flora	7	S	85 Tau	6.0	8.4
23	18	(8)	Flora	9	N	81 Tau	5.5	8.5
24	10	(8)	Flora	15	N	80 Tau	5.7	8.5
26	14	(8)	Flora	5	N	ϑ_1 Tau	4.0	8.5
26	16	(2)	Pallas	57	E	α For	4.0	8.3
26	19	(8)	Flora	18	S	75 Tau	5.3	8.5
30	1	(9)	Metis	31	S	6 Vir	5.6	10.4
30	4	(8)	Flora	41	N	71 Tau	4.6	8.6
30	16	(654)	Zelinda	2	N	36 Gem	5.2	9.6
30	19	(654)	Zelinda	2	W	36 Gem	5.2	9.6
31	0	(19)	Fortuna	29	S	25 Cnc	6.2	10.4

Besondere Hinweise:

Jan. 10	(115)	Thyra	19″	südlich, keine Bedeckung
23	(15)	Eunomia	9″	südlich, keine Bedeckung
Feb. 5	(23)	Thalia	53″	östlich um $21^h 54^m$ MEZ
		und	27″	nördlich um $23^h 42^m$ MEZ
13	(192)	Nausikaa	43″	südlich
Apr. 4	(8)	Flora	71″	südlich
Mai 18	(15)	Eunomia	66″	südlich
Nov. 26	(8)	Flora	68″	südlich

3.5 Periodische Kometen

In diesem Abschnitt sind die Bahnelemente und Ephemeriden von periodischen Kometen gegeben, welche 1994 durch das Perihel ihrer Bahn gehen werden. Die meisten der 17 Kometen werden aber so schwach sein, daß sie mit kleinen Instrumenten kaum nachweisbar sein werden.

Die Kometen Encke, Tempel 1 und Borrelly werden aber wahrscheinlich so hell, daß sie auch Objekte für Amateurfernrohre sind. Encke ist leider nach der Konjunktion mit der Sonne von Deutschland aus nicht mehr zu beobachten.

Im Gegensatz etwa zu den Kleinen Planeten, bei denen der Ort in der Bahn durch die mittlere Anomalie M zu einer bestimmten Epoche und durch die große Halbachse a bestimmbar ist, bevorzugt man bei den Kometen die Angabe von Zeitpunkt und Sonnenabstand beim Durchgang durch das Perihel, dem sonnennächsten Punkt der Bahn. Beide Definitionen sind natürlich äquivalent und lassen sich leicht ineinander überführen. Aus der Periheldistanz q und der Bahnexzentrizität e ergibt sich die große Halbachse zu

$$a = \frac{q}{1 - e}.$$

Der größte erreichbare Sonnenabstand, die Apheldistanz Q, wird

$$Q = \frac{1 + e}{1 - e} \, q.$$

Die mittlere tägliche Bewegung hängt ausschließlich von der großen Halbachse a ab

$$n^\circ = \frac{k^\circ}{a\sqrt{a}} \quad mit \quad k^\circ = 0.985607669,$$

wobei k° die mittlere tägliche Bewegung der Erde um die Sonne bedeutet. Die Umlaufszeit P des Kometen in Tagen erhält man aus $P = 360^\circ / n^\circ$. Der Zeitraum zwischen zwei Oppositionen, die synodische Umlaufzeit U, läßt sich bei Kleinen Planeten und Kometen mit kleiner Exzentrizität leicht zu

$$U = \frac{360^\circ}{k^\circ - n^\circ}$$

abschätzen. Kometen, die in Sonnennähe einen Schweif entwickeln, erfahren u.a. einen Strahlungsdruckeffekt. Die klassischen Bahnelemente, die für punktmechanische Körper wie z.B. die Kleinen Planeten gelten, müssen für viele Kometen noch durch sogenannte nichtgravitative Beschleunigsterme ergänzt werden.

3.5.1 Oskulierende Bahnelemente

Äquinoktium und Ekliptik J2000.0

Komet	Epoche Datum	Perihelzeit Datum	q AE	e
Schwassmann-Wachmann 2	Jan. 8	Jan. 23.9091	2.070265	0.398745
Encke	Feb. 17	Feb. 9.4732	0.330911	0.850212
Kojima	Feb. 17	Feb. 17.9949	2.399069	0.392645
Tempel 2	Mrz. 29	Mrz. 16.8162	1.483536	0.522447
Maury	Mrz. 29	Mrz. 19.1456	2.027112	0.522294
Hartley 3	Mai 8	Mai 20.3777	2.461888	0.316748
Tuttle	Jun. 17	Jun. 25.2907	0.997732	0.824089
Bus	Jun. 17	Jun. 28.1443	2.183112	0.374643
Reinmuth 2	Jun. 17	Jun. 29.6758	1.893065	0.464111
Kohoutek	Jun. 17	Jun. 29.9011	1.784655	0.496308
Tempel 1	Jun. 17	Jul. 3.3084	1.494151	0.520254
Wild 3	Jul. 27	Jul. 21.2113	2.299473	0.366074
Harrington	Sep. 5	Aug. 23.2458	1.571902	0.561336
Brooks 2	Sep. 5	Sep. 1.0882	1.843340	0.490731
Russell 2	Okt. 15	Okt. 27.3759	2.276492	0.399665
Borrelly	Okt. 15	Nov. 1.4922	1.365115	0.622803
Whipple	Jan. 3	Dez. 22.4272	3.093877	0.258713

Komet	ω °	Ω °	i °	H_0 m	n m	P a
Schwassmann-Wachmann 2	358.2177	126.2470	3.7530	7.5	6.0	4.81
Encke	186.2700	334.7294	11.9405	11.5	6.0	4.08
Kojima	348.5361	154.8032	0.8780	11.0	6.0	5.50
Tempel 2	194.8834	118.2487	11.9747	10.0	6.0	4.72
Maury	119.8123	176.8322	11.6935	11.5	6.0	6.45
Hartley 3	168.4900	287.8736	11.6939	11.0	6.0	4.74
Tuttle	206.7030	270.5484	54.6923	9.5	6.0	10.34
Bus	24.4039	182.2214	2.5730	10.0	6.0	4.79
Reinmuth 2	45.8765	296.1700	6.9819	10.5	6.0	5.17
Kohoutek	175.8015	269.6864	5.9072	9.5	6.0	5.30
Tempel 1	178.9020	68.9853	10.5518	9.0	6.0	4.73
Wild 3	179.2720	72.6259	15.4531	8.5	6.0	4.95
Harrington	233.4532	119.2625	8.6558	11.0	8.0	5.59
Brooks 2	197.9880	176.9466	5.5415	9.0	6.0	5.39
Russell 2	249.1865	42.5329	12.0412	10.0	6.0	5.30
Borrelly	353.3586	75.4238	30.2706	9.0	6.0	5.87
Whipple	201.8753	182.4952	9.9271	6.5	6.0	5.25

3.5.2 Ephemeriden periodischer Kometen

Komet Encke

1993/94 Datum	α h m	δ ° ′	r AE	d AE	El °	S °	H m	Bew ″/h	$P.$ °
Dez. 25	22 29.6	+ 4 02	1.071	0.932	68	10	11.8	14.14	187
29	22 29.5	+ 3 40	1.005	0.918	64	10	11.3	13.78	182
Jan. 2	22 29.4	+ 3 17	0.938	0.899	60	10	10.9	14.59	183
6	22 29.2	+ 2 53	0.869	0.875	55	9	10.3	17.20	192
10	22 28.6	+ 2 22	0.798	0.846	51	8	9.7	23.24	203
14	22 27.1	+ 1 43	0.725	0.812	46	8	9.0	35.23	214
18	22 24.1	+ 0 46	0.651	0.773	41	7	8.1	56.44	222
22	22 18.7	− 0 37	0.576	0.731	36	6	7.2	91.27	226
26	22 09.5	− 2 42	0.503	0.688	29	6	6.2	145.3	229
28	22 02.9	− 4 07	0.467	0.669	24	5	5.7	180.4	230
30	21 54.8	− 5 50	0.433	0.651	20	5	5.1	219.1	230
Feb. 1	21 44.9	− 7 52	0.402	0.639	15	5	4.6	257.5	230
2	21 39.4	− 8 60	0.388	0.635	12	4	4.3	274.7	231
3	21 33.5	−10 12	0.375	0.633	9	4	4.1	288.7	231

Komet Tempel 1

1994 Datum	α h m	δ ° ′	r AE	d AE	El °	S °	H m	Bew ″/h	$P.$ °
Apr. 8	13 21.8	+12 45	1.721	0.746	160	8	11.9	29.15	274
13	13 17.7	+12 44	1.698	0.726	158	8	11.8	31.16	265
18	13 13.4	+12 33	1.676	0.709	156	7	11.6	32.40	255
23	13 09.2	+12 10	1.655	0.698	152	6	11.5	33.14	244
28	13 05.4	+11 34	1.635	0.690	148	5	11.4	33.82	232
Mai 3	13 02.0	+10 46	1.615	0.686	144	5	11.3	34.90	219
8	12 59.5	+ 9 45	1.597	0.686	140	4	11.2	36.74	206
13	12 57.8	+ 8 33	1.581	0.689	136	3	11.2	39.62	193
18	12 57.2	+ 7 11	1.565	0.695	132	2	11.1	43.56	181
23	12 57.6	+ 5 40	1.551	0.704	128	1	11.1	48.34	171
28	12 59.1	+ 4 00	1.539	0.715	125	0	11.1	53.64	163
Jun. 2	13 01.7	+ 2 15	1.527	0.728	122	0	11.1	59.22	157
7	13 05.4	+ 0 23	1.518	0.743	119	1	11.1	64.88	151
12	13 10.1	− 1 32	1.510	0.760	116	2	11.1	70.42	146
17	13 15.8	− 3 30	1.503	0.779	113	3	11.1	75.66	142
22	13 22.5	− 5 31	1.499	0.800	111	4	11.1	80.45	139
27	13 30.0	− 7 32	1.496	0.822	108	5	11.2	84.74	136
Jul. 2	13 38.4	− 9 33	1.494	0.846	106	5	11.3	88.58	133
7	13 47.6	−11 33	1.495	0.872	104	6	11.3	92.03	130
12	13 57.5	−13 31	1.497	0.900	103	7	11.4	95.01	128
17	14 08.1	−15 27	1.501	0.929	101	7	11.5	97.49	126
22	14 19.3	−17 19	1.506	0.961	99	8	11.6	99.44	124
27	14 31.2	−19 06	1.513	0.994	98	9	11.7	101.0	121
Aug. 1	14 43.6	−20 49	1.522	1.029	96	9	11.8	102.1	119
6	14 56.6	−22 26	1.532	1.067	95	10	11.9	103.0	117

Komet Borrelly

1994/95 Datum	α h m	δ ° ′	r AE	d AE	El °	S °	H m	Bew "/h	P. °
Sep. 10	5 25.7	− 4 38	1.492	1.151	87	30	11.9	100.8	71
15	5 38.4	− 3 29	1.470	1.104	88	30	11.7	102.1	69
20	5 51.2	− 2 14	1.450	1.057	89	30	11.5	103.6	68
25	6 04.0	− 0 52	1.432	1.012	91	29	11.4	105.4	66
30	6 16.9	+ 0 38	1.416	0.967	92	28	11.2	107.4	64
Okt. 5	6 29.8	+ 2 17	1.402	0.925	93	27	11.0	109.8	62
10	6 42.7	+ 4 06	1.390	0.884	95	26	10.9	112.6	59
15	6 55.6	+ 6 07	1.380	0.844	97	24	10.7	115.8	57
20	7 08.7	+ 8 21	1.373	0.807	99	22	10.6	119.6	54
25	7 21.7	+10 49	1.368	0.772	101	20	10.5	123.8	51
30	7 34.8	+13 33	1.365	0.739	103	19	10.4	128.1	48
Nov. 4	7 47.8	+16 32	1.365	0.710	106	16	10.3	132.5	45
9	8 00.8	+19 47	1.368	0.684	108	14	10.2	136.7	42
14	8 13.8	+23 17	1.373	0.662	111	12	10.2	140.4	39
19	8 26.6	+27 01	1.380	0.644	114	9	10.1	143.0	36
24	8 39.2	+30 56	1.390	0.630	117	7	10.1	144.1	34
29	8 51.4	+34 59	1.402	0.622	120	4	10.2	143.1	31
Dez. 4	9 03.1	+39 05	1.416	0.618	122	2	10.2	139.8	28
9	9 14.2	+43 09	1.432	0.620	125	1	10.3	133.9	26
14	9 24.4	+47 06	1.450	0.627	127	3	10.4	125.8	23
19	9 33.4	+50 51	1.470	0.638	129	6	10.5	115.8	20
24	9 41.0	+54 20	1.492	0.655	130	8	10.7	104.4	17
29	9 46.9	+57 30	1.516	0.676	131	11	10.9	92.13	13
Jan. 3	9 50.9	+60 18	1.540	0.701	132	13	11.0	79.49	8
8	9 52.8	+62 44	1.567	0.730	132	15	11.2	67.00	2
13	9 52.3	+64 46	1.594	0.763	131	18	11.4	55.12	355
18	9 49.7	+66 24	1.623	0.798	131	20	11.7	44.19	346
23	9 45.2	+67 38	1.652	0.837	130	22	11.9	34.53	334

Bemerkungen:

Sch   Winkel zwischen Bahnebene des Kometen und dem Radiusvektor Erde – Sonne
Bew   Bewegung des Kometen in Bogensekunden pro Stunde
P.   Positionswinkel der Bewegung des Kometen

3.6 Meteorströme

Meteorstrom	Periode				Maximum		Radiant α °	Radiant δ °	max. Rate 1/h
Quadrantiden	Jan.	1	—	5	Jan.	3	230	+49	65
δ-Cancriden	Jan.	5	—	24	Jan.	16	130	+20	3
Virginiden	Feb.	1	— Mai	30	Mrz.	25	195	— 4	3
Scorpioniden	Apr.	15	— Jul.	25	Jun.	4	260	−30	2
Lyriden	Apr.	16	—	25	Apr.	22	271	+34	10
Juni-Lyriden	Jun.	11	—	21	Jun.	16	278	+35	4
Pegasiden	Jul.	7	—	11	Jul.	9	340	+15	5
α-Capricorniden	Jul.	3	— Aug.	25	Jul.	29	307	−10	4
südl. δ-Aquariden	Jul.	8	— Aug.	19	Jul.	28	339	−16	5
nördl. δ-Aquariden	Jul.	15	— Aug.	25	Aug.	12	326	— 5	3
Perseiden	Jul.	17	— Aug.	24	Aug.	12	46	+58	60
κ-Cygniden	Aug.	3	—	31	Aug.	18	286	+58	5
α-Aurigiden	Aug.	24	— Sep.	5	Sep.	1	84	+42	9
Orioniden	Okt.	2	— Nov.	7	Okt.	21	95	+16	15
südl. Tauriden	Sep.	12	— Nov.	26	Nov.	3	51	+13	8
nördl. Tauriden	Sep.	13	— Dez.	1	Nov.	13	59	+23	7
Leoniden	Nov.	14	—	21	Nov.	18	152	+22	8
χ-Orioniden	Nov.	16	— Dez.	15	Dez.	2	82	+23	3
Monoceroiden	Nov.	27	— Dez.	17	Dez.	10	100	+14	3
Geminiden	Dez.	7	—	17	Dez.	14	112	+33	65
Ursiden	Dez.	17	—	26	Dez.	22	217	+75	6

Durch die Relativbewegung von Erde und Meteorstrom verlagert sich der Radiant täglich etwa um ein Grad parallel zur Ekliptik nach Osten. Die gegebenen Koordinaten gelten für das Datum des Maximums.

3.7 Objekte des Fixsternhimmels

3.7.1 Veränderliche Sterne

Die Beschäftigung mit "Veränderlichen" ist ein interessantes Forschungsgebiet der Astronomie. Unter "Veränderlichkeit" wird ganz allgemein ein Schwanken der beobachtbaren scheinbaren Helligkeit verstanden. Dafür kann es ganz unterschiedliche Ursachen geben.

Veränderlich im eigentlichen Sinn sind Sterne, bei denen physikalische Vorgänge zu Veränderungen der Zustandsgrößen und damit der Energieabgabe führen. Variable scheinbare Helligkeit zeigen aber z.B. auch enge, optisch unaufgelöste Doppelsterne, deren summierte Helligkeit durch gegenseitige Bedeckungen (Verfinsterungen) schwankt.

Für das Beobachten der Veränderlichkeit ist die Ursache unerheblich. Es geht zuerst nur um das Erkennen und Bestimmen der Periodizität und der Amplitude. Dafür sind häufig sehr viele Beobachtungen notwendig, die oft von den Profisternwarten allein aus Zeit- und aus Witterungsgründen nicht realisiert werden können. Deshalb ist gerade die Veränderlichenbeobachtung ein interessantes und sehr nützliches Betätigungsfeld für die Amateurastronomie.

Die Veränderlichenastronomie kennt periodisch und unperiodisch veränderliche Sterne. Es scheint natürlich sinnvoll, daß die unperiodisch Veränderlichen kontinuierlich überwacht werden müssen, um die Zeitpunkte ihrer unvorhersagbaren Helligkeitsschwankungen zu erfassen. Um die physikalischen Ursachen ihrer Variabilität untersuchen zu können, ist es natürlich sehr wichtig, den zeitlichen Verlauf der Veränderungen möglichst genau zu bestimmen. Die Beobachtungen sind dann Grundlage für die Beantwortung folgender Fragen: Wann begann die Abweichung von der "Normalhelligkeit"? Wie schnell wurde der Extremwert der Veränderung erreicht? Gibt es eventuell eine begrenzte Zeit periodischer Variabilität? Kehrt der Stern zur "Normalhelligkeit" zurück, wenn ja, nach welcher Zeit? Ist die Variabilität bei allen Wellenlängen die gleiche, oder ist sie auf besondere Spektralbereiche beschränkt?

Schon diese wenigen Fragen machen deutlich, daß zu ihrer Beantwortung möglichst lückenlose Beobachtungsreihen notwendig sind.

Aber auch bei den periodisch veränderlichen Sternen gibt es noch manche interessante, unbeantwortete Frage, die neues Beobachtungsmaterial verlangt. Im Prinzip kann man bei den periodisch Veränderlichen die Zeitpunkte ihrer Helligkeitsmaxima bzw. -minima exakt vorausberechnen. Nun scheint es, als könnten die Beobachtungen die bekannten Perioden und Amplituden nur noch bestätigen oder eventuell verbessern. Nicht selten passiert es aber, daß es Abweichungen zwischen den Voraussagen und den Beobachtungen gibt. Wenn diese Abweichungen größer als die Beobachtungsfehler sind, stimmen die für die Voraussage angenommene Periode oder Amplitude nicht. Das soll durch zwei Beispiele belegt werden.

Der Stern T Cep ist ein Mira-Stern mit einer Periode von 388 Tagen. 1991 kam das am 23. August erwartete Maximum 79 Tage zu spät. Warum? Handelt es sich um eine einmalige Abweichung, oder gibt es eine systematische Periodenänderung? Die ständige Überwachung dieses Sternes, dessen Helligkeit zwischen 5.2 und 11.3 Größenklassen schwankt, ist interessant und notwendig.

Die Sterne SS Lac und V 699 Cyg sind als Bedeckungsveränderliche bekannt. Ihre Helligkeitsschwankungen haben sich jedoch reduziert und sind bei SS Lac ganz verschwunden. Warum? Gibt es in den "Doppelsternsystemen" eventuell dritte, bisher unbekannte Mitglieder, die die Bahnverhältnisse gravitativ verändern und dadurch Amplitudenveränderungen hervorrufen?

Diese beiden Beispiele zeigen, daß es nicht nur lohnenswert ist, "exotische" Variable zu beobachten, sondern daß auch bei den klassischen Veränderlichen noch interessante Fragen auftreten können, zu deren Beantwortung kontinuierliches Beobachtungsmaterial notwendig ist.

Um wissenschaftlich wertvolles Beobachtungsmaterial zu liefern, muß Beobachtungserfahrung vorliegen. Diese kann jeder durch die Beobachtung von Veränderlichen mit gut bekannter Periode und Amplitude gewinnen. Aus den eigenen Beobachtungen sollte man die Periode und Amplitude berechnen und dann mit den bekannten Werten vergleichen, um die Qualität und Zuverlässigkeit der eigenen Beobachtungen zu prüfen.

Die Bestimmung der exakten Beobachtungszeit ist eine einfache Angelegenheit. Die sichere Schätzung der Sternhelligkeit verlangt eine gute Methode und Übung. Obwohl in der Mitte des vergangenen Jahrhunderts erst 20 Veränderliche bekannt waren und wohl noch niemand die große Bedeutung dieser Objekte für viele Probleme der Astrophysik ahnte, hat Argelander 1844 eine "Aufforderung an die Freunde der Astronomie" zur systemastischen Beobachtung variabler Sterne gerichtet. In diesem Aufruf hat er auch schon eine sehr gute und einfache Methode zur Bestimmung der Helligkeiten veränderlicher Sterne beschrieben, die sowohl für visuelle als auch für photographische Beobachtungen angewendet werden kann. Sie ist in »Ahnerts Kalender für Sternfreunde 1990« auf Seite 134 kurz beschrieben. Interessenten, die mehr Informationen darüber haben möchten, können sich jederzeit an die Herausgeber des Kalenders wenden.

In den folgenden Tabellen sind für einige Veränderliche ihre Parameter gegeben. Mira-Sterne haben Perioden von mehreren 100 Tagen und Amplituden zwischen 2 und 8 Größenklassen. Die Perioden der δ Cep-Sterne betragen dagegen nur 1 bis etwa 50 Tage, die Amplituden liegen zwischen 0.5 und 2.5 Größenklassen. Die Ursachen der Variabilität sind bei beiden Gruppen die gleichen: systematische Radiusänderungen (Pulsationen), die mit Temperaturschwankungen gekoppelt sind.

Eine dritte Gruppe sind die Bedeckungssterne, deren Helligkeitsschwankungen durch periodische gegenseitige Verfinsterungen hervorgerufen werden. In der Tabelle sind solche mit Perioden von einigen Tagen aufgenommen.

Die Beobachtungen der verschiedenen Veränderlichengruppen verlangen wegen der verschiedenen Periodenlängen ganz unterschiedliche Beobachtungsplanungen. Bei den langperiodischen Mira-Sternen reicht es, wenn alle 5 Tage Beobachtungen erhalten werden. Bei den δ Cep-Sternen ist es dagegen notwendig, möglichst in jeder Nacht einige Meßwerte zu gewinnen. Um die Minima der Bedeckungsveränderlichen genau bestimmen zu können, sollte um die Zeitpunkte der Minima möglichst alle 15 Minuten eine Messung vorgenommen werden.

Für erfahrene Beobachter ist eine Liste unperiodischer Veränderlicher gegeben, deren ständige Überwachung interessant und notwendig ist.

Für die Mira-Sterne, für β Persei (Algol oder Gorgona) und β Lyrae (Sheliak) sind für das ganze Jahr die Zeitpunkte der Extrema gegeben. Für die anderen periodischen Veränderlichen lassen sich die Extremazeiten (t) sehr leicht berechnen. Man addiert einfach zu einem bekannten Extremazeitpunkt (Epoche E_0) das Vielfache (n) der bekannten Periode (P): $t = E_0 + n * P$

Bei der Veränderlichenbeobachtung sind nicht nur die wissenschaftlichen Zielstellungen interessant. Das Veränderlichenphänomen der Sterne macht oft großartige Naturvorgänge deutlich. Allein das Erkennen dieser Naturvorgänge ist schon interessant und lohnenswert. Mira, der erste entdeckte Variable, verändert in 332 Tagen seine Helligkeit um 8 Größenklassen (Maximum 2. Größenklasse, Minimum 10. Größenklasse). Hinter dieser Variabilität verbirgt sich eine Änderung der Energieabgabe um das 1500fache. Diese enorme Energieschwankung passiert in einem für das Leben des Sternes extrem kurzen Zeitraum. Die 332 Tage in der Existenz des Sternes entsprechen im Leben eines 80jährigen Menschen etwa einer Sekunde.

Maxima heller Mira-Sterne

Stern	$\alpha_{(2000)}$		$\delta_{(2000)}$		Amplitude	Periode	Maxima	
	h	m	°	′	m_v	d		
T Cas	0	23.2	+55	48	6.0....13.0	444.8	Mai	25
R And	0	24.0	+38	35	5.8....14.9	409.3	Nov.	27
o Cet	2	19.3	− 2	58	2.0....10.1	332.0	Mai	13
R Tri	2	37.0	+34	16	5.4....12.6	266.9	Mai	13
R Aur	5	17.3	+53	35	6.7....13.9	457.5	Mai	21
U Ori	5	56.8	+20	11	4.8....13.0	368.3	Nov.	17
R Gem	7	07.4	+22	42	6.0....14.0	369.9	Sep.	14
R Cnc	8	16.6	+11	44	6.1....11.8	361.6	Okt.	29
R Leo	9	47.6	+11	26	4.4....11.3	309.9	Mrz.	21
R UMa	10	44.6	+61	47	6.5....13.7	301.6	Jun.	9
T UMa	12	36.4	+59	29	6.6....13.5	256.6	Apr.	27
R Vir	12	38.5	+ 6	59	6.0....12.1	145.6	Jan.	13
							Jun.	8
							Okt.	31
S UMa	12	44.0	+61	06	7.1....12.7	225.9	Feb.	8
							Sep.	22
S Vir	13	33.0	+ 6	41	6.3....13.2	375.1	Jul.	13
R Boo	14	37.2	+26	44	6.2....13.1	223.4	Mrz.	20
							Okt.	29
S CrB	15	21.4	+31	22	5.8....14.1	360.3	Okt.	1
R Ser	15	50.7	+15	08	5.2....14.4	356.4	Mrz.	29
U Her	16	25.8	+18	53	6.4....13.4	406.1	Apr.	18
R Dra	16	32.6	+66	45	6.7....13.2	245.6	Apr.	3
							Dez.	5
S Her	16	51.9	+14	56	6.4....13.8	307.3	Jan.	15
							Nov.	6
T Her	18	08.3	+31	01	6.8....13.7	165.0	Mrz.	19
							Aug.	31
R Aql	19	06.4	+ 8	14	5.5....12.0	284.6	Mrz.	14
							Dez.	24
R Cyg	19	36.9	+50	12	6.1....14.4	426.5	Dez.	25
RT Cyg	19	43.6	+48	47	6.0....13.1	190.3	Jul.	1
χ Cyg	19	50.6	+32	55	3.3....14.2	408.0	Mai	12
R Vul	21	04.4	+23	49	7.0....14.3	136.7	Mrz.	3
							Jul.	18
							Dez.	11
T Cep	21	09.6	+68	29	5.2....11.3	388.1	Sep.	15
V Cas	23	11.7	+59	42	6.9....13.4	228.8	Feb.	27
							Okt.	14
R Cas	23	58.4	+51	23	4.7....13.5	430.5	Okt.	2

Bedeckungsveränderliche

Stern	α_{2000}	δ_{2000}	$m_{\rm v}$ max	$m_{\rm v}$ min	Epoche		Periode
	h m	o ı	m	m	JD 244..	Datum $^{\rm h}$	in Tagen
TV Cas	0 19.3	+59 08	7.2	8.2	9355.075	Jan. 2, 15	1.8125944
RZ Cas	2 48.9	+69 38	6.2	7.7	9354.846	Jan. 2, 9	1.1952489
β Per	3 08.2	+40 57	2.1	3.4	9354.677	Jan. 2, 5	2.8673075
δ Lib	15 01.0	$-$ 8 31	4.9	5.9	9353.944	Jan. 1, 13	2.3273740
u Her	17 17.3	+33 06	4.7	5.4	9354.877	Jan. 2, 10	2.0510270
β Lyr	18 50.1	+33 22	3.3	4.4	9365.735	Jan. 13, 7	12.93763

δ-Cephei-Sterne

Stern	α_{2000}	δ_{2000}	$m_{\rm v}$ max	$m_{\rm v}$ min	Epoche		Periode
	h m	o ı	m	m	JD 244..	Datum $^{\rm h}$	in Tagen
T Mon	6 25.2	+ 7 05	5.6	6.6	9378.717	Jan. 26, 6	27.024649
RT Aur	6 28.5	+30 30	5.0	5.8	9355.098	Jan. 2, 15	3.728115
ζ Gem	7 04.1	+20 34	3.6	4.2	9358.376	Jan. 5, 22	10.15073
η Aql	19 52.5	+ 1 00	3.5	4.4	9354.265	Jan. 1, 19	7.176641
T Vul	20 51.5	+28 15	5.4	6.1	9356.293	Jan. 3, 20	4.435462
δ Cep	22 29.2	+58 25	3.5	4.4	9357.139	Jan. 4, 15	5.366341

β-Persei (Algol)-Minima

Datum	$^{\rm h}$ $^{\rm m}$	Datum	$^{\rm h}$ $^{\rm m}$	Datum	$^{\rm h}$ $^{\rm m}$	Datum	$^{\rm h}$ $^{\rm m}$
Jan. 2,	5 15	Feb. 19,	23 07	Sep. 20,	3 27	Nov. 7,	21 19
Jan. 5,	2 04	Mrz. 6,	7 11	Sep. 23,	0 16	Nov. 19,	8 34
Jan. 7,	22 53	Mrz. 9,	4 00	Sep. 25,	21 05	Nov. 22,	4 23
Jan. 10,	19 42	Jul. 16,	4 42	Okt. 10,	5 09	Nov. 25,	2 12
Jan. 22,	6 57	Jul. 19,	1 31	Okt. 13,	1 58	Nov. 27,	23 01
Jan. 25,	3 46	Aug. 8,	3 13	Okt. 15,	21 47	Dez. 12,	7 06
Jan. 28,	0 35	Aug. 11,	0 02	Okt. 30,	6 52	Dez. 15,	3 55
Jan. 30,	21 24	Aug. 28,	4 56	Nov. 2,	3 41	Dez. 18,	0 39
Feb. 14,	5 27	Aug. 31,	1 45	Nov. 4,	23 30	Dez. 20,	21 32
Feb. 17,	2 18	Sep. 2,	22 33				

β-Lyrae-Minima

Datum	$^{\rm h}$	Datum	$^{\rm h}$	Datum	$^{\rm h}$	Datum	$^{\rm h}$
Jan. 13,	7	Mrz. 6,	1	Aug. 21,	5	Okt. 11,	23
Jan. 26,	5	Mrz. 18,	23	Sep. 3,	4	Okt. 24,	22
Feb. 8,	4	Mrz. 31,	22	Sep. 16,	2	Nov. 06,	20
Feb. 21,	2			Sep. 29,	1	Nov. 19,	18

Nichtperiodische veränderliche Sterne

Stern	α_{2000}		δ_{2000}		m_v max	m_v min	Sp	Typ
	h	m	°	′	m	m		
T Cet	0	21.8	−20	03.5	5.5 ...	6.9	M5	SR
γ Cas	0	56.7	+60	43	1.6 ...	3.0	B0	Irr
ρ Per	3	05.2	+38	51	3.3 ...	4.0	M4	SR
α Ori	5	55.2	+ 7	25	0.0 ...	1.3	M1	SR
η Gem	6	14.9	+22	31	3.1 ...	3.9	M3	SRa
RS Cnc	9	10.6	+30	58	5.5 ...	7.0	M6	SR
U Hya	10	37.6	−13	23	4.8 ...	5.8	N2	Irr
V Boo	14	29.8	+38	52	7.0 ...	12.0	M6e	SRa
R CrB	15	48.6	+28	09	5.8 ...	13.0	M7	RCrB
g Her	16	28.6	+41	53	4.3 ...	6.3	M6	SR
α Her	17	14.6	+14	23	2.7 ...	4.0	M5	SR
R Lyr	18	55.3	+43	57	3.9 ...	5.0	M5	SR
U Del	20	45.5	+18	05.4	5.6 ...	7.5	M5	Irr
μ Cep	21	43.5	+58	47	3.4 ...	5.1	M2e	SR
ρ Cas	23	54.4	+57	40	4.1 ...	6.2	F8	RCrB

3.7.2 Mittlere Örter für 124 helle Sterne

Diese Tabelle dient dazu, an parallaktisch montierten und mit Teilkreisen aus-
gerüsteten Fernrohren durch einfache Einstellung der α- und δ-Differenzen
schwache Objekte (Kleine Planeten, Galaxien u.ä.) aufzusuchen. Man sucht
den zum gesuchten Objekt benachbarten Stern dieser Tabelle, bringt den Stern
in die Mitte des Gesichtsfeldes und stellt die Koordinatendifferenzen an den
Teilkreisen ein.

Die Tabelle enthält Koordinaten im System FK5/J2000.0 für die Epoche
J2000.0. Die Daten sind dem Katalog der hellen Sterne [The Bright Star
Catalogue, 5th rev. ed., *D. Hoffleit*, 1991] entnommen, wobei Sterne nördlich
von −20° und heller als 3^{m}3 ausgewählt wurden. μ_α und μ_δ sind jährliche
Eigenbewegungen.

Stern	m_v	Sp	α_{2000}			δ_{2000}			μ_α	μ_δ
	m		h	m	s	°	′	″	″	″
α And	2.06	B8p	0	08	23.3	+29	05	26	+0.136	−0.163
β Cas	2.27	F2	0	09	10.7	+59	08	59	+0.525	−0.181
γ Peg	2.83	B2	0	13	14.2	+15	11	01	+0.003	−0.012
α Cas	2.23	K0	0	40	30.5	+56	32	14	+0.053	−0.032
β Cet	2.04	G9	0	43	35.4	−17	59	12	+0.234	+0.033
γ Cas	2.47	B0e	0	56	42.5	+60	43	00	+0.026	−0.005
β And	2.06	M0	1	09	43.9	+35	37	14	+0.178	−0.114
δ Cas	2.68	A5	1	25	49.0	+60	14	07	+0.297	−0.051
α UMi	2.02	F7	2	31	48.7	+89	15	51	+0.038	−0.015
β Ari	2.64	A5	1	54	38.4	+20	48	29	+0.096	−0.111
γ^1 And	2.26	K3	2	03	54.0	+42	19	47	+0.045	−0.052
α Ari	2.00	K2	2	07	10.4	+23	27	45	+0.190	−0.148
β Tri	3.00	A5	2	09	32.6	+34	59	14	+0.150	−0.040
α Cet	2.53	M1	3	02	16.8	+ 4	05	23	−0.009	−0.078
γ Per	2.93	G8+A2	3	04	47.8	+53	30	23	0.000	−0.005
β Per	2.12	B8	3	08	10.1	+40	57	20	+0.004	−0.001

145

Stern	m_v	Sp	α_{2000}			δ_{2000}			μ_α	μ_δ
	m		h	m	s	°	′	″	″	″
α Per	1.79	F5	3	24	19.4	+49	51	40	+0.024	−0.025
δ Per	3.01	B5e	3	42	55.5	+47	47	15	+0.028	−0.034
η Tau	2.87	B7e	3	47	29.1	+24	06	18	+0.019	−0.046
ζ Per	2.85	B1	3	54	07.9	+31	53	01	+0.006	−0.010
ε Per	2.89	B0+A2	3	57	51.2	+40	00	37	+0.018	−0.026
γ Eri	2.95	M0	3	58	01.8	−13	30	31	+0.061	−0.111
α Tau	0.85	K5	4	35	55.2	+16	30	33	+0.063	−0.190
π^3 Ori	3.19	F6	4	49	50.4	+ 6	57	41	+0.466	+0.012
ι Aur	2.69	K3	4	56	59.6	+33	09	58	+0.003	−0.018
ε Aur	2.99	F0e+B	5	01	58.1	+43	49	24	−0.001	−0.004
η Aur	3.17	B3	5	06	30.9	+41	14	04	+0.029	−0.068
β Eri	2.79	A3	5	07	51.0	− 5	05	11	−0.095	−0.081
α Aur	0.08	G5e+G0	5	16	41.4	+45	59	53	+0.076	−0.425
β Ori	0.12	B8	5	14	32.3	− 8	12	06	0.000	−0.001
γ Ori	1.64	B2	5	25	07.9	+ 6	20	59	−0.009	−0.014
β Tau	1.65	B7	5	26	17.5	+28	36	27	+0.022	−0.175
δ Ori	2.23	O9	5	32	00.4	− 0	17	57	+0.001	−0.002
α Lep	2.58	F0	5	32	43.8	−17	49	20	+0.001	+0.002
ι Ori	2.77	O9	5	35	26.0	− 5	54	36	0.000	+0.001
ε Ori	1.70	B0	5	36	12.8	− 1	12	07	+0.001	−0.002
ζ Tau	3.00	B4pe	5	37	38.7	+21	08	33	0.000	−0.021
ζ Ori	2.05	O9	5	40	45.5	− 1	56	34	+0.003	−0.002
κ Ori	2.06	B0	5	47	45.4	− 9	40	11	+0.002	−0.002
α Ori	0.50	M1	5	55	10.3	+ 7	24	25	+0.026	+0.009
β Aur	1.90	A2	5	59	31.7	+44	56	51	−0.057	0.000
ϑ Aur	2.62	A0p	5	59	43.3	+37	12	45	+0.048	−0.081
μ Gem	2.88	M3	6	22	57.6	+22	30	49	+0.054	−0.111
β CMa	1.98	B1	6	22	42.0	−17	57	21	−0.006	0.000
γ Gem	1.93	A0	6	37	42.7	+16	23	57	+0.042	−0.042
ε Gem	2.98	G8	6	43	55.9	+25	07	52	−0.006	−0.013
α CMa	-1.46	A1	6	45	08.9	−16	42	58	−0.553	−1.205
β CMi	2.90	B8e	7	27	09.0	+ 8	17	22	−0.052	−0.038
α Gem	2.88	A2m	7	34	36.0	+31	53	19	−0.172	−0.099
α Gem	1.98	A1	7	34	36.0	+31	53	18	−0.171	−0.098
α CMi	0.38	F5	7	39	18.1	+ 5	13	30	−0.710	−1.023
β Gem	1.14	K0	7	45	18.9	+28	01	34	−0.628	−0.046
ζ Hya	3.11	G9	8	55	23.6	+ 5	56	44	−0.099	+0.014
ι UMa	3.14	A7	8	59	12.4	+48	02	30	−0.444	−0.226
α Lyn	3.13	K7	9	21	03.3	+34	23	33	−0.221	+0.019
α Hya	1.98	K3	9	27	35.2	− 8	39	31	−0.014	+0.033
ϑ UMa	3.17	F6	9	32	51.4	+51	40	38	−0.954	−0.531
ε Leo	2.98	G1	9	45	51.1	+23	46	27	−0.046	−0.011
α Leo	1.35	B7	10	08	22.3	+11	58	02	−0.248	+0.006
γ^1 Leo	2.61	K1	10	19	58.3	+19	50	30	+0.306	−0.147
μ UMa	3.05	M0	10	22	19.7	+41	29	58	−0.082	+0.035
ν Hya	3.11	K2	10	49	37.5	−16	11	37	+0.094	+0.200
β UMa	2.37	A1	11	01	50.5	+56	22	57	+0.082	+0.034
α UMa	1.79	K0	11	03	43.7	+61	45	03	−0.119	−0.067
ψ UMa	3.01	K1	11	09	39.8	+44	29	55	−0.065	−0.028
δ Leo	2.56	A4	11	14	06.5	+20	31	25	+0.142	−0.130
β Leo	2.14	A3	11	49	03.6	+14	34	19	−0.497	−0.114
γ UMa	2.44	A0e	11	53	49.8	+53	41	41	+0.095	+0.012
γ Crv	2.59	B8p	12	15	48.4	−17	32	31	−0.161	+0.023
δ Crv	2.95	B9	12	29	51.9	−16	30	56	−0.210	−0.138

Stern	m_v	Sp	α_{2000}			δ_{2000}			μ_α	μ_δ
	m		h	m	s	°	′	″	″	″
ε UMa	1.77	A0p	12	54	01.7	+55	57	35	+0.112	−0.006
α^2 CVn	2.90	A0p	12	56	01.7	+38	19	06	−0.234	+0.056
ε Vir	2.83	G8	13	02	10.6	+10	57	33	−0.273	+0.020
ζ UMa	2.27	A1p	13	23	55.5	+54	55	31	+0.122	−0.020
α Vir	0.98	B1	13	25	11.6	−11	09	41	−0.041	−0.028
η UMa	1.86	B3	13	47	32.4	+49	18	48	−0.122	−0.011
η Boo	2.68	G0	13	54	41.1	+18	23	52	−0.063	−0.358
α Boo	-0.04	K1	14	15	39.7	+19	10	57	−1.093	−1.998
γ Boo	3.03	A7	14	32	04.7	+38	18	30	−0.114	+0.153
ε Boo	2.70	K0	14	44	59.2	+27	04	27	−0.049	+0.021
α^2 Lib	2.75	A3	14	50	52.7	−16	02	30	−0.106	−0.067
β UMi	2.08	K4	14	50	42.3	+74	09	20	−0.031	+0.012
β Lib	2.61	B8	15	17	00.4	− 9	22	59	−0.096	−0.019
γ UMi	3.05	A3	15	20	43.7	+71	50	02	−0.019	+0.020
α CrB	2.23	A0+G5	15	34	41.3	+26	42	53	+0.121	−0.089
α Ser	2.65	K2	15	44	16.1	+ 6	25	32	+0.137	+0.047
β^1 Sco	2.62	B1	16	05	26.2	−19	48	20	−0.006	−0.019
δ Oph	2.74	M0	16	14	20.7	− 3	41	40	−0.044	−0.143
η Dra	2.74	G8	16	23	59.5	+61	30	51	−0.017	+0.061
β Her	2.77	G7	16	30	13.2	+21	29	23	−0.098	−0.015
ζ Oph	2.56	O9	16	37	09.5	−10	34	02	+0.014	+0.026
ζ Her	2.81	G0	16	41	17.2	+31	36	11	−0.470	+0.394
κ Oph	3.20	K2	16	57	40.1	+ 9	22	30	−0.291	−0.010
η Oph	2.43	A2	17	10	22.7	−15	43	29	+0.039	+0.098
ζ Dra	3.17	B6	17	08	47.2	+65	42	53	−0.020	+0.022
δ Her	3.14	A3	17	15	01.9	+24	50	21	−0.021	−0.157
π Her	3.16	K3	17	15	02.8	+36	48	33	−0.026	+0.004
β Dra	2.79	G2	17	30	26.0	+52	18	05	−0.016	+0.015
α Oph	2.08	A5	17	34	56.1	+12	33	36	+0.120	−0.226
β Oph	2.77	K2	17	43	28.4	+ 4	34	02	−0.040	+0.159
γ Dra	2.23	K5	17	56	36.4	+51	29	20	−0.008	−0.019
α Lyr	0.03	A0	18	36	56.3	+38	47	01	+0.202	+0.286
ζ Aql	2.99	A0	19	05	24.6	+13	51	48	−0.005	−0.096
δ Dra	3.07	G9	19	12	33.3	+67	39	42	+0.094	+0.093
β^1 Cyg	3.08	K3+B9	19	30	43.3	+27	57	35	+0.002	−0.002
γ Aql	2.72	K3	19	46	15.6	+10	36	48	+0.018	−0.002
δ Cyg	2.87	B9+F1	19	44	58.5	+45	07	51	+0.053	+0.047
α Aql	0.77	A7	19	50	47.0	+ 8	52	06	+0.538	+0.386
ϑ Aql	3.23	B9	20	11	18.3	− 0	49	17	+0.038	+0.004
β Cap	3.08	F8+A0	20	21	00.7	−14	46	53	+0.042	+0.002
γ Cyg	2.20	F8	20	22	13.7	+40	15	24	+0.004	0.000
α Cyg	1.25	A2	20	41	25.9	+45	16	49	+0.003	+0.002
ε Cyg	2.46	K0	20	46	12.7	+33	58	13	+0.356	+0.328
ζ Cyg	3.20	G8	21	12	56.2	+30	13	37	+0.001	−0.056
α Cep	2.44	A7	21	18	34.8	+62	35	08	+0.151	+0.049
β Aqr	2.91	G0	21	31	33.5	− 5	34	16	+0.021	−0.008
β Cep	3.23	B1	21	28	39.6	+70	33	39	+0.010	+0.007
ε Peg	2.39	K2	21	44	11.2	+ 9	52	30	+0.031	−0.001
δ Cap	2.87	Am	21	47	02.4	−16	07	38	+0.263	−0.297
α Aqr	2.96	G2	22	05	47.0	− 0	19	11	+0.020	−0.010
η Peg	2.94	G2	22	43	00.1	+30	13	17	+0.015	−0.025
β Peg	2.42	M2	23	03	46.5	+28	04	58	+0.189	+0.137
α Peg	2.49	B9	23	04	45.7	+15	12	19	+0.063	−0.042
γ Cep	3.21	K1	23	39	20.8	+77	37	57	−0.067	+0.151

3.7.3 Astronomische Beobachtungsobjekte

In den folgenden Tabellen sind astronomische Himmelsobjekte gegeben, die schon mit einem Fernrohr von 50 mm Öffnung beobachtet werden können. Es wurden Objekte verschiedener Klassen ausgewählt: Doppelsterne, Offene Sternhaufen, Kugelsternhaufen, Gasnebel, extragalaktische Sternsysteme. Mit einem Fernrohr von 50 mm Öffnung kann man bereits die typischen Unterschiede der verschiedenen Klassen erkennen, spezielle Details in den einzelnen Objekten allerdings nicht. Bei den Galaxien sind derartige Einzelheiten erst auf langbelichteten photographischen Aufnahmen zu sehen.

Die ausgewählten Objekte eignen sich besonders als Demonstrationsobjekte für Schulklassen und Arbeitsgruppen, die erst am Anfang ihrer amateurastronomischen Tätigkeit stehen, da sie gut geeignet sind, um die verschiedenen Strukturen der Mitglieder der einzelnen Klassen zu zeigen.

In den Tabellen sind außer den notwendigen Positionen zum Auffinden der Objekte auch einige ihrer wichtigsten Eigenschaften gegeben. Die Angaben wurden dem "Sky Catalogue 2000.0" Vol. 2 [Hirshfeld und Sinnott, Cambridge University Press, Cambridge Mass., 1985] entnommen.

Ausführlichere Tabellen mit mehr als 500 Objekten gibt die "Kleine praktische Astronomie" von Paul Ahnert [3. Auflage, J.A. Barth, Leipzig, 1986].

Die Abkürzungen in den Kopfzeilen der folgenden fünf Tabellen haben folgende Bedeutung:

α_{2000}	Rektaszension zum Äquinoktium J2000.0
δ_{2000}	Deklination zum Äquinoktium J2000.0
D	Distanz
ϕ	Durchmesser bzw. Ausdehnung in Bogenminuten
Ep	Epoche, auf die sich Positionswinkel und Distanz beziehen
K	Anzahl der Komponenten bei Mehrfachsystemen
m	visuelle scheinbare Helligkeit
m_{ges}	visuelle Gesamthelligkeit des Sternhaufens
m_*	visuelle Helligkeit des hellsten Haufensterns
M	Nummer aus dem Messier-Katalog
N	Anzahl der Haufenmitglieder
NGC	Nummer aus dem New General Catalogue
P	Positionswinkel
r	Entfernung in Lichtjahren
Sp	Spektraltyp
Typ	d diffuser Nebel, p Planetarischer Nebel, S Spiralgalaxie, E elliptische Galaxie, Ir irreguläre Galaxie
Bem.	L Mitglied der Lokalen Gruppe, V Mitglied des Virgo-Haufens

Visuelle Doppelsterne heller als 4^m

Objekt	α_{2000}	δ_{2000}	ges	1	2	P	D	Ep	Sp	K
	h m	o	m	m	m	o	''			
γ And AB	2 04	+42.3	2.3	2.4	5.1	63	9.8	1967	K0+B9	4
λ Ori	5 35	+ 9.9	3.4	3.6	5.5	43	4.4	1957	O5e+O5e	4
σ Ori AD	5 39	− 2.6	3.7	3.8	7.5	84	12.9	1969	B0	5
AE				3.8	6.5	61	42.6	1970	B0+B3	
β Mon AB	6 29	− 7.0	4.0	4.7	5.2	132	7.3	1955	B2e+B2e	4
AC				4.7	6.1	124	10.0	1955	B2e	
BC				5.2	6.1	106	2.8	1973		
γ Leo AB	10 20	+19.9	2.3	2.6	3.8	123	4.4	1983	K0+K0	4
γ Vir	12 42	− 1.5	3.0	3.7	3.7	294	3.7	1983	F0+F0	4
α CVn	12 56	+38.3	2.8	2.9	5.5	229	19.4	1970	A0p+A0p	2
ζ UMa	13 24	+54.9	2.0	2.3	4.0	152	14.4	1977	A2+A2	3
ε Boo AB	14 45	+27.1	2.4	2.5	4.9	339	2.8	1971	K0+A0	
$\nu_1\nu_2$ Ser AB	15 35	+10.5	3.9	4.2	5.2	179	3.9	1960	F0+F0	4
δ Dra	17 32	+55.2	4.2	4.9	4.9	312	62.0	1955	A5+A5	2
ζ Lyr AD	18 45	+37.6	4.0	4.3	5.7	150	43.7	1959	A3+A3	5
β Lyr AB	18 50	+33.4	3.3	3.4	6.7	149	45.8	1956	B8+F	6
ϑ Ser AB	18 56	+ 4.2	4.1	4.5	5.4	104	22.3	1973	A5+A5	3
β Cyg	19 31	+28.0	2.9	3.1	5.1	54	34.4	1967	K0+B9	2
γ Del	20 47	+16.1	4.1	4.5	5.5	268	10.0	1976	G5+F8	2

Der erste Helligkeitswert gilt für das Gesamtsystem, die beiden folgenden für die Komponenten.

Offene Sternhaufen

NGC	M	α_{2000}	δ_{2000}	$\varnothing$	m_{ges}	m_*	N	Alter	Bem.
		h m	o	'	m	m		10^6 a	
869	–	2 19	+57.2	30	4.3	6.6	200	5.6	h Persei
884	–	2 22	+57.1	30	4.4	8.1	150	3.2	χ Persei
–	45	3 47	+24.1	110	1.2	2.9	100	78	Plejaden
1912	38	5 29	+35.8	21	6.4	9.5	100	220	
1960	36	5 36	+34.1	12	6.0	8.9	60	25	
2099	37	5 52	+32.6	24	5.6	9.2	150	300	
2168	35	6 09	+24.3	28	5.1	8.2	200	110	
2323	50	7 03	− 8.4	16	5.9	7.9	80	78	
2632	44	8 40	+20.0	95	3.1	6.3	50	660	Präsepe
2682	67	8 50	+11.8	30	6.9	9.7	200	3200	
6633	–	18 28	+ 6.6	27	4.6	7.6	30	660	
6705	11	18 51	− 6.3	14	5.8	8.0	200	220	

Kugelsternhaufen

NGC	M	α_{2000}	δ_{2000}	ϕ	m	r
		h m	°	′	m	10^3Lj
5272	3	13 42	+28.4	16	6.4	32
5904	5	15 19	+ 2.1	17	5.8	25
6205	13	16 42	+36.5	17	5.9	23
6341	92	17 17	+43.1	11	6.5	25
6656	22	18 36	−23.9	24	5.1	10
7078	15	21 30	+12.2	12	6.4	31
7089	2	21 34	− 0.9	13	6.5	37

Gasnebel

NGC	M	α_{2000}	δ_{2000}	ϕ		m	Typ	Bem.
		h m	°	′	′	m		
1952	1	5 35	+22.0	6 x	4	8.4	d	Krebsnebel
1976	42	5 35	− 5.5	66 x	60	2.9	d	Orionnebel
6611	16	18 19	−13.8	35 x	28	6.6	d	Adlernebel
6618	17	18 21	−16.2	46 x	37	6.9	d	Omeganebel
6720	57	18 54	+33.0	1 x	1.4	9.7	p	Ringnebel
6853	27	20 00	+22.7	7 x	8	7.6	p	Hantelnebel

Extragalaktische Sternsysteme

NGC	M	α_{2000}	δ_{2000}	ϕ	m	Typ	Bem.
		h m	°	′ ′	m		
205	−	0 40	+41.7	17 x 10	8.0	E6	L
221	32	0 43	+40.9	8 x 6	8.2	E2	L
224	31	0 43	+41.3	178 x 63	3.5	Sb I-II	L, Andromedanebel
598	33	1 34	+30.7	62 x 39	5.7	Sc II-III	L, Dreiecksnebel
1068	77	2 43	− 0.0	7 x 6	8.8	Sbp	
2403	−	7 37	+65.6	18 x 11	8.4	Sc III	
3031	81	9 56	+69.1	26 x 14	6.9	Sb I-II	
3034	82	9 56	+69.7	11 x 5	8.4	Ir	
4258	106	12 19	+47.3	18 x 8	8.3	Sb+p	
4472	49	12 30	+ 8.0	9 x 7	8.4	E4	V
4486	87	12 31	+12.4	7 x 7	8.6	E1	V, Virgo A
4594	104	12 40	−11.6	9 x 4	8.3	Sb	Sombreronebel
4736	94	12 51	+41.1	11 x 9	8.9	Sb−p II	
4826	64	12 57	+21.7	9 x 5	8.5	Sb	
5055	63	13 16	+42.0	12 x 8	8.6	Sb+ II	
5194	51	13 30	+47.2	11 x 8	8.4	Sc I	
5457	101	14 03	+54.4	27 x 26	7.7	Sc I	

4 Berichte und Aufsätze

Ein astronomisches Tuskulum

P. Brosche
Observatorium Hoher List, Universitäts-Sternwarte Bonn

Franz Xaver von Zach (1754–1832) war auch im Rentenalter noch ein gesuchter Berater bei der Gründung von Sternwarten – sei es hinsichtlich der Bauten oder auch der Instrumente und der Besetzung der Stellen. Während er sich seit 1804 als Oberhofmeister an der Seite der verwitweten Herzogin Marie Charlotte von Sachsen-Gotha-Altenburg in Frankreich und Italien aufhielt, war er unermüdlich geodätisch und astronomisch tätig. Die Astronomen in Marseille haben an seine Rolle bei ihrer Etablierung durch die Benennung des Planetoiden (64) Angelina (nach Zachs Beobachtungsstation Notre Dame des Anges) erinnert. Noch vorher (1786/87) war vom Herzog selbst ein alter Stadtmauerturm in Hyères – dem ersten Badeort der Küste – in das erste Observatoire de la Côte d'Azur verwandelt worden. Nachdem die Herzogin mit Zach 1814 nach Genua gezogen war, intensivierte Zach seine schon lange bestehenden Kontakte mit vielen italienischen Astronomen (z.B. Oriani in Mailand und Santini in Padua).

Während der napoleonische General Murat für kurze Zeit als König Joachim von Neapel regierte, engagierte er Zach für die Planung einer neuen Sternwarte und stellte ihm umfangreiche Mittel zur Verfügung. Der Sturz Murats 1815 verhinderte die Ausführung – und vermutlich hat diese Enttäuschung Zach auch zunächst so demotiviert, daß er sich mit Sternwartengründungen nicht mehr befassen wollte. Jedenfalls schrieb er noch am 31.7.1819 an Encke, daß er eine vor 8 Tagen erhaltene Einladung der Herzogin von Lucca durch Vorschützen einer möglichen Ruhr-Infektion in Genua abwenden wolle [1]. Ersichtlich ist er aber schon geschmeichelt, auch dadurch, daß die Herzogin seine Zeitschrift hält und liest.

Lucca war einstmals vor Florenz Hauptort der Grafschaft Tuscien. Das gleichnamige Territorium wechselte im Laufe der Napoleonischen Kriege mehrfach seine Regenten, war bis 1816 von den Österreichern besetzt und kam dann an Herzogin Marie Louise. Als spanische Prinzessin 1782 geboren, heiratete sie 1795 Ludwig von Bourbon, der 1801 als König von Etrurien die Toskana erhielt und bereits 1803 starb. Nachdem 1807 Spanien dieses Etrurien an Frankreich abgetreten hatte, lebte sie in Spanien, Frankreich und Rom. Nach dem Sturz Napoleons erhielt ihr Sohn Lucca und die Anwartschaft auf Parma. Marie Luise behielt ihren Titel (wie deutsche Könige und Großherzöge) und führte bis zu ihrem Tode die Regentschaft für ihren Sohn. Diese Königin von Etrurien also sandte Zach dringliche Einladungen – und er kam, und zwar erstmals am 31.8.1819, in Lucca an.

Zachs lebendige Berichte in seiner Genueser "Correspondance astronomique etc." und die Akten im Luccheser Staatsarchiv wurden von Gino Arrighi (Pisa) gründlich ausgewertet [2] und geben ein genaues Bild der Entwicklungen. Hier kann nur weniges referiert werden. Zach war offensichtlich erfolgreich in seiner Ablehnung hoher Türme (wie sie im alten Stadtzentrum Luccas reichlich zu finden sind) und in seinem Plädoyer für hochgelegene niedrige Bauten, wie er sie erstmals mustergültig auf dem Seeberg bei Gotha verwirklicht hatte. Lucca liegt in einem weiten ost-westlichen Tal. Die nördlich begrenzenden Berghänge der Monti Pizzorne stellen die südlichen Ausläufer der Alpi Apuane dar. Am Fuße der Berge gibt es noch heute in Marlia viele berühmte Villen und Parks, darunter die "Villa Reale" der Herzogin (Abb. 29). Der zugehörige Grundbesitz erstreckte sich damals noch weiter den Hang hinauf, und ein natürlicher Absatz desselben wurde für das neue Observatorium ausgewählt. Nahebei liegt das Dorf San Pancrazio. Der Architekt Nottolini wurde mit der Bauplanung beauftragt, die auch nach mehreren Änderungen ausgeführt wurde, allerdings ohne den vorgesehenen Turm. Der heute die Restaurierungsarbeiten leitende Architekt V. Regoli hat die verschiedenen Entwürfe zur "Specola" in einem Aufsatz dargestellt [3].

Die Arbeiten wurden rasch begonnen, noch rascher sollte jedoch die wissenschaftliche Tätigkeit beginnen. Zach befaßte sich mit der Ortsbestimmung und Festlegung der Orientierung. Er wurde auch mit der Instrumentenbeschaffung beauftragt; teilweise konnte er eigene Instrumente ausleihen oder zum Kauf anbieten. Schließlich hat man ihn offenbar auch als Personalberater in Anspruch genommen. Institutionell war die Sternwarte an das königliche Lyzeum angegliedert (ein höheres Bildungsinstitut, das im Niveau wohl zwischen Gymnasium und Universität lag, ähnlich manchen angelsächsischen Colleges und früheren deutschen Ritterakademien).

Auf Empfehlung von Zach erhielt der schon als Kometenjäger bekannte Jean-Louis Pons (1761-1831) aus Marseille die Stelle als Königlicher Astronom in Marlia. Es ist nicht ganz klar, ob er letztendlich nur Zweiter unter oder neben einem Ersten werden sollte, für welche Stelle Encke und Littrow in Aussicht genommen wurden. Da sich diese Verhandlungen zerschlugen, blieb Pons jedenfalls de facto der Direktor. Er kam am 15.11. nach Lucca, wo ihm noch P. Martini als Adjunkt beigegeben wurde. Pons begann unter provisorischen äußeren Umständen mit Beobachtungen, insbesondere mit der Suche nach neuen Kometen. Er war hierin recht erfolgreich, und das zahlte sich für ihn sogar aus: Für jede Neuentdeckung erhielt er 300 Francs neben seinem Gehalt von 3000 bzw. 4000 Francs! Offensichtlich war aber u.a. diese solide Besoldung den 'normalen' Lehrern ein Dorn im Auge, denn als die Herzogin leider schon am 13.3.1824 starb, machte der Minister Mansi ihrem Sohn und Nachfolger Carlo Lodovico Vorstellungen, er solle doch diese kostspieligen Unternehmungen lieber zugunsten von mehr gemeinnützigen aufgeben. Das war offenbar ohnehin dessen Meinung gewesen. Die Bauarbeiten wurden eingestellt; die "Abwicklung" der Instrumentenkäufe war offenbar schon vorher schleppend gewesen. Denn in seinem am 5.9.1823 verfaßten Testament [3] vermachte Zach auch Ansprüche wegen nicht zurückerhaltener oder bezahlter Instrumente für Lucca an seine Erben.

So wurde das Königliche Observatorium in Marlia bei Lucca ein weiteres von vielen Beispielen, wie ein wohlwollender Regent eine Institution ebenso rasch hochbrachte, wie sie sein nicht geneigter Nachfolger wieder zunichte machte. Im Unterschied zu den Fällen, in denen wirklich außer Spesen nichts gewesen war, bot die Existenz der Sternwarten-Stelle dem tüchtigen Pons aber eine materielle Basis für einige Jahre, in denen er eine ganze Reihe von Kometen entdeckte.

Neben vollkommen neuen Kometen beobachtete er auch eine Wiederkehr des von ihm entdeckten kürzestperiodischen Kometen. Er trägt heute den

Namen seines "rechnerischen" Entdeckers Encke, der selbst jedoch stets von einem Ponsschen Kometen sprach.

Das Bauwerk der Sternwarte ist heute noch im großen und ganzen vorhanden; der Turm fehlt von Anfang an. Von den Meridian-Schlitzen im Baukörper ist nur auf der unverputzten Nordseite etwas zu sehen. Der Innenausbau schreitet voran. Der heutige Besitzer würde sich freuen, wenn später kleine Astronomen-Tagungen oder ähnliches in der alten Specola veranstaltet werden könnten.

Ich danke den Herren Prof. G. Lera und Architekt V. Regoli für ihre freundliche Unterstützung.

Quellen

[1] P. Brosche: Konjunktionen. Mitt. Gauß-Gesellschaft 27 (1990) 3

[2] G. Arrighi: Il Reale Osservatorio Astronomico di Marlia (Lucca). Physis. Rivista di storia della scienza vol. 1 (1959) 165

[3] V. Regoli: Progetti ed opere per la Villa Reale di Marlia, 1819 e segg. In: "Lorenzo Nottolini", Cassa di Risparmio Lucca 1970, S. 120

[4] D. Wattenberg und P. Brosche: Archivalische Quellen zum Leben und Werk von Franz Xaver von Zach. Abh. Akad. Wiss. Göttingen Math.-Phys. Kl., Dritte Folge Nr. 45 (1993) Kapitel VIII (im Druck)

Über adaptive Optik

A. Glindemann und R.-R. Rohloff

MPI für Astronomie, Heidelberg

Die Fähigkeit eines Teleskops, Doppelsterne als zwei Einzelsterne darzustellen, bezeichnet man als Auflösungsvermögen. Es verbessert sich direkt proportional zum Durchmesser des Teleskops, wenn die Beobachtung im luftleeren Raum durchgeführt würde. Die Turbulenzen in der Erdatmosphäre führen jedoch dazu, daß praktisch alle Teleskope auf der Erdoberfläche annähernd dasselbe Auflösungsvermögen haben. Es entspricht maximal dem eines kleinen 15cm Teleskops, wobei dem Standort eine entscheidende Bedeutung zukommt; so wird das Seeing, wie dieses atmosphärisch bedingte Auflösungsvermögen genannt wird, in Hamburg wesentlich schlechter sein als in 4200 m Höhe auf dem Mauna Kea in Hawaii.

Der Vorteil der großen Teleskope gegenüber dem kleinen Amateurinstrument liegt darin, daß mehr Licht gesammelt wird und dadurch auch sehr schwache Sterne beobachtet werden können. Es gibt jedoch mit der adaptiven Optik eine Technik, die den Einfluß der Atmosphäre auf die Bildentstehung zurückdrängt, indem sie die Turbulenzen korrigiert. Der erste Schritt in Richtung Korrektur ist bereits dann getan, wenn die rasche Bewegung des Bildschwerpunktes durch einen beweglichen Planspiegel ausgeglichen wird.

Wir werden im folgenden kurz erläutern, wie die Atmosphäre mit statistischen Funktionen beschrieben werden kann und wie man daraus Systeme mit adaptiver Optik entwickelt.

Beschreibung der Turbulenzen

Die Atmosphäre stört jede Beobachtung, weil sie die gleichmäßige Ausbreitung des Lichtes beeinflußt. Jeder kennt das Flimmern über einer von der Sonne aufgeheizten Straße, das dadurch zustande kommt, daß die Brechzahl der Luft von der Temperatur abhängt. Beobachtet man einen weit entfernten Gegenstand durch diese heißen, turbulenten Luftmassen hindurch, so wird die von jedem Punkt des Gegenstands ausgehende Kugelwelle stark deformiert am Auge ankommen.

Mit steigenden Ansprüchen an die Bildqualität beginnen dann auch Temperaturunterschiede zu stören, die mit dem bloßen Auge nicht mehr erfaßbar sind. So darf die Form der Kugelwelle nur um ein Viertel der Wellenlänge des Lichtes von der Idealform abweichen, um eine beugungsbegrenzte Abbildung zu ermöglichen, bei der die Größe des Punktbildes und damit das Auflösungsvermögen durch die Wellenlänge λ und den Teleskopdurchmesser D bestimmt sind (siehe Abb. 27a).

In Abb. 27b ist die Abbildung durch Turbulenzen dargestellt. Hier wird der Durchmesser des granulierten Punktbildes (engl. speckle pattern) durch den Fried-Parameter r_0 bestimmt, der die Größe des Segmentes der Wellenfront angibt, in dem die Deformation der Kugelwelle gerade kleiner als ungefähr $\lambda/4$ ist. Eine kürzere Wellenlänge bedeutet eine relativ größere Deformation und damit ein kleineres Segment auf der Wellenfront, für das dieses $\lambda/4$ Kriterium erfüllt ist. Eine genauere Rechnung zeigt, daß r_0 proportional zu $\lambda^{6/5}$ ist. Der Parameter r_0 wird bei kürzerer Wellenlänge also kleiner, d.h., die Störung durch die Atmosphäre macht sich im Sichtbaren stärker bemerkbar als im langwelligen Infraroten. Ein typischer Wert für r_0 im Sichtbaren sind gerade die in der Einleitung erwähnten 15 cm, die ein Seeing von ca. 1 Bogensekunde bedeuten.

Bei der Messung verschiedener statistischer Funktionen dieser Turbulenzen stellt man jedoch fest, daß es durchaus Zusammenhänge – Korrelationen genannt – zwischen den verschiedenen Punkten auf der Wellenfront gibt. So werden zwei direkt benachbarte Punkte auf der Wellenfront mit einer sehr hohen Wahrscheinlichkeit dieselbe Deformation erfahren haben. Wenn man zwei Punkte betrachtet, die weiter voneinander entfernt auf der Wellenfront sind, werden diese Aberrationen, die Abweichungen von der Kugelform, verschieden sein. Die Differenz der Aberrationen wächst mit dem Abstand der Punkte. Diese Eigenschaft der Turbulenz wird von der Kolmogoroff-Statistik beschrieben. Der positive Effekt ist, daß simples Verkippen der Wellenfront die sehr großen Unterschiede in der Aberration zwischen den Rändern der Teleskopapertur ausgleichen kann. Da ein Verkippen der Wellenfront eine Bewegung des Bildpunktes in der Bildebene hervorruft, kann dieser Effekt der atmosphärischen Turbulenzen durch Nachführen des Detektors oder durch einen beweglichen Planspiegel im Strahlengang beseitigt werden.

Man nennt ein System mit einem solchen Kippspiegel (engl. tip-tilt mirror) ein System der ersten Ordnung, da nur der lineare Term der turbulenten Wellenfront korrigiert wird. Höhere Ordnungen, d.h. zusätzliche Durchbiegungen und lokale Verkrümmungen der Wellenfront, lassen sich nur mit einem ebenfalls deformierbaren Zusatzspiegel beseitigen. Für eine perfekte Korrektur der Turbulenzen braucht man einen Spiegel mit gerade soviel Verstellelementen (Aktuatoren), daß nur noch die tolerierbare Aberration von $\lambda/4$ übrigbleibt. Das ist genau dann der Fall, wenn für die Anzahl $N = (D/r_0)^2$ gilt. Für ein 4m Teleskop und bei einem Wert von 15 cm für den Fried-Parameter im Sichtbaren benötigt man also einen Spiegel mit 700 Aktuatoren. Im Infraroten bei einer Wellenlänge von 2μm reichen dagegen 25 Verstellelemente für ein beugungsbegrenztes Bild aus.

Aus der Formel kann man auch ableiten, daß für die meisten Amateurinstrumente die adaptive Optik zum Glück nicht notwendig ist, da sich auch im Sichtbaren $N = 1$ ergibt !

Korrektur der Wellenfront

Bevor die Wellenfront korrigiert wird, müssen jedoch die Größen Verkippung, Krümmung usw. gemessen werden, was mit einem Wellenfrontsensor geschieht. Im Fall eines "tip-tilt"-Systems handelt es sich um einen einfachen Sensor, der den Bildschwerpunkt bestimmt und dieses Signal an den Spiegel weitergibt. Was sehr simpel klingt und was viele Videokameras heute schon können, wird dadurch kompliziert, daß diese Messungen 100mal pro Sekunde erfolgen und daß es auch möglich sein soll, sehr lichtschwache Sterne auszuwählen. Das Problem wird verdeutlicht durch die einfache Abschätzung, daß ein Stern der 17. Größenklasse nur ungefähr 200 Photonen pro 1/100 Sekunde auf dem Sensor ankommen läßt.

Sollen höhere Ordnungen korrigiert werden, wächst die Anzahl der Sensoren entsprechend. In diesem Fall benötigt jeder einzelne Sensor ungefähr 200 Photonen, um ein Signal zu liefern. Für ein System mit z.B. 10 Sensoren muß der Stern also 10mal heller sein, um die Wellenfront mit derselben Genauigkeit bestimmen zu können.

Abb. 16 zeigt den Aufbau eines optischen Systems zur Korrektur einer durch die Atmosphäre gestörten Wellenfront. Im vorliegenden Fall übernehmen zwei Spiegel mit unterschiedlicher Funktion diese Rekonstruktion, der "tip-tilt"-Spiegel die Verkippung der Wellenfront und der deformierbare Spiegel die Beseitigung von Fehlern höherer Ordnungen.

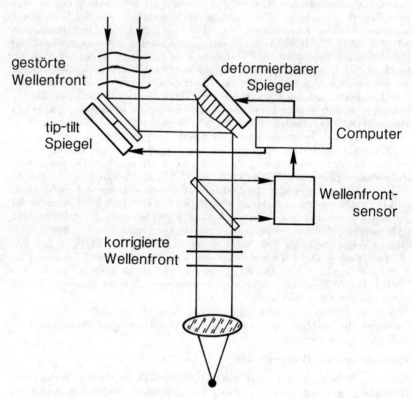

gestörte Wellenfront

deformierbarer Spiegel

tip-tilt Spiegel

Computer

Wellenfront-sensor

korrigierte Wellenfront

Abb. 16   Prinzip der adaptiven Optik

Einige der ersten astronomischen Ergebnisse lieferte 1989 die ESO mit ihrem adaptiv optischen System "COME-ON", das im Infraroten bei Wellenlängen zwischen 2,2 und 5 μm arbeitet. Der deformierbare Spiegel arbeitet mit 19 piezoelektrischen Aktuatoren und 25 Sensoren, wobei im Nachfolgeprojekt "COME-ON+" die Anzahl der Aktuatoren auf 52 und die der Sensoren auf 49 erhöht wurde.

Abb. 28 zeigt am Beispiel eines Systems mit 241 Aktuatoren an einem 60cm Teleskop der Air Force Maui Optical Station (AMOS) in Hawaii, was die adaptive Optik zu leisten vermag. Der Unterschied zwischen unkorrigierter Aufnahme (Abb. 28a) und korrigierter Aufnahme (Abb. 28b) ist deutlich erkennbar (Doppelstern Castor).

Für Teleskope der 4-m-Klasse sind komplette adaptiv-optische Systeme schon auf dem Markt erhältlich, wobei die Anschaffungskosten sehr hoch sind. Die Beschränkung auf ein System mit adaptiver Optik der ersten Ordnung, also ein "tip-tilt"-Spiegel, ermöglicht es, 50% des Himmels mit Hilfe von Sternen der 17. Größenklasse zu beobachten. Diese Himmelsüberdeckung sinkt erheblich, wenn für Systeme höherer Ordnung hellere Sterne genommen werden müssen.

Bei einigen Teleskopen (z.B. 2.2m Telescope University of Hawaii und 3.8m United Kingdom Infrared Telescope) ist vorgesehen, daß der Sekundärspiegel als "tip-tilt"-Spiegel genommen wird. Dabei ist es natürlich klar, daß dafür nur kleinere Sekundärspiegel (z.B. für Infrarotstrahlengänge) in Frage kommen, die die geforderten Bewegungen (z.B. 3.8m UKIRT Kippwinkel = 20″, f = 100Hz) exakt ausführen können. Beim UKIRT handelt es sich um einen Leichtgewichtsspiegel von nur 2.6kg bei 308mm Durchmesser!

Bevor jedoch die adaptive Optik am Teleskop eingesetzt wird, sollte man dafür sorgen, daß lokale Luftturbulenzen wie das sogenannte Kuppel- und Spiegel-Seeing beseitigt werden.

Referenzquellen für den Wellenfrontsensor

Besonders interessant ist es, daß mit der adaptiven Optik nicht nur die Auflösung, sondern auch die Empfindlichkeit verbessert werden kann. Extrem schwache Sterne werden dadurch sichtbar, da die sehr wenigen Photonen nun auf eine kleinere Fläche des Detektors konzentriert werden. Dann muß jedoch zur Korrektur ein Referenzstern genommen werden, der sich im sogenannten isoplanatischen Bereich befindet, einem Gebiet, in dem die gleichen atmosphärischen Bedingungen herrschen. Dieser Bereich wird, wenn höhere Ordnungen korrigiert werden sollen, immer kleiner. Hier wird, neben der Nutzung schwächerer Referenzsterne, wieder der Vorteil der Korrektur niedriger Ordnung deutlich. Eine Möglichkeit, diese Einschränkung zu überwinden, besteht darin, sich in der Atmosphäre künstliche Referenzsterne zu erzeugen. Ein starker Laser wird auf die mesosphärische Natriumschicht in 95km Höhe gerichtet, und das rückgestreute Licht wird dann im Wellenfrontsensor analysiert. Es muß aber erwähnt werden, daß solche vom Laser künstlich generierten Referenzsterne nur für die Korrektur höherer Ordnungen von Wellenfrontdeformationen brauchbar sind, da die Verkippung der Wellenfront durch identische Lichtwege (vom Laser in die Mesosphäre und zurück) neutralisiert wird. Für eine Korrektur der Verkippung ist natürliches Sternlicht notwendig.

Schlußbemerkung

Mit der adaptiven Optik besteht die Möglichkeit, die Leistung der erdgebundenen Teleskope enorm zu steigern – die Atmosphäre kann, abgesehen von der Absorption, überlistet werden! Der Einsatz von laserinduzierten Referenzsternen wird in den nächsten Jahrzehnten die fast perfekte Korrektur auch im Sichtbaren ermöglichen. Andere Bereiche der astronomischen Forschung, wie zum Beispiel die stellare Interferometrie mit mehreren großen Teleskopen, werden durch die Methoden der adaptiven Optik überhaupt erst möglich.

Der kosmische Staub im Röntgenlicht

S. Klose

Thüringer Landessternwarte, Tautenburg

Die Astronomen haben in den letzten Jahrzehnten gelernt, daß nahezu alle Galaxien – zumindest jene, die in ihrem Alter dem unserer Galaxis gleichen – stark von Staub durchsetzt sind. Am bekanntesten ist das Auftreten des Staubes im interstellaren Raum unserer Galaxis, wo er im optischen Spektralbereich den Blick in Richtung des galaktischen Zentrums verwehrt. Fast überall dort, wo große Gas-Staub-Massen interstellare Wolken bilden, findet Sternentstehung statt [1]. Zum einen beeinflußt der Staub die dynamische Entwicklung beim protostellaren Kollaps, zum anderen geben entstehende Sterne Gas und Staub in bipolaren Jets wieder in die Mutterwolke ab. Schließlich sind viele entwicklungsmäßig alte Sterne, wie zum Beispiel die Klasse der R CrB-Sterne [2], im Riesenstadium "starke Raucher", die mehr oder weniger stochastisch große Mengen Staub in ihren Atmosphären erzeugen und in den interstellaren Raum blasen.

Staub im Kosmos erweist sich daher als eine Materiekomponente, die wesentlich die Entwicklung der Sternpopulation und damit die einer Galaxie bestimmt. Verständlich daher, daß das Interesse an der detaillierten Aufklärung der physikalischen und chemischen Natur des kosmischen Staubes in den letzten Jahren beträchtlich angewachsen ist. In jüngerer Zeit ist nun auch die Röntgenastronomie angetreten, hierfür einen Beitrag zu leisten.

Wie auch bei optischen Beobachtungen macht man sich in der Röntgenastronomie zunutze, daß der kosmische Staub auf ihn einfallende elektromagnetische Strahlung streut. Bereits Mitte der 60er Jahre hatte J. W. Overbeck anhand theoretischer Überlegungen darauf hingewiesen, daß helle kosmische Röntgenquellen, die hinter interstellaren Gas-Staub-Wolken stehen, von Halos umgeben sein sollten (Abb. 17). Die ersten solchen Halos sind in den 70er Jahren mit dem Röntgensatelliten EINSTEIN nachgewiesen worden; ein markanter Halo umgibt beispielsweise die helle galaktische Quelle Cyg X-3. Die meisten Röntgenhalos liegen bei geringen galaktischen Breiten vor, wo sich die galaktische Staubschicht konzentriert. Das Phänomen des Röntgenhalos ist der geläufigen Wettererscheinung des Mondhalos in einer nebligen Herbstnacht durchaus analog.

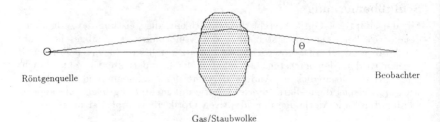

Röntgenquelle

Θ

Beobachter

Gas/Staubwolke

Abb. 17   Ein Röntgenhalo entsteht, wenn zwischen Quelle und Beobachter gelegener kosmischer Staub die Röntgenstrahlen streut. Den Beobachter erreicht dann auch Strahlung im Winkelabstand Θ von der Quelle.

Numerische Modelle haben gezeigt, daß sich anhand eines beobachteten Röntgenhalos Rückschlüsse auf die physikalische Natur der es bewirkenden, also der streuenden interstellaren Staubteilchen treffen lassen. So wird der Intensitätsverlauf in einem Röntgenhalo wesentlich von der Größenverteilung der dafür verantwortlichen Staubteilchen bestimmt. Hingegen ist er fast gänzlich von der chemischen Zusammensetzung der Teilchen unabhängig, eines Parameters, der zum Beispiel die Streueigenschaften der Teilchen im optischen Spektralbereich wesentlich mitbestimmt. Aus einem beobachteten Röntgenhalo lassen sich auch Aussagen über die räumliche Verteilung des Staubes entlang der Sichtlinie gewinnen. Je näher der streuende Staub zur Quelle gelegen ist, desto steiler ist bei konstanter Beobachtungswellenlänge der Intensitätsverlauf im Halo.

Die bisher publizierten Auswertungen der mit den Satelliten EINSTEIN und ROSAT beobachteten Röntgenhalos bestätigen, daß sich die aus optischen, UV- und IR-Beobachtungen abgeleitete Größenverteilung der interstellaren Staubteilchen durch ein analytisch sehr leicht zu handhabendes Potenzgesetz approximieren läßt. Hiernach wächst die relative Häufigkeit der Staubteilchen etwa umgekehrt proportional der dritten bis vierten Potenz ihres Durchmessers. Die Beobachtungen zeigen auch, daß die typische Größe der im Röntgenbereich streuenden interstellaren Staubteilchen bei etwa 0.1 μm liegt.

Leider kann man betreffs der Röntgenhalos nicht in Euphorie verfallen. Zum einen ist die Anzahl der auffindbaren Halos nicht sehr hoch, fällt doch die Strahlungsintensität in einem Halo innerhalb weniger Bogenminuten Abstand von der Punktquelle um einige Größenordnungen steil ab, denn bei den kurzen Röntgenwellenlängen (um 10 Å) streuen die sub-μm-großen Staubteilchen stark in Vorwärtsrichtung. Kosmische Röntgenquellen, die in Röntgenteleskopen Zählraten von 1 bis 10 Photonen pro Sekunde bewirken, erfordern daher Belichtungszeiten von mehreren tausend Sekunden, um gegebenenfalls einen Halo nachzuweisen. Nur ein paar Dutzend Quellen sind wesentlich heller. Zum anderen hat man es bei der Interpretation eines beobachteten Halos – wie im optischen Spektralbereich – mit einem inversen Streuproblem zu tun, ein mathematisch viel schwierigeres Problem als die Konstruktion eines Modellhalos anhand vorgegebener Parameter. Üblicherweise geht man daher bei der Interpretation eines beobachteten Röntgenhalos so vor, daß man die Eingangsparameter numerischer Modelle solange in sinnvollen Bereichen variiert, bis der resultierende Intensitätsverlauf im modellierten Halo eine beste Anpassung an die Beobachtungen ergibt.

Abb. 18 zeigt den mit dem ROSAT-Röntgensatelliten beobachteten Intensitätsverlauf im Halo um die helle galaktische Röntgenquelle GX 339-4 [3]. Sie ist jene Quelle, bei der man vor rund zehn Jahren mit dem EINSTEIN-Satelliten erstmals ein Halo nachgewiesen hatte.

Die zunächst trivialste Erkenntnis, die man aus einem beobachteten Halo um eine kosmische Röntgenquelle gewinnt, ist die, daß zwischen Quelle und Beobachter kosmischer Staub vorliegt. In diesem Sinne haben Mitte der 80er Jahre britische Astronomen darauf aufmerksam gemacht, daß man derart eine eventuelle intergalaktische Staubkomponente in Galaxienhaufen nachweisen oder eine obere Grenze an ihre Säulendichte setzen könnte. Anfänglich optimistische Äußerungen über die Möglichkeiten von ROSAT, hierfür fundiertere obere Grenzen setzen zu können als optische Beobachtungen [4], haben sich leider nicht erfüllt. Die denkbaren (Halo-)Effekte sind zu klein, um gegebenenfalls aus dem Hintergrundrauschen separiert werden zu können.

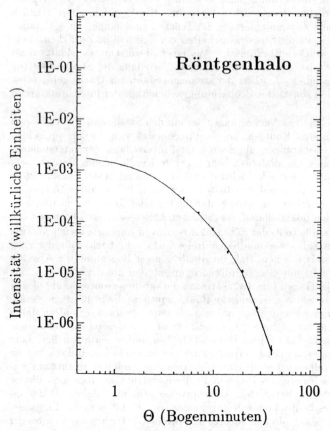

Abb. 18   Der gemessene Intensitätsverlauf im Röntgenhalo um die helle galaktische Quelle GX 339-4. Die Abszisse gibt den Winkelabstand Θ von der Quelle wieder (nach [3]).

Quellen

[1] Henning, Th.: Riesenmolekülwolken – Geburtsorte der Sternentstehung. In: Ahnerts Kalender für Sternfreunde 1991.
[2] Hoffmeister, C., Richter, G., Wenzel, W.: Veränderliche Sterne. Johann Ambrosius Barth Verlag, Leipzig 1989.
[3] Predehl, P., Bräuninger, H., Burkert, W., Schmitt, J. H. M. M.: ROSAT observations of the X-ray halo around GX 339-4. Astron. Astrophys. 246 (1991) L 40.
[4] Klose, S., Marx, S.: Staub im intergalaktischen Raum? Sterne u. Weltraum 30 (1991) 649.

PPM : Der Nachfolger des SAO-Katalogs

U. Bastian
Astronomisches Rechen-Institut, Heidelberg

Jeder Astronom braucht, zumindest gelegentlich, Sternkoordinaten. Sie sind ein zwar unscheinbares, aber dennoch unverzichtbares Werkzeug für seine Arbeit. Mehr als 25 Jahre lang war der SAO-Katalog die wichtigste Quelle für genaue Koordinaten und Eigenbewegungen von Sternen. Ja, er ist der meistbenutzte Sternkatalog überhaupt. Den Lesern des »Kalender für Sternfreunde« ist er hauptsächlich als Namensgeber für Sterne bekannt, z.B. bei den Sternbedeckungen durch den Mond und den Konjunktionen von Planetoiden mit helleren Sternen.

Mittlerweile ist der SAO-Katalog jedoch stark veraltet. Er hat im Lauf der Zeit viel von seiner Genauigkeit verloren, er enthält viele heutzutage vermeidbare Fehler, und er repräsentiert nicht das neue Standard-Koordinatensystem FK5/J2000.0 der Internationalen Astronomischen Union.

Aus diesen Gründen haben wir uns 1987 in Heidelberg zur Herstellung eines verbesserten und modernisierten Nachfolgers entschlossen. Über zweieinhalb Millionen Messungen, erzeugt von mehr als hundert Jahren Astronomenfleiß, wurden gesammelt und verarbeitet. Das Ergebnis heißt 'PPM Star Catalogue'. Die Abkürzung PPM steht für 'Positions and Proper Motions', d.h. Positionen und Eigenbewegungen. Der PPM enthält rund 50 Prozent (120 000) Sterne mehr als der SAO-Katalog und ist im Norden etwa dreimal, im Süden sechs- bis zehnmal so genau wie sein Vorgänger.

Was kann ein Astronom mit solchem Fortschritt anfangen? Die vielen Positionen und Eigenbewegungen, die der PPM enthält, sind einzeln betrachtet keine interessante Erkenntnis über das Universum. Aber in ihrer Gesamtheit sind sie ein wichtiges Werkzeug, mit dessen Hilfe sich interessante wissenschaftliche Erkenntnisse gewinnen lassen. Das läßt sich am besten an ein paar Beispielen erläutern.

Als im Jahre 1987 in der Großen Magellanschen Wolke ein Stern als Supernova explodierte, war die Aufregung unter den Astronomen groß: Bisher waren nur rote Riesensterne als Auslöser solcher dramatischer Ereignisse bekannt gewesen. Am Ort der jetzt alles überstrahlenden Explosionswolke waren aber vorher nur blaue Sterne photographiert worden. Welcher von ihnen war nun explodiert? Und was folgt daraus für das Verständnis des Supernova-Phänomens? Um diese Fragen zu beantworten, mußte man sehr genau die Position der Supernova messen, ebenso die Positionen der Sterne, die vor der Explosion dort zu sehen waren, und durch Vergleich feststellen, welcher explodiert war. Es war tatsächlich einer der blauen. Inzwischen glaubt man auch zu wissen, wieso er "gegen die Regel" zur Supernova werden konnte: Er enthielt ungewöhnlich wenig schwere Elemente.

Supernova-Explosionen sprengen große Hohlräume, die sogenannten Superblasen, in das Gas zwischen den Sternen unserer Milchstraße. Dabei schiebt die Explosionswolke das Gas vor sich her und drückt es stark zusammen. Schon lange wurde vermutet, daß aus dem komprimierten Gas dann Sterne entstehen. Auch unsere Sonne soll vor viereinhalb Milliarden Jahren so entstanden sein. Die spanischen Astronomen J. Torra und F. Comeron haben die PPM-Eigenbewegungen vieler im Sternbild Schwan gelegener Sterne genau untersucht. Dabei haben sie gefunden, daß die Sterne in einer bestimmten Gegend unserer Milchstraße sich auffällig stark nach Südwesten bewegen. Diese Sterne liegen aber gerade am Südwestrand der sogenannten Cygnus-Superblase. Sie entfernen sich also von deren Zentrum, genau wie es die Theorie der Sternentstehung in Supernova-Stoßfronten vorausgesagt hat.

Eines der ganz wichtigen und schwierigen Themen der Astronomie ist die kosmischen Entfernungskala. Von ihr hängt vieles ab, angefangen von der wahren Helligkeit der Sterne bis hin zum Alter des ganzen Kosmos. Der Anfang der ganzen Entfernungsskala ist der Sternhaufen der Hyaden. Durch einen kosmischen Zufall kann man dessen Entfernung mittels einer rein geometrischen Überlegung aus den Eigenbewegungen seiner Mitglieder bestimmen - ohne jede physikalische Theorie oder Vorkenntnis über die Sterne. Unser Kollege H. Schwan hat mittels des PPM die Distanz der Hyaden genauer als bisher möglich festgelegt. Ergebnis: Die Hyaden sind ca. 20 Prozent weiter von uns entfernt, als bisher angenommen (s. Abb. 19). Damit wird der ganze Kosmos wieder ein bißchen größer – und älter – als man bisher dachte.

Und was hat ein Amateurastronom vom PPM? Die Voraussagen von Sternbedeckungen durch den Mond, Planeten oder Planetoiden sind nun genauer, weil die Positionen der bedeckten Sterne genauer bekannt sind. Umgekehrt erleichtert es der Katalog auch, die Bahnen der planetaren Objekte selbst

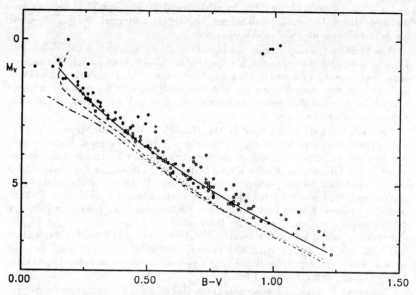

Abb. 19 Die wahren Helligkeiten der Hyaden-Sterne (M_V) in Abhängigkeit von ihrer Farbe (B–V), nach der neuen Entfernungsbestimmung von H. Schwan (Punkte und durchgezogene Linie). Die Sterne sind durchweg um 40 Prozent heller als ältere Untersuchungen ergeben hatten (gestrichelte Linien). Alle Punkte, die deutlich über der durchgezogenen Linie liegen, gehören zu Doppelsternen.

möglichst genau zu bestimmen. Und insofern trägt unser schönes Werk dazu bei, daß die Amateurastronomen wenigstens bei bedecktem Himmel ruhig schlafen können: Entgegen allen aufgeregten Pressemeldungen des vergangenen Jahres wird uns in den nächsten paar Jahrhunderten weder der erdnahe Kleinplanet Toutatis, noch der Perseiden-Komet Swift-Tuttle auf den Kopf fallen. Das haben genauere Bahnbestimmungen – leider erst nach dem voreiligen Presserummel – gezeigt.

Den Katalog gibt es als gedrucktes Buch, auf Magnetband und auf PC-Disketten. Nähere Informationen sind erhältlich bei Ulrich Bastian und Siegfried Röser, Astronomisches Rechen-Institut, Heidelberg.

Extragalaktische Umgebungseffekte

K.-H. Schmidt

Astrophysikalisches Institut, Potsdam

Bereits während der ersten grundlegenden Untersuchungen der Welt der Galaxien in den zwanziger und dreißiger Jahren unseres Jahrhunderts erkannten Hubble und Humason die von Ort zu Ort unterschiedliche Zusammensetzung der Population von Sternsystemen. Große elliptische Galaxien sind gewöhnlich in dichten kugelsymmetrischen Haufen wie etwa dem Coma-Haufen zu finden, während Spiralsysteme in weniger dichten Haufen und im allgemeinen Feld vorherrschen. Eine derartige morphologische Entmischung wurde seither – besonders aber in den letzten zwanzig Jahren – immer wieder diskutiert. Dabei erhob sich stets die Frage nach der Ursache dieser Entmischung: Ist sie das Ergebnis der Entstehung der Galaxien in einer frühen Epoche, das durch die jeweils herrschenden Bedingungen – vor allem die unterschiedliche Dichte – bestimmt war, oder haben Umgebungseinflüsse erst später die heute beobachteten Häufigkeiten der verschiedenen Galaxientypen bewirkt? Dies betrifft vor allem die S0-Systeme: Handelt es sich bei diesen Objekten um Galaxien, die ursprünglich normale Spiralsysteme waren und durch innere Einflüsse – etwa Verdampfung durch heftige Supernovaausbrüche – oder äußere Einwirkungen – wie Gezeiteneinflüsse und Zusammenstöße mit anderen Galaxien – interstellares Gas und Staub verloren, so daß in ihnen keine neuen Sterne mehr entstehen konnten?

Dressler untersuchte 1980 mehr als 50 Galaxienhaufen und ermittelte die relativen Anteile von elliptischen Nebeln, S0-Galaxien und normalen Spiralsystemen. Eine ähnliche Untersuchung führte wenig später Bhavsar für weniger reiche und lockere Gruppen durch. Es zeigte sich eindeutig, daß der Anteil der normalen Spiralnebel mit wachsender Dichte von etwa 80 Prozent im allgemeinen Feld bis auf rund 20 Prozent in den dichtesten Haufen abnimmt. Der Anteil der S0-Galaxien ist selten geringer als derjenige der elliptischen Systeme, er kann in extremen Fällen bis zum 5fachen der Häufigkeit der elliptischen Nebel betragen. Im Mittel liegt das Verhältnis S0 : E zwischen 1 : 2 und 1 : 3. Ein Unterschied ist dabei zwischen Haufen und Gruppen, die weniger Mitglieder umfassen, nicht zu erkennen.

Diese Betrachtungen beziehen sich im wesentlichen nur auf die leuchtkräftigsten Sternsysteme, sagen aber nichts über die Verhältnisse bei geringen Leuchtkräften aus. Als Nachteil ist überdies anzusehen, daß sich einige Untersuchungen bis zu einer bestimmten scheinbaren Helligkeit erstrecken, wegen der unterschiedlichen Entfernungen der einzelnen Haufen und Gruppen daher auch unterschiedliche Grenzen in den Galaxienleuchtkräften besitzen.

Die uns nächste große Ansammlung von Galaxien, der Virgohaufen, wurde vor einigen Jahren von Binggeli, Sandage und Tammann eingehend untersucht, wobei Vollständigkeit bis zur absoluten Helligkeit $M = -13\overset{m}{.}7$ erreicht wurde, Extrapolationen um weitere zwei Größenklassen waren möglich. Die Verteilung der Häufigkeitsanteile der verschiedenen Galaxientypen in Abhängigkeit von der absoluten (obere Abszisse) bzw. scheinbaren Helligkeit (untere Abszisse) zeigt Abb. 20 (nach Binggeli et al.), die auf einer Gesamtheit von 1851 sicheren und wahrscheinlichen Mitgliedern des Haufens beruht. Über einen weiten Leuchtkraftbereich hinweg liegt der Anteil der Spiralgalaxien bei etwa 60 Prozent, die Summe der elliptischen und der S0-Systeme bei 40 Prozent. Von etwa $M = -18^m$ an nimmt zu geringeren Leuchtkräften hin der Anteil der Spiralnebel rapide zugunsten der irregulären (Irr) und der elliptischen Zwergsysteme (dE) ab, die insgesamt die Mehrheit aller erfaßten Mitglieder des Virgohaufens ausmachen. (Der schraffierte Bereich kennzeichnet den Anteil der Objekte mit fehlender Klassifikation.)

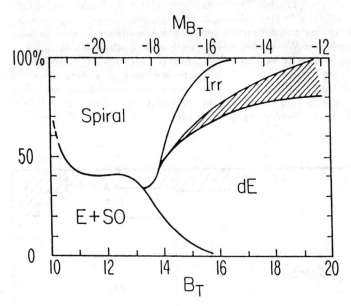

Abb. 20   Häufigkeitsanteile verschiedener Galaxientypen

Eine ähnlich weitreichende Stichprobe, die mehr als 200 Galaxien umfaßt und etwa bis $M = -14.^m5$ vollständig ist, wurde kürzlich für die extragalaktische Umgebung des Milchstraßensystems (bis zu einer Entfernung von etwa 7 Mpc) von Schmidt und Boller zusammengestellt. Da in diesem Volumen neben ausgesprochenen Einzelgalaxien nur einige lockere Gruppen – wie etwa die Lokale Gruppe, zu der das Milchstraßensystem gehört – zu finden sind, kann man diese Stichprobe als typisch für das allgemeine extragalaktische Feld ansehen, dessen Dichte weit unter derjenigen im Virgohaufen liegt.

Die in Abb. 21 dargestellte Häufigkeitsverteilung der benachbarten Galaxien nach morphologischen Typen zeigt deutliche Unterschiede gegenüber der Verteilung im Virgohaufen (Abb. 20). Auffallend ist der erwartet große Anteil an Spiralsystemen gegenüber den elliptischen und S0-Galaxien (hier gemeinsam durch E gekennzeichnet). Ähnlich zahlreich sind die irregulären Objekte, während die elliptischen Zwergsysteme nur eine untergeordnete Rolle spielen. Allerdings ist zu berücksichtigen, daß diese Sternsysteme nur schwer zu erkennen sind und unterhalb von $M = -14^m$ wegen fehlender Vollständigkeit die realen Verhältnisse beträchtlich anders sein können. (Die Unsicherheit im leuchtkraftschwachen Teil der Darstellung ist durch die gestrichelten Begrenzungslinien angedeutet.)

Weitere Unterschiede zwischen den Galaxienpopulationen unserer Nachbarschaft und des Virgohaufens sind in den Leuchtkraftfunktionen auszumachen. So sind die absoluten Helligkeiten der Spiralnebel der Typen Sab bis Sd im Virgohaufen im Mittel um 0.75 Größenklassen schwächer als in unserer Umgebung, ein Befund, der qualitativ bereits länger bekannt ist und gelegentlich auf die Verwendung eines falschen Entfernungswertes für den Virgohaufen zurückgeführt wird. Bei der Deutung dieses Beobachtungsergebnisses ist jedoch der im Vergleich zu den nahen Spiralnebeln erheblich niedrigere Anteil an neutralem interstellarem Wasserstoff und interstellarem Staub in den Spiralsystemen des Virgohaufens zu beachten. Bei geringerer interstellarer Gasdichte ist nämlich auch eine niedrigere Rate der Sternentstehung zu erwarten, so daß die wesentlich zur Leuchtkraft eines Sternsystems beitragenden absolut hellen O- und B-Sterne in zu geringer Anzahl vorhanden sind. Vermutlich führen Gezeitenwirkungen einander begegnender Sternsysteme und der Rammdruck

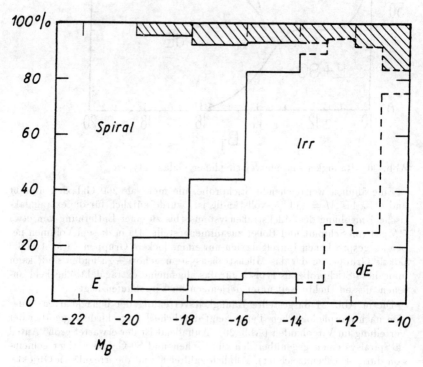

Abb. 21 Häufigkeitsverteilung der benachbarten Galaxien nach morphologischen Typen

166

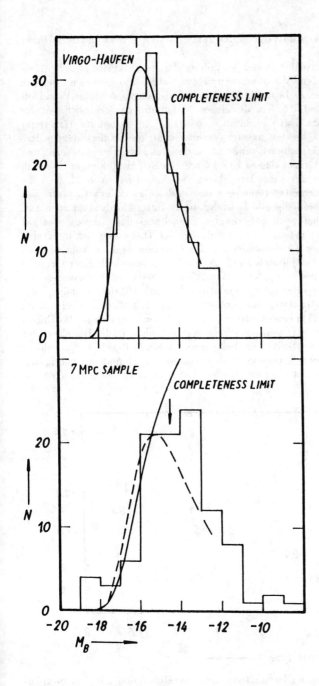

Abb. 22   Leuchtkraftverteilung im Virgohaufen und in unserer Nachbarschaft

intergalaktischen Gases im Virgohaufen zum erhöhten Verlust an interstellarer in den Haufengalaxien.

Ein anderer Unterschied in der Verteilung der Leuchtkräfte zwischen beiden Stichproben – dem Virgohaufen und den nahen Objekten – ist bei den irregulären Systemen zu beobachten. Dieser Galaxientyp zeigt im Virgohaufen bei etwa $M = -15^{m}5$ ein deutliches Maximum, das erheblich vor der Vollständigkeitsgrenze liegt und damit verbürgt ist. Im Gegensatz dazu steigt bei den irregulären Objekten unserer Nachbarschaft die Häufigkeit auch jenseits der Vollständigkeitsgrenze zunächst, so daß das Maximum der Verteilung um wenigstens zwei Größenklassen zu schwächeren Helligkeiten gegenüber dem Häufigkeitsmaximum der Virgo-Irregulären verschoben ist. Abb. 22 zeigt die entsprechenden Häufigkeitsverteilungen im Vergleich zu einigen theoretischen Verteilungen. Eine befriedigende Deutung dieses Unterschieds steht noch aus.

Ein ebenfalls bisher noch unbekannter Umgebungseffekt, dessen Realität allerdings noch nicht gesichert ist, wurde bei der Diskussion der integralen Leuchtkraftfunktionen (Aufsummierung der Galaxienanzahlen vom hellsten Objekt bis zu einer bestimmten absoluten Helligkeit innerhalb einer Gruppe) naher Galaxiengruppen gefunden. Wie Abb. 23 zeigt, ist der Anstieg des Logarithmus der integralen oder kumulativen Leuchtkraftfunktion einer Galaxiengruppe mit dem frühesten morphologischen Typ (elliptische Nebel = früh, Spiralsysteme = spät) in einer Gruppe korreliert. Zum Vergleich ist das Ergebnis für die Feldgalaxien (F) eingezeichnet, das sich nicht in die Beziehung für die Gruppen einordnet. Sollte sich dieses überraschende Resultat, das anhand umfangreicheren Beobachtungsmaterials bestätigt werden muß, als richtig herausstellen, so muß es mit einer spezifischen Eigenschaft zusammenhängen, die

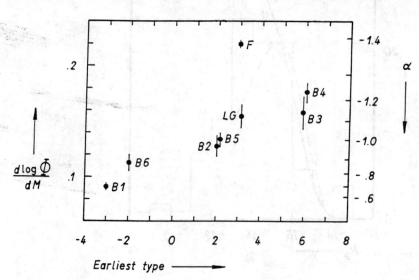

Abb. 23 Korrelation der kumulativen Leuchtkraftfunktion mit dem morphologischen Galaxientyp

an den morphologischen Typ eines Sternsystems gekoppelt ist. Eine solche Größe ist der spezifische Drehimpuls, der von den elliptischen Systemen zu den Spiralnebeln anwächst. Als Erklärung könnte man sich ein Szenarium vorstellen, nach dem eine protogalaktische Wolke mit geringem spezifischem Drehimpuls vorwiegend in massereichere Objekte zerfällt. Für eine andere Wolke gleicher Masse, aber mit größerem Drehimpuls, ist ein Zerfall in größere Körper erschwert.

Das Hexa-Pod-Teleskop

G. F. O. Schnur

Astronomisches Institut der Ruhr-Universität, Bochum

Entwicklung der Groß-Teleskope 1970 – 1990

Die Entwicklung der astronomischen Teleskope in den vergangenen 4 Jahrzehnten hat in den letzten Jahren eine rapide Veränderung erlebt. Das erste Großteleskop, das Mt.-Wilson-2.5-m-Teleskop, wurde bereits im Jahre 1917 von George E. Hale vollendet. Hales konstruktive Ideen zur Realisierung des zweiten Großteleskops, des Mt.-Palomar-5-m-Teleskops, in der Entwicklung seit 1928 und wegen der Kriegsverzögerung erst im Jahre 1948 in Betrieb genommen, waren seiner Zeit weit voraus und entscheidend für die Entwicklung der ein Dutzend Teleskope der 4-m-Klasse, die in den Jahren 1973 bis 1983 gebaut wurden.

Unter anderem führte Hales geniale Idee, die Lagerreibung infolge der vielen hundert Tonnen Teleskopmasse durch den Einsatz hydrostatischer Lager zu vermeiden, dazu, daß alle nachfolgenden Großteleskope mit derartigen Lagern ausgestattet wurden. Die Vorteile der hydrostatischen Lager enthoben die Konstrukteure der Notwendigkeit, das Gewicht der bewegten Teleskopteile zu reduzieren. Das spezifische Teleskopgewicht (Gewicht/Spiegelfläche) aller 4-m Teleskope liegt bei etwa 40 t/m². Die große damit verbundene Masse der Instrumente führt zu erheblicher thermischer Trägheit und letzten Endes zu unvermeidbar verminderter Abbildungsqualität durch Spiegel- und Teleskop-Seeing.

Um das Gewicht des Mt. Palomar Spiegels zu reduzieren, ist der Spiegel mit Waben versehen und wiegt nur etwa 13 statt der 38 t für einen gleich dicken massiven Spiegel. Trotz der Vorteile dieses strukturierten Spiegels wurden in der Folge die meisten Teleskope der 4-m-Klasse mit massiven Spiegeln ausgerüstet, deren Gewicht dadurch in fast allen Fällen größer ist als das des 5-m-Spiegels. Ein schwerer Spiegel erfordert eine schwere Zelle, die die Form des Spiegels zu gewährleisten hat. Die daher notwendige schwere Montierung führt zu einer ungünstig großen Gesamtmasse.

Um möglichen zukünftigen Wünschen der Astronomen entgegenzukommen, wurden von Hale am Mt.-Palomar-Teleskop alle nur denkbaren Fokuspositionen eingeplant: Primär-, Nasmyth-, Cassegrain- und Coudé-Fokus. Dies führt zwangsläufig zu einem komplexen Entwurf und einem beträchtlichen Gesamtgewicht des Teleskops. Auch hinsichtlich der Vielzahl der Fokuspositionen folgten die meisten Entwürfe für Teleskope der 4-m-Klasse dem Beispiel Hales.

Verständlich war, daß Hale eine parallaktische Montierung wählte, da bis in die 70er Jahre die Möglichkeit einer rechnergesteuerten Nachführung des Teleskops noch nicht gegeben war. Nur zwei der Großteleskope aus den Jahren 1970–1980 sind mit einer Alt/Az-Montierung ausgerüstet, das russische 6-m-Teleskop und das Multi-Mirror-Teleskop, dessen sechs 1.8-m-Spiegel der lichtsammelnden Fläche eines 4.5-m-Spiegels entsprechen. Technische Wagnisse bei Spiegeln und mechanischer Konstruktion wurden bei keinem der Teleskope eingegangen.

Moderne Groß-Teleskope

Erst die allerneuesten Teleskope der 4-m-Klasse, das 3.5-m-ESO-New-Technology-Telescope (NTT) auf La Silla in Chile und das 4.2-m-W.-Herschel-Telescope auf La Palma in Spanien sind mit modernen Alt/Az-Montierungen ausgerüstet. Die Riesenteleskope der Zukunft, die Primärspiegel mit mehr als 8 m Durchmesser haben werden, sind alle mit Alt/Az-Montierungen ausgerüstet.

Bei dem Material und der Struktur der Spiegel der Riesenteleskope wird es hingegen in Zukunft große Unterschiede geben. Manche Spiegel werden aus normalem Glas und ähnlich dem Mt.-Palomar-Spiegel strukturiert sein (Projekt GEMINI), andere werden aus bis zu 36 Segmenten bestehen, die zusammen einen Primärspiegel von 10 m Durchmesser ergeben (KECK-Teleskope). Andere Spiegelkonzeptionen basieren auf relativ dünnen Menisken mit gekrümmter Vorder- und Rückseite (ESO-VLT Teleskope). Aber alle werden ein gewisse Ähnlichkeit aufweisen, derart, daß die präzise Form der Spiegeloberfläche unter allen Beobachtungsbedingungen durch eine mehr oder minder aktive Kontrolle erhalten bleibt.

Das Prinzip der aktiven Spiegelkontrolle wurde zuerst von R. Wilson für das ESO-NTT-Teleskop vorgeschlagen und äußerst erfolgreich erprobt. Der NTT-Spiegel mit seinem 240 mm dünnen Primärspiegel ließe sich zwar noch im klassischen passiven Modus betreiben, doch hat die Erfahrung gezeigt, daß durch die aktive Kontrolle die Abbildungsqualität im Teleskop der im Labor unter besten Bedingungen gemessenen optischen Qualität entspricht. Alle zukünftigen Groß- und Riesenteleskope sollten deshalb zumindest mit aktiver Kontrolle des Primärspiegels ausgestattet werden.

Das Hexa-Pod-Teleskop (HPT)

Das Hexa-Pod-Teleskop kann man in sehr wenigen Worten beschreiben: als ein *Alles-Anders-Als-Alle-Anderen-(A^5-)*Teleskop. Grundlage dafür war die Freiheit der Astronomen und Ingenieure, bei dem Entwurf neue Wege erproben zu dürfen. Das HPT ist als ein Technologieträger entstanden, bei dem neuartige *Werkstoffe, Spiegelstrukturen* und *Teleskopantriebe* zum Einsatz kommen.

Neuartige Werkstoffe für Teleskope

Alle bisherigen astronomischen Teleskope sind aus Stahl für die tragenden Struktur und aus dicken Glasblöcken für die Spiegelträger hergestellt. Die unterschiedlichen thermischen Ausdehnugskoeffizienten von Stahl und Glas erforderten daher immer eine klare Trennung der Materialien und daher – notwendigerweise – große Massen.

Beim HPT wird statt Stahl ein Kohle-Faser-Verbundwerkstoff (KF) verwendet, der bei größerer Festigkeit ein deutlich geringeres Gewicht besitzt. Entscheidend ist jedoch die Möglichkeit, die Materialeigenschaften des KF vorzubestimmen. Unter anderem läßt sich der thermische Ausdehnungskoeffizient auf einen vorgewählten Wert festlegen. Dies erlaubt eine Art Fachwerkstruktur herzustellen – bestehend aus vielen kleinen Elementen – die zusammen den gleichen Ausdehnungskoeffizient besitzt wie die Glaskeramik *ZERODUR*, die als Spiegelträger zum Einsatz kommt. Es entsteht eine neuartige Spiegelstruktur, bei der die Glaskeramik fest mit der KF-Struktur verklebt wird. Die steife KF-Struktur wird kombiniert mit der sehr dünnen (55 statt 250 mm) Glaskeramikscheibe, die die optische Oberfläche realisiert (*die Wurstscheibe auf dem Brot*).

Die sehr hohe optische Qualität des HPT wird erreicht mittels aktiver Kontrolle und Steuerung der optischen Oberfläche durch 36 piezo-keramische Stellelemente, die zwischen der KF-Struktur und der Glaskeramikscheibe angeordnet sind. Der identische Ausdehnungskoeffizient der KF-Struktur und der der Glaskeramik erlaubt es, diese sehr verschiedenen Werkstoffe fest miteinander zu verkleben, so daß sowohl Druck- als auch Zugkräfte ausgeübt werden können.

Der Gegenspiegel wird durch 6 KF-Rohre in seiner Position gehalten. Durch motorische Veränderung der Länge dieser Streben können seine Position und seine Neigung eingestellt werden.

Insgesamt wiegt die optische Struktur des HPT nur etwa 600 kg statt etwa 7 t für ein klassisches Teleskop. Die deutlich verringerte Masse führt zu einer sehr geringen thermischen Trägheit und damit zu bester Abbildungsqualität, da keine Störungen durch Teleskop- oder Spiegel-Seeing mehr auftreten können.

Neuer Teleskop-Antrieb

Alle bisherigen Teleskope können mittels mindest zweier Achsen ausgerichtet werden. Bei den klassischen Teleskopen ist eine Achse parallel zur Erdachse ausgerichtet mit dem Nachteil, daß die Optik gegenüber der Schwerkraft gedreht wird und somit besonders stabil ausgeführt werden muß. Dafür entsteht aber keine Rotation des Bildfeldes während der Beobachtung. Die modernsten Großteleskope besitzen dagegen eine vertikale Achse und eine Achse, die es gestattet, das Teleskop zu neigen. Bei diesen Teleskopen hat zwar das Instrument nur eine Komponente der Erdschwerkraft zu ertragen, aber das Bild in der Fokalfläche rotiert.

Für das HPT wurde eine neuartige Unterstützung entwickelt. Sie ähnelt den bekannten Flugsimulatoren. Sechs in der Länge veränderliche Beine lassen es zu, das Teleskop auf jeden Punkt des sichtbaren Himmels zu richten und dann äußerst genau nachzuführen. Je nach Wunsch kann dabei die Bildfeldrotation aufgehoben werden oder nicht. Die Variation der sechs Beinlängen gestattet es sogar, alle sechs Freiheitsgrade eines starren Körpers zu realisieren – eine beliebige Position im Raum unter fast beliebigen Orientierungen im Raum. Nur die möglichen Verknotungen der Beine unter extremen Lagen schränken den Beobachtungsbereich ein.

Die Länge der Beine wird mittels äußerst genauer direkter Linear-Antriebe verändert. Diese Antriebe und deren Schutzgehäuse haben ein Gewicht von nur jeweils 200 kg. Mit dem neu entwickelten Antrieb wird eine Rauhigkeit von nur noch ca. 1/100 Bogensekunde erzielt. Die genaue Ausrichtung des Teleskops, die von vielen Faktoren verschlechtert werden könnte, wird mittels dreier Ring-Laser-Kreisel, die am HPT befestigt sind, gewährleistet. Diese zum ersten Male in der Astronomie eingesetzten Geräte befinden sich sonst in großen Verkehrsflugzeugen für die inertiale Flugnavigation über transkontinentale Strecken.

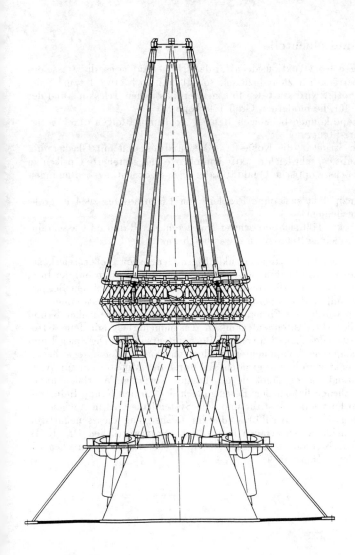

Abb. 24 Schnittzeichnung des 1.5m Hexa-Pod-Teleskops. Folgende Details des Instruments sind erkennbar :

- die Unterstützung des Sekundärspiegels durch die sechs in der Länge veränderlichen Streben,
- die Fachwerkstruktur aus Kohle–Faser–Verbundwerkstoff, die den dünnen Meniskusspiegel trägt; zwischen der Fachwerkstruktur und dem Meniskus sind die Stellelemente für die aktive Optik–Regelung eingebaut,
- der Stahlring mit den oberen Kardangelenken,
- die sechs in der Länge veränderlichen Beine für die Ausrichtung des Teleskops,
- die unteren Kardangelenke, die in einem Stahlrahmen befestigt sind.

HPT-Vor- und Nachteile

- Die neuartigen Konstruktionsideen für das HPT erlauben es, die Masse des Teleskops beträchtlich zu reduzieren, so daß nur noch etwa 1 t/m^2 Spiegelfläche benötigt wird statt der 40 t/m^2 der klassischen Teleskope und der ca. 16 t/m^2 für die modernen Groß-Teleskope.
- HPT Teleskope können beliebigen Bahnen am Himmel folgen durch geeignete Software-Steuerung.
- Die optische Struktur, die Kohle-Faser-Verbundwerkstoff mit Glaskeramik vereint, erlaubt es, sehr leichte, aktiv kontollierte und gesteuerte Optiken zu bauen, die höchste optische Qualität unter allen Beobachtungsbedingungen garantieren.
- Das Bauprinzip läßt sich ohne Problem von 1.5 m auf bis zu 4 m große Teleskope ausdehnen.
- Ein Coudé-Fokus läßt sich nur schwer realisieren, der Raum im Cassegrain-Fokus ist bei kleinen Teleskopen etwas beschränkt.

Das 1.5-m-HPT, der Prototyp einer zukünftigen Generation großer Teleskope, wird nach seiner Inbetriebnahme an einem neuen Observatorium auf der Insel Madeira für viele Jahre im Blickpunkt der Astronomen bleiben als ein Beispiel modernster Technik und Kooperation zwischen Industrie und Astronomen.

Das Teleskop wurde von Firma VERTEX Antennentechnik, früher Krupp Industrietechnik, Abt. Antennentechnik, in Zusammenarbeit mit dem Astronomischen Institut der Ruhr-Universität Bochum entwickelt. Die Spiegel und zahlreiche mechanische Komponenten wurden von Fa. Carl Zeiss, Jena, hergestellt. Das Projekt wurde zum größten Teil durch das Ministerium für Wirtschaft, Mittelstand und Technologie des Landes Nordrhein-Westfalen finanziert mit wesentlichen finanziellen Beteiligungen der Firmen Krupp Industrietechnik, Krupp Forschungs-Institut und dem Systemhaus GEI in Aachen.
Den Ingenieuren der Fa. VERTEX, die zur Realisierung dieses neuartigen Teleskops entscheidend beigetragen haben, den Verantwortlichen Dr. K. H. Stenvers und Dr. K. Pausch, sowie Dr. K. H. Weßlau von Zeiss sprechen wir unseren besonderen Dank aus.

Ein halbes Hundert numerierte Tautenburger Kleine Planeten

In den letzten Jahrzehnten wurden am Karl-Schwarzschild-Observatorium in Tautenburg – häufig als Nebenprodukt anderer Arbeiten – Tausende neuer Kleiner Planeten gefunden. Der bloße Nachweis allein ist natürlich nicht hinreichend – die Objekte sollten in der Entdeckungs-Opposition über einen längeren Zeitraum verfolgt werden, der wenigstens die Ableitung einer ersten elliptischen Bahn erlaubt. Damit wird in vielen Fällen eine Identifikation mit anderen Objekten möglich, die in früheren Erscheinungen beobachtet worden sind. Die so gewonnene Bahn ist bereits so genau, daß mit einer Wiederauffindung in künftigen Oppositionen gerechnet werden kann.

Eine Numerierung und die erst danach zulässige Namensvergabe wird heute an eine Reihe von Bedingungen geknüpft, die es zu erfüllen gilt. So vergehen Jahre oder gar Jahrzehnte von der Entdeckung bis zur Aufnahme in die Reihe der "etablierten" Kleinen Planeten. Mit Beginn der 80er Jahre war es dann für die ersten Tautenburger Entdeckungen soweit – die ersten Numerierungen standen an. Abb. 26 zeigt einen kontinuierlich ansteigenden Verlauf, der in den nächsten Jahren einen weiteren Anstieg erwarten läßt.

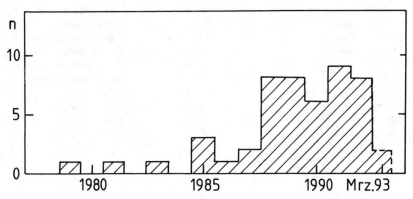

Abb. 25   Zeitliche Entwicklung der Tautenburger Numerierungen

Nachdem zunächst mit (2424) der Ortsname des Observatoriums an den Himmel versetzt wurde, erhielten die nächsten fünf Planetoiden Namen von in der Astronomie bekannten Thüringern. Insbesondere mit (5224) Abbe und (5375) Siedentopf wurden weitere Thüringer Persönlichkeiten geehrt. Darüber hinaus weisen fünf geographische Bezeichnungen auf dieses Land hin.

Noch häufiger schlug F. Börngen, der Tautenburger "Planetoiden-Jäger", die Namen weltbekannter Musiker vor. So erreichten insgesamt 30 Komponisten neben ihrem Weltruhm die astronomische Unsterblichkeit. Die umseitige Liste enthält eine nach Nummern geordnete aktuelle Aufstellung aller bislang in Tautenburg gefundenen, numerierten und mit einem Namen versehenen Objekte.

Seit einigen Jahren wird die Suche nach Kleinen Planeten gemeinsam mit dem Astronomischen Rechen-Institut, Heidelberg, mit systematischen Surveys durchgeführt. Auch die daraus resultierenden Neuentdeckungen werden bald zu hoffentlich zahlreichen Neu-Numerierungen führen. Die Nutzung des welt-größten Schmidt-Teleskops für diesen Zweig der Wissenschaft hat zwei Gründe. Die Jagd nach Planetoiden verlangt keine extrem guten atmosphärischen Bedingungen, wie sie z.B. für photometrische Beobachtungen notwendig sind. Schließlich ist die Entdeckung sehr lichtschwacher, kleiner Objekte nur mit Teleskopen größter Öffnung möglich.

Insgesamt wird durch die Tautenburger Arbeit an den Kleinen Planeten ein nicht unwesentlicher Beitrag zur Klärung der Dynamik dieser Körper und zur Erforschung ihrer Natur geleistet.

Tautenburger numerierte Kleine Planeten

(2104)	Toronto	(3975)	Verdi	(4802)	Khatchaturian
(2424)	Tautenburg	(3992)	Wagner	(4850)	Palestrina
(2861)	Lambrecht	(4003)	Schumann	(4872)	Grieg
(3181)	Ahnert	(4076)	Dörffel	(4889)	Praetorius
(3245)	Jensch	(4098)	Thraen	(4972)	Pachelbel
(3338)	Richter	(4117)	Wilke	(5004)	Bruch
(3499)	Hoppe	(4134)	Schütz	(5039)	Rosenkavalier
(3539)	Weimar	(4246)	Telemann	(5063)	Monteverdi
(3540)	Protesilaos	(4330)	Vivaldi	(5157)	Hindemith
(3802)	Dornburg	(4347)	Reger	(5177)	Hugowolf
(3808)	Tempel	(4382)	Stravinsky	(5210)	Saint-Saëns
(3826)	Händel	(4406)	Mahler	(5224)	Abbe
(3917)	Franz Schubert	(4559)	Strauss	(5312)	Schott
(3941)	Haydn	(4579)	Puccini	(5375)	Siedentopf
(3943)	Silbermann	(4724)	Brocken	(5409)	Saale
(3954)	Mendelssohn	(4727)	Ravel	(5478)	Wartburg
(3955)	Bruckner	(4734)	Rameau	(5509)	Rennsteig

Abb. 26 Farbaufnahme des Mondes (Südwestregion, Süden oben). An der Schattengrenze sind auffällige Formationen (Newton, Moretus, Tycho, Thebit) erkennbar. (G. Weinert, Astronomische Station Rostock)

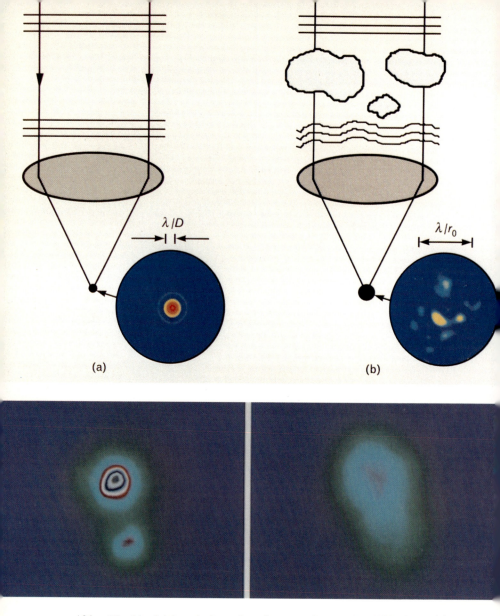

Abb. 27 Vergleich zwischen einer beugungsbegrenzten Abbildung (a) und einer Abbildung durch Turbulenzen (b). Im Fall (a) bestimmt der Durchmesser D des Teleskops den Durchmesser des Punktbildes, bei (b) wird die Gesamtausdehnung der Intensitätsverteilung durch den Fried-Parameter r_0 bestimmt. (Wiedergabe mit freundlicher Genehmigung des Lincoln Laboratory, Massachusetts Institute of Technology, Lexington, Massachusetts, USA.)

Abb. 28 Das Doppelsternsystem Castor, in (a) als unkorrigiertes Bild und in (b) nach Korrektur mit adaptiver Optik. (Wiedergabe mit freundlicher Genehmigung des Lincoln Laboratory, Massachusetts Institute of Technology, Lexington, Massachusetts, USA.)

Abb. 29   Das ehemalige Osservatorio Reale in Marlia bei Lucca (P. Brosche)

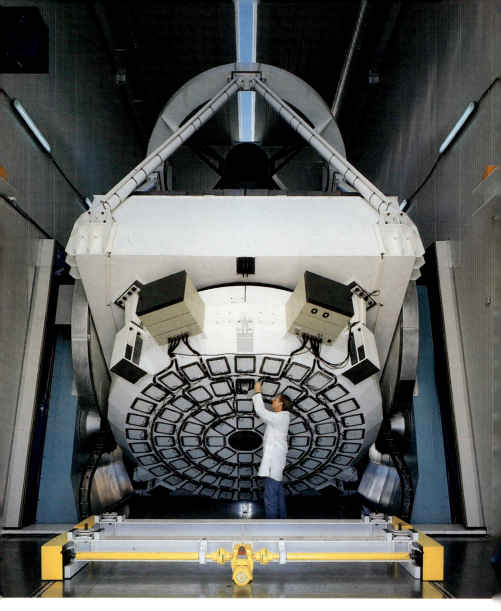

Abb. 30 Die technischen Lösungen für den Aufbau optischer Teleskope berücksichtigen mehr und mehr die „Unzulänglichkeiten" der Spiegelmaterialien und die „Mängel" der Erdatmosphäre. Unzulänglichkeiten der Materialien sind Formveränderungen der Spiegel durch Temperaturschwankungen und Lageveränderungen. Diese Formveränderungen haben Abbildungsverschlechterungen zur Folge. Der Unzulänglichkeit des Spiegelmaterials begegnet man dadurch, daß der Spiegel nur eine relativ dünne Scheibe ist und elektronisch gesteuert mechanisch je nach Temperatur und Lage in die richtige optimale optische Form „gedrückt" wird. Man spricht von „aktiver Optik". Das Teleskop mit der gegenwärtig besten aktiven Optik ist das 3,5-m-Teleskop der ESO. (Europäische Südsternwarte, Garching bei München)

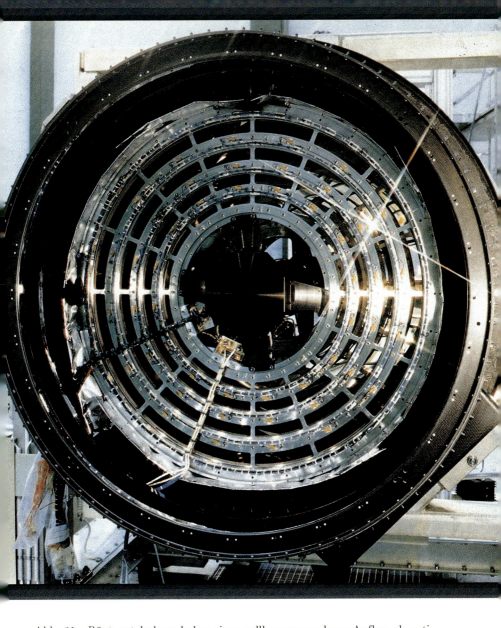

Abb. 31 Röntgenteleskope haben einen vollkommen anderen Aufbau als optische Teleskope. Die Ursache liegt darin, daß Röntgenstrahlen nur dann reflektiert werden, wenn sie unter einem sehr flachen Winkel auf die reflektierende Fläche treffen. Röntgenteleskope ähneln deshalb Röhren. Die Rohrwandung ist eine parabolische Fläche. Um die reflektierende Fläche eines Teleskopes zu vergrößern, können mehrere Rohre ineinander gesetzt werden. Das bisher größte Röntgenteleskop ist das ROSAT-Telekop vom Max-Planck-Institut für Extraterrestische Physik in Garching bei München. Vier Spiegel sind ineinander gesetzt. Die größte Röhre hat einen Durchmesser von 84 cm, die kleinste von 50 cm.   (MPI für Extraterrestische Physik, Garching)

Abb. 32   Der Krebsnebel ist die expandierende Wolke einer im Jahre 1054
beobachteten Supernovaexplosion. Optische Beobachtungen im langwelligen
Spektralbereich zeigen eine Filamentstruktur, die vor allem von ionisiertem
Wasserstoffgas, das Hα-Strahlung emittiert, hervorgerufen wird.
(Karl-Schwarzschild-Observatorium, Tautenburg)

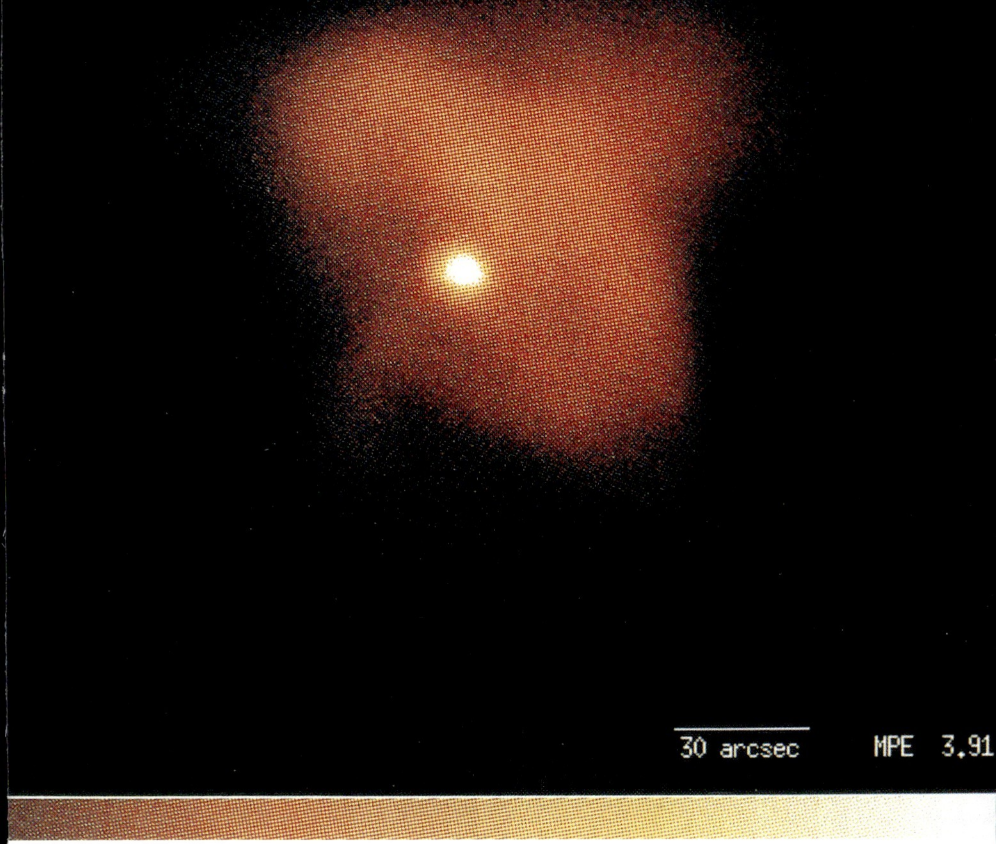

30 arcsec   MPE 3.91

Abb. 33   Die Röntgenstrahlung des Krebsnebels ist Synchrotronstrahlung,
die von sehr schnellen, relativistischen Elektronen erzeugt wird. Die Quelle
der relativistischen Elektronen ist der zentrale Neutronenstern, der selbst eine
intensive Röntgenquelle ist und deshalb auf dem Röntgenbild als zentraler
heller „Punkt" im Nebel sichtbar ist.
(MPI für Extraterrestische Physik, Garching)

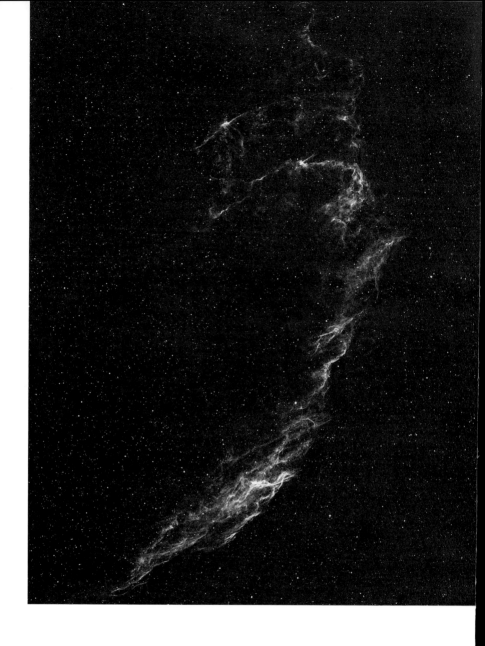

Abb. 34 Der Cirrusnebel oder Cygnus Loop ist ein leuchtender Gasnebel von etwa 3° Durchmesser. Optische Beobachtungen zeigen, daß sich der Ring mit 0.03 Bogensekunden pro Jahr ausdehnt. Das entspricht einer Expansionsgeschwindigkeit von 100 km/s. Ursache dieser ringförmigen, expandierenden Struktur ist eine Supernovaexplosion vor etwa 50 000 Jahren. (Karl-Schwarzschild-Observatorium, Tautenburg)

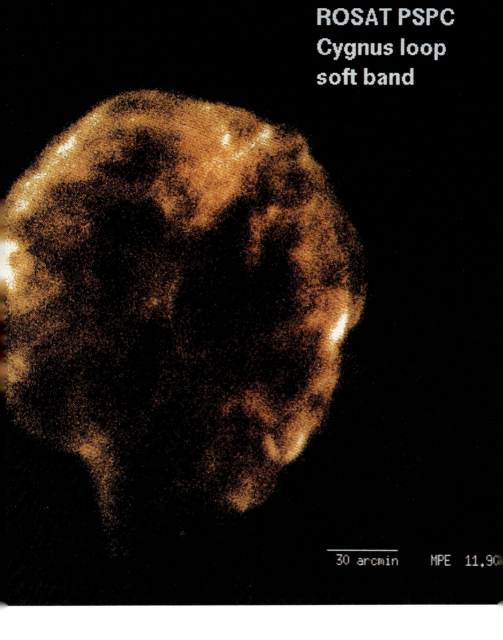

**ROSAT PSPC
Cygnus loop
soft band**

30 arcmin MPE 11.9C

Abb. 35 In der Röntgenstrahlung erscheint die Hülle des Cirrusnebels durch dichte interstellare Wolken, über die die Explosionswelle hinweggelaufen ist, strukturiert. Nach den Röntgenbeobachtungen ist die Hülle überraschenderweise nicht im Druckgleichgewicht.
(MPI für Extraterrestische Physik, Garching)

Abb. 36   Der Andromedanebel (M 31 = NGC 224) ist die hellste Galaxie des
Himmels und schon mit bloßem Auge sichtbar.
(Karl-Schwarzschild-Observatorium Tautenburg)

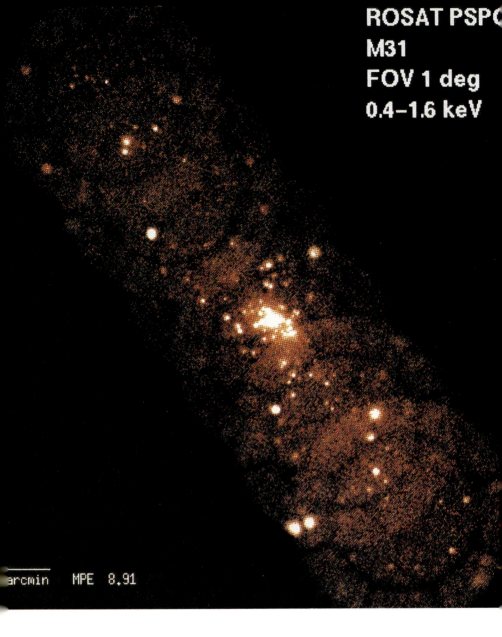

ROSAT PSPC
M31
FOV 1 deg
0.4–1.6 keV

arcmin   MPE 8.91

Abb. 37   Die erste Röntgenkartierung des Himmels mit dem UHURU- Satel-
liten 1971 zeigte, daß die galaktischen Röntgenquellen bevorzugt in der Nähe
des galaktischen Äquators zu finden sind.   Durch das mosaikartige Zusam-
mensetzen mehrerer ROSAT-Aufnahmen entstand die erste Röntgenkarte des
Andromedanebels.   Auch hier ist eine Konzentration der Röntgenquellen zur
Symmetrieebene angedeutet. Deutlich tritt im Röntgenlicht das Zentrum des
Andromedanebels hervor. Bei den Röntgenquellen in M 31 handelt es sich um
Röntgendoppelsterne und Supernovaüberreste.
(MPI für Extraterrestische Physik, Garching)

Abb. 38 Das Bild zeigt eine interessante, sehr stabile Eigenbaumontierung eines Astroamateurs.

(W. Roloff)

Abb. 39 Eine Ib-Montierung ist neben dem Sucherfernrohr mit mehreren Instrumenten zur fotografischen Himmelsbeobachtung ausgerüstet: Praktisix-Kameras und eine Eigenbauastrokamera [Format 16 cm x 16 cm]. (W. Roloff)

Abb. 40 Aufnahme des Kometen 1990c Levy am 19. August 1990.
Objektiv f 155 / 32 cm⌀; Film: Kodak 5054 TM2 ; 15 min Belichtung
(H. Koberger)

Abb. 41   Die Aufnahme der Plejaden läßt sehr gut die extrafokalen Reflexbilder erkennen. Sie entstehen durch die Reflektion des Lichtes an der Rückseite der Korrektionsplatte.   (Karl-Schwarzschild-Observatorium Tautenburg)

Abb. 42 Kuppel des Vereins „Greifswalder Sternwarte" auf dem Gebäude des Physikalischen Instituts der Universität.

Es gibt Teleskophersteller, die behaupten voreingenommen von sich, **„Über uns ist nur der Himmel"**. Sicherlich sind sie sehr gut, aber aufgrund qualitativer und quantitativer Tests, bleibt uns daher nichts anderes übrig als zu behaupten:

TAKAHASHI ist im Himmel.

Solide Hightech-Mechanik verbunden mit Hightech-Optik mit bester sphärischer Korrektion und **bester Farbkorrektion, aller** am Markt erhältlichen und angepriesenen Fluoritapochromate machen sie unübertroffen.

TAKAHASHI FLUORIT-APOCHROMATE

Douplet-Apochromate

FC 76/600 (450)   FC 100/800 (590)   FC 125/1000 (740)   FC 150/1700
FC 100/1000

Triplett-Apochromate

FCT 76/487 (342)   FCT 100/640 (460)   FCT 125/705 (560)   FCT 150/1050 (750)

Achtung: Wir preisen nicht nur an, **wir können auch sofort liefern!**

Die Werte in den Klammern zeigen das Öffnungsverhältnis mit den sofort LIEFERBAREN Focalreducer/Field Flattener. Systemzusammenstellung nach Rücksprache.

- Kasai-mail-order Katalog gegen 5 DM in Briefmarken.
- INTES und Infoliste gegen 5 DM in Briefmarken.
- TAKAHASHI-KATALOG gegen 5 DM in Briefmarken.
Zum Vergleichstest sind sie herzlich eingeladen.

Astronomie bei Barth

Facetten der Astronomie

Herausgegeben von Heinz Völk. Mit einem einleitenden Kapitel von Rudolf Kippenhahn und aktuellen Beiträgen namhafter Wissenschaftler aus Astronomie und Astrophysik.
1993. Ca. 140 S., 43 Abb. Gebunden ca. DM/sFr 50,- ca. öS 390   ISBN 3-335-00358-6

Aus dem Inhalt: Die Sonne · Die Planeten · Die Kometen · Sternentwicklung — Supernovae — Schwarze Löcher · Interstellare Materie und Sternentstehung · Die Milchstraße · Galaxien — Radiogalaxien — Quasare · Entstehung und Entwicklung des Universums · Gibt es einen Sinn hinter dem Universum? · Suche nach außerirdischem Leben · Die Zukunft der Astronomie.

Spektrum der Physik

Höhepunkte moderner physikalischer und astronomischer Forschung

Von Georg Wolschin. 1992. 240 S., 72 Abb., 19 s/w-Abb. Gebunden DM/sFr 48,-   öS 375
ISBN 3-335-00334-9

Höhepunkte moderner physikalischer und astronomischer Forschung der letzten sieben Jahre werden in zahlreichen aufeinander abgestimmten Einzelbeiträgen dargestellt.

Die mit aufschlußreichen Bildern versehenen Artikel begleiten
in Form einer Chronik die Forschung und zeigen exemplarisch das Fortschreiten naturwissenschaftlicher Erkenntnis.

Astronomische Algorithmen

Von Jean Meeus. Titel der Originalausgabe von 1991: "Astronomical Algorithms", Willmann-Bell, Inc., Richmond, Virginia. Übersetzung von Andreas Dill. 1992. 460 S. 39 Abb., zahlr. Tab. Gebunden DM/sFr 69,-   öS 538   ISBN 3-335-00318-7

Unter Berücksichtigung neuer Theorien der Bewegung von Himmelskörpern hat der Autor Rechenverfahren erarbeitet und so weit entwickelt, daß sie problemlos in Computern verwendet werden können. Nach den Formeln erstellte Programme können über den Verlag als Diskette bestellt werden.

Erhältlich in jeder Fachbuchhandlung!

Johann Ambrosius Barth
Leipzig · Berlin · Heidelberg
Im Weiher 10 · D-69121 Heidelberg

1994

Tag	Januar						Februar						März						Tag
W		1	2	3	4	5	5	6	7	8	9		9	10	11	12	13		**W**
Mo		3	10	17	24	31		7	14	21	28			7	14	21	28		Mo
Di		4	11	18	25		1	8	15	22			1	8	15	22	29		Di
Mi		5	12	19	26		2	9	16	23			2	9	16	23	30		Mi
Do		6	13	20	27		3	10	17	24			3	10	17	24	31		Do
Fr		7	14	21	28		4	11	18	25			4	11	18	25			Fr
Sa	1	8	15	22	29		5	12	19	26			5	12	19	26			Sa
So	2	9	16	23	30		6	13	20	27			6	13	20	27			So

Tag	April						Mai						Juni						Tag
W	13	14	15	16	17		17	18	19	20	21	22	22	23	24	25	26		**W**
Mo		4	11	18	25			2	9	16	23	30		6	13	20	27		Mo
Di		5	12	19	26			3	10	17	24	31		7	14	21	28		Di
Mi		6	13	20	27			4	11	18	25		1	8	15	22	29		Mi
Do		7	14	21	28			5	12	19	26		2	9	16	23	30		Do
Fr	1	8	15	22	29			6	13	20	27		3	10	17	24			Fr
Sa	2	9	16	23	30			7	14	21	28		4	11	18	25			Sa
So	3	10	17	24			1	8	15	22	29		5	12	19	26			So

Tag	Juli						August						September						Tag
W	26	27	28	29	30		31	32	33	34	35		35	36	37	38	39		**W**
Mo		4	11	18	25		1	8	15	22	29			5	12	19	26		Mo
Di		5	12	19	26		2	9	16	23	30			6	13	20	27		Di
Mi		6	13	20	27		3	10	17	24	31			7	14	21	28		Mi
Do		7	14	21	28		4	11	18	25			1	8	15	22	29		Do
Fr	1	8	15	22	29		5	12	19	26			2	9	16	23	30		Fr
Sa	2	9	16	23	30		6	13	20	27			3	10	17	24			Sa
So	3	10	17	24	31		7	14	21	28			4	11	18	25			So

Tag	Oktober						November						Dezember						Tag
W	39	40	41	42	43	44	44	45	46	47	48		48	49	50	51	52		**W**
Mo		3	10	17	24	31		7	14	21	28			5	12	19	26		Mo
Di		4	11	18	25		1	8	15	22	29			6	13	20	27		Di
Mi		5	12	19	26		2	9	16	23	30			7	14	21	28		Mi
Do		6	13	20	27		3	10	17	24			1	8	15	22	29		Do
Fr		7	14	21	28		4	11	18	25			2	9	16	23	30		Fr
Sa	1	8	15	22	29		5	12	19	26			3	10	17	24	31		Sa
So	2	9	16	23	30		6	13	20	27			4	11	18	25			So

Die Gauss'sche Osterformel (in einer rechnergerechten Abwandlung – nach Butcher's Ecclesiastical Calendar von 1876) liefert für den Sonntag: 3. April.

Griechisches Alphabet

A , α	alpha	H , η	eta	N , ν	ny	T , τ	tau
B , β	beta	Θ , ϑ	theta	Ξ , ξ	xi	Υ , υ	ypsilon
Γ , γ	gamma	I , ι	iota	O , o	omikron	Φ , φ	phi
Δ , δ	delta	K , κ	kappa	Π , π	pi	X , χ	chi
E , ε	epsilon	Λ , λ	lambda	P , ρ	rho	Ψ , ψ	psi
Z , ζ	zeta	M , μ	my	Σ , σ	sigma	Ω , ω	omega